U0475951

人｜文｜社｜科

高校学术研究论著丛刊

笔端造化出天巧——中国古代诗歌发展研究

刘彩霞　路美艳　著

图书在版编目(CIP)数据

笔端造化出天巧：中国古代诗歌发展研究/刘彩霞，路美艳著.--北京:中国书籍出版社,2019.6
ISBN 978-7-5068-7322-2

Ⅰ.①笔… Ⅱ.①刘… ②路… Ⅲ.①古典诗歌一诗歌研究一中国 Ⅳ.①I207.22

中国版本图书馆 CIP 数据核字(2019)第 112714 号

笔端造化出天巧：中国古代诗歌发展研究

刘彩霞　路美艳　著

丛书策划　谭　鹏　武　斌
责任编辑　李　新
责任印制　孙马飞　马　芝
封面设计　东方美迪
出版发行　中国书籍出版社
地　　址　北京市丰台区三路居路 97 号(邮编:100073)
电　　话　(010)52257143(总编室)　(010)52257140(发行部)
电子邮箱　eo@chinabp.com.cn
经　　销　全国新华书店
印　　刷　三河市铭浩彩色印装有限公司
开　　本　710 毫米×1000 毫米　1/16
印　　张　15.25
字　　数　285 千字
版　　次　2021 年 1 月第 1 版　2021 年 1 月第 1 次印刷
书　　号　ISBN 978-7-5068-7322-2
定　　价　70.00 元

目　录

第一章　先秦诗歌发展研究

先秦诗歌是我国诗歌的源头，以其丰富的内容、完美的韵律、精巧的构思，开我国诗歌之先河，包括《诗经》和楚辞，以及春秋战国时期的一些民歌和部分原始社会歌谣。其中，《诗经》和楚辞大体上一南一北，共同构成中国诗歌史的源头，并形成以抒情为主的创作风尚。先秦诗歌为后代诗歌的创作奠定了良好的基础。

第一节　原始歌谣与诗歌的产生

早在文字出现以前，文学就诞生了。最早的文学便是古老的歌谣和神话故事，特别是原始歌谣的出现，足以说明文学起源的情况。在一定的物质基础上，原始人产生了从事文艺创作活动的欲望。这在早期主要是出于功利目的的追求和生产劳动的需要。在原始人最初的文艺活动中，劳动同音乐、诗歌和舞蹈是紧密联系在一起的，而其中最基本的部分是劳动，其余的部分只具有从属的意义。诗、乐、舞或是直接产生于劳动生产的过程中，成为原始人组织劳动、协调动作、鼓舞情绪的一种手段；或是模仿和再现劳动生活的情景、巩固生产劳动经验，娱乐和教育本部落成员；或是以幻想的形式表现渴望征服自然获得丰收的愿望。在原始社会里最早产生的文学样式是诗歌。

诗歌的产生，大体上经历了这样的一些阶段：先有韵律，即在原始人类的集体生产劳动过程中，发出有高低、有间歇、有一定规律的节奏性的呼号。《淮南子・道应训》说："今夫举大木者，前呼'邪许'，后亦应之，此举重劝力之歌也。""邪许"（音"耶呼"）便是韵律，是劳动（此处指抬木头）时的一唱一和。抬木头如此，后世的舂碓、拉纤、打夯、扛包等生产活动也都有个人、集体或彼此唱和的歌声，声调和谐而有节奏。《礼记》中的《曲礼》《檀弓》都记载过："邻有丧，舂不相。""相"是送杵声，也可能是"嘿哟"之声。这里是说，邻家有丧事，舂米时不像往常那样唱和了。这些，都可以看出韵律最早伴随劳动而产生，而且具有实用性。

有了韵律,便有了诗歌。但严格地说,韵律并不等于诗。随着人类社会的发展,产生了语言。语言产生之后,人际传播范围更广了,人们对生活的理解能力更强了,于是,便开始在那些简单的呼声和叹声(如"邪许""杭育""噫嘻""兮""猗"等)的前面加上一些简单的词,如"候人兮猗"(见《吕氏春秋·音初篇》,意思是"等人哟喂"),这便是诗歌了。由于原始人的语言还很简单,词汇很少,因而这时的诗歌(实际上是歌谣),其形式只是讲节奏,传播方式也只是口头流传。

原始社会中,诗歌不是独立的,而是同音乐、舞蹈紧密地结合在一起的。音乐、舞蹈也同样起源于生产劳动,诗歌与音乐、舞蹈最初是一种三位一体的混合艺术。这种混合艺术是原始人艺术活动的一般形式。关于这一点,《吕氏春秋·古乐篇》写道:

> 昔葛天氏之乐,三人操牛尾,投足以歌八阕:一曰"载民",二曰"玄鸟",三曰"遂草木",四曰"奋五谷",五曰"敬天常",六曰"建帝功",七曰"依地德",八曰"总禽兽之极"。

这里所说的三人拿着牛尾巴,手舞足蹈,唱着歌儿,就是歌舞和音乐相结合的最好说明。

我国现存最早的诗歌就是上古歌谣。因为是口耳相传,上古歌谣保存下来的不多,一些相传为原始时代的诗歌,如清人沈德潜《古诗源》选辑的《击壤歌》《卿云歌》《南风歌》等,都未必可信。比较可信的原始社会的诗歌有《吴越春秋·勾践阴谋外传》所引用的《弹歌》:

> 断竹,续竹,飞土,逐宍。

相传这是黄帝时代的歌谣,是一首原始的猎歌,它反映了原始社会狩猎生活的全过程:砍断竹干,将它续接成弓,用以射杀野物;又投掷石块,以追打飞禽走兽("宍",古"肉"字,这里指禽兽)。从形式上看,它语言简单,音节急促,既反映了当时人们的思维水平,又符合他们生产劳动的实际。

还有一首是《礼记·郊特牲》所载《蜡辞》:

> 土反其宅,水归其壑,昆虫毋作,草木归其泽!

相传这是伊耆氏(即神农氏)腊月祭神的祝辞,大意是说:(乱流的)泥石,快回到山上去!(泛滥的)水潦,快回到沟壑中去!昆虫,不要繁生为害!乱草杂木,快归根于薮泽!它反映了农业开始兴起的时代人们的生活。诗中表现出来的试图驾驭自然的美好愿望，口气幼稚而又坚决。

文字发明之后，特别是进入原始社会晚期和阶级社会以后，歌谣被大量地保存了下来。《诗经》以前的原始歌谣，大都收集在杨慎《风雅逸篇》、冯惟讷《风雅广逸》及《诗纪》前集十卷《古逸》里，此外，还有学者指出《易经》每卦的爻辞都引用了几句古歌的歌辞。《吴越春秋》虽成书于东汉，但它引用的这首《弹歌》，从语言和内容上看，很可能是从原始时代流传下来，文本是由后人写定的。诗中反映了原始社会的狩猎生活。至于《易经》，其中征引的古歌谣，二言句更多：

> 屯如，邅如。乘马，班如。匪寇，婚媾。（《易经·屯卦·六二》）
> 乘马，班如。泣血，涟如。（《易经·屯卦·上六》）

《屯》卦爻辞引用的歌谣，其生活内容当是原始部落“抢婚”的古老风俗：男子骑着马，威风凛凛，浩浩荡荡，跑到女子家中“抢人”。等到女子被抢走以后，家里人才明白那不是一般的强盗（“匪寇”，“匪”即“非”），而是专来抢婚的。女子被挟在马上，血泪淋漓（“泣血涟如”）地悲啼。以上原始歌谣，大体二言一句，句自为顿，音调短促，节奏明快。以后，歌谣句式以二句为基础，发展成每句两顿，即四言句式，乃是一种自然的趋势。

三言句式，在原始歌谣中也很习见。从逻辑上讲，它的产生当后于二言句式。例如，《易经》中的三言句：

> 不克讼，归而逋。其邑人，三百户。（《易经·讼卦·九二》）
> 不克讼，复即命。（《易经·讼卦·九四》）

《讼》卦爻辞引用的歌谣当出自一首古老的诉讼之歌。这里值得注意的是，三言句式虽然只多出一字，其韵味与二言句式却完全不同。因为它不但每句由两顿构成，形成上二下一或上一下二的节奏，即派生出一个单音的顿，其时值却与双音的顿相当，所以读来较为抑扬好听。

我国上古歌谣存留是片段的，其内容是纯朴的，但它在一定程度上反映了当时人们的劳动情景和生活习俗，也表现出了原始人的思想愿望。同时，我国原始歌谣尽管形式简拙，仍然显示了原始社会的人们可贵的艺术创造力。这些歌谣反映出原始人类对生活的观察、概括能力和艺术想象力，体现出他们处于萌芽状态的审美意识，这在今天仍然具有不可忽视的艺术价值。

第二节　思无邪：《诗经》

中国诗歌的源头可以追溯到没有文字的远古时期，但是一般把编订于春秋中叶也就是距今 2500 多年前的《诗经》看作我国诗歌史的起点。《诗经》是我国第一部诗歌总集，原本叫《诗》，共有诗歌 305 篇(还有 6 篇有题目无内容，成为"笙诗")，取其整数，称为"诗三百"。《论语·为政》有言："《诗》三百，一言以蔽之，曰：'思无邪。'""思无邪"三字原出《诗经·鲁颂·駉》，指牧马人放牧时专心致志的神态。孔子在《论语·为政》中用以评价《诗经》的特色，并赋予它政治与伦理的含义。无邪，即雅正的意思。从艺术方面看，"思无邪"就是提倡一种"中和"之美。诗三百中的作品起初不仅关涉内容(歌词)，而且与音乐有紧密的关系。因此，从音乐上讲，"思无邪"就是提倡音乐的乐曲，要中正平和，要"乐而不淫，哀而不伤"；从文学作品上讲，则要求作品从思想内容到语言，都不要过分激烈，应当做到委婉曲折，而不要过于直露。孔子从文艺的社会功能出发，论诗和乐时把"思无邪"作为评价文学艺术的标准。

一、《诗经》的成书及其分类

关于原始歌谣，限于材料，具体情况难详。到了周代，随着音乐的发展，诗歌创作出现勃兴局面，诗人遍及朝野，并有了献诗、采诗等制度，中国文学史上第一种诗体四言诗，也完全成熟，并由此产生了我国最早的一部诗歌总集《诗经》，其最早的文本当成于周代乐官太师之手。

《诗经》选录了西周初年至春秋中叶约 5 个世纪间的 305 篇诗歌，原只称"诗"，或举其成数，称"诗三百"。孔子采用"诗三百"作为教学的课本。到汉代独尊儒术时，始称"诗经"。

汉代传习《诗经》的有鲁、齐、韩、毛四家。鲁诗因鲁人申培而得名，齐诗出于齐人辕固生，韩诗出于燕人韩婴，毛诗的传授者是大小毛公即毛亨、毛苌。鲁、齐、韩三家诗出现较早，西汉时已立于学官。毛诗晚出，东汉时方立于学官，却后来居上，逐渐普及，余书遂尽废。据最新整理出的战国竹简表明，在秦汉以前，诗的篇目、顺序以至用字，都与毛诗不尽相同。但从东汉至今，通行的《诗经》，即是毛诗，这里所述以毛诗为据。

在毛诗中，诗篇是按风、雅、颂三大类编排的。这种分类原则及风、雅、颂的本义，自古学者说法不一。后世渐趋一致，普遍认为这种编排和分类的依据是音乐。《诗经》是一部声诗，宋代学者郑樵在《通志》序中提出：风土之音曰“风”，朝廷之音曰“雅”，宗庙之音曰“颂”。

二、《诗经》的思想内容

《诗经》的内容涉及当时社会生活的各个方面，非常广泛丰富，称得上是周代社会生活的一面镜子，或者说是周代生活的百科全书。具体而言，《诗经》的内容主要包括以下几方面。

第一，描述农事活动。在先秦农业文明时期，人民对土地和农业生产几乎是怀着一种宗教式的神圣态度，这可以从《周颂》中的一些祀神诗中看出来。例如，《七月》这首诗是西周初年豳地（在今陕西旬邑、彬州一带）的奴隶所做的诗歌。全诗共8章，每章11句，基本上是按季节的先后来描写男女奴隶们的劳动和生活。

第二，赞美讴歌先辈功业。这类诗集中在颂诗和大雅中，大多产生于西周初年社会相对稳定的时期，并且多与祭祖活动相关。“三颂”中除了祭神诗，都属于这一类，如周颂中的《维天之命》《武》《桓》等。这类诗一般写得庄严典重，形式和语言都比较呆板。大雅中的《生民》《公刘》《绵》《皇矣》和《大明》也属此类。以《生民》为例：

厥初生民，时维姜嫄。
生民如何？
克禋克祀，以弗无子。
履帝武敏歆，攸介攸止。
载震载夙，载生载育。
时维后稷。

诗一开头，描写了后稷之母姜嫄因踩到上帝足迹而有身孕的传说（“履帝武敏歆”）。它实际上反映了母系氏族社会中人们只知其母不知其父的情况。诗歌充满传奇色彩，曲折地反映出古史的影子，折射了母系氏族社会女性的权威。

第三，描述战争徭役对人民的伤害。从西周后期到春秋，不断发生战乱，徭役繁重，因而战争诗和徭役诗层出不穷。战争诗中有一些或表达团结御侮的意志，或歌颂统治者的武功，写得情调高昂，词气慷慨，如秦风中的《无衣》、大雅中的《常武》等。徭役诗在《诗经》中数量也相当多，《齐风·东方未明》《小雅·何草不黄》《唐风·鸨羽》等就都写得悲惋愤激，倾诉了服役者的强烈不满。

第四，歌咏、赞美爱情。爱情诗一直是民歌的主体，《诗经》中的这类诗作也多来自民间，集中于《国风》。《诗经》中爱情诗的内容丰富多彩，有写美妙幽会的，有写刻骨相思和大胆追求的，有写恋人间的调侃嬉戏的，有写对爱情态度坚贞的，有写婚后家庭生活的，有写婚姻不自由的痛苦的，有写弃妇悲惨命运的，总之，在这些爱情诗中反映了爱情婚姻生活所有的忧喜得失、离合变化。

第五，表达愤怒、哀怨之意。自西周中叶始，王室逐渐衰微，诸侯僭越，周王朝开始面临重大的生存危机。至西周末年、东周之际，整个国家的政治和社会环境动荡不安，统治者的压迫、无休止的战争让老百姓痛苦不堪。于是，人们纷纷作诗以抒发其内心郁结的感受，以及对时政的强烈态度，大量反映丧乱、针砭时政的怨刺诗应时而生，这些诗作的特点是多忧世之怀、忧生之嗟，或有愤怒之意、哀怨之音。

总的来看，《诗经》广泛地反映了周朝社会生活的各个方面，自天子诸侯、公卿大夫到士卒百姓，自家庭生活、风气习俗到政治状况；既有规模盛大的庙堂典礼，也有隐于墙隅的男女倾诉；既有雄壮悲凉的战争场面，也有倚门而待的怨妇形象。现实生活中所能发生的事，都可以通过诗歌得到反映。

三、《诗经》的体式

汉语诗歌有齐言和杂言之分，而一向以齐言为主。所谓齐言体，就是每句字数相等的诗体；杂言体，就是长短其句的诗体。《诗经》成就了一种新的以齐言为主的诗体，那就是四言诗。《诗经》中多数诗篇每句皆为四言，相当整饬：大体偶句用韵，奇句为出句，偶句为对句，自成唱叹，如开篇第一首的《关雎》，每句皆为四言，有一种整齐的美。

《诗经》的少数诗篇也兼用杂言（除四言以外，从一言至九言）点缀其中，运用杂言的地方，或奇句为韵，或偶句为韵，较为灵活多变，如《鄘风·桑中》：

> 爰采唐矣？沬之乡矣。
> 云谁之思？美孟姜矣。
> 期我乎桑中，要我乎上宫，送我乎淇之上矣。
> ……

此诗通过男子的口吻，写一对恋人在桑林中相会，在社庙里同游，后来女方把男方一直送过淇河，字里行间洋溢着柔情蜜意。作者在以四言为主的句式中又插进五、七言句，在整饬中有错落，显出一种参差变化的美。

在原始歌谣中，二言、三言曾经是主要的句式，由此发展到《诗经》的四言句式，这一方面因为汉语语言的发展由简单渐趋复杂，产生出更多的双音词，二言、三言句式已不能完全适应组词成句的需要，四言句式自然应运而生；另一方面，二言句式只有一个音步（每句一顿），节奏短促单调，随着语言和音乐的发展，诗歌由每句一个音步，发展到每句两个音步，诗句由每句二言增加到四言，也是一种必然的趋势。

四、《诗经》的结构程式

诗三百篇，大体配乐歌唱，一篇诗往往由数章组成，每章句数或同或异。特别是在《国风》和《小雅》中，由数章组成一篇的重章叠咏，非常普遍，可看作《诗经》结构上的一种基本程式。所谓重章叠咏，是指诗的基本内容在前章中已得到表现，以后各章只在前章的基础上适当改变一些字句，由此构成以章为单位的重叠歌咏。

重章叠咏的方式主要有三种。一是易辞申意：每章歌词大体相同，只在某些地方更换一两字略寓变化，如《陈风·月出》：

月出皎兮，佼人僚兮。舒窈纠兮，劳心悄兮。
月出皓兮，佼人懰兮。舒忧受兮，劳心慅兮。
月出照兮，佼人燎兮。舒夭绍兮，劳心惨兮。

这是一首恋歌，主要的意思在第一章已经说完，后两章几乎是第一章的重复，其句数、字数和句法结构都完全相同，只是每句改换一二字面，易辞申意而已。

二是循序推进：在易辞申意时，改换的字在程度上有推进，使诗意逐渐加深，如《王风·黍离》：

彼黍离离，彼稷之苗。
行迈靡靡，中心摇摇。
知我者，谓我心忧；不知我者，谓我何求。
悠悠苍天，此何人哉？
……

此诗描写周大夫感慨周室的衰微，其首章兴语“彼稷之苗”，在第二、三章中分别变为“彼稷之穗”“彼稷之实”，就有递进诗意、深化抒情的作用。

三是加“副歌”的叠咏：诗篇在作部分叠咏变化时，各章有几句歌词完全相同，相当于当代歌曲中的“副歌”。这相同的几句歌词，有的放在末尾，如《汉广》：

南有乔木，不可休思。汉有游女，不可求思。
汉之广矣，不可泳思。江之永矣，不可方思。
翘翘错薪，言刈其楚。之子于归，言秣其马。
汉之广矣，不可泳思。江之永矣，不可方思。
翘翘错薪，言刈其蒌。之子于归，言秣其驹。
汉之广矣，不可泳思。江之永矣，不可方思。

此诗用比喻和暗示写男子求偶失望，全诗共三章，各章后四句完全相同。也有的诗篇将这种类似于“副歌”形式的几句相同的歌词放在开头，如《豳风·东山》写征人在归返途中的念家，全诗共四章，各章开头都重复出现“我徂东山，慆慆不归。我来自东，零雨其濛”四句。

重章叠咏的产生，当与集体歌唱这一事实相关。为了尽兴，一首歌曲常须反复演奏多次；为了便于记忆，歌辞必须简单易记。乐曲反复演奏，每遍配合的歌词却不用新填，因为歌词的主要内容只要一段就已表达清楚，简单的做法是将已唱过的歌词加以反复，为了避免完全雷同，只需在某些部位约略改变一些以示变化。

此外，比喻是《诗经》中最常用的修辞手法，也具有明显的民歌特色。在《诗经》中，有整首诗都比喻某一事物，称为比体诗。例如，《魏风·硕鼠》表达了对剥削者的厌恶之情，全诗只是用贪婪的老鼠来做比喻，所指责的剥削者并未出现。《诗经》中更多的是部分采用比喻的方法。最值得称道的是《卫风·硕人》中对庄姜美貌的描写。其诗曰：“手如柔荑，肤如凝脂，领如蝤蛴，齿如瓠犀，螓首蛾眉。”所取的喻体都是日常生活中常见的事物，而诗中或取其质地，或取其颜色，或取其外形，分别描写了庄姜的手指、肌肤、脖颈、牙齿、额头和眉毛。这一连串的比喻不仅生动形象，而且充分地表达了诗人的景仰之情，表现了诗人丰富的想象力。

第三节　楚声楚韵：楚辞

楚，亦称荆楚，“楚”本是一种灌木的名称，“荆”是南方江汉流域的山林中极为常见的植物。自商代起，北方中原人则以荆楚来称呼江汉流域的南方地区和南方部族。楚辞就是在楚文化的影响下诞生的，比如，楚地优美的自然山水对诗人的陶冶、楚地民间诗歌的影响、南北文化的交流等。“楚辞”

本意为楚地的歌辞，现指兴起于战国时期的以屈原为代表所创作的诗歌样式。“楚辞”之名始见于西汉武帝之时，《史记·酷吏列传》中曾有“庄助使人言买臣，买臣以‘楚辞’与助俱幸，侍中，为太中大夫，用事”的记载，这是现在可知的最早提及“楚辞”的文献资料。此时，“楚辞”已经成为一种专门的学问，与“六经”并列。汉成帝时，刘向把战国末年楚国人屈原、宋玉的作品以及汉代人模仿这种体裁所写的作品汇辑成书，定名为《楚辞》，因而在某些方面，“楚辞”也指一部诗歌总集的名字。作为一种新的诗歌形式，楚辞是文人所创作的诗歌，带有强烈的个性特征；楚辞打破了四言句两字一顿的单调格式，将不同节奏、字数不等的句子互相穿插交错，使音调富于变化；楚辞善用各种虚词，如“兮”“之”“于”“而”“乎”等，尤其是“兮”字的使用方法多种多样，已成楚辞形式上的一个突出特征；楚辞始终带有鲜明的楚地文化色彩。屈原是楚辞的首创者，宋玉是继屈原之后的楚辞大家，以下对这二人的楚辞进行一定的分析与论述。

一、屈原的楚辞

屈原(约公元前 340—公元前 277)，名平，相传为湖北丹阳秭归人。他是楚王室的远房宗亲，生活在楚怀王时代，才华过人，熟悉政治情况，起初深得楚怀王的信任，被任为左徒，对内同楚王商议国事，发布命令；对外接待宾客，应对诸侯。然而，当时秦楚争雄，斗争极为剧烈。在与楚国旧贵族势力和亲秦派的政治斗争中，屈原两度遭到流放。最后，他的“美政”理想彻底破灭，最终投汨罗江而死。

班固《汉书·艺文志》载屈原的作品为二十五篇，但未列篇名。东汉王逸《楚辞章句》所收篇数也是二十五篇，为《离骚》、《九歌》(11 篇)、《天问》、《九章》(9 篇)、《远游》、《卜居》、《渔父》。其中少数作品是否为屈原所作，尚有争议。屈原的楚辞作品大体可分三类：第一类是他在楚地祀神乐曲的基础上再创作而成的，如《九歌》(11 篇)；第二类是屈原根据神话、传说材料创作的，如《天问》；第三类是政治抒情诗，如《离骚》《九章》。三类作品在不同的体式上，各自代表了楚辞的最高成就。屈原的楚辞作品展示了中国诗史上第一个丰满的、具有鲜明个性的抒情主人公形象。他创立的辞体，广泛采用《诗经》的比兴手法而加以发展，使比兴手法不再是一种局部的修辞手段，使深厚的思想情怀通过一个象征系统体现出来。

《离骚》是屈原的代表作，全诗在楚辞中占有首席地位，前人将其尊为“经”，而把楚辞的其余作品统称为“传”。它在中国诗史上有举足轻重的地位，乃至世称诗人为“骚人”，谓辞体为“骚体”。《离骚》是带有自传性质的一首长篇抒情诗。全诗共370多句，近2500字。

全诗可分为两大部分。第一部分从开始到“岂余心之可惩”。在这一部分中，诗人回首往事，追溯历史。他先叙述了自己的家世出身，生辰名字和自幼的抱负，接着叙述了他辅助楚王进行政治改革，遭到群小的陷害，楚王听信谗言，不信任他。他内心十分痛苦，但这绝不是担心自身“殚殃”，而是“恐皇舆之败绩”。忧国忧民之心可以“指九天以为正”。然即便不为国君理解，自己也永不改初衷。最后写他遭受迫害以后的心情，表示自己纵然遭到迫害，也决不向恶势力屈服，始终坚持理想，忠贞不移，自己认定的真理，一定要为之努力奋斗，甚至“虽九死其犹未悔”。第二部分从“女媭之婵媛兮”到结束，叙述诗人对未来道路的探索，不像前半部那样多从现实出发进行描述，而主要通过想象与幻想来展开。在人间求索失败后，去沅湘向已故的重华(舜)陈词，上天去叩打天帝之门，不断上下求索。奇幻诡谲，异彩纷呈。

《离骚》篇幅宏大，文辞优美，想象丰富，气势恢宏，充满了爱国激情，反映了屈原对楚国黑暗腐朽政治的愤慨，也表达了他不与恶势力妥协，为理想战斗而宁死不屈的精神。《离骚》与屈原的政治生涯和战国时代风云密切相关，故全诗有极现实的思想内容和生活内容。但由于历史和艺术的原因，诗中又大量运用超现实的意象和创作手法，把历史与神话、真实与想象奇特地糅合为一体。在诗艺上，《离骚》有着前无古人的开创和极独特的风貌。它有着宏伟的体制，有着结构规模空前的意象系统(由大量的自然意象、社会意象和神话意象构成)，大量运用比兴象征手法，形成了“香草美人”的比兴传统。

屈原为了充分表达自己不懈的求索，对人生道路的艰难抉择，他驾驭龙凤，扣帝阍，求佚女，大胆幻想，自由驰骋。例如：

路曼曼其修远兮，吾将上下而求索。
饮余马于咸池兮，总余辔乎扶桑。
折若木以拂日兮，聊逍遥以相羊。
前望舒使先驱兮，后飞廉使奔属。
鸾皇为余先戒兮，雷师告余以未具。
吾令凤鸟飞腾兮，继之以日夜。
飘风屯其相离兮，帅云霓而来御。
纷总总其离合兮，斑陆离其上下。
吾令帝阍开关兮，倚阊阖而望予。
时暧暧其将罢兮，结幽兰而延伫。
世溷浊而不分兮，好蔽美而嫉妒。

很显然，屈原运用拟人化手法，把神话传说中的事物和自然景物点化成一大群奇异的艺术形象，诗人幻想着他诏使西天之神，呼唤日月风雷，驱使鸾皇、凤鸟、飘云、云霓，神思飘举，变化莫测。所有这些错综复杂的艺术构思，共同增强了《离骚》的浪漫主义色彩，增强了诗歌的表现力和感染力。

《九歌》是屈原放逐江南时仿民间祭歌再创作的一组诗，诗名沿用夏乐旧题。该组诗共有11篇作品。前9篇各自歌咏一个神衹，间涉男女恋情而富于宗教色彩：《东皇太一》——咏最尊贵的天神，《云中君》——咏云神，《湘君》《湘夫人》——咏湘水的一对男女配偶神，《河伯》——咏河神，《山鬼》——咏山神，《大司命》——咏主寿命的神，《少司命》——咏主生育子嗣的神，《东君》——咏太阳神。只有后两篇比较特殊，一篇《国殇》，是悼念楚国的阵亡将士；一篇《礼魂》，是送神曲。这些诗不像《诗经》中的祭祀乐歌那样庄重而板滞，质木无文，《九歌》中的诗生动活泼，深情委婉，形象丰满，打破了人与神的界限，亲切可爱。如果说《离骚》明显有受中原地区的政治与伦理等文化影响较深的烙印，那么《九歌》所体现的则纯属楚文化独具的特色，显得绚丽多姿，想象奇特，打破人神的界限，奇幻神秘，具有浓郁的浪漫主义色彩。

《湘夫人》与《山鬼》是《九歌》中最为出色的两篇。它们都是祭神乐曲，《湘夫人》所祭迎者为湘水女神，《山鬼》所祭迎者为巫山之神。这两篇中的抒情主人公形象具有以下共同特点：美丽多姿而志趣芳洁，善解风情而孤独寂寥，情有独钟而专一执着，所遇非人而苦闷幽怨。无论是湘夫人也好，山鬼也好，都写得亲切可爱，痴情感人，充满人情味。这种纯真的爱情，对唐代李商隐产生了较深的影响。《国殇》在《九歌》中是比较特殊的一篇，不是祭神，而是悼念阵亡将士。诗中写在敌我力量悬殊的情况下，楚国将士英勇战斗，视死如归，为国捐躯，虽死犹荣。诗人一改常用的比兴手法，直赋其事；一改幽洁芬芳、缠绵悱恻的韵调，以刚健质朴的风格独树一帜。

二、宋玉的楚辞

宋玉（生卒年不详），生平不详，依据一些零星的记载和有关的作品来看，他是战国后期楚国人，稍晚于屈原，曾为顷襄王的文学侍臣，政治地位不高，因此对昏庸的顷襄王，并没有多少发言权，加之当时小人掌权，他难以有所作为。晚年失职，愈加困顿，最后饮恨辞世。他的作品有《九辩》《风赋》《高唐赋》《神女赋》《登徒子好色赋》等传世。

《九辩》是宋玉的代表作，主要叙述了诗人因不同流俗而受到朝廷群臣的排挤，以致流离他乡，过着凄苦的生活，从而对楚国黑暗的政治进行了深刻揭露。虽然思想性较屈原的作品贫弱,但诗中对秋景的动人描写却成为后世文人经常引用的永恒主题。在艺术手法上,《九辩》不仅继承和模仿了屈原,而且有所发展,有所创新。其感觉细致,语言精巧,或有胜过屈原,诗中抒情,不像《离骚》那样直抒胸臆,而是描绘一个典型环境,选择具有特征的景物,创造一个意境,营造一种氛围,借此抒发感情,以景托情,情景交融,浑然一体。全诗以秋景、秋色、秋容为衬托,把萧瑟的秋气与幽怨的情绪融为一体,烘托出在阴暗时代里被压制的心情。宋玉用远行中的漂泊感与登山临水时的空寂感,衬托惆怅失意、孤独寂寞的心情,匠心独具,极富艺术表现力。全诗句式长短参差,错落有致。语气词“兮”字,不像《离骚》那样一律用在句末,而是不断变换位置,双声、叠韵、叠字的运用也使语言节奏十分灵活,充满音乐感。

第二章　两汉诗歌发展研究

辞赋虽是两汉文学的主流，但它们只是表现了汉帝国的财富与威权，君主贵族的好尚，以及高级文士们的学识辞章。在那些作品里，缺少了民众的情感与社会民生的状态。因此，我们不得不求之于汉代的诗歌。两汉的诗歌，主要是乐府中收集的民歌和那些无名作家的古诗（包括四言诗、骚体诗、五言诗）。这些诗的形式是新创的，文字是质朴的，题材都是普遍平凡的人事现象，是最有价值的表现人生的社会文学。

第一节　两汉诗歌的创作特点

“时运交移，质文代变。”两汉诗歌的产生，与两汉王朝的建立是同步开始的。自高祖还乡首唱《大风》之歌，中国的诗歌史也随着汉代的开始翻到了新的一页。它用艺术的形式，把一个时代的生活面貌反映出来，并由此形成了汉诗独特的艺术成就和艺术风格。以下将从两汉诗歌反映现实的新特征、比兴之义的扩展与转化、创作方法、艺术风格、语言形式这几个方面来阐述其创作特点。

第一，两汉诗歌反映现实的新特征。两汉诗歌所表现的丰富内容，是现实生活作用于诗人头脑的结果。因此，前期个人主义思想倾向，就对诗人对现实的观察与表现起着主导作用。但是，诗毕竟不等同于说理，它对现实生活的表现要遵从艺术规律。在此，两汉诗学观念的转变，尤其是对诗的抒情与娱乐功能的新认识，不但决定了两汉诗歌创作的新道路，同时也形成了两汉诗歌反映现实内容的新特征。这种新特征，主要表现为个人抒情的偶然机遇在汉诗创作中的作用；进一步突出抒情诗中的个性人物形象；新的美刺褒贬态度和表现方式。

先秦诗学观念的最主要特征是“以礼节情”。因而，在西周各阶级的诗歌创作中，抒情诗人要“慎其所感”，过度就被视为“淫”。两汉诗歌走上以娱乐抒情为主的新的发展道路之后，诗歌这门艺术就更好地服务于汉代诗人前期个人主义思想倾向的表现。社会生活的各种矛盾作用于个人，从物质形式上表现为个人的升降、沉浮、发财或破产等，从精神上则表现为个人的喜怒哀乐，这些都可以在诗歌中得以表现，而绝不受“以礼节情”这种儒家观念的束缚。正因为如此，它使两汉抒情诗人的诗歌创作内容与情感表现都显得比较复杂。以汉武帝的《瓠子歌》为例，尽管此诗有脱不尽一代帝王的思想意识，如“不封禅兮安知外”等口语腔调，但是它内中所表现的人类在自然灾害面前的忧虑心情和勇于抗争的英雄精神，不仅仅是一种贵族意识和帝王意识，而且具有更大的普遍性，在现实生活中也能激发人们的亲近感。又如，汉武帝乐极生悲而作《秋风辞》，从诗歌表现形式来看，由节令的变化、水的流逝而忽然触发了人生短促的情绪，确实带有偶然性的因素。但是，这种节令的变化、水的流逝未必在每个人的心中都会引起和汉武帝同样的情绪感染。可见，看起来似乎带有偶然性的抒情表现归根结底仍然是抒情诗人主体本性某一方面的反映。而这种主体本性，又是社会现实造成的，是社会存在的反映。

两汉抒情诗能更有效地服务于两汉社会前期个人主义思想倾向下的情感抒发，和先秦诗相比，自然也形成了汉诗反映现实的第二个特征，丰富的社会生活，更大程度上是通过抒情诗中的个性形象得以表现的。例如，在著名的《小雅·十月之交》中，作者怀着沉痛的心情，表现了对周王朝前途的忧虑，揭露了周王朝当时的黑暗，在幽王身边，是一群奸佞小人，而主人公则处于“黾勉从事，不敢告劳，无罪无辜，谗口嚣嚣”的困难处境。可以看出，诗中主人公是以宗法制社会下的一名贵族成员身份来反映社会矛盾的。在他身上，比较鲜明地体现了贵族成员的道德品格，面向宗族国家的群体意识主宰着他的行动，也影响着他情感的抒发。在这里，贯穿作品中心的人物是宗法制下道德理想的化身。我们也可以看出，在这些作品中，没有独立于群体之外，表现以自我为中心的个性形象，而是把个人品格完全融入群体意识中，个性也就是面向宗族国家的群体性。相对而言，张衡的抒情诗则大不相同，在他的作品中，真实生动地反映了社会生活矛盾，尤其是官场上的政治黑暗，但是，这种反映并不是通过主人公对现实的忧虑表现出来的，他不是把自己作为宗族公室中的一员去谈“王政废兴”，而是通过表现自己的独立个性品质渗透出来的。丰富的社会生活与复杂的社会矛盾，正是通过这种具有鲜明生动的个性形象才得以体现的。以个性形象来反映现实生活的丰富性，可以说是两汉诗歌不同于先秦诗歌的一大特点。封建社会的前期个人主义思想倾向表现在诗中，也必然会带来汉诗创作中个性形象的突出。所以，在两汉诗歌里，无论是文人士大夫的作品，还是乐府诗中的群众性创作，都不乏鲜明生动的人物形象。这里有及时行乐的士子，也有桀骜不驯的文人；有敢于拒绝他人调戏的酒家姑娘，也有表现忠贞爱情的女子。在这些人物身上，一方面体现了他们作为特定时代个人的独特历史个性，另一方面也体现了特定时代的社会风貌，以独特的个性形象来反映社会的丰富生活。

诗歌作为反映现实的一种方式，无论如何都要表现诗人对社会现实的美刺褒贬态度，“感于哀乐，缘事而发”的两汉诗歌创作也是如此。从文学创作的一般规律来讲，“感于哀乐，缘事而发”并不仅仅是汉诗的特点。周代社会的诗人，他们的创作也莫不是抒发情感的艺术，其抒情诗也莫不是“感于哀乐，缘事而发”的产物。但是，由于两个时代无论社会生活还是诗人的思想意识都已经不同，相应地，两个时代的诗歌创作无论从美刺对象还是美刺标准，都发生了极大变化，由此而形成了汉诗表现美刺态度的一些不同于《诗经》的新特征。首先，在以娱乐为主的叙事性歌舞诗中，两汉诗歌更突出地运用了具有鲜明生动的个性形象来表现对社会生活的美刺褒贬态度。《诗经》中不乏对封建领主各级代表君子的歌颂与赞美，但是，那里的“君子”形象是缺乏个性、比较模糊的。其次，在突出抒发个人情感的抒情诗中，《诗经》在更多的情况下，把美刺的态度溢于言表，直陈事理或直称其名。两汉诗歌表现对社会现实的美刺褒贬态度，也是从周代礼教中解放而走上独立发展道路的必然结果，是遵从艺术规律的表现。即不以过多的说教取代诗的主要艺术审美功能，而更讲寓理于情，以情感人。但是，对于诗之以情感人，汉人毕竟有了更进一步的认识。《史记·项羽本纪》所记四面楚歌的故事就是一个很好的说明。

第二，比兴之义的扩展与转化。两汉诗歌新的发展道路不但表现为诗从礼教中的解放，反映现实内容的新特征两个方面，同时还表现为比兴之义的扩展与转化。

对自然景物，尤其是关于秋冬景物的描写中，我们可以看出两汉诗歌比兴之义的扩展。在《诗经》中，秋冬景物的描写，比较明显地暗示着人的一种怀归情绪，《小雅·采薇》在这方面是典型的代表。汉诗中，秋冬景物作为一种心理积淀，仍然在许多地方作为怀归的象征而出现。可是，受封建社会前期个人主义思想倾向的影响，汉诗中秋冬景物的比兴之义则有了很大的扩展，更主要表现为人生短促的新的比兴象征意义，如汉武帝的《秋风辞》、张衡的《定情赋》、郦炎的《见志诗》(之二)、蔡邕的《饮马长城窟行》等。两汉诗歌中大量描写秋冬景物的诗句，和先秦以来形成的民族心理传统是一脉相承的，里面包含了大量游子思妇的怀人之作，就是很好的证明。所不同的是，汉人的这种描写并不仅仅是先秦同类内容的简单继承，而是在思亲怀人的基础上增加了新的意义，那就是在秋冬到来之际，由一年的光阴流逝而想到人生短促。所以，即使是同样的游子思妇怀人之作，汉人的情感和先秦人的情感仍是有所差别的。先秦人所抒发的是对宗族家庭生活的眷恋之情，而汉人则在封建社会的前期个人主义思想倾向下,进一步突出个体生命的价值。

比兴之义在艺术中的应用,并不完全属于手法和技巧方面的东西,从根本上看,还是不同的社会发展阶段人们的认识能力在起作用。正如汉代之情与先秦之情不同一样,汉代诗歌创作中比兴的应用大不同于先秦,也是两汉社会的具体现实造成的。先秦诗人对客观外物的态度,是在自觉与不自觉中用"礼"所熔铸的性格去审视的。自然界中的一切事物,也自然成了这种社会秩序与道德观念的反映。两汉社会则不然。封建宗法制破坏之后,汉人心灵中,已经不复存在先秦人那种趋向于宗族国家的"礼"的意识,代之而起的是封建社会的前期个人主义思想倾向。汉人的抒情表达,不是把内心合于或者不合于"礼"的愉悦与痛苦之情投射到客观外物之上,而是把前期个人主义思想倾向下的个人得志与不得志之情渗透到客观外物之中。

众所周知,周代等级制社会一个突出的特点就是日用品使用上的等级性,从服装、穿戴到器物的使用,都有一定的"礼"的限制。《诗经》中比较突出的比兴特征之一就是借很多特定的东西来暗示一种象征性意义。"玉"是其中最有代表性的饰物。《诗经》中提到"玉"字有 15 处,和"玉"相关的配饰有"珩""瓒""珈""瑰""环""琼""瑶""玖""琛"等。《礼记·聘义》曰:"君子比德于玉焉,温润而泽,仁也;缜密以栗,知也;廉而不刿,义也;垂之如坠,礼也;叩之,其声清越以长,其终诎然,乐也;瑕不掩瑜,瑜不掩瑕,忠也;孚尹旁达,信也;气如白虹,天也;精神见于山川,地也;珪璋特达,德也;天下莫不贵者,道也。《诗》云:'言念君子,温其如玉',故君子贵之也。"这是周人对玉的看法。久而久之,玉在周人意识中的这种看法逐渐固定,表现在诗中就成为一种比喻,形成一种象征性意象。只要写到玉,读者和诗人马上就会生发出合于"礼"与"德"的情感。的确,玉在《诗经》时代的描写中,不但本身成为常见的比兴体,成为一种象征,而且成为整个象征系统的一部分。《诗经》中的这一象征系统,就是在歌颂和赞美人物诗中的那些服饰、穿戴、器物使用的大量描写,如《小雅·都人士》。但是,汉代的情况却大不相同,同样对于服饰穿戴打扮的描写,如《陌上桑》写罗敷,以及《羽林郎》中酒家胡的打扮。在这里,这种描写却不再具有先秦诗歌同样的暗示意义,不再象征着宗法社会中人的社会地位和个人品德,而是表现着两汉社会新兴地主阶级的奢华、商业的繁荣和由此带来的新的夸耀富贵的审美时尚,体现了汉人新的思想心理,从而在诗歌中转化为新的象征意象。

第三,创作方法与艺术风格。创作方法从来没有一成不变的模式。它的本质是不同时代的作家基于不同的思想情感,面对不同的社会对象所采取的不同的艺术表现形式，也可以说是艺术地反映生活的个别原则。两汉诗歌创作内容是丰富的，各阶级各阶层的每个人的经历不同，因而即使是同样的题材，不同的人在艺术上的表现也会各有差异。这种情况决定了两汉诗歌的创作方法呈现出一种多样化的局面。

这种多样化的局面首先体现在象征性创作方法的使用上。两汉诗歌中运用象征性创作方法的诗篇并不多，可是，由于受前期个人主义思想倾向的影响，这种象征性的创作方法比较突出地表现在两汉社会的诗人思想与整个社会背景的矛盾对立的感受方面。这种社会背景，在无形中作用于作者身上，又往往是难以具体触摸和把握的。每当作者要表现自己和这种抽象的社会背景或社会环境相对抗的矛盾情绪并付之于客观外物的形象描写时，便会采用象征性的创作方法。张衡的《四愁诗》是比较突出的代表。诗以“四愁”为名，写诗人所思在四方皆有所阻碍而不能达志。旧序以为这是“效屈原以美人为君子，以珍宝为仁义，以水深雪雾为小人，思以道术相报，贻于时君，而谗邪不得以通”。显然，这是以屈原的“美人香草”之意解之，并未完全看出这首诗与屈原《离骚》在创作方法上存在的区别。张衡所处的时代和他周围的政治环境不同于屈原时代，张衡的个人意识也不同于屈原的宗法意识。屈原所愁的是自己的治世理想不能达于圣听，而张衡所愁的是自己对于整个社会现实的失望。

两汉诗歌创作方法的多样化还体现在寓言诗的创作上。比较典型的诗作是《汉鼓吹铙歌十八曲》中的《雉子斑》、相和曲中的《乌生》、清调曲中的《豫章行》、杂曲歌辞中《蜨蝶行》等。这些诗基本上是把动物拟人化，通过它们叙述自己的遭遇来暗示人的遭遇。从它们的艺术反映角度来说，这些诗的创作是采用了近似现实主义创作方法的，诗中体现了作者对现实的一种认识，而且通过客观描述的方法，把现实的具体生活面貌显现出来。但是，这些诗作又不同于《东门行》等诗歌创作中的直接描述，而是把现实生活中的具体内容借寓言的形式表现出来。

当然，在两汉诗歌的创作中，每首诗并不仅仅采用一种创作方法。有些诗本来就是多种方法的同时使用。《陌上桑》是以描写现实生活内容为主的诗篇，秦罗敷的故事也可能有现实生活的影子。但是作者在罗敷身上，显然寄托了自己的人物理想。这就使罗敷不同于现实生活中具体的人，而是经过诗人笔下塑造的泛着理想之光的艺术形象。从这一角度来看，作者对罗敷的描写，就不是对现实的毫无粉饰的、完全真实的描绘，而是描绘作者在理想愿望中存在的人物。

和先秦诗歌相比，两汉诗歌艺术风格的第一个特点就是情感表现上的相对自由性。受周代宗法制社会观念的制约以及相应的周人对于“乐”（包括诗歌舞)的要求,先秦人对诗歌表达思想情感的范围在自觉与不自觉中给予一定的限制。而两汉社会前期个人主义思想倾向的形成,从历史上标志着个性人格的一次解放。他们不再把自己的思想情感局限于“礼”的范围之内。上至帝王将相,下至平民百姓,他们在生活中偶有感触,各种各样的思想情感,都可以发诸歌咏,形诸诗章。这已成为汉诗创作的习尚。汉武帝乐极生悲而作《秋风辞》,因为思念李夫人而作《李夫人歌》,这种思想感发都不符合儒家的教化观念。但是,新的人生观念和对诗的态度,却使汉武帝可以无拘无束地把自己偶然感发的情感自由地表现于诗中。正因为诗人的思想情感是不受传统宗法制观念束缚的,所以在诗中所表达的思想情感比在“周礼”束缚下的诗作要相对自由一些。汉诗风格的自由性第二点表现为艺术形式使用的自由。从历史发展看,先秦遗留下来的中国诗歌的传统形式是诗骚体。然而到了汉代,就不再仅仅表现为对诗骚体的简单继承。戚夫人的《舂歌》是近似于完整五言的样式,受异族诗歌形式影响的《汉鼓吹铙歌十八曲》,则更体现出诗歌艺术形式上的无拘无束,甚而至于《郊祀歌》十九章的创作,也没有一个统一的体裁规范。这里有三言,有四言,有五言、六言、七言。至于采用何种形式,完全随表达的需要。

和“自由”的风格相呼应的,是两汉诗歌风格上的通俗性。在现存的两汉诗歌中,除了小部分郊庙祭祀之作,大部分诗歌都是表现世俗之情的。这方面表现比较突出的是乐府诗。

第四,语言形式。一般来讲,诗歌形式与诗歌内容相较,其继承性较强。然而,由于两汉社会诗歌内容发生的极大变化,却突破了先秦诗骚体式的束缚,创制出与其内容相应的新形式。从现有的两汉诗歌来看,自汉朝初年起,两汉诗歌的语言形式,就不是对诗骚体的简单继承,而是变化中的发展。戚夫人的《舂歌》基本上采用了五言形式,《安世房中歌》亦有个别七言诗句。到了汉武帝时代,五言诗有李延年的《北方有佳人》,杂言诗则有《郊祀歌》十九章中的《天地》《日出入》《天门》《景星》等,其中掺杂了大量不同于诗骚体的五言、七言句子。到了成帝时,五言诗比较典型的则有歌谣《邪径败良田》。而产生于西汉的《汉鼓吹铙歌十八曲》,则完全摒弃了诗骚体而采用杂言的形式。其中,尤其以五言的诗句引人注意,像《有所思》,全诗共 16 句,其中五言句占 9 句,《上陵》全诗共 22 句,五言句占 13 句。到了东汉,无论是乐府诗还是文人诗,基本上是以五言为主,以杂言和七言诗为辅。可以这样说,由西汉初年到东汉,诗歌创作逐渐以五言为主,乃是两汉诗歌语言形式发展的主要特征。

第二节　感于哀乐，缘事而发：汉乐府诗

汉乐府民歌继承和发扬了《诗经》的现实主义传统，“感于哀乐，缘事而发”，展现了丰富的社会生活，其重要内容是表现民众的悲苦、怨恨与反抗。在艺术手法上，汉乐府民歌突出的艺术特色是它的叙事性，在汉乐府中出现了由第三者叙述，有一定性格的人物形象和比较完整的情节的作品。此外，还较多运用了比兴、拟人、夸张、铺陈和烘托等多种表现手法，而且句式上打破《诗经》的四言，以杂言为主，逐渐趋于五言，开了文人五言诗的先河。因此，在文学发展史上，汉乐府民歌标志着我国古代叙事诗达到一个新的更加成熟的发展阶段。汉乐府诗歌包括文人乐府和乐府民歌，现仅存百余首，主要保存在宋郭茂倩编的《乐府诗集》中的郊庙歌辞、相和歌辞、杂曲歌辞和鼓吹曲辞中。

汉代虽是一个强大的封建王朝，正处于封建社会的上升阶段，但广大民众仍生活于贫穷困苦之中，过着牛马般的生活，“贫民常衣牛马之衣，食犬彘之食”，“卖田宅，鬻子孙以偿债”(《汉书·食货志》)。汉乐府民歌对人民群众这种穷苦生活作了真实的反映，对他们所受的迫害作了血泪的控诉。《妇病行》就展现了这样一幅生活画面，诗歌选择了两个生活场面，妻子临终的嘱托和妻死后丈夫与孤儿的贫困潦倒，表现了他们饥寒交迫的悲惨情景，深刻地反映了封建社会里下层人民的生活。豪门富户的残酷性，也表现在对亲人的压榨剥削上。《平陵东》更揭露了当时官府怎样凭借权势对百姓进行法定之外的掠夺和榨取，官吏无故绑架义公到高堂之下，逼迫他“交钱百万两走马”。这位义公顾见追吏，心中害怕，只得“归告我家卖黄犊”。这是无辜的受害者对官吏贪暴、压榨良民的悲愤控诉。

由于破产，大批农民不得不离乡背井，四处谋生，漂泊异乡，有家归不得。乐府民歌有不少篇章抒发他们的悲哀：“兄弟两三人，流宕在他县。故衣谁当补？新衣谁当绽？”(《艳歌行》)“男儿在他乡，焉得不憔悴！”(《高田种小麦》)此外，寓言诗《乌生》《枯鱼过河泣》《蜨蝶行》，通过乌鸦、枯鱼和蜨蝶的曲折遭遇，同样表达了受迫害者的悲愤心情。汉乐府民歌也反映了人民大众的挣扎反抗。《东门行》就是这一主题的代表作。诗中写一位贫民“盎中无斗米储，还视架上无悬衣”，挨冻受饿的日子逼得他只好“拔剑东门去”。诗歌只截取了一个生活片断，把他的内心矛盾(一入一出)，把他受压迫剥削的悲愤，把他不甘忍受而终于“拔剑东门去”的反抗精神，都集中到临行前这一瞬间来写，将人物性格浮雕似的凸显于读者眼前。

汉代自武帝开始,频繁地发动战争,从而造成人员的大批伤亡,使很多幸福家庭遭到破坏,引起劳苦大众的不满。《汉鼓吹铙歌十八曲》中的《战城南》就反映了这一主题。《十五从军征》则揭露了当时兵役制度的不合理。“十五从军征,八十始得归”,强烈的时间反差,一下就抓住了读者,揭示了这个老兵的悲惨遭遇。

歌唱爱情是民歌的重要主题,汉乐府民歌也是如此。不过,由于封建礼教的加强,汉乐府民歌对爱情的描写,已缺少《诗经》中那种表现爱情时欢快喜悦的情绪,而往往笼罩着一层不幸与不祥的悲伤气氛。例如,《有所思》就描写了一位女子在突然听到情人变心时的复杂痛苦的心情,揭示了一个直率而多情的女子在爱情受到挫折时的复杂心理:她准备赠给情人的礼物是“双珠玳瑁簪”,还“用玉绍缭之”;但一“闻君有他心”,即“拉杂摧烧之”,还“当风扬其灰”。这种加重形容的写法,写出了她爱之深亦恨之极的强烈感情。但转念一想,回忆起他们幽会时那“鸡鸣狗吠,兄嫂当知之”的情景,使她又害怕又留恋,因而藕断丝连,不忍割舍。

《上邪》则通过一个女子向情人的自誓,表达了她对爱情的无限坚贞:

上邪!
我欲与君相知,
长命无绝衰。
山无陵,
江水为竭,
冬雷震震,
夏雨雪,
天地合,
乃敢与君绝!

诗歌连用天地间不可能出现的五种自然现象来表达她至死不渝的爱情,想象奇特,构思新颖,感情真挚热烈。

表现弃妇的思想感情在汉乐府民歌中也是重要主题。《白头吟》《怨歌行》《塘上行》《上山采蘼芜》《孔雀东南飞》,都描写了这类妇女的悲剧命运。《孔雀东南飞》是这类诗中最杰出的代表作,它热烈地歌颂了刘兰芝夫妇宁死不屈的反抗封建恶势力的叛逆精神,深刻地表现了广大人民争取婚姻自由的必胜信念。全诗紧紧围绕刘兰芝夫妇与封建家长的矛盾冲突展开,从矛盾已经激化写起,将斗争的时间集中在二十天左右,写了四个回合的斗争,到殉情自杀戛然而止。故事有发生、发展、高潮、结局,剪裁得当,结构严谨,最后一个凄美浪漫的结尾,表现了人民的美好愿望。这是此诗提炼题材方面的特点。

生命短促，是人类永远无法改变的事实。对有限生命的热爱，对死亡的恐惧和哀伤，乃是无论富贵贫贱所有人的共同感情。大约产生于西汉初年的两首丧歌《薤露》《蒿里》就是这样的作品，前一首感叹生命就像草上露水那样很快就要消失，露水明朝又将降落，而生命却不能重复；后一首慨叹在死神催促之下，无论贵贱贤愚，都必将成为冢中枯骨。

除以上几方面，汉乐府中还有一些揭露、讽刺封建统治者淫侈腐败的作品，如《相逢行》《长安有狭斜行》都对世胄子弟倚仗权势加以讽刺。而另一首《雁门太守行》则对东汉和帝时洛阳令王涣为官清廉勤政表示了由衷的歌颂，表现出广大民众爱憎分明的态度。另一些乐府诗则对下层文士奔走仕途、困顿他乡的命运表示同情，如《高田种小麦》以高田不宜种小麦为喻，写出“男儿在他乡，焉得不憔悴”的辛酸。

汉乐府民歌有独特的艺术成就，是继《诗经》《楚辞》之后我国诗歌发展的重要阶段。它不仅给汉代诗坛增添了异彩，对后世诗歌发展也产生过重大影响。第一，汉乐府民歌真实地反映了当时的社会生活与劳动群众的爱憎，是对《诗经》开创的写实传统的继承与发扬。第二，汉乐府民歌中，叙事诗数量多，艺术性高，标志着我国叙事诗的成熟。诗歌中出现了由第三者叙述的有生动情节的故事；诗中出现了贯穿全篇的中心人物。第三，形式自由多样，有杂言诗，并逐渐趋向五言。例如，《东门行》有一言、二言，乃至八言、九言、十言，长短随意，整散不拘。第四，语言质朴浅白，却精练传神，极富表现力。第五，汉乐府民歌所创造的多种多样的艺术表现手法，如人物样貌的正面描写、侧面烘托；环境描写；加重描写；铺陈描写；生活片段的截取等，给后世作家积累了丰富的创作经验。

第三节 深入浅出，短语长情：文人五言诗

汉代文人的诗歌创作，无论在形式上还是在内容上，都能够继承先秦诗歌的传统，同时也表现出张扬审美个性与生命价值的时代精神。西汉时期，民间有五言歌谣，乐府中有五言歌诗，而文人没有五言诗。东汉时代，是五言诗发展的重要阶段。民间继续产生着五言歌谣，而且大量的优秀的民歌进入了乐府。乐府中，五言诗占了统治的地位。由于五言民歌进入了乐府，文人有了更多的接触和学习五言形式的机会，他们也开始了模仿写作的活动。于是，五言取代传统的四言成为新的诗歌样式。《古诗十九首》代表了汉代文人五言诗的最高成就，其艺术造诣在于深入浅出，短语长情。

最初的文人五言诗是极为粗糙的，东汉初的班固有一首五言句的《咏史》，写的是西汉文帝时代孝女缇萦入身为官婢以赎免父亲刑罚的故事。这虽然是一首完整的叙事诗，但它只是叙述了这个简单的故事，还缺乏生动的艺术描绘和人物形象。班固之后，张衡有一首五言句的《同声歌》，以妇人事夫之情比喻臣子事君之道，其辞采流丽，婉转细致，艺术性超过班固的《咏史》。在班固、张衡这样一些有地位、有影响的大作家的倡导下，创作五言诗的文人多起来了。比较突出的有秦嘉的《赠妇诗》（三首）、赵壹的《刺世疾邪诗》、郦炎的《见志诗》、孔融的《杂诗》等。

《古诗十九首》被奉为五言诗的典范。这一批诗最早著录于《文选》，萧统把两汉 19 篇无主名的文人五言诗选编在一起，标明是"古诗十九首"，后来成为一个专名。所谓"古诗"，本是六朝人对古代诗歌的一个统称，特指流传久远的无主名的诗篇，而汉代有一些未被乐府采录的民间诗歌，及一部分原已入乐而失了标题、脱离了音乐的歌辞，无以名之，也称古诗。现有资料证明，汉代同类文人诗至少有 59 首之多，而这 19 首古诗，则是萧统经过严格挑选后保留下来的，它们经过时间的考验，历久弥新，既标志着汉代五言抒情诗的最高成就，同时也概括了同类古诗的大体风貌。沈德潜在《说诗晬语》中说："《古诗十九首》，不必一人之辞，一时之作，大率逐臣弃妻，朋友阔绝，游子他乡，死生新故之感。"这段话说明了《古诗十九首》非一人一时之作，又说明了作者的身份和作品的大致内容。

《古诗十九首》的内容多为游子思妇之辞。《涉江采芙蓉》的主人公采撷芳草想要赠给远方的妻子，并且苦苦吟叹："还顾望旧乡，长路漫浩浩。同心而离居，忧伤以终老。"

又如，《迢迢牵牛星》：

迢迢牵牛星，皎皎河汉女。
纤纤擢素手，札札弄机杼。
终日不成章，泣涕零如雨。
河汉清且浅，相去复几许。
盈盈一水间，脉脉不得语。

诗中没有明写出思妇，但从它所表现的思想感情来看，这是一首描写思妇离怀的诗作。诗的开篇是写景："迢迢牵牛星，皎皎河汉女。"然而这景是由思妇抬头所见，苍天夜境本来就极易使人产生遐想，更何况是一位孤寂的思妇，更何况她所见到的是那两情相阻、只能隔河相望的牵牛织女。此情此景自然会勾起思妇无尽的思绪。但是，诗人并没有就此展开对观景之人直接的心理刻画，而是引出了对牛郎织女故事的描写："纤纤擢素手，札札弄机杼。终日不成章，泣涕零如雨。”诗人具体设想织女的劳作情景，写她的美丽、勤劳和苦闷相思，找不出纯然是作者抒情的语句。可是，它虽“不著论议”，却“咏叹深致，托意高妙”，写景、叙事与抒情十分巧妙地交织在一起。作者摄取思妇夜望星空这一生活中有典型意义的镜头，从她的眼中观可伤之景，由可伤之景引出可痛之事，于其中写出伤心之人，使抒情格外形象、生动。

再如那首专门咏月的作品《明月何皎皎》：

明月何皎皎，照我罗床帏。
忧愁不能寐，揽衣起徘徊。
客行虽云乐，不如早旋归。
出户独彷徨，愁思当告谁。
引领还入房，泪下沾裳衣。

诗中描写思妇因月圆而勾起对丈夫的思念，愁思徘徊，夜不能寐，十分感人。“明月”在这里成了思妇唯一可以倾诉的朋友，也显得十分亲切。

《古诗十九首》的作者多数是宦游子弟，他们之所以离家在外，为的是能够建功立业，步入仕途。《古诗十九首》唱出了他们的这种强烈愿望：“人生非金石，岂能长寿考？奄忽随物化，荣名以为宝”（《回车驾言迈》）；“何不策高足，先据要路津。无为守贫贱，轗轲长苦辛”（《今日良宴会》）；追求荣名、难耐贫贱的愿望表现得非常坦率。但是，“荣名”“要路津”对他们来说已是希望渺茫，因此一种人生短暂，当及时行乐的情绪就油然而生：“极宴娱心意，戚戚何所迫”（《青青陵上柏》）；“荡涤放情志，何为自结束”（《东城高且长》）；“人生忽如寄，寿无金石固。不如饮美酒，被服纨与素”（《驱车上东门》）；“生年不满百，常怀千岁忧。昼短苦夜长，何不秉烛游”（《生年不满百》）。这种情绪全无昂扬向上的进取精神，当然是消极、没落的。但是，这种情绪又是当时政治黑暗的一种反映，是对当时社会的一种消极反抗，有其特定的历史背景与现实意义。同时，它也是对人的自身价值的一种发现。

善于运用比兴手法是《古诗十九首》的一个明显特点。诗中常用比兴来映衬、烘托人物的思想感情，着墨不多而言近旨远，语短情长。例如，一首描写新婚夫妇别离之情的诗篇《冉冉孤生竹》：

冉冉孤生竹，结根泰山阿；
与君为新婚，菟丝附女萝。
菟丝生有时，夫妇会有宜；

千里远结婚,悠悠隔山陂。
思君令人老,轩车来何迟!
伤彼蕙兰花,含英扬光辉,
过时而不采,将随秋草萎。
君亮执高节,贱妾亦何为!

诗的开篇比中有兴,以“孤生竹”比喻女子未嫁时的处境。女主人公还用蕙兰花自况,说人的青春容颜正如花一般美好,但也会像它那样一天天衰老。想到此,她内心充满了感伤和忧虑。诗末“君亮执高节,贱妾亦何为”,表现了女主人公在无限幽怨中对丈夫抱着希望而又怀有隐忧的复杂心理。全诗婉转附物,多用比兴,写来含蓄蕴藉,形象生动。

《古诗十九首》中运用比兴的例子还有很多。例如,《青青陵上柏》一诗,开头两句“青青陵上柏,磊磊涧中石”,也是采用传统起兴的手法,以所见之物起咏,同时兼有从反面作比之意,即将柏、石这样能够长久存在的东西与人生之短促的现实相对比,发出仕途失意之人的深沉慨叹:“人生天地间,忽如远行客。”比兴手法的运用,增添了诗歌的艺术魅力。另外,许多诗篇,如《涉江采芙蓉》《庭中有奇树》《孟冬寒气至》和《客从远方来》都能巧妙地起兴发端,用以起兴发端的有典型事件,也有具体物象。

《古诗十九首》的主要成就是艺术上的成功,它在文学史上的地位也主要是由它的艺术成就所决定的。它继承并提高了乐府诗中抒情诗的技巧,融合了《诗经》、楚辞的艺术成果,而形成自己独特的艺术风格。《古诗十九首》的产生,标志着中国文人诗创作道路的一个重要转折,开创了一个突破“风骚美刺”传统,以抒写文人士子自身命运、世俗情怀为主的新的诗歌创作领域;扭转了汉乐府民歌向叙事诗发展的方向,而转向抒写个人情怀的抒情化的方向发展。同时开创了一种新体诗,即感情真挚质朴且文雅自然的艺术风格、雅俗兼具的文人五言诗新体。这在客观上也标志着中国诗歌发展进入了一个新时代,即以文人五言诗创作为主的时代。自六朝以来,关于《古诗十九首》的评论很多,刘勰在《文心雕龙·明诗篇》中说它“结体散文,直而不野,婉转附物,怊怅切情,实五言之冠冕也”。钟嵘《诗品》评它“几乎一字千金”。胡应麟《诗薮》则说它:“随语成韵,随韵成趣,辞藻气骨,略无可寻。而兴象玲珑,意致深婉,真可以泣鬼神,动天地。”《古诗十九首》直接影响了建安及魏晋作家,并且自六朝迄至清末都有拟作者,其在诗歌发展史上的影响是深远的。

第三章 魏晋南北朝诗歌发展研究

魏晋南北朝时期的诗歌，上起建安，历三国、两晋、南北朝，终于隋统一。如从东汉末献帝永汉元年(189)，至陈后主祯明三年(589)隋文帝灭陈止，中间正好四百年。在这四百年间，国家长期分裂、政权更迭频繁、社会动乱黑暗、民族矛盾尖锐，正是中国文人文学创作自觉时代的开始。这一时期的诗歌形式由汉诗的自由质朴渐趋辞藻华美、音韵调谐、格律严谨、对仗工整，为唐诗的空前繁荣奠定了坚实的基础，做出了不可磨灭的贡献。

第一节 魏晋南北朝诗歌的创作特点

魏晋南北朝诗歌的发展，总体而言，在建安时代，北方比南方兴盛；在三国时代，魏比吴、蜀兴盛；在两晋时代，西晋比东晋兴盛；而在南北朝时期，南朝比北朝兴盛。南北文风表现出鲜明的地域性特点，大抵北方以刚健质朴为特色，南方则比较华美柔婉。

魏晋南北朝时期，分裂多于统一，混乱多于安定，政治、经济发展不平衡、不稳定，诗歌的发展也不平衡。

建安中，曹操唯才是举，且雅好文学，故政治、经济、文学均得以发展，"三曹"、"七子"、蔡琰、杨修、吴质等皆聚于曹氏，彬彬称盛，诗歌最有成就，而吴、蜀均不得擅场。建安诗歌基本上继承了汉乐府民歌、《古诗十九首》、汉末抒情小赋的创作精神并加以发展。建安诗中的直面现实的精神，显然是汉乐府民歌精神的继续，而对人生价值、生命意义的思考和探索，又显然与《古诗十九首》精神一脉相承。此时的作家，均能敞开胸怀，无拘无束地抒写自我，所以形诸诗歌，均能见出性灵，写出个性。

魏明帝曹睿死，齐王曹芳八岁即位，改元正始(240)。这一时期文人多以韬晦自全、佯狂避世为事，但诗人仍多，以竹林七贤最为有名。正始时代由于政治的黑暗和玄学的兴起，诗赋中的理性色彩曾一度有所加强，但这时的理性并没能损伤抒情的深度。

魏元帝景元四年(263)灭蜀，两年后(265)司马炎代魏自立，建立晋朝，都洛阳，史称西晋。至太康元年(280)灭吴，天下始归统一。太康前后出现了短暂的繁荣安定局面,这个时期作者很多,以张华、傅玄、“三张”、“二陆”、“两潘”、“一左”最为有名。

建兴五年(316)进入了南北分裂时期。文士或夭折,或南北飘零,仅刘琨、郭璞等留下一些作品,反映了这段充满忧患的历史。郭璞善以游仙形式来写坎壈之咏怀。

西晋末至东晋,玄言诗占领诗坛,辞意平泰。到了南朝,诗歌的抒情性又加强了,而且变得比以往任何时候都更为突出。这时的作家都重视自我感情的抒发,情之所动,就援翰写心,并不掩饰,出现了像陶渊明、谢灵运、鲍照、沈约、谢朓、庾信等许多大家。陶渊明写他鄙薄官场、向往真淳之情,谢灵运写他“进德智所拙,退耕力不任”的矛盾;鲍照抒发他的豪迈与愤懑,庾信抒写他的沉痛与哀伤;宫体诗人也宣称“文章且须放荡”,要尽情显示自己的真情实感。

北朝政权更替的频繁,甚于南朝,民生的困苦也比南方严重。因此北朝的诗歌发展也远不及南朝,除了由南入北的几位大家如庾信、颜之推、王褒等人外,其他诗人成就均不及南朝作家。

综上所述,就整个诗歌史的发展而言,魏晋南北朝诗歌是上承先秦两汉、下启隋唐的一个重要阶段。这种重要性不仅在于诗人空前增多、作品也空前增多,更重要的还在于它已进入了文学自觉的时代。总的来说,魏晋南北朝的诗歌创作呈现出如下几方面的特点。

第一,作家的创作意识更加明确,在创作过程中能更加敞开情怀,显示自己的灵感与个性,因而文学本身固有的特色即抒情性,更加鲜明突出。这主要体现在诗、赋等文学作品抒情性的加强上。

第二,这一时期文学的题材范围十分广泛,后世盛行的各类题材几乎都在此时滥觞或拓展盛行。以诗而论,感时伤乱、揶揄世态、咏史咏怀、游仙谈玄、男欢女爱、闺情闺怨、出塞从军、交游赠别、山水田园、宫廷园囿、风花雪月等,都是当时写得较多的题材。最值得注意的就是山水、田园、神仙、人体。

在山水诗方面,曹操的《步出夏门行》(东临碣石)已是一首完美的山水之作;晋代王羲之等二十余人所作《兰亭诗》中,亦有不少怡情山水之作;至东晋末谢混,更着力写作山水诗;其后谢灵运、沈约、谢朓、何逊、阴铿诸人,都以写作山水诗著称。

田园被当作审美对象,是从陶渊明发端。在他的诗歌中,田园是一个高度理想化的审美境界,不仅包含着自然美本身,同时也包含着丰富的社会内容。山水田园这些审美对象的发掘,直接影响到唐代山水田园诗派的形成和发展。

神仙，作为一种审美对象，是文学浪漫传统的一项重要内容。曹操、曹植、阮籍、嵇康、傅玄、张华、陆机、张协、庾阐、郭璞、鲍照以及梁代君臣都写有游仙诗。

此一时期对人体美注意得较多的是宫体诗人，其描写较多的是女子的容貌体态。他们的写作态度是相当认真的，所谓猥亵之作并不多见。从客观上讲，它也为后世的人物描写提供了可资借鉴的艺术经验。

第三，在诗歌语言的运用方面，这时的诗人或注意语言的对称美、辞采美、韵律美，或注意语言的自然天成之美，极大地开拓了语言的艺术表现力，丰富了语言艺术宝库。先秦时期，《诗经》大抵以朴素自然为特色，楚辞则弘博雅丽。魏晋南北朝作家在借鉴前人经验的基础上又作了深入的探索，取得了更加引人瞩目的成就。一方面，这一时期的诗歌注意语言的对称美、辞采美、韵律美。建安时，曹植的诗已特别讲究语言技巧，讲究对偶，尤以“辞采华美”著称。至西晋时，张华、陆机等人，又在语言的对称美、辞采美方面费了很大的力气加以开掘，以逞其才。讲究文辞华美，一时蔚为风气，至西晋末始渐归平淡。另一方面，注意语言的质朴自然、浑然天成之美。建安时的多数诗歌语言都比较自然本色。正始诗人也多以自然质朴为主。太康诗人虽然在总体上追求丽采，但潘岳、张协诸人之作，都比较省净，并不以堆砌雕琢为能。至西晋末，玄言诗兴起，语言则趋于平淡。但东晋末宋初的陶渊明顺承了玄言诗的语言发展方向，在文学的总体形象、构图的明晰完美、感情的真切深沉方面下功夫，并以这种追求整体浑成完美的审美标准反过来指导语言的锤炼，于平淡之中见出遣词造句的深厚功力，尽管千锤百炼而始终不露痕迹。

第四，风格方面，这一时期的诗歌风格是绚丽多彩的，如曹操气韵沉雄，曹丕流丽婉转，曹植词采华茂，刘桢挺拔清秀，王粲苍凉悲慨，蔡琰凄婉深长。建安以下，阮籍遥深，嵇康清峻，陆机华美，左思雄迈，刘琨悲壮，陶渊明恬淡，谢灵运典丽，鲍照俊逸，庾信清新，均自成一家。

第五，对诗歌体式进行了深入的探索。诗在东汉末已发展至五言。魏晋南北朝诗人大量写作五言诗，使之更加臻于成熟和完善。此外，七言古诗和乐府歌行也形成和成熟于此时。曹丕的《燕歌行》已是完整的七言诗；鲍照更对七言歌行加以改革，使之更适合于抒发豪迈奔放的思想感情，为唐以后诗人开拓了自由抒情的新路子。齐永明间又创造出一种新诗体，其后宫体诗人更大量地写作五言四句的小诗，并使七言诗体隔句用韵的规律固定化，对绝句和律诗的基本程式有了一个初步的构架，为近体诗的形成铺平了道路。对于四言、六言、杂言等传统的诗体，诗人们也在继续探讨，曹操、嵇康、陶渊明等都在四言诗的写作方面取得了新的成就。

总之，魏晋南北朝时期确实是文学的自觉时代，也是我国诗歌史上一个承先启后的、重要而必不可少的阶段。这四百年的诗歌创作实践与积累，为唐代诗歌的全面繁荣奠定了坚实的基础。

第二节　志深笔长，刚健有力：建安诗歌

建安时代在我国诗歌发展史上是一个光辉的起点。这时新形成的五言体，开始在文人的诗歌创作中被普遍运用并盛极一时，从此，五言体诗开始了它的前进发展历程。这时诗人们学习和继承了前代民歌的创作精神，在当时现实形成的各种条件下，运用各自的艺术才能进行创作，使他们的诗歌闪耀出强烈的现实主义光辉，成为后代文人诗风的良好表率。从艺术方面来说，建安诗歌既吸取了诗骚乐府乃至汉赋的传统，又在前人的基础上有所创新，使诗歌的功能得到更充分的发挥。这时的诗人，尤其是曹氏父子和“建安七子”，他们多曾经过一番巨大的社会变乱，接触到遭受严重破坏的社会实景，而当时社会思想的解放，也使文人的个性得以自由舒展，因而这时的诗歌表现出一个显著的特征，就是“慷慨任气”，笔调明朗，直抒对于现实的激情，以准确、朴素、明朗的言辞表达出来，使内容和形式有谐美的统一性，形成了一种志深笔长、刚健有力的风格，被后人誉为“建安风骨”。建安诗歌的代表作家，是三曹（曹操、曹丕、曹植）、七子和蔡琰，共同形成一个邺下文人集团，曹氏父子是这一集团的核心。

一、曹操的诗歌

曹操（155—220），字孟德，小名阿瞒，沛国谯（今安徽亳县）人。祖父曹腾是个宦官，而父亲曹嵩是曹腾的养子。曹操出身虽然微贱，但他年少机警，豪放不羁，有大志，好权术。董卓之乱，他参加了讨伐董卓的战役。建安元年（196），他迎献帝迁都许昌，“挟天子以令诸侯”，自封丞相和大将军，成为北方的实际统治者。

曹操是汉末杰出的政治家、军事家和文学家。他多才多艺，对书法、音乐、围棋都相当精通。于戎马倥偬之余，不废吟咏，创作了不少出色的诗歌。他曾收罗人才，对几乎失传的汉代音乐、歌舞进行了整理。曹操喜用乐府旧题作政治抒怀。曹操的诗，现存二十余首，都是乐府诗，其内容和写作方法都与汉乐府“感于哀乐，缘事而发”（《汉书·艺文志》）的精神一脉相承。敖陶孙《诗评》说：“魏武帝如幽燕老将，气韵沉雄。”刘熙载《艺概·诗概》则说：

“曹公气雄力坚，足以笼罩一切，建安诸子未有其匹也。”气韵沉雄是一方面，还有另一方面，那就是“曹公古直，甚有悲凉之句”（钟嵘《诗品》）。诗中多以周公自比，对《诗经·东山》特别偏爱。曹操的行伍诗，亦多立足于士卒平民而为之吟咏，具有平常心，这使他的诗充满悲天悯人的人道主义色彩和博爱的情怀。在帝王诗中，可谓古今无二。

曹操的一部分诗反映了汉末战乱的现实和人民遭受的苦难，如《蒿里行》写的是初平元年（190）关东义军联合讨伐董卓的历史事件：

关东有义士，兴兵讨群凶。
初期会盟津，乃心在咸阳。
军合力不齐，踌躇而雁行。
势利使人争，嗣还自相戕。
淮南弟称号，刻玺于北方。
铠甲生虮虱，万姓以死亡。
白骨露于野，千里无鸡鸣。
生民百遗一，念之断人肠。

这个原是挽歌的乐府古题，曹操却利用其原来具有的悲哀情调，叙写令人感到伤惨的时事。诗歌用高度简括的诗笔，如实地描写了义军由聚而散的情形，对袁绍等人各怀私心、畏葸不前之态进行了揭露和批评。曹操以事件发生的先后为线索，叙说董卓之乱起，挟献帝以迁都洛阳、诸侯兴兵讨董，不意董乱未平，内部先有矛盾纷争，“淮南弟称号，刻玺于北方”所说的袁绍异母弟袁术在淮南即今安徽寿县称帝，而袁绍欲废汉献帝而立大司马刘虞为帝，如此自然是诸侯分裂的极致，天下丧乱成为必然。社会呈现出的惨痛局面是“白骨露于野，千里无鸡鸣”。据史书记载，以袁绍为盟主的地方联军讨董卓时，在非常有利的形势下，大家都观望不前，曹操独自奋勇地带着部队去追击董卓，在汴水一战蒙受了重大的伤亡。由此可以证明，他在这里所表达的悲愤情绪是很真诚的。诗末对长期的战乱给社会和百姓造成的灾难、痛苦，深表关怀和同情，其中也体现了曹操作为杰出的政治家欲救民于水火的胸怀和抱负。这些诗歌，由于反映现实深刻真实，因而被后人称为“汉末实录”（钟惺《古诗归》卷七）。

《薤露行》写的也是董卓之乱：

惟汉廿二世，所任诚不良。
沐猴而冠带，知小而谋强。
犹豫不敢断，因狩执君王。

白虹为贯日,己亦先受殃。
贼臣持国柄,杀主灭宇京。
荡覆帝基业,宗庙以燔丧。
播越西迁移,号泣而且行。
瞻彼洛城郭,微子为哀伤。

《薤露行》是《蒿里行》的姊妹篇。这首诗对汉末董卓之乱的前因后果进行了描写。“荡覆帝基业,宗庙以燔丧。播越西迁移,号泣而且行”四句将董卓之乱带来的后果以及百姓的苦难和盘托出,“瞻彼洛城郭,微子为哀伤”二句抒发了自己的情感,体现出了深重的悲愤之情。诗人在诗中沉痛地追诉了由于朝廷执政者的无能,乃酿成董卓的暴乱,使国家和人民遭受毁灭性的灾难,极概括真实地反映了当时重大的历史事实。诗中的“所任诚不良”言汉灵帝任命何太后的哥哥何进为大将军事,“沐猴而冠带”言项羽攻入咸阳而欲富贵还乡事,《后汉书》《史记》有相应记载。

又如《苦寒行》:

北上太行山,艰哉何巍巍。
羊肠坂诘屈,车轮为之摧。
树木何萧瑟,北风声正悲。
熊罴对我蹲,虎豹夹路啼。
溪谷少人民,雪落何霏霏。
延颈长叹息,远行多所怀。
我心何怫郁,思欲一东归。
水深桥梁绝,中路正徘徊。
迷惑失故路,薄暮无宿栖。
行行日已远,人马同时饥。
担囊行取薪,斧冰持作糜。
悲彼《东山》诗,悠悠令我哀。

这首诗是诗人描写他北征高干时的行军生活,给人以非常艰险荒苦的军旅生活实感。作为军事统帅,诗人并不强作英豪之态,而是真实地写下了士卒的苦寒和自己内心的波动,表现了对不得已而用兵的深沉感喟,称得上是“古直悲凉”的典范。

在曹操的诗歌中,《短歌行》、《步出夏门行》中的《观沧海》《龟虽寿》是历来为人传诵的千古名篇。《短歌行》是四言乐府诗,在宴飨宾客时吟唱,诗歌的主题是抒发为了统一大业而求贤若渴的心境,体现了一唱三叹,慷慨悲凉中体现出昂扬之态。《观沧海》是《步出夏门行》的第一章，作为中国现存第一首完整的山水诗，以写海取胜。虽然是写秋季，却写得大气磅礴，笼罩万有，一洗悲秋的感伤情调，这与诗人积极用世的人生观，非凡的气度品格乃至美学情趣都是紧密相关的。诗人观海抒情，借海明志，景语情语，浑然一体。“日月之行，若出其中；星汉灿烂，若出其里”，曹操用饱蘸浪漫主义激情的大笔，勾勒出大海吞吐日月、包蕴万千的壮丽景象；描绘了祖国河山的雄伟壮丽，既刻画了高山大海的壮阔，更表达了诗人以景托志，胸怀天下的进取精神。全诗语言质朴，想象丰富，气势磅礴，苍凉悲壮。《龟虽寿》以“神龟”“腾蛇”为喻，阐明了“有生必有死”的自然规律，且谁都无法逃脱这一法则。之后，诗人强调了应当在有限的生命里保持奋发昂扬的斗志，还认为人的寿命也存在着由人掌握的一面，不应该全都由上天决定，“老骥伏枥，志在千里；烈士暮年，壮心不已”直接吐露了曹操的壮志豪情。

总之，曹操的诗歌语言质朴简洁，善用比兴，形象鲜明，诗歌风格悲凉慷慨，沉郁雄健。

二、曹丕的诗歌

曹丕(187—226)，即魏文帝，字子桓，曹操次子。他非常喜爱文学，积极从事文学创作。据《诗品》记载，曹丕共创作了 100 多首诗歌，但流传下来的只有 40 多首。

曹丕的诗语言通俗、清丽、流转，结构精巧，表达细腻。曹丕现存诗约 40 首，主要分为三类。

第一类为宴游诗，如写夜游铜雀园的《芙蓉池作诗》，纪游玄武池的《于玄武陂作诗》等。这些诗多写游赏之乐，模山范水比较细致，文辞富丽，常用对偶，在我国山水诗的发展史上有一定地位。曹丕虽然生在动乱的建安时期，但他所过的是一种脱离现实的十分舒适的生活。他自从当了皇帝后，由于动乱年代基本上已经过去，社会日趋安定，因而他在宫廷中又逐渐追求生活享受，陶醉酒肉，征逐歌声。这种在酒乐中讨生活，无疑会使他产生及时行乐的消极情绪，堕入人生短促的感叹之中，这就不能不给他的诗歌染上缠绵柔媚的色彩，或是笼罩着忧愁、感伤的气氛了。这不仅表现在他的游宴诗中，就是他的那些表达政治理想的诗篇也在所难免。

第二类是抒情言志之作。如《黎阳作》(其五)，写曹军南征之事，既描写行军的艰苦，更突出了“救民涂炭”和志在“靖乱”的决心：

千骑随风靡，万骑正龙骧。

金鼓震上下,干戚纷纵横。
白旄若素霓,丹旗发朱光。
追思太王德,胥宇识足臧。
经历万岁林,行行到黎阳。

在曹丕笔下,战士的出征写得有声有色。“千骑随风靡,万骑正龙骧”,写人数的众多,声势的浩大。“金鼓震上下,干戚纷纵横”,写行军时的金鼓齐鸣,战士在金鼓齐鸣声中前进。以上是从听觉方面来写的。“白旄若素霓,丹旗发朱光”,写战士的衣着和引征的旗子,穿的白盔甲,手执红色的旗子,浩浩荡荡,雄姿英发,使人感到真是一支劲旅。“追思太王德,胥宇识足臧,经历万岁林,行行到黎阳”,这里极写出征战士行军的速度之快,很快就到达了目的地——黎阳。《煌煌京洛行》则举出古人成败的各种事例,供后人借鉴,与他《典论》中的某些篇章用意相同。也正因为他参加过一些征战,现实生活有时就不能不流露于笔端,写出一些同情人民疾苦,反映社会动乱的作品,尽管为数不多,但也很值得我们重视。如他的乐府诗《上留田行》,就反映了当时社会上贫富悬殊的现象:

居世一何不同,
上留田。
富人食稻与粱,
上留田。
贫子食糟与糠,
上留田。
贫贱亦何伤,
上留田。
禄命悬在苍天,
上留田。
今尔叹息将欲谁怨?
上留田。

在诗中作者把“富人食稻与粱”与“贫子食糟与糠”的两种不同阶级的不同生活,作了鲜明的对照,展示出阶级社会里贫富不均、阶级对立这一现实。但是,由于时代与阶级的局限,作者对于这种现实产生的原因,认识是错误的。他没有也不可能认识到这是阶级压迫的结果,而认为是上天注定的。由于他不可能说清楚这种现象的本质,所以客观上便抹杀了阶级剥削的实质,是应予批判的。但是,曹丕既然看到而且能反映出贫富生活的悬殊,这就表明了他对阶级生活的看法上有某些进步因素。

第三类写征人思妇的相思离别及思乡之情，最能体现曹丕诗的水平。战乱是建安时期的社会特征。由于频繁的战争，所以征戍徭役从不间断。迫使千千万万的人们不得不抛家弃小，背井离乡，奔走于深山野岭之中，长期不得归家。因此，征夫之叹，思妇之悲，构成了这一时期相当普遍的现象。曹丕有些诗篇正是反映了这种情况，如《于清河县见挽船士新婚与妻别》《代刘勋妻王氏杂诗》《杂诗二首》等。最著名的作品是《燕歌行》(其一)：

秋风萧瑟天气凉，草木摇落露为霜，群燕辞归雁南翔。
念君客游思断肠，慊慊思归恋故乡，君何淹留寄他方？
贱妾茕茕守空房，忧来思君不敢忘，不觉泪下沾衣裳。
援琴鸣弦发清商，短歌微吟不能长。
明月皎皎照我床，星汉西流夜未央。
牵牛织女遥相望，尔独何辜限河梁？

这首诗写一女子在不眠的秋夜思念淹留他乡的丈夫，情思委曲，深婉感人。《燕歌行》是我国现存第一首成熟的七言诗，对后代歌行体诗的发展产生了重大的影响。

曹丕幼年时随父出征，目睹战争给人民带来的重大灾难，他的诗歌以此为题材，真实地反映了当时的社会面貌，如《陌上桑》：

弃故乡，离室宅，远从军旅万里客。
披荆棘，求阡陌，侧足独窘步，路局窄。
虎豹嗥动，鸡惊禽失，群鸣相索。
登南山，奈何蹈盘石，树木丛生郁差错。
寝蒿草，荫松柏，涕泣雨面沾枕席。
伴旅单，稍稍日零落。惆怅窃自怜，相痛惜。

这首诗写一个从军出征的战士，远离故乡，所看到的一片荒凉景象，野兽纵横，荆棘满目，个人伶仃凄苦，充满了悲怆的心情。全诗洋溢着浓厚的写实精神。

三、曹植的诗歌

曹植(192—232)，字子建，他“生乎乱，长乎军”(《求自试表》)，以出众才华深得其父曹操的赏识。曹丕及其子曹睿当政后，对他在政治上予以排斥,最终死于忧愤。其创作大致以曹丕即位为界,分前后两个时期。前期诗多抒建功立业的壮志豪情;后期诗多写被压抑的苦闷心情。有《曹子建集》。

曹植的创作以建安二十五年为界,分为前后两期。曹植前期诗歌主要是抒发他的理想和抱负,洋溢着乐观、浪漫的情调,对前途充满信心。曹植"生乎乱,长乎军",对残酷的现实生活接触较多,因此,少年时就已流露出一种匡正时艰的思想。这在他的初期诗作中也往往用象征的手法来表现,如《白马篇》就是曹植借助于描述一个"游侠儿"的英勇的爱国主义精神来表达自己的情感与愿望。《薤露行》则以"愿得展功勤,输力于明君。怀此王佐才,慷慨独不群"和"孔氏删诗书,王业粲已分。骋我径寸翰,流藻垂华芬"自许,表现出他对政治与文学两方面的高度自信。曹植前期与邺下文人酬赠之诗如《赠徐幹》《赠丁仪》《赠王粲》《送应氏》等也值得重视,这一类诗主要是写友情的,描写苦难现实的悲凉之作,只有《送应氏》一诗。这是他 20 岁受封为平原侯那年,跟随父亲曹操西征马超,路过洛阳,眼看洛阳遭劫后的残破现象而写的。

曹植后期诗歌,主要是表达由理想与现实的矛盾所激起的悲愤,其中主要是对自己和朋友遭遇迫害的愤懑,如《野田黄雀行》中用鹞和罗网代表恶势力,黄雀象征受害者,少年则代表曹植的理想,写出了恶势力的强大,朋友的无辜受害以及自己的无能为力。曹植还有些诗以幻想结束,表达了作者的愿望。而这方面的典型作品则是《赠白马王彪》,诗前有序,略言黄初四年(223)五月,诗人和胞兄任城王曹彰、异母弟白马王曹彪一起进京城洛阳参加"迎气"的例会。在京城期间,曹彰突然不明不白地死去。七月朝会完毕,诗人本与白马王曹彪顺路同行,中途为监国谒者灌均制止,诗人遂在与曹彪分手时写了这首诗。全诗共分七章,以感情活动为线索,集中抒发了诗人数年来屡受迫害而积压在心头的愤慨。诗中痛斥小人挑拨曹丕与他们的手足之情,抒发了身为亲王而遭受残酷的政治迫害,对任城王的暴卒表示深切的悼念以及与兄弟死别生离的情况下的悲愤心情。全诗篇幅宏肆,笔力非凡,章自为韵,逐章转意,除首章外,其余各章之间顶真蝉联,在抒情中穿插以叙事、写景,将诗人后期备受迫害的感受凝聚起来,鲜明感人,是文学史上有名的长篇抒情诗。

曹植的诗歌在艺术上成就非常高,概括起来主要有以下几个方面。

第一,带有强烈的个性色彩,以气运词。曹植由于政治上受压抑的特殊遭遇,要求表现才能,要求传名后世的心情特别迫切。因此产生一些求自试的诗,歌颂游侠的诗,或借游仙、咏史、赠别及寓言表示苦闷、发抒抑郁的诗。这些诗也往往带着强烈的感情,表现鲜明的个性。

第二，五言诗技巧炉火纯青，尤其在结构上具有独创性。曹植是第一个大力写五言诗的人，共存诗90多首，其中五言诗60多首。曹植五言诗脱胎于汉乐府民歌，但在艺术上又加以创造和发展。曹植以带有强烈的主观色彩的景物描写开端，以达到先声夺人、渲染气氛之功效。

第三，艺术技巧上，多使用比兴、象征手法。他继承了《诗经》《楚辞》等诗歌传统，并在手法上进行创新，使得比兴、象征手法的内涵大为拓展。

第四，语言上，追求藻丽精工，注意铸词炼字、警句对偶和音律。他的诗歌辞藻华美丰富。《诗品》说曹植诗是“骨气奇高，词采华茂”。其诗多音调铿锵，开以后声律之风气。

总之，曹植的诗既不同于曹操的古直悲凉，又不同于曹丕的便娟婉约，而能兼有父兄之长，达到风骨与文采的完美结合，成为当时诗坛最杰出的代表，对诗歌的发展做出了杰出的贡献。

第三节　曲折幽深，清峻超拔：正始诗歌

魏齐王正始年间(240—249)，去建安时代相隔不过20年，文人的思想、文学的内容和风格，却为之一变。这与当时的政治环境有着密切的关系。曹魏后期，政局混乱，统治者提倡名教，非常虚伪，使当时的名士十分反感，形于辞色。曹芳、曹髦等皇帝既荒淫无度又昏庸无能，司马懿父子掌握朝政，废曹芳、弑曹髦，大肆诛杀异己，如嵇康、何晏、夏侯玄等皆死于非命，故史称“魏晋之际，名士少有全者”(《晋书·阮籍传》)。由于这一时期政治迫害滋多，老庄思想抬头，在文人中形成一股清谈的风气。由于正始玄风的影响，诗歌逐渐与玄理结合，反映民生疾苦和抒发豪情壮志的作品减少了，抒写个人忧愤的诗歌增多了，建安诗人那种积极入世，反映现实，慷慨悲歌的特点不见了，代之而起的是师心使气，忧生畏祸的思想和曲折幽深、清峻超拔的诗风。这个时期最重要的作家隶属于号称“竹林七贤”的文人团体，代表人物是嵇康和阮籍。

一、嵇康的诗歌

嵇康(223—363)，字叔夜，谯国铚县(今安徽宿县西)人。嵇康为曹魏宗室的女婿，娶曹操曾孙女长乐亭主为妻。官至中散大夫，世称“嵇中散”。后隐居不仕，屡拒为官。因得罪钟会，遭构陷被处死，时年40岁。

嵇康出身低微，但自幼资质不凡。他性格峻烈，喜博览，好庄老，质性自

然，恬静寡欲。他的诗现存50余首，其中四言诗占一半以上，是继曹操之后又一批成功之作，代表作有《赠秀才入军》18首以及《幽愤诗》。组诗《赠秀才入军》是赠其兄嵇喜之作，诗中表达了对从军远征亲人的思念，体现了亲密无间的兄弟情谊，如这首诗的第九章：

良马既闲，丽服有晖。
左揽繁弱，右接忘归。
风驰电逝，蹑景追飞。
凌厉中原，顾盼生姿。

诗共18章，虽然写的是想象其兄嵇喜在军中的生活，但那洒脱的情趣却是属于嵇康的。诗人想象其兄日后在军中的戎马骑射生活，形象鲜明，灵动生姿。与曹植《白马篇》相比，既有游侠儿的英武豪侠气概，又多了一种洒脱神情。

《幽愤诗》作于其蒙冤系狱时，可视为其绝命诗。诗中自述平生的遭遇和理想抱负，对自己无辜受冤表示极大愤慨。在诗中，作者回顾了坎坷的人生遭际，叙述了自己“托好老庄，贱物贵身”的思想及成因，认为自己招致灾祸是性格“顽疎”，本性使然。诗人希望自己能度过这场灾难，然后去过超尘绝世的生活。读来痛心彻肺，令人酸鼻。它采取回环往复的多层次结构，反复强调了诗人愧恧的心情和守朴全真的志向，表达了诗人内心的郁闷心情。其中诗末说：“采薇山阿，散发岩岫。永啸常吟，颐性养寿。”表示对自由生活的向往。这首诗词锋爽利，语气清峻，可与其《与山巨源绝交书》合读。嵇康《与山巨源绝交书》自称“刚肠疾恶，轻肆直言，遇事便发”，他的诗亦如此。钟嵘《诗品》评其诗为“峻切”，也是相同的意思。

嵇康的五言诗数量上不及其四言诗，其中《游仙诗》《答二郭诗》（三首）、《赠秀才诗》、《述志诗》（二首）皆较有特色，多写其鄙弃世俗、回归自然、高蹈隐逸之志。

总之，由于嵇康往往在诗中抒发他强烈的愤世嫉俗心情，他的一些诗作写得比较直露，语含讥刺，锋芒毕现，表现出清峻警峭的特点。

二、阮籍的诗歌

阮籍（210—263），字嗣宗，陈留尉氏（今河南开封）人，“建安七子”之一的阮瑀的儿子。阮籍早年“本有济世志”，有名于时，是当时的曹魏集团和司马氏集团都竭力笼络的对象。然而，他既看不惯曹魏集团的腐败，也不满于司马氏集团的奸诈虚伪及篡权野心，故而极力想要避开这两大集团的争斗。曹爽被杀后，司马氏集团加紧篡权，对异己大肆屠杀。此时的阮籍因担心自己会招来杀身之祸，故而饮酒狂放，采取了消极抵抗、玩世不恭的态度。表面狂放不羁，但精神上非常痛苦。常常一个人驾着小车出游，走到路的尽头就痛哭而返。

阮籍是对五言诗的发展做出了重要贡献的诗人，也是曹植以后在五言诗的创作上取得突出成就的诗人。阮籍是建安以来第一个全力创作五言诗的人，《咏怀》诗是把 82 首五言诗连在一起，编成一部庞大的组诗，这是一个极有意义的创举，为五言诗的发展奠定了基础，开创了新的境界，做出了巨大的贡献。

《咏怀》诗产生在政治黑暗，压抑恐怖的时代，整个表现找不到人生位置和归宿而歧路彷徨的人生苦闷。这也就委婉地讽刺了曹氏集团的腐败，间接揭露了司马氏集团的虚伪和残暴。整组诗充满苦闷、孤独的情绪，多用比兴、典故，因而隐晦曲折，开拓了一条写作政治抒情诗的道路，在诗歌史上独树一帜，独具特色。

其诗或者写树木花草由繁华转为憔悴，比喻世事的反复；或者写时光飞逝、人生无常；或者写鸟兽虫鱼对自身命运之无奈，如孤鸟、寒鸟、孤鸿、离兽等意象经常出现在诗中，特别是春生秋死的蟋蟀、蟪蛄，成为诗人反复歌咏的对象；或者直接慨叹人生的各种创伤，如少年之忽成丑老，功名富贵之难保，以色事人之不可靠。由于从自然到人事都充满苦难，阮籍心中的苦闷难以排遣。《咏怀》(其一)末尾两句可视为整组诗的总纲：

夜中不能寐，起坐弹鸣琴。
薄帷鉴明月，清风吹我襟。
孤鸿号外野，翔鸟鸣北林。
徘徊将何见？忧思独伤心。

这首诗从“夜”字领起，写出一个使人苦闷惆怅的夜，一个令人难以成眠的夜，在夜境的悲凉气氛中，展现了一位“忧思独伤心”的诗人形象。

总之，碍于身世和社会背景，阮籍的诗风隐约曲折，作诗亦不敢直言，常常借比兴、象征的手法来表达感情、寄托怀抱，或借古讽今，或借游仙讽刺世俗，或借写美人香草寓写怀抱。但就诗歌精神而言，阮籍的《咏怀》诗与建安风骨仍是一脉相承的。

第四节　繁缛华靡，时见风力：太康诗歌

晋武帝太康年间（280—289），涌现了一大批五言诗人，所谓“三张、二陆、两潘、一左，勃尔复兴，踵武前王，风流未沫，亦文章之中兴也”（《诗品序》）。“降及元康，潘陆特秀，律异班、贾，体变曹、王，缛旨星稠，繁文绮合”（《宋书·谢灵运传论》）。以潘岳（274—300，有《潘黄门集》）、陆机（261—303，有《陆士衡集》）为代表的太康诗人，继承发展了曹植的作风，追求辞藻华丽和对偶工整，对未来新体诗作好了铺垫。他们的诗歌比较注重艺术形式的追求，讲究辞藻华美和对偶工整。诗歌的技巧虽更臻精美，但有时过分追求形式，往往失于雕琢，流于拙滞，笔力平弱。总之“采缛于正始，力柔于建安，或析文以为妙，或流靡以自妍”（《文心雕龙·明诗》），是这一时期诗人的总风格。限于篇幅，这里主要对陆机、潘岳、左思的诗歌进行详细分析。

一、陆机的诗歌

陆机，字士衡，吴郡（今上海松江一带）人，吴国丞相陆逊之孙，大司马陆抗之子。太康末，与弟陆云入洛阳，得到当时文坛领袖张华的赏识与誉扬，被辟为祭酒，以文才倾动一时，时称“二陆”。

陆机被称为“太康之英”，主要文学作品有《文赋》《拟古七首》等，他的书法作品《平复帖》是我国存世最早的古代名人书法真迹。他所作的《拟古诗》是太康诗歌的代表，对南朝山水诗的发展以及声律、对仗技巧的成熟有促进作用。

陆机的诗歌涉猎广泛，而内涵相对贫乏。诗歌句式力求排偶，词语力求华丽，描绘力求详细，节律力求和谐。但过分雕琢，就失去了自然的面目。不过，他将自己的生活体验写入诗中，也产生了相对生动有力的作品，如《赴洛道中作》（其一）：

总辔登长路，呜咽辞密亲。
借问子何之？世网婴我身。
永叹遵北渚，遗思结南津。
行行遂已远，野途旷无人。
山泽纷纡余，林薄杳阡眠。
虎啸深谷底，鸡鸣高树巅。

哀风中夜流,孤兽更我前。
悲情触物感,沉思郁缠绵。
伫立望故乡,顾影凄自怜。

从这首诗中我们可以看到他赴洛途中那种沉重的心情。他沿着水边的沙洲一路向北走,看到任何东西都引起伤感,对故乡那种深沉的思念简直无法断绝;有的时候他停下来回头向南方看一看,就更增加了悲哀和孤独的感觉。陆机虽然离开了吴郡,但他一直到死都在怀念着故乡。在临刑前,他还叹息说:"华亭鹤唳,岂可复闻乎?"

陆机的诗歌喜用华辞丽藻,如《拟西北有高楼》:

高楼一何峻,迢迢峻而安。
绮窗出尘冥,飞陛蹑云端。
佳人抚琴瑟,纤手清且闲。
芳气随风结,哀响馥若兰。
玉容谁能顾,倾城在一弹。
伫立望日昃,踯躅再三叹。
不怨伫立久,但愿歌者欢。
思驾归鸿羽,比翼双飞翰。

这首诗中描写的内容、每两句所描绘的具体情景以及诗歌的结构都与《西北有高楼》十分相似,但风格却不再是朴素,而是十分华丽。

不过,陆机的诗歌尽管大都模拟得惟妙惟肖,但作者自己的性情不出,题材内容以及表现的手法也缺少创新,终觉乏味。

二、潘岳的诗歌

潘岳,字安仁,荥阳中牟(今属河南)人。晋惠帝时谄事权臣贾谧,后为孙秀所害。潘岳与陆机齐名,并称"潘陆"。钟嵘《诗品》中云:"陆才如海,潘才如江。"

潘岳诗文辞艳丽,悼亡诗写得最好。现存诗 18 首,《悼亡诗》(三首)最受人称道,叙述的是丧妻之悲,哀婉凄切。汉晋之际浓烈的生命感伤主义思潮是潘岳《悼亡诗》生成的社会大背景。对于时光的流逝与生死存亡的感伤思潮在魏晋时期一直弥漫在社会的各个角落。而潘岳夫妻伉俪情深是《悼亡诗》创作的直接动因。潘岳 12 岁时,就得到了其父挚友杨肇的赏识,并许之以婚姻。元康八年(298),杨氏卒,是年潘岳 52 岁。在 40 年的感情生活中，伉俪相知相爱，情意绵绵，是以爱妻的离去，让潘岳伤心不已。个人的不幸遭遇是《悼亡诗》创作的间接因素。从潘岳个人来说，他一生才高位卑，仕途坎坷，亲戚故旧亦多短命，父亲、岳父、发妻、弟弟、妹妹、妻妹、连襟、弱子、爱女等相继亡故，自己也因卷入宫廷党争，险遭诛戮，对伤逝的体验可谓刻骨铭心，因而感情的抒发尤为真挚动人。如《悼亡诗》其一：

荏苒冬春谢，寒暑忽流易。
之子归穷泉，重壤永幽隔。
私怀谁克从？淹留亦何益！
僶俛恭朝命，回心反初役。
望庐思其人，入室想所历。
帏屏无仿佛，翰墨有余迹。
流芳未及歇，遗挂犹在壁。
怅恍如或存，回惶忡惊惕。
如彼翰林鸟，双栖一朝只。
如彼游川鱼，比目中路析。
春风缘隙来，晨溜承檐滴。
寝息何时忘，沉忧日盈积。
庶几有时衰，庄缶犹可击。

在这首诗中，诗人刻画了恍惚中以为亡妻尚存的刹那感觉，表达了物在人亡的悲戚和对亡妻深沉而持久的想念。诗人通过时空的变化推移表现了物在人亡的悲戚，表达了对亡妻深沉而持久的思念，细腻准确，低徊哀婉，真切动人。这首诗也深深影响了后世描写丧妻之痛的诗词，就连诗题也普遍采用了“悼亡”。但潘岳的诗总的来说仍然存在着用语过繁之弊，而缺少含蓄不尽之妙。

三、左思的诗歌

左思，生卒年不详，字太冲，临淄（今属山东）人。左思出身寒微，其貌不扬，但才华出众。左思当时以《三都赋》显名，当时豪贵之家竞相传写，洛阳为之纸贵。

左思是西晋最有成就的诗人，他长得很丑，又有口吃，在重门第和容貌的魏晋时期自然壮志难酬。左思和陆机一样胸怀大志而且富有才华，然而由于他出身寒微，面相难看，仕宦很不得意。他的八首咏史诗，集中表现了一个“进退仕隐”的主题，这在诗歌发展的历史上是一个开拓。以“咏史”为诗题，始于东汉的班固。班固的《咏史》诗，直书史实，被钟嵘评为“质木无文”(《诗品序》)。曹魏时，王粲、阮瑀有《咏史》诗，曹植有《三良诗》，与左思同时的张协也有《咏史》诗。左思的咏史诗，既受前人的影响，又有一定创新。《咏史》诗到了左思，无疑地达到最高峰。他将历史的故实、自家的怀抱，浑然为一，说他在咏史固无不可，说他在咏怀倒更为确切。

左思《咏史》诗的内容主要是寒士之不平及对士族的蔑视与抗争。西晋时，士族把持朝政，庶族寒士很难进入政权中心，“上品无寒门，下品无势族”(《晋书·刘毅传》)。左思出身寒微，虽然为文“辞藻壮丽”，却无晋身之阶。大约在左思20岁时，其妹左棻因才名被晋武帝纳为美人，左思全家迁往洛阳，不久，他被任命为秘书郎。但毕竟出身寒门，终不被重用。在门阀制度的重压下，他壮志难酬，写了《咏史》八首以抒怀。

在《咏史》(八首)中，其一提出了一种“进而后退”的思想。他的“进”并不为爵位利禄，而是因珍惜自己的才能，不甘心生命落空；他的“退”也不为沽名钓誉，而是功成身退，不图报答。

其二表达对门阀制度的不满及对豪右的蔑视，“世胄占据高位，寒士屈沉下僚”，这是门阀制度造成的，并且由来已久。

其三借着赞扬段干木和鲁仲连，肯定寒士能为国排忧解难，又不图封赏，歌颂他们视功名富贵如浮云的态度。

其四前半极写王侯贵族的豪奢生活，后半写辞赋家扬雄生前之寂寞及死后的不朽声誉，以反衬贵族之速朽。

其五先写宫廷和王侯第宅之豪华，接着用“自非攀龙客，何为欻来游”将前面的渲染一笔抹倒，对功名富贵表示了极度的鄙弃。他说自己只愿作一位像许由那样的高士。此诗末尾“振衣千仞冈，濯足万里流”二句，是这组诗中的最强音。

其六赞扬了荆轲、高渐离等卑贱者慷慨高歌、睥睨四海的精神，表达了对豪门权贵的蔑视。

其七慨叹主父偃、朱买臣、陈平、司马相如四位贤才的厄运。这些人都有大才，又都出身寒微，作者写他们未遇时，有穷困致死、身填沟壑之忧，感叹“英雄有迍邅，由来自古昔。何世无奇才，遗之在草泽”。这是对古代门阀制度的控诉。

其八写诗人既有文韬武略，又有安邦定国的雄心壮志，但是在不合理的、黑暗的、腐朽的门阀制度的压抑下，难以施展抱负。在叹息、忧伤和苦闷之时，想到苏秦、李斯这两个优秀人才，在飞黄腾达之后，却又难逃被杀的厄运，所以不值得羡慕，因此诗人放弃对理想的追求，放弃对荣华富贵的追求。在诗中，诗人借助于鼹鼠饮河和鹪鹩筑巢的典故来说明自己要放弃对荣华富贵的追求,做一个安贫知足的旷达之士。左思对门阀制度的控诉能够引起历代读者的同情和共鸣,是由于他的真实和深度。本诗比喻和典故都非常形象生动、贴切,使这篇诗更加易懂,更加精彩,更加引人入胜,可谓得讽喻之致。

总之,左思的《咏史》八首,开创了咏史诗借咏史以咏怀的新路,成为后世诗人效法的范例,这是他对中国诗歌史的独特贡献,所以前人评云:"创成一体,垂式千秋。"(陈祚明《采菽堂古诗选》卷十一)

第五节 辞意夷泰,理过其辞:玄言诗歌

晋末宋初,南方地区较为稳定,士族生活优裕,园林别墅众多,士族文人在这样的环境下过着清谈玄理的悠闲生活。是否善于谈玄成为这一时期分别士人雅俗的标准。东晋历史上两位最重要的宰辅王导和谢安,也都善谈玄,处理朝政也务在清静。这种心态对东晋的文人产生了很大的影响,而玄言诗的兴盛便是在这种心态下老庄玄理与山水之美相混合的产物。《世说新语·文学》篇注引《续晋阳秋》:"正始中,王弼、何晏好《庄》《老》玄胜之谈,而世遂贵焉。至江左李充尤盛。故郭璞五言始会合道家之言而韵之。询及太原孙绰转相祖尚,又加以三世之辞,而《诗》《骚》之体尽矣。询、绰并为一时文宗。"他们阐述老庄思想和佛教哲理,所作的诗文义艰深,诘聱难懂,后人称之为玄言诗派,代表人物有孙绰、郭璞和许询。东晋玄言诗内容严重脱离现实,"世极迍邅而辞意夷泰",在艺术上则"理过其辞,淡乎寡味",失去了艺术形象性和生动性,但其对后世产生了深远影响,谢灵运的山水诗、白居易的说理诗、宋明理学家之讲坛,都或多或少受其熏染。

一、孙绰的诗歌

孙绰(314—371),字兴公,太原中都人,孙楚之孙。与许询友善,后隐居会稽,游山玩水。曾任著作佐郎、太学博士、尚书郎、永嘉太守等职,官至廷卿尉,领著作。

孙绰的诗歌今存13首,许询今存诗仅三首,多为四言诗,有着相当浓厚的老庄思想,如《答许询》(其一)就涉及了吉凶、智识、情利、得失等哲学家们常会讨论到的话题:

仰观大造,俯览时物。

机过患生，吉凶相拂。
智以利昏，识由情屈。
野有寒枯，朝有炎郁。
失则震惊，得必充诎。

孙绰还有一些形象性较强、借山水抒情的诗歌，如《秋日诗》，描写的是仲秋时分万木萧条的景物，表达了诗人的人生感慨。诗中先化用庄子《逍遥游》中的“朝菌不知晦朔”一句，描写了悲秋之感，寓意了人生的短促；继而化用了《论语・子罕》中的“岁寒，然后知松柏之后凋”一句，描写了自己的节操志向；末句化用庄子《秋水》中的典故，表明自己也在过着和庄子的濠上之游没有什么差别的逍遥林野的生活。

二、郭璞的诗歌

郭璞(276—324)，字景纯，河东郡闻喜县(今山西闻喜)人。两晋时期著名文学家、训诂学家、风水学者，建平太守郭瑗之子。

郭璞代表作是《游仙诗》。郭璞的游仙诗，今存19首，其中有9首为残篇。钟嵘《诗品》说郭璞的《游仙诗》“辞多慷慨，乖远玄宗”，“坎壈咏怀”，这是很确切的评价。他的游仙是其仕途偃蹇、壮志难酬时的精神寄托，是抒发其苦闷情怀的一种特殊方式。例如《游仙诗》(其一)：

京华游侠窟，山林隐遁栖。
朱门何足荣？未若托蓬莱。
临源挹清波，陵冈掇丹荑。
灵溪可潜盘，安事登云梯。
漆园有傲吏，莱氏有逸妻。
进则保龙见，退为触藩羝。
高蹈风尘外，长揖谢夷齐。

这首诗写仕宦之求不如高蹈隐逸，山林之乐胜于求仙。隐居高蹈，可以保持品德完好和自身的自由；退回尘世，则会陷入进退维谷的境地。

此外，《游仙诗》也有几首是写神仙世界的，但多别有怀抱，如第三首含有讽刺权贵势要之意；第六首寓有警诫统治者灾祸将至之意。

总之，郭璞借游仙写其坎壈之怀，继承了《诗》《骚》的比兴寄托传统。朱自清说：“后世的比体诗可以说有四大类。咏史，游仙，艳情，咏物。”“游仙之作以仙比俗，郭璞是创始的人。”(《诗言志辨・比兴・赋比兴通释》)的确，郭璞以游仙写失意之悲，与左思借咏史抒牢骚不平，有异曲同工之妙。他的诗，无论是写隐逸还是写神仙，都无枯燥的说理，而是以华美的文字，将隐士境界、神仙境界及山川风物都写得十分美好，具有形象性，这在当时是高出侪辈、独领风骚的，故刘勰说其“足冠中兴”，钟嵘评为“中兴第一”。

三、许询的诗歌

许询，生卒年不详，字玄度，高阳（今河北蠡县南）人。许询好山水泉石，元帝、明帝时累征不就。他和孙绰皆“一时名流”，据《晋书》载：“时人或爱询高迈，则鄙于绰；或爱绰才藻，而无取于询。”可见，两人是各有千秋。

许询极善写诗，简文帝曾称其诗“玄度五言诗，可谓妙绝时人”。现存许询的诗文并不多，《竹扇诗》和《答庾僧渊诗》是比较著名的两首，从中可以看出许询的玄言诗充满了玄理道义，形式非常呆板：

《竹扇诗》

良工眇芳林，妙思触物骋。
篾疑秋蝉翼，团取望舒景。

《答庾僧渊诗》

茫茫混成始，豁矣四天朗。
三辰还须弥，百亿同一像。
灵和陶氤氲，会之有妙常。
大慈济群生，冥感如影响。
蔚蔚沙弥众，粲粲万心仰。
谁不欣大乘，兆定于玄曩。
三法虽成林，居士亦有党。
不见虬与龙，洒鳞凌霄上。
冲心超远寄，浪怀邈独往。
众妙常所晞，维摩余所赏。
苟未体善权，与子同佛仿。
悠悠诚满域，所遗在废想。

从总体上说，玄言诗毕竟缺乏诗歌应有的基本素质。虽说诗歌与说理并非水火不容，而且后来到宋诗还蔚为大观，但玄言诗往往坠入理障而无理趣。如虞说《兰亭诗》之“寄畅”宇宙、古今的体悟方式，俨然是玄学家把握世界和人生思维模式的形象描述。像这样的玄言诗实际上只是“三玄”的有韵的注疏，如果兼言禅理，又仿佛佛经中的偈语，失去了艺术的形象性和生动性，令人有味同嚼蜡之感。直到东晋末的陶渊明，才使文坛耳目一新，带来了富于现实内容、具有独特风格的创作。

第六节　回归自然，极貌写物：山水田园诗

东晋建立后数十年间，诗坛几乎被玄言诗占据着。从建安、正始、太康以来诗歌艺术的发展脉络中断了，玄言成分的过度膨胀，使诗歌偏离了艺术，变成老庄思想的枯燥注疏。陶渊明的出现，才使诗歌艺术的脉络重新接上，并且增添了许多新的充满生机的因素。陶渊明成功地将“自然”提升为一种美的至境；将玄言诗注疏老庄所表达的玄理，改为日常生活中的哲理；使诗歌与日常生活相结合，并开创了田园诗这种新题材的作品。他的田园诗最大意义就在于它第一次对这些问题做出了明确答复，对生命价值和人生意义做出了肯定答案。在苦闷中，诗人通过回归自然、参加劳动、享受亲情、从事创作，找到了新的生命价值和人生意义，并提出了他的社会政治理想(桃花源)，以内心的充实与贫乏动乱的现实对立，找回了心理的平衡，因而他的诗作给诗坛带来了新的内容和风格，并昭示着充满希望的未来。

晋宋之际，社会动乱，政治黑暗，隐逸之风遂盛。东晋以来官僚贵族集居于江浙的山水秀丽之地，佛寺道观亦多筑于名山，士大夫们既以隐逸为清高，又以徜徉山水为快乐，山水对于他们自然成为审美与描写的对象。玄言诗人高谈老庄玄理，亦崇尚自然，所以诗中多山水景物。加之游宦、行旅、离别等诗歌题材，都可以借着山水的描写来表现。于是山水诗也就应运而生。山水诗是与谢灵运的名字紧密联系在一起的。山水诗在谢灵运的倡导之下，有了新的发展。由于山水诗和田园诗虽然具体歌咏的对象有一些差异，但在表现人与自然的关系上，彼此是息息相通的，所以它们后来在唐代合一，形成一个声势浩大的山水田园诗派。

一、谢灵运的诗歌

谢灵运(385—433)，小名客儿，陈郡阳夏(今河南太康)人，东晋名将谢玄之孙。东晋末袭封康乐公，世称谢康乐。刘宋王朝建立后，降为侯爵，既不见知，常怀愤懑。永初三年(422)被排挤为永嘉(今浙江温州)太守，一年后回乡隐居。宋文帝即位，召为秘书监，常称病不朝，而事旅游，后被杀。有《谢康乐集》。

谢灵运是文学史上第一个专门从事山水诗写作的杰出诗人。他的山水

诗绝大部分是在他做永嘉太守以后写的,诗里描绘了浙江、彭蠡湖等地的自然景色。其诗带有一种孤清闲适的情调,有意无意打上作家生活的烙印。他描绘山水力求精工与形似,有不少诗句生动细致地刻画了自然界的优美景色,情调比较开朗,给人以清新之感,前人谓之若初发芙蓉,自然可爱。然亦时见雕琢与堆砌,与陶渊明白描的、浑成的、情景交融、物我合一的境界相比,略逊一筹。

和魏晋以来的士大夫一样,谢灵运也是把山水当作领略玄趣的媒介,诗中往往突兀出现老庄、周易、佛家之语,被人称为"拖着玄学尾巴"。这是在晋末宋初的历史条件下产生的山水诗特有的"胎记",作为从玄言诗嬗变而来的谢氏山水诗未能超越山水诗得以兴起的特定语境。不过,在他的一些山水诗中玄言的运用已经超出领悟玄理的功能,而成为谢诗独特风格的重要标志,如《过白岸亭》:

拂衣遵沙垣,缓步入蓬屋。
近涧涓密石,远山映疏木。
空翠难强名,渔钓易为曲。
援萝聆青崖,春心自相属。
交交止栩黄,呦呦食苹鹿。
伤彼人百哀,嘉尔承筐乐。
荣悴迭去来,穷通成休戚。
未若长疏散,万事恒抱朴。

涧水漱石、疏林映山的山水景色使诗人发出"空翠难强名"的感慨。这里既暗喻了《老子》"吾不知其名,字之曰道,强为之名曰大"的玄旨,又是对变幻多姿的自然景物的赞叹。而"渔钓易为曲"一句,既是对"近涧涓密石"之景的照应,其中也暗喻了《老子》"曲则全"的哲理,进而引用《诗经》"黄鸟"及"鹿鸣"的典故,引出穷通委运、抱朴含真的向往。在这首诗中"空翠难强名,渔钓易为曲"两句玄言,则成为最有深意的妙语。

谢灵运的山水诗虽然主要将山水作为审美表现对象,注重对山水景物的描摹,但是又经常融情于景,寓理于情,抒发自己的人生感慨。如《登池上楼》:

潜虬媚幽姿,飞鸿响远音。
薄霄愧云浮,栖川怍渊沉。
进德智所拙,退耕力不任。
徇禄反穷海,卧疴对空林。

衾枕昧节候，褰开暂窥临。
倾耳聆波澜，举目眺岖嵚。
初景革绪风，新阳改故阴。
池塘生春草，园柳变鸣禽。
祁祁伤豳歌，萋萋感楚吟。
索居易永久，离群难处心。
持操岂独古，无闷征在今。

这首诗通过各种方式来表达自己内心的郁闷之情，或是比兴，或是以景写情，或是直抒胸臆，全篇情景交融，虬和鸿的进退得所、生趣盎然的江南春景，这些景物只是诗人情绪变化的背景。诗中“池塘生春草，园柳变鸣禽”二句，描写自然细腻，历来受到读者的赞赏。

总之，谢灵运扭转了玄言诗风，也开辟了诗歌表现的新领域，是开创山水诗派的第一位诗人。自他之后，山水诗在南朝成了一种独立的诗歌题材，且日渐兴盛。

二、陶渊明的诗歌

陶渊明(365—427)，一名潜，字元亮，浔阳柴桑(今江西九江)人。一生三仕三隐，最后的一次是义熙元年(405)八月出任彭泽县令，同年十一月郡里派了一名督邮，县吏提醒陶渊明应该穿戴得整齐一些，而他已厌倦县务，当天就解去印绶，辞官回家，从此再没有出来做官。有《陶彭泽集》。

陶渊明生活在晋宋易代之际十分复杂的政治环境之中。他的曾祖父陶侃曾任晋朝的大司马；祖父做过太守，外祖父孟嘉是标榜自然的名士；父亲大概官职更低一些，而且在陶渊明幼年就去世了。在重视门阀的社会里，陶家的地位无法与王、谢等士族相比，但又不同于寒门。陶侃出身寒微，被讥为“小人”，又被视为有篡位野心的人。可以想见，他的后人在政治上的处境是相当尴尬的。这也是陶渊明会从仕宦之途走上田园之路的最重要原因之一。

田园诗较农事诗更多审美趣味，它从田园风光和农村生活中汲取创作的素材和灵感，表现山水田园风光之美，赞美人与自然的和谐关系，歌颂农村淳朴的风俗及表达诗人对和平、自由的热爱与赞美。陶渊明算得是中古时期新型的、具有田园色彩的士大夫典型，“六朝第一流人物”(沈德潜《说诗晬语》卷上)。他的诗品与人品统一，他的全部诗文展示着一种平实而有深度、有魅力的人生境界。陶诗的题材主要可以分为五类：田园诗、咏怀诗、咏史诗、行役诗、赠答诗。陶诗表现了一种新的人生观与自然观，这就是反对用对立的态度看待人与自然的关系，强调人与自然的同一，追求人与自然的和谐、人向自然的回归。人们欣赏陶诗的“冲淡”，而这才是“冲淡”的本质。

陶渊明的田园诗有的是通过描写田园景物的恬美、田园生活的简朴，表现自己悠然自得的心境。或春游、或登高、或酌酒、或读书，或与朋友谈心，或与家人团聚，或盥濯于檐下，或采菊于东篱，以及在南风下张开翅膀的新苗、日见茁壮的桑麻，无不化为美妙的诗歌。《归园田居》组诗作于陶渊明在辞去彭泽令的翌年，五首诗分别从辞官、居闲、农事、访旧、夜饮几个侧面描绘诗人归隐后的生活及情趣。第一首写辞官归来如释重负的愉快心情：

少无适俗韵，性本爱丘山。
误落尘网中，一去三十年。
羁鸟恋旧林，池鱼思故渊。
开荒南野际，守拙归园田。
方宅十余亩，草屋八九间。
榆柳荫后檐，桃李罗堂前。
暧暧远人村，依依墟里烟。
狗吠深巷中，鸡鸣桑树巅。
户庭无尘杂，虚室有余闲。
久在樊笼里，复得返自然。

诗中“尘网”“羁鸟”“池鱼”“樊笼”等比喻，前后映带，表现出诗人对官场的厌倦。守拙与适俗，园田与尘网，两相对比之下，诗人归田后感到无比愉悦。南野、草屋、榆柳、桃李、远村、近烟、鸡鸣、狗吠，眼之所见耳之所闻无不惬意，这一切经过陶渊明点化也都诗意盎然了。诗中用疏淡的笔墨画出一派田园风光，表现了诗人初回田庄的喜悦。诗人从与社会对立的自然，与城市对立的农村，与破坏对立的生产中看到希望。他用冲淡的五言诗，以平和从容的语调，叙述着他的愉悦和发现，使人在潜移默化中向真向善向美。“暧暧远人村，依依墟里烟”，一远一近，“狗吠深巷中，鸡鸣桑树颠”，以动写静，简直达到了化境。

陶渊明的诗常通过写景抒情，有意无意地表现出诗人从生活中领悟到的哲理。如《饮酒》：

结庐在人境，而无车马喧。
问君何能尔，心远地自偏。
采菊东篱下，悠然见南山。

山气日夕佳，飞鸟相与还。
此中有真意，欲辩已忘言。

前四句讲了“心”与“地”也就是主观精神与客观环境之间的关系，只要“心远”，不管在什么地方都不会受尘俗喧嚣的干扰。“远”是玄学的基本概念之一，指超脱于世俗利害的、淡然自足的精神状态。“采菊东篱下，悠然见南山”，偶一举首，心与山悠然相会，自身仿佛与南山融为一体了。那日夕的山气、归还的飞鸟，在自己心里构成一片美妙的风景，其中蕴藏着人生的真谛。这种心与境的瞬间感应，以及通向无限的愉悦，是不可落于言筌的。

他有些田园诗是写自己的穷困和农村的凋敝。如《怨诗楚调示庞主簿邓治中》《归园田居》(其四)等，通过这些诗可以隐约地看到，在战乱和灾害之中农村的面貌。

总之，陶渊明惯用白描的手法、日常生活的语言、朴质自然乃至疏淡的笔调来精练地勾勒形象，一切明白如话，所以平淡，但是平淡中又见警策，朴素中又见绮丽。陶诗所描写的对象，往往是最平常的事物，如村舍、鸡犬、豆苗、桑麻、穷巷、荆扉，而且一切如实说来，没有什么奇特之处。然而一经诗人笔触，往往出现警策。同时，诗人对自然与生命作诗意把握的悟性极高，从而诗味不薄。他创造了一种前所未有的新的美学范型，和谐静穆，圆融庄严，达到了古典主义的极致。

第七节 纵横捭阖，淋漓恣肆：文人七言诗

所谓七言诗，是指每句七字或以七字句为主的诗篇。七言诗历八代而到唐代大为发展，与五言诗同为古典诗歌的主要形式。七言诗细分为七言古诗、七言律诗和七言绝句。在近体诗出现以前，七言诗即七言古诗。五言诗自其优越性为人认识以来，就很快取代四言诗而得到普遍应用，从而成为汉魏六朝最流行的诗体。而七言诗的发展则相对迟缓。较早的文人七言之作有东汉张衡《四愁诗》，不过，此诗奇句中夹有一个“兮”字，保留着楚歌的痕迹；直到晋代的傅玄，也还是如此。今存较为成熟的文人七言诗，是魏文帝曹丕的《燕歌行》，这首诗是整齐的七言诗，没有句末的语词。它句句押韵，三句一组(即有奇句)，与后来规范为偶句用韵，两句一联的七言古诗，还有一些差异。七言诗相对于五言诗，自有潜在的优势。七言较五言如挽强用长，更能胜任纵横捭阖、淋漓恣肆的表达和形成多种风格。然而这一潜在的优越性，由于习惯的势力，长期被文人忽视，直到刘宋时代出了个鲍照，才

出现转机。

鲍照(？—466),字明远,南朝宋时东海(今山东郯城)人,出身寒微,曾干谒临川王刘义庆,初未见知,后贡诗言志,始得赏识,被提拔为国侍郎。做过几任县令,后为临海王刘子项前军刑狱参军,世称鲍参军。子项反,死于兵乱。“才秀人微,故取湮当代”(《诗品》)。有《鲍参军集》。

七言诗在7—9世纪一些伟大诗人的创作中达到十分繁荣的程度。鲍照的刚毅、勇敢、愤怒的诗歌对后来的中国诗歌创作产生了巨大的影响。鲍照的七言古诗,相对于曹丕《燕歌行》,已变句句押韵为隔句押韵,变一韵到底为灵活转韵,使得七言古诗更多地具有散文和辞赋体的优长。它拓展了七言古诗的范畴,完善了七言古诗的形式,从而大大推动了七言诗体的发展。鲍照直接继承和发扬了汉乐府反映现实的优良传统,作品内容充实,思想积极,或描写边塞战争,或抒写怀才不遇的内心愤懑,或批判门阀制度的不合理,具有深广的社会内容。他的诗或七言或杂言乐府,节奏错综多变,感情奔放,笔力雄健,风格俊逸豪放、奇矫凌厉,为唐代七言歌行的发展铺平了道路。

鲍照出身寒微,他在作品中描写和自己同命运的贫士,强烈抗议在人民大众死于饥饿和疾病之时,一小撮贵族富豪却过着穷奢极欲的生活(《拟古》《咏史》)。诗人为外族经常袭扰北国疆土而寝食难安,他写了不少以边塞服役、准备为国捐躯的战士为题的作品。

鲍照诗赋兼长,其诗主要表现建功立业的愿望,以及对门阀制度的不满,有的作品描写边塞战争和征人的生活,是唐代边塞诗的先导。五言诗以清新俊逸著称,而最能表现艺术独创性的是他的七言古诗。

鲍照成就最高的是他的乐府诗,从内容上可分作四类。

第一类,描写边塞战争,反映征夫戍卒生活,表现建功立业的愿望,渗透着激昂慷慨的情绪。如《代出自蓟北门行》《代苦热行》《代东武行》。

第二类,抒发寒门之士备遭压抑的痛苦,代表了寒士的呼声,充满悲愁苦闷之情与怨愤不平之气。如《拟行路难》(其四、其六)。

第三类是描写游子、思妇和弃妇的诗,在鲍照的诗中也占有相当的比重。这些诗歌哀怨凄怆,细致感人。如《拟行路难》(其十二):

今年阳初花满林,明年冬末雪盈岑。
推移代谢纷交转,我君边戍独稽沉。
执袂分别已三载,迩来寂淹无分音。
朝悲惨惨遂成滴,暮思遶遶最伤心。
膏沐芳余久不御,蓬首乱鬓不设簪。

徒飞轻埃舞空帷，粉筐黛器靡复遗。
自生留世苦不幸，心中惕惕恒怀悲。

诗中写妇人鬓发乱也不想梳理，因丈夫不在身边，打扮又有什么意思呢。

第四类，反映统治者暴政和百姓疾苦的诗歌，这在鲍照诗歌中也占有突出地位，这部分诗作与《诗经》、汉代乐府民歌传统一脉相承。

《行路难》古辞今佚，据《乐府解题》，其辞乃“备言世路艰难及离别悲伤之意”。鲍照的拟作涉及不同的题材内容，体式、风格也不尽一致，看来非一时一地之作。其共同的主旋律则是对人生苦闷的吟唱，形式上则是齐言或杂言的七言古诗。《拟行路难》多数篇章写得豪快淋漓，而这首辞气甚是纡徐和婉，通篇行以叙事之笔、问答之语，絮絮道来，看似平浅的话语，情味颇多。无论在张扬个性意识，还是在慷慨任气、磊落使才的作风，及横发杰出的风格上，都对唐代诗人尤其李白，有不可忽略的影响。杜甫《春日忆李白》称其“清新庾开府，俊逸鲍参军”，即是明证。

总之，作为我国文学史上的一个杰出诗人，鲍照创作的艺术风格是多方面的。而且就杜甫《春日忆李白》诗的原意看，也只是说李白诗得庾信诗清新和鲍照诗俊逸的长处，并非想用“俊逸”二字来全面概括鲍照诗的艺术风格。张荫嘉《论古诗四十首》有云：“拿龙跳虎鲍参军，七字尤蒸笔底云。分取一端能俊逸，青莲已是思超群。”

第四章　初唐诗歌发展研究

初唐从高祖至睿宗，历时近百年，占了唐王朝的三分之一，可存留诗篇仅三千首左右，出色的诗人也不及盛唐。但初唐是唐诗发展的起点，是唐诗的孕育期、奠基期，为盛唐诗歌的繁荣进行了理论和创作上的准备，在唐诗发展史上仍占有重要地位。诗风的转变是初唐诗歌发展的重要标志。初唐前五十年，诗坛上仍弥漫着齐梁浮艳余风。唐太宗和他的重臣如虞世南、魏徵等，从政权得失出发，提出了文学必须有益政教的主张，反对淫靡文风，但他们未能将这种主张付诸实践，不但没有消除南朝诗风的影响，反而使其成为唐初诗坛的主要倾向，甚而出现了朝野效法的“上官体”。初唐四杰反对宫廷诗歌空虚的内容和呆板的形式，追求浓郁的情思与壮大的气势，给诗坛带来一股清新开阔的春意。继有沈宋确立了律诗这种新的形式。最后有陈子昂以复古为革新，从理论和实践两方面不遗余力地抨击齐梁诗风，扫除了浮艳诗风的残余，端正了唐诗发展的方向。刘希夷和张若虚继卢、骆之后，进一步在诗歌意境的创造方面，为唐诗的发展提供了成功的经验。总的来说，初唐是唐诗发展的起点、奠基时期，为盛唐诗歌的繁荣进行了理论和创作上的准备。

第一节　初唐诗歌的创作特点

初唐诗歌纵向地看可以说是走向盛唐诗歌高潮的一个漫长的准备过程。在这个过程中，追随时代与因袭前朝、创新与不成熟、敷饰六朝锦色与寻求气骨性情等特点和倾向同存并见。

从诗歌史的整体发展而言，初唐上承隋代南北诗风交融的局面，在近百年的徘徊之中，毕竟为盛唐诗歌的到来做了必要准备。从文学主张上看，隋炀帝虽已涉及南北诗风融合的问题，但并未深入。初唐史臣则在《隋书·文学传序》中旗帜鲜明地提出了诗歌发展的方向：

> 江左宫商发越，贵于清绮；河朔词义贞刚，重乎气质。气质则理胜其词，清绮则文过其意。理深者便于时用，文华者宜于咏歌。

此其南北词人得失之大较也。若能掇彼清音，简兹累句，各去所短，合其两长，则文质斌斌，尽善尽美矣。

江左南朝诗风的特点是“清绮”，体现为“声色”传统，重“词”“文”，于声律、偶对、辞藻、用典上着力甚多；河朔北朝诗风的特点则是“气质”，体现为“性情”传统。重“理”“意”，倾向于表现个性、情志，因之较有风骨气势。南北诗风各有其优缺点，未能尽善，于是“各去所短，合其两长”才显得必要。“去短合长”，也就是融合声色与性情，涉及如何在前代诗歌传统上把握好继承与创新的关系，换言之，也就是诗学理论中的“复”与“变”。由此，初唐诗歌的历史使命，就是在“复”“变”的摸索中，逐步统一声色与性情。创造能够反映唐代政治、文化新气象的诗歌风貌。通过近百年的实践，初唐诗人在朝野诗风的对立融合中，诗歌的体物写景技巧不断提高，并注重情景的结合，性情的融入，气象和意境的呈现，从而拓宽了诗境；在宫廷诗人的应制赋咏、同题竞作中研习声律，完善规则，促成了近体诗体制的定型；推崇建安风骨，明确“风雅”“兴寄”的创作原则，要求诗歌联系现实，表现深沉的感慨。

可见，盛唐诗歌发展的基本因素在初唐基本完备。从这个意义上说，初唐的百年徘徊为盛唐诗歌的到来做了必要的积累和开拓，促成了诗国高潮的来临。

初唐宫廷诗所具有的诗歌演进性质，一个明显的标志是表现了新的时代气息。《全唐诗》开卷第一题为唐太宗《帝京篇十首》，首篇起二句为“秦川雄帝宅，函谷壮皇居”。这一开头给人的印象是：由于唐代开国的大形势，它给宫廷诗歌带来雅正和宏丽的时代特点。唐太宗等开国君臣于营构空前强大帝国的同时，对南朝极度腐朽的宫廷生活和淫靡诗歌抱有戒心，感到需要有一种变淫放为有益于政教的雅正之音。

初唐宫廷以外诗人最有影响的是四杰和陈子昂。他们对宫廷诗风有过激烈批评。但宫廷内外诗歌创作原是相互沟通而非隔绝的。随着宦海浮沉，宫廷诗坛成员时有变动，四杰及陈子昂等也曾进入过宫廷或诸王府中。同时，诗人之间又有各种交往，诗风彼此影响。因而从总体看，宫廷内外双方在初唐诗歌发展中实是一种互补。

就诗歌追随时代、表现时代面貌而言，宫廷诗和四杰及陈子昂的诗歌都曾透露了时代气息，而方式、途径的不同则具有互补意味。宫廷诗对大唐宏业的种种直接颂美，多承袭齐梁声色大开之后所形成的描写性模式，四杰及陈子昂所表现的则是时代背景中的人物。在写法上虽然一偏于描写，一偏于表现，却经常免不了互相吸收。骆宾王的《帝京篇》、卢照邻的《长安古意》、王勃的《临高台》、宋之问的《明河篇》、李峤的《汾阴行》等名篇，就是把类似宫廷诗描写性的对感官世界的刻画铺陈与传统的表现性的抒情结合在一起。

在语言方面,按时代进程将双方的作品加以对照,亦能发现其交互影响。四杰之中,卢、骆年长于王、杨,卢、骆之作的六朝诗歌句法及藻绘余习较王、杨明显。卢照邻《山庄休沐》:“龙柯疏玉井,凤叶下金堤。川光摇水箭,山气上云梯。”骆宾王《望月有所思》:“圆光随露湛,碎影逐波来。似霜明玉砌,如镜写珠胎。”句法辞藻,酷似六朝。而类似的情况,在王、杨诗中则很难发现。王、杨句法相对显得省净、灵活,辞藻更为融化。从卢、骆到王、杨的这种变化,跟宫廷诗语言演进,适成对应关系。上官仪的诗歌语言,比贞观宫廷诗流畅,如《入朝洛堤步月》等诗相当省净。可以说王、杨一方面抨击龙朔变体,一方面又吸收了当时宫廷诗歌创作的某些成果。从龙朔变体到王、杨的变化,诗坛上出现了一种推陈出新的局面。陈子昂正是在这种局面下,往质朴的方面又推进一步。他的诗歌语言,稍近杨炯。嗣后,杜审言和沈、宋的诗歌语言,一方面不同于上官仪的繁缛,一方面又比四杰纯熟,比陈子昂华润。这些,正是宫廷内外诗歌创作在语言上互补和推演的成果。

初唐诗经过长期互补性的交流发展,而且在四杰及陈子昂之后,又有四友和沈、宋等新一轮的推进。尽管如此,沈、宋等人及其同时代的作品与盛唐比,无论是整个的气势规模,还是具体篇章的精彩焕发程度,仍都明显隔着一层天地。

风骨问题从根本上看离不开性情。初唐宫廷诗的性情无疑是贫乏的,并因性情贫乏而风骨不扬。由唐太宗《帝京篇》等诗所奠定的时代审美文化取向,就不曾重视性情。宫廷诗的审美风尚限制了宫廷诗人性情的表达和发扬,而宫廷诗人自身的不足,又正好投合了宫廷诗的审美风尚。诗歌的性情问题,在宫廷诗人和宫廷诗的范围内是解决不了的。此时诗歌要想重新拥有性情,只有走出宫廷,实现审美文化从宫廷到社会人生的转化,才有可能在表现日常生活和人生价值的同时,充分弘扬诗人主体性情,展开理想的新局面。诗中得见性情的,在初唐主要是宫廷以外诗人,以及沈佺期、宋之问、杜审言等在贬逐失意中的作品。陈子昂高倡风骨,作品亦以此为突出特征,但陈诗的艺术感染力并不强。拿他的理论与创作对照,可以看出有风骨的意识,尚需有相应的性情予以充实。陈子昂《感遇》一类作品似乎主要凭兴寄显其风骨。兴寄可以偏于理性,与性情的自然流露和表现不一定相同。“其诗以理胜情,以气胜辞”(《唐音癸签》卷五引《吟谱》)。理和情、气和辞本应统一。当前者胜过后者的时候,必定人为之功多而自然生气少。

第二节　应制咏物，绮错婉媚：宫体诗歌

唐初三十年，活跃在贞观诗坛上的多是唐太宗李世民身边的前朝遗老或开国重臣，如虞世南、魏徵等，主张文学必须有益于政教，反对浮艳余风，比起南朝的宫体诗，诗风虽有了净化，但由于这些宫廷重臣视野不出宫廷、台阁，把诗歌作为唱和应酬的工具，写的多是奉和应制之作，虽然在声律辞藻方面日趋精妙，但在风格趣味上日益贵族化和宫廷化。歌功颂德，点缀升平，言志说教，拟古、咏物之作充斥诗坛。贞观后期，诗坛上出现了一位重要诗人上官仪。他长于五言诗，存诗多是奉和应诏之作，内容可取者甚少，但其诗“绮错婉媚”，朝野一时效法成风，称为“上官体”。上官仪把齐梁以来诗歌创作上的对仗手法加以程式化，提出“六对”“八对”之说，以音义的对称效果来区分偶句形式，对于律诗的形成有一定的推动作用。

一、李世民的诗歌

李世民(599—649)，即唐太宗，唐朝开国皇帝李渊的第二个儿子。即位后，李世民推行均田制、租庸调制和府兵制，加强对地方官吏的考核，另着人修订《氏族志》，发展科举制度。李世民具有极高的个人修养和天赋，他精工书法，开创了行书写碑的先河，被后世奉为鼻祖，著名作品有《温泉铭》《晋祠铭》等。他还擅赋文辞，编写了著名的《秦王破阵乐》。他的诗歌在唐诗发展史上也占有重要地位，《全唐诗》存其诗一卷，共 99 首，诗作题材广泛，其中相当一部分是对战斗生活的追忆和对豪情壮志的抒发。

唐初宫廷诗风的兴盛，与唐太宗对南朝文化的认同有关。唐太宗出身于关陇军事贵族，但与隋炀帝一样，并不排斥南朝人士。武德年间为秦王时，便开文学馆广招文士，其中如虞世南、陆德明、许敬宗等皆为江左文人。即位以后，身边的文学侍从也多由江南士族子弟担任，对于南朝音乐，他反对片面夸大与政教兴亡的关系。他还曾为陆机作传论，对华丽文风表示了由衷的欣赏：

> 文藻宏丽，独步当时；言论慷慨，冠乎终古。高词迥映，如朗月之悬光；叠意回舒，若重岩之积秀。千条析理，则电坼霜开；一绪连文，则珠流璧合。其词深而雅，其义博而显，故足远超枚、马，高蹑王、刘，百代文宗，一人而已。

反映在创作中，唐太宗的诗受齐梁诗风影响颇重，题材上以应景、咏物为主，而艺术形式也趋于骈俪。由于对南朝诗艺并未熟练掌握，所以体物写景技巧的缺陷在中长篇诗中表现得尤为明显。例如，《赋秋日悬清光赐房玄龄》：

秋露凝高掌，朝光上翠微。
参差丽双阙，照耀满重闱。
仙驭随轮转，灵乌带影飞。
临波无定彩，入隙有圆晖。
还当葵藿志，倾叶自相依。

诗题中的“秋日悬清光”，出自南朝江淹诗《望荆山》。摘引写景佳句，赋诗相赏，南朝文士多有此风，唐太宗当是有意效仿。虽然全诗力图写出日光的动态变化，但每联的景致总觉雷同，结句也不离应景的常规模式，殊无真情实感。有时，写景过于工细、雕琢，难免使全诗的气骨不振，如《咏风》。

唐太宗《赋得樱桃》《赋得花庭雾》《咏鸟代陈师道》《咏雪》等也具有典型的宫体诗色彩。即使是在《帝京篇》中，也有一些宫体诗的影子，如第八篇这样写道：

建章欢赏夕，二八尽妖妍。
罗绮昭阳殿，芬芳玳瑁筵。
佩移星正动，扇掩月初圆。
无劳上悬圃，即此对神仙。

该诗借汉指唐，展现了唐太宗浮靡的宫闱生活，篇末抒慨，亦可见其对艳妓美色的贪恋和对享乐生活的追求。

不过，唐太宗对宫体诗又有着十分明确的认识，《帝京篇》(其三)云：“鸣笳临乐馆，眺听欢芳节。急管韵朱弦，清歌凝白雪。彩凤肃来仪，玄鹤纷成列。去兹郑卫声，雅音方可悦。”此诗前六句是宫体诗的常用题材，最后两句则直言去郑、卫淫声，提倡兴雅音，体现了他的“用咸英之曲，变烂漫之音”的主张。这种用宫体题材否定宫体文学，倡导雅正诗风的做法，标志着宫体诗发生了新的变化。

总的来看，李世民的诗既有前朝宫体诗的影响，又有突破宫体诗的倾向，孕育着唐诗的新的因素，这与宫体诗的发展，贞观时期强盛的国势以及李世民开放的胸怀和雄才大略都有着内在的联系，《过旧宅二首》(其一)典型地体现了这些特点：

新丰停翠辇，谯邑驻鸣笳。
园荒一径断，苔古半阶斜。
前池消旧水，昔树发今花。
一朝辞此地，四海遂为家。

前六句堆砌着荒园、古苔、旧池、新树等景物，仍然沿用了宫体诗的程式，抒发的也是物是人非的落寞情怀，但强涂的脂粉再也掩不住清新之气，诗作毕竟从宫廷的脂粉琼宴和对享乐的追求走向了乡野池树和对物事变迁的思考。最后两句更是笔锋一转，以磅礴之势抒发了一种羁勒不住的英雄情怀，已有盛唐风致。

总之，李世民以其独有的帝王气魄缔造了贞观盛世，其诗歌对于融会宫体诗而铸造唐诗有着积极的贡献。

二、虞世南的诗歌

虞世南(558—638)，字伯施，越州余姚人。少时即受到徐陵的称赏。初仕陈，后与其兄同入隋，担任隋炀帝的文学侍臣。集中《应诏嘲司花女》诗，即作于此时。诗云：

学画鸦黄半未成，垂肩亸袖太憨生。
缘憨却得君王惜，长把花枝傍辇行。

就内容而言，可归入宫体，但情调并不艳靡，少女情态的描写比较传神。

入唐以后，虞世南曾为秦王李世民的“十八学士”之一。等到太宗即位，又任弘文馆学士。虞世南常年以文学侍主，固然可见其文辞之能，但宫廷环境与御用文人身份的限制，使他的诗歌从整体上不脱齐梁摛藻绘文之习。例如，《侍宴应诏赋韵得前字》云：

芬芳禁林晚，容与桂舟前。
横空一鸟度，照水百花然。
绿野明斜日，青山澹晚烟。
滥陪终宴赏，握管类窥天。

宫廷应制之作，大体起首交代时间、事件，中间以对偶写景，末以颂扬自谦作结。此诗中二联，物象的呈现更有层次，色彩的搭配也很鲜明，画面比较活泼,与唐太宗应景之作相比,体物写景技巧要更成熟些。但这类应景诗显柔弱,情感的表达也受到限制。

虞世南作的一些咏物小诗,因有所寄托,别具情致。例如,《咏萤》诗云:“的历流光小,飘飖弱翅轻。恐畏无人识,独自暗中明。”此诗与李百药的同题诗,当属宫廷中的同题而赋,但皆有寄寓身世之感。又如著名的《蝉》:

垂緌饮清露,流响出疏桐。
居高声自远,非是藉秋风。

以蝉声写士大夫的高洁品质,身份自合。清人施补华《岘佣说诗》即评云:“《三百篇》比兴为多,唐人犹得其意。同一咏蝉,虞世南‘居高声自远,非是藉秋风’,是清华人语;骆宾王‘露重飞难进,风多响易沉’,是患难人语;李商隐‘本以高难饱,徒劳恨费声’,是牢骚人语,比兴不同如此。”

三、上官仪的诗歌

上官仪(约 608—664),字游韶,陕州陕县(今属河南)人,贞观进士,官弘文馆直学士。高宗永徽年间,见恶于武则天,后又被告发与废太子通谋,下狱而死。诗多应制、奉和之作,工于五言诗,以“绮错婉媚”为本,人多效仿,称为“上官体”。又归纳六朝以来诗歌中对仗方法,提出“六对”“八对”之说,对律诗的形成颇有影响。原有集,已佚失。《全唐诗》录存其诗一卷,20 首,其中 7 首是奉和、应诏和应制之作,4 首为应酬唱和之作,4 首为达官贵人的挽歌,1 首是入朝途中所作,1 首是从驾时所作。

上官仪的诗在内容上虽然是嘲风雪,弄花草,歌功颂德的应制之作,但在格律上却有独特之处。例如,《早春桂林殿应诏》:

步辇出披香,清歌临太液。
晓树流莺满,春堤芳草积。
风光翻露文,雪华上空碧。
花蝶来未已,山光暖将夕。

这首诗不仅体现了上官仪作品的特点,也是宫廷宴会诗的最雅致代表作。上官仪的才能最明显地表现在处理对联上。上引诗中的第三联出色地代表了他那烂熟的宫廷妙语。诗人看见春天的光辉——春天的传统特征,或春天景象本身成为露珠上闪光的投影。雪片(文字上即“雪华”)飞扬直上,仿佛要返回产生它们的碧空,就像真正的花儿飘落大地。善于找出自然界独一无二的奇景是这位宫廷诗人的艺术特征。

上官仪的诗有时显示出对自然小景及直观景象各种要素间的微妙联系的敏感，即使在幸存的几首诗中，我们也能够看到他所备受称赏的艺术技巧，如《入朝洛堤步月》：

脉脉广川流，驱马历长洲。
鹊飞山月曙，蝉噪野风秋。

这是上官仪在东都洛阳皇城外等候开城门上朝时写的一首即景诗，其中隐约蕴含着一种冷幽、冲淡之气。诗的前二句写驱马沿洛堤来到皇城外等候。以洛水即景开头，淡淡月光下，洛水含情不语地流淌着，水是“脉脉”的，如含情的眼神，虽默默无语，但满蕴情意。后两句接着写此时看到的景象，只是视域更为广大一些，人气更少了一些。前两句写“广川”，写“长洲”，都只是眼前景、近前物，后两句则是带有一种远顾的意味：回头望去，只见明月西悬，鹊鸟偶尔飞过，似乎还听到蝉鸣的声音，从野林之中顺风传来，带着股秋的凉意。两句都凸显出天将破晓时的冷幽。即兴下的创作带有极大的灵感，其清新冷幽完全不同于上官仪的其他作品，讲究辞藻格律，绮错婉媚，满含宫廷华贵雍容之气的诗作。这一首《入朝洛堤步月》完全的即景抒情，不假雕饰，反而压过了上官仪的其他诗作，被历来诗家称道。

第三节　不废江河万古流：初唐四杰的诗歌

在唐高宗至武后时期，出现了“以文章齐名天下”的“初唐四杰”：王勃、杨炯、卢照邻、骆宾王。四人创作个性不同，所长各异，大体而言，卢、骆喜作五、七言长篇，其功尤在七言歌行一体；王、杨则以五言律绝取胜。但他们都属于位卑才高的诗人，不满诗坛上繁缛的文风，怀着变革文风的自觉意识，反对纤巧绮靡，提倡刚健骨气，把矛头直接指向高宗龙朔年间以上官仪为代表的宫廷诗风。他们在创作上积极开拓诗歌的思想内容，把视野从宫廷、台阁移到了市井、江山与塞漠，从而拓宽了诗歌的视野，便于容纳更加丰富的感情内容。在艺术上，开始追求一种昂扬壮大的美。四杰并未彻底洗净齐梁诗的习气，但“宫体诗在卢、骆手里是从宫廷走到市井，五律到王、杨的时代是从台阁移至江山与塞漠”（闻一多《唐诗杂论》）。他们对唐诗发展的贡献是不可轻视的，“王杨卢骆当时体”“不废江河万古流”（杜甫《戏为六绝句》），他们的作品如江河长流，万古不废，构成了唐诗发展中不可或缺的一环。

一、王勃的诗歌

王勃(650—676),字子安,绛州龙门人。王勃是诗人王绩的侄孙。虚岁6岁时即能为文。不到18岁,就被授朝散郎。后来因为讽刺唐高宗李治的儿子斗鸡,而被逐出王府。从此四处流徙,其后去南方,船入大海,王勃落水惊悸而死。

王勃现存诗90多首,其中多是五、七言小诗。他的《送杜少府之任蜀州》,虽为送别之作,但立意不同前人。有情亦有志。志在情中,情寓志里,把一位青年才子的胸襟披露得淋漓尽致。其中"海内存知己,天涯若比邻"两句,更是传颂千古。全诗八句,全然初唐律诗景象:

城阙辅三秦,风烟望五津。
与君离别意,同是宦游人。
海内存知己,天涯若比邻。
无为在歧路,儿女共沾巾。

该诗没有一般送别诗中的惆怅痛楚,有的是真挚的友情、抱负与共勉,感情浓烈而不消沉,给人以很深的感染。全诗意境雄浑开阔,意气轩昂,一股昂扬之气溢出纸外。胡应麟在《诗薮·内编》中评论此诗说:"终篇不著景物,而兴象宛然,气骨苍然。"

除了《送杜少府之任蜀州》,王勃还有很多羁旅行役、言怀赠别的诗。例如,《蜀中九日》:

九月九日望乡台,他席他乡送客杯。
人情已厌南中苦,鸿雁那从北地来。

重阳节,自古是亲朋团聚、登高观景、饮酒赏菊之日。诗人王勃客居蜀中,不得还乡,只能登高望乡,空怀亲故。诗人流寓异地,自然被人当作"客",喝的是异乡的酒,听到的是异乡人之间的问候,"人情已厌南中苦,鸿雁那从北地来",羁旅漂泊,诗人已是满怀疲惫,身为北人却久居在人地两生的蜀中,早厌倦了这种异乡的艰苦生活。不但人的感觉如此,就连年年南飞的鸿雁,大概也觉厌烦,所以,虽至重阳,却不见候鸟南来。

又如,《羁游饯别》:

客心悬陇路,游子倦江干。
槿丰朝砌静,筱密夜窗寒。

琴声销别恨，风景驻离欢。
宁觉山川远，悠悠旅思难。

这是一首在旅游中送行的诗篇。全诗主要采用了对比手法，通过写行客出发前的兴致，衬托了自己羁留在外的愁思与念归之情。类似的诗歌还有《秋日别王长史》《林塘怀友》《寒夜思友》（三首）、《秋江送别》（二首）等。

王勃传颂千古的不朽名作，是他的《滕王阁序》，序后有诗，诗为七言律，作为七律体裁，在初唐也有重要意义。只是因为序名太大，诗的影响反而小了。

当然，王勃的一些诗歌也没有完全摆脱六朝诗文的影响，如著名的《滕王阁序》就是用骈文的形式写的，序后的诗也有着六朝诗歌的影响。他的古诗写得很有特色，如《临高台》《秋夜长》《采莲曲》等，形式活泼，情感清新，对后世有一定的影响。例如，《临高台》在内容上，以铺张的方式渲染了权贵豪门宏丽的宅第、熏天的权势和穷奢极欲的生活方式，并寓讽刺于其中；在形式上，以三、五、七言交错使用，活泼流畅，深得乐府诗的精髓。

二、杨炯的诗歌

杨炯（650—693），华州华阴（今陕西华阴）人。年 10 岁，即中童子科，时人目为神童。27 岁时应制举及第，补九品校书郎，33 岁时为詹事司直。徐敬业起兵讨武，杨炯的族兄参与，杨炯因受连累而出为梓州（今四川三台）司法参军，后被选为盈川（在今浙江衢州市境内）令，不久卒于任所。杨炯的诗作现存 33 首，在四杰之中作品数量较少，题材以及表现形式也不及其他三位诗人那样广泛多样，但也有不少佳篇，尤其是他作的边塞征战诗，风格慷慨豪放，戎旅气息浓郁，充满杀敌报君、为国立功之豪情，在四杰中独树一帜，对盛唐边塞诗的发展也有一定的影响，比较有代表性的有《从军行》《出塞》《战城南》《紫骝马》等。明人胡应麟曾评价其诗："盈川近体，虽神俊输王，而整肃浑雄。究其体裁，实为正始。"（《诗薮·内编》卷四）。

杨炯虽然没有到过边塞，也没有从过军，但他的"边塞诗"和"从军诗"却写得十分出色，尤其是《从军行》，意象奇崛刚劲，意境雄浑豪迈，情感朴实自然：

烽火照西京，心中自不平。
牙璋辞凤阙，铁骑绕龙城。
雪暗凋旗画，风多杂鼓声。

宁为百夫长，胜作一书生。

这首诗描写了一个书生投笔从戎的过程。诗一开篇，就传来了警报声，激起了志士的爱国热情，表现出了战况的紧急，一个“照”字渲染了紧张的气氛。然后用军队的“旗”和“鼓”，表现出征将士冒雪征战的精神，同时也表现了在战鼓声激励下奋勇杀敌的激烈场面。诗的尾联直接抒发了书生的壮志豪情。这首诗的字里行间，给人留下了想象的空间。跳跃式的结构，使诗歌具有轻快的节奏，给人一种一往无前的气势，突出了爱国的激情和唐军将士的精神面貌。

又如，《战城南》：

塞北途辽远，城南战苦辛。
旛旗如鸟翼，甲胄似鱼鳞。
冻水寒伤马，悲风愁杀人。
寸心明白日，千里暗黄尘。

《战城南》是乐府旧题，属《鼓吹曲辞》，《汉鼓吹铙歌十八曲》之一。此诗主要描绘军旅征战的艰辛。诗中用如鸟翼的旛旗、似鱼鳞的甲胄来形容军容的盛大和威严，用冻水、悲风来刻画作战条件的艰苦，末句则暗示战场厮杀已经开始。全诗主题沉重，格调悲壮。

再如，《紫骝马》：

侠客重周游，金鞭控紫骝。
蛇弓白羽箭，鹤辔赤茸鞦，
发迹来南海，长鸣向北州。
匈奴今未灭，画地取封侯。

《紫骝马》也是乐府旧题，属《横吹曲辞》。紫骝马，骏马名。《西京杂记》（卷二）：“文帝自代还，有良马九匹，皆天下之骏马也。一名浮云，一名赤电，一名绝群，一名逸群，一名紫燕骝，一名禄螭骢，一名龙子，一名麟驹，一名绝尘，号为九逸。”此诗用浓重的笔墨刻画了一名骑紫骝、执金鞭、配白羽箭、控赤茸鞦，决心杀敌报国的侠客形象。诗人借此也抒发了自己渴望建功立业的理想。

杨炯的边塞诗既有建安风骨，又有盛唐气势，我们可以从中隐约感受到那即将来临的盛唐之音。

三、卢照邻的诗歌

卢照邻(约634—683),字升之,幽州范阳(今河北涿县)人。少年事不详。但知与唐高祖李渊的第17个儿子李元裕为布衣交。李元裕封邓王,卢照邻成为邓王府典签。典签者,唐朝诸王府掌管文书的官职之谓也,以后还作过新都尉。卢照邻一生不顺利,主要是体弱多病,不能为官,便进深山隐居。但他的功名心很热,又好诗文,于是病笃乱投医,服用丹药去疾,结果反受其害,终至四肢残废,自称"手足挛缓,不起行已十年"。后来终于不堪痛苦,40余岁时,投颍水而死。

卢照邻留下来的诗歌近百首,其中颇有些力作,如他的《长安古意》,为长篇七言古诗,全诗68句,反复跌宕,饶有余哀。诗中托古讽今,写长安车马,街巷繁荣,写娼家,写舞女,写剑侠,一直写到王侯将相,写他们的专权与倾轧,最后归于穷居著书的汉儒扬雄,成一鲜明对比。作者心中意想,总在隐喻之中。全诗很长,以下节选部分内容:

别有豪华称将相,转日回天不相让。
意气由来排灌夫,专权判不容萧相。
专权意气本豪雄,青虬紫燕坐春风。
自言歌舞长千载,自谓骄奢凌五公。
节物风光不相待,桑田碧海须臾改。
昔时金阶白玉堂,即今唯见青松在。
寂寂寥寥扬子居,年年岁岁一床书。
独有南山桂花发,飞来飞去袭人裾。

"古意"是六朝以来诗歌中常见的标题,多以"古意"而抒发今情。作者通过对上层社会的争权夺利、相互倾轧、骄奢淫逸等现象的揭示,抒发了自己怀才不遇的愤慨。

卢照邻的诗风比较多样化,有时写得淳朴清新,富有民歌情调,如《梅花落》《芳树》;有时也写得刚劲而雄奇,如《陇头水》《紫骝马》。这些诗深情流丽,雄劲自然,富有奇崛的幻想色彩,无论是在"四杰"还是在整个初唐,都是十分突出的。卢照邻还有5篇歌行体,几乎篇篇都是出色的作品。例如,《行路难》从渭水桥边枯木横槎所引发的联想写起,备言世事艰辛和离别伤悲,蕴含着强烈的历史兴亡之叹,气势宏大,视野开阔,写得跌宕流畅,神采飞扬。

四、骆宾王的诗歌

骆宾王(619—约684),字务光,婺州义乌(今浙江义乌)人。七岁即能诗,也是一位神童。武后当政,他多次上书言政事,以求得赏识,但结果是获罪而入狱。曾多次入朝求职,历任武功、长安主簿,升侍御史,因耿直得罪入狱,贬临海丞。光宅元年(684),徐敬业在扬州起兵后,署宾王为府属,骆宾王为之作《讨武氏檄》,同年兵败亡命,不知所终。《全唐诗》录存其诗三卷。

骆宾王生活经历丰富,四杰中存诗最多。其诗歌虽没有彻底摆脱齐梁浮饰夸丽文风,但以匡时济世、建功立业的理想,为诗歌注入了新鲜内容。他擅长七言歌行,颇多边塞题材的诗作,富生活实感,开唐代边塞诗歌之先河。例如,《从军行》:

平生一顾重,意气溢三军。
野日分戈影,天星合剑文。
弓弦抱汉月,马足践胡尘。
不求生入塞,唯当死报君。

诗人借乐府旧题,抒发了自己为国从军、视死如归、慷慨杀敌的志向。首两句直抒胸臆,道出了诗人一生的志向与抱负——从军杀敌,建功立业,下笔凝重,豪气勃发,提领全篇。中间四句具体生动地再现了激烈艰苦的战斗场景:无论白天夜晚,将士们都挥戈仗剑,奋勇杀敌。末尾两句为全诗主旨所在,诗人活用典故,再次申发了立功边塞、以死报国的决心。东汉定远侯班超,威镇西域三十余年,功勋卓著,年老思乡,上疏朝廷:"臣不敢望到酒泉郡,但愿生入玉门关。"诗人对班超的英雄业绩十分钦羡,化用班超之语而着以"不求"二字,并无贬抑班超之意,而在于实现自己以身许国的豪情。全诗格调激昂,充满杀敌激情,笔触雄浑,风格豪放。两度从军塞上的经历,开拓了诗人雄奇的诗境,是初唐边塞诗中难得的佳作。

又如,《边城落日》:

紫塞流沙北,黄图灞水东。
一朝辞俎豆,万里逐沙蓬。
候月恒持满,寻源屡凿空。
野昏边气合,峰回戍烟通。
膂力风尘倦,疆场岁月穷。
河流控积石,山路远崆峒。

壮志凌苍兕，精诚贯白虹。
君恩如可报，龙剑有雌雄。

诗名为《边城落日》，实是一首沙场征战的壮歌。该诗一反客游诗的低沉苦闷，而代之以建功立业的雄心壮志，写得大气包举，壮观豪迈，场面阔大，士气旺盛。前四句写场景和士气。偌大的地域，诗人不再久住京城逢迎别人，宁愿如飞蓬一样到边疆征战，投笔从军立功受勋。五至十二句写练功场面，在残酷的环境之下，诗人和戍边士兵们夜晚拉弓习武，白日开路找水，艰难地生活着。“壮志”二句，抒发心迹，表示自己壮志凌云，精诚动天。最后两句说，如果朝廷愿意重用我（诗人自己），我一定会和敌人决一雌雄，表达了诗人希望报效朝廷，与敌人决一雌雄的壮志。

骆宾王以七言歌行闻名，其《帝京篇》是初唐七言歌行的名作。《帝京篇》，乐府曲辞名，唐太宗曾作《帝京篇》十首，五言八句。骆宾王则将《帝京篇》扩展为鸿篇巨制。该诗作的描写内容和抒情结构与卢照邻的《长安古意》相似，但思路更为开阔：

古来荣利若浮云，人生倚伏信难分。
始见田窦相移夺，俄闻卫霍有功勋。
未厌金陵气，先开石椁文。
朱门无复张公子，灞亭谁畏李将军。
相顾百龄皆有待，居然万化咸应改。
桂枝芳气已销亡，柏梁高宴今何在？
春去春来苦自驰，争名争利徒尔为。
……
已矣哉，归去来。
马卿辞蜀多文藻，扬雄仕汉乏良媒。
三冬自矜诚足用，十年不调几邅回。
汲黯薪逾积，孙弘阁未开。
谁惜长沙傅，独负洛阳才！

该诗应作于唐上元三年（676），时骆宾王由武功主簿调任明堂主簿，诗人将此诗投赠给当时的吏部侍郎裴行俭。因文采出众，当时传遍京城，被誉为“绝唱”。诗中突破了乐府旧题歌功颂德的束缚，拓宽题材和内容，描绘京城的繁荣，宫室的豪华，贵族的奢侈，官场的倾轧，个人的失意等，内容丰富，展示了一个全盛时代的各个侧面。诗人突破传统诗教的束缚，汲取汉班固《两都赋》的艺术技巧，首叙京城形势之胜，宫阙之壮，大有黄河落天走东海之势,接下来千回百转,借古讽今,敷陈时事,揭露发生在帝京中的种种社会丑态及世道沧桑,结尾直吐胸中积愤,恰似神龙摆尾,气势遒劲。该诗采用歌行体,兼用铺张的手法,气势磅礴,笔力遒劲,读罢荡气回肠。诗人把赋法运用于七言歌行的创作中,为盛唐歌行的发展铺平了道路。

骆宾王的咏物诗托物抒怀,慷慨悲凉,代表作如《在狱咏蝉》:

西陆蝉声唱,南冠客思侵。
那堪玄鬓影,来对白头吟。
露重飞难进,风多响易沉。
无人信高洁,谁为表余心。

诗人寓身世之感于其中,咏蝉明志,诗风峻洁,与宫体诗大异其趣。该诗是咏蝉,更是以蝉自比,抒发了作者有志不得实现的悲愤沉痛之情,感情深沉真挚。虽是咏物,但已不同于南朝以来传统的咏物诗,而是融入了个人的身世和悲哀,别开生面,显示了新的创作趋向。

四杰诗作主要是抒情诗,他们都曾奔走四方,心中充满了博取功名的幻想和激情,郁积着不甘久居人下的雄杰志气,写下了许多羁旅行役、言怀赠别的诗,其中王勃在这方面的诗最为出色。四杰诗中重视抒发个人情怀,作不平之鸣,因而对于社会时弊多有所揭露批判,诗中充溢着一种慷慨悲凉的感人力量,表现了一种壮大的气势。四杰的写景诗把晋宋的山水诗推到了一个新阶段。他们不再是一味地模山范水,而是注入了强烈的喜悦悲伤的感情。王勃的《滕王阁诗》,围绕滕王阁,从时间、空间的变迁转换表现了诗人无限的惆怅和极端的感伤之情,情景交融,寄慨遥深。胡应麟说:王勃此诗"兴象宛然,气骨苍然。实首启盛、中妙境。"(《诗薮·内篇》)初唐四杰在诗歌创作上的革新,不仅表现为内容的拓展和充实,而且也表现在艺术上的创新与完善。他们以新的章法和节奏来表现新的感受,在诗歌语言上也更接近生活。例如,七言歌行本是梁、陈以来七古和骈赋交互影响渗透的产物,卢、骆却创造性地发挥了这种诗体之所长,极大地加强了它的抒情性,丰富了它的表现力,使之成为一种极能发人才思的新体制,成为高适、岑参、李白等许多诗人所喜用的形式,他们的开拓之功是不能忽视的。王、杨擅长的五言律、绝,在诗歌语言上更趋明净凝练。

第四节　骨气端翔,沉郁悲凉:陈子昂的诗歌

陈子昂是初唐四杰后反对齐梁诗风,在理论和创作上都取得了突出成

就的诗人。他的《与东方左史虬修竹篇序》，乃是唐代文学得以健康繁荣发展的指路明灯，是诗歌革新运动的一面旗帜。他在此序中表明了要突出作品的思想内容，作品应真实反映时代的创作精神。对于诗歌创作，陈子昂要求作品骨气端翔，诗歌内容充实，情感激越慷慨，风格古直悲凉，同时诗歌必须兼具“金石之声”，即语言刚健清爽，气势雄浑豪放，有韵律美。他慨叹“文章道弊五百年矣，汉魏风骨，晋宋莫传”，显然他是把汉魏文学创造的具有特殊的时代风格的艺术美作为理想的典范，要诗人学习充满慷慨悲凉之气的建安风骨，在倡导复古的旗帜下实现诗歌的真正革新。

陈子昂(661—702)，字伯玉，梓州射洪(今四川射洪)人。出身豪富之家，自幼任侠使气。永淳元年(682)中进士，曾两次上谏直陈政事，受到武则天的赏识，擢为秘书省正字，官至右拾遗。曾从乔知之北征，又随武攸宜东征契丹，因言事被降职，愤而还乡。后被县令段简诬陷入狱，忧愤而卒。有《陈伯玉集》，存诗 120 余首。

陈子昂是初唐诗坛上诗歌革新旗手，他的创作，继往开来，独树一帜。他的文学主张(诗歌理论)主要在他的《与东方左史虬修竹篇序》中体现出来：

> 文章道弊五百年矣，汉魏风骨，晋宋莫传，然而文献有可征者。仆尝暇时观齐梁间诗，彩丽竞繁，而兴寄都绝，每以永叹。思古人，常恐逶迤颓靡，风雅不作，以耿耿也。昨于解三处见明公《咏孤桐篇》，骨气端翔，音情顿挫，光英朗练，有金石声。遂用洗心饰视，发挥幽郁。不图正始之音复睹于兹；可使建安作者，相视而笑……

在唐代文学发展史上，陈子昂这篇短文好似一篇宣言，标志着唐代诗风革新和转变的正式开始。这篇短文一方面批判了齐梁诗风，认为齐梁诗歌“彩丽竞繁，而兴寄都绝”，即过分讲求华丽的形式而缺乏有感而发、有所比兴寄托的内容。另一方面主张诗歌应该以汉魏、正始诗歌为榜样，达到“风骨”“兴寄”和“声韵”的统一。

陈子昂的创作有力地体现了他的理论主张，代表作《感遇诗》(三十八首)中他不仅寄寓怀抱，抒忧寓悲，或抒发理想，或讽刺时政，或哀叹民生艰难，或寄予一定哲理，内容广泛复杂，风格类似阮籍的《咏怀》。例如，“兰若生春夏”(《感遇诗》之二)托物言志，抒写时光流逝，抱负无法实现的悲愤；“苍苍丁零塞”(《感遇诗》之三)揭露武后穷兵黩武的罪恶，诗人以刚直情怀对黑暗现实表示极大的愤慨，直陈己见，无所顾忌，杜甫誉之为“千古立忠义，感遇有遗篇”。

第 34 首专为幽燕游侠子弟所作，记述他一生经历，表彰他军役边州，感

叹他有功无赏,足称慷慨悲声:

朔风吹海树,萧条边已秋。
亭上谁家子,哀哀明月楼。
自言幽燕客,结发事远游。
赤丸杀公吏,白刃报私仇。
避仇至海上,被役此边州。
故乡三千里,辽水复悠悠。
每愤胡兵入,常为汉国羞。
何知七十战,白首未封侯。

诗中倩写一个生长在幽燕之地的游侠少年勇敢地从军边塞,慷慨卫国,久戍不归却得不到奖赏,讽刺了当时边防政策的弊端和朝廷的不善用人。全诗以沉郁的笔调、忧愤深广的情怀描写边地的萧瑟,有力地烘托出幽燕少年慷慨卫国,英勇杀敌的高大形象和不为朝廷所重的悲凉,从而寄托了诗人慷慨忧愤的思想感情。语言质朴刚健,洗净了六朝的浮艳文风。

第 35 首感怀身世:

本为贵公子,平生实爱才。
感时思报国,拔剑起蒿莱。
西驰丁零塞,北上单于台。
登山见千里,怀古心悠哉!
谁言未忘祸,磨灭成尘埃。

此诗反映了一个有理想、有抱负、希望报效国家的知识分子却无处施展自己的抱负和才能的苦闷、矛盾与悲哀。全诗虽写哀情,却笔力健至,激昂慷慨,毫无萎滞之态,从中可以见出作者的情怀。

陈子昂的诗中有一种昂扬壮大的感情基调,有一种“崇高”之美,如他的千古绝唱《登幽州台歌》:

前不见古人,后不见来者。
念天地之悠悠,独怆然而涕下。

当时陈子昂以右拾遗的身份随武攸宜征契丹,由于武攸宜不谙军事,他曾屡次进谏,但不被采纳,致使屡屡失利。他的心情颇为抑郁,想起当年燕昭王高筑黄金台的往事,吊古伤怀,故有此诗。诗作已经超出了原有的怀古意义,而是表达了时代深沉的悲剧意识,透显出新的人格意识。该诗以无限的时间和无穷的空间为背景，高耸起一个伟大而孤独的自我，充溢着一种壮大浓郁的感情，这正是唐代具有浪漫精神的理想人格的象征，是陈子昂所追求的风骨，也是日后盛唐诗歌的生命之泉。

陈子昂的主张与创作实践结束了无病呻吟的齐梁绮靡诗风和唐初宫廷诗风，他对风骨的追求，他提出的美学理想影响了有唐一代，为唐诗注入了蓬勃的生命力。陈子昂的文学批评，首先立足于对六朝文学的批评与否定，明确提出"文章道弊五百年"的著名论断，认为晋、宋以来的齐、梁诗歌之弊正在于"彩丽竞繁，而兴寄都绝"。一般认为，"兴"指比兴手法而言，"寄"是指内容方面的寄托之意。合而论之，是指以"托物起兴"与"因物喻志"的表现手法抒发作者的情思、志趣，使诗歌具有一种飞动的气势和昂扬奋发的人格力量。其次，陈子昂的文学批评面对着汉魏以降特别是齐梁以来的不良诗风，倡导以恢复"汉魏风骨"为旗帜和诗歌创作宗旨，从而为唐代文学特别是唐诗的健康发展指明了正确方向。再次，陈子昂崇尚"汉魏风骨"的文学观念与美学思想，还体现在对初唐诗风的批评方面：一则他以高度的历史责任感来面对日趋衰颓的初唐文风，每"思古人，常恐逶迤颓靡，风雅不作"，内心深感惶恐不安，因而要提倡"汉魏风骨"，打出这面复古旗帜，以革新时风；二则陈子昂对于东方虬之类承传建安风骨与正始之音的诗人，给予极高的评价，称其《咏孤桐篇》"骨气端翔，音情顿挫，光英朗练，有金石声"，使他"洗心饰视"，感到其诗"发挥幽郁"；三则陈子昂自己作《修竹诗》一篇，作为实践"汉魏风骨"之作，以为"知音"者传示之。总之，陈子昂上承建安，下启盛唐，对转变唐代诗风，引导唐诗走向繁荣而健康的发展之路，有着重大的历史贡献。唐卢藏用《右拾遗陈子昂文集序》高度肯定了他的开风气之功，说他"卓立千古，横制颓波，天下翕然，质文一变"。

第五节　悠扬婉转，兴象玲珑：七言歌行

经过四杰等人的努力，初唐后期，诗歌在题材范围的扩大、体悟写景技巧的成熟、声律的完善、风骨的形成等方面，已为唐诗的繁荣奠定了基础。继卢、骆之后，刘希夷和张若虚进一步发展了七言歌行，在诗歌意境的创造方面，他们的创作提供了成功的经验。陈子昂的诗作以风骨取胜，主要取自于古朴劲健的汉魏古诗，而张若虚、刘希夷的诗歌则更多地吸取了南朝乐府诗的营养，风格明丽优美，把浓郁的情感、真切的生命体验融入美的兴象，诗情、画意、哲理融为一体，创造出空明纯美的诗歌意境，以情韵见长。他们的出现表明唐诗在意境的创造上已趋成熟，为风骨情韵并盛的盛唐诗的到来

作了艺术上的准备。

一、刘希夷的诗歌

刘希夷(651—679)，字庭芝，或云延之，汝州(今河南许昌一带)人。上元二年(675)进士及第。有关他的生平记载十分简略，仅有“志行不修”“落魄不拘常检”“与时不合”，进士及第后数年即“为奸人所杀”。刘希夷现存诗仅30余篇，从题材上看，主要是从军和闺情之作；从体式上看，则大多为古体歌行，诗风或慷慨沉重，或哀怨悲苦。他的诗在题材上受到宫廷诗风的影响，但在意旨上却与四杰等改变华靡浮艳诗风的愿望相通，甚至还有陈子昂的复古意识。

刘希夷的诗歌，颇多赏春惜春之作，这些诗的基调，已不再是四杰诗中对贵族社会荣华难就的嘲讽，更多的则是对青春的留恋和渴望。他的代表作是《白头吟》(又名《代悲白头翁》，《全唐诗》卷五一宋之问名下亦收录了该诗，题目为《有所思》，但同时标注“一作刘希夷诗，题为《代悲白头翁》”)，这首诗可谓青春的歌唱：

洛阳城东桃李花，飞来飞去落谁家？
洛阳女儿好颜色，坐见落花长叹息。
今年花落颜色改，明年花开复谁在？
已见松柏摧为薪，更闻桑田变成海。
古人无复洛城东，今人还对落花风；
年年岁岁花相似，岁岁年年人不同。
寄言全盛红颜子，应怜半死白头翁。
此翁白头直可怜，伊昔红颜美少年。
公子王孙芳树下，清歌妙舞落花前。
光禄池台文锦绣，将军楼阁画神仙。
一朝卧病无相识，三春行乐在谁边？
宛转蛾眉能几时？须臾鹤发乱如丝。
但看古来歌舞地，惟有黄昏鸟雀悲。

诗中将洛阳女子因怜惜落花而产生红颜易老的愁思和白头翁对世事变迁、富贵无常的感慨放在一起来写，一方面铺陈渲染富贵风流的社会生活环境——“公子王孙芳树下，清歌妙舞落花前。光禄池台文锦绣，将军楼阁画神仙”；一方面感叹韶光易逝、世事无常——“宛转蛾眉能几时？须臾鹤发乱如丝。但看古来歌舞地，惟有黄昏鸟雀悲”。表达的是青年诗人对人世繁华和青春生命的珍惜与留恋，对人生有限、富贵不常的无可奈何的感伤惆怅。诗作表面上写的是青春不永、韶华易逝，但读来又能感受到那新鲜的心境、勃发的生命力、对永恒的大自然的美好向往。“坐见落花”而有所感悟的“洛阳女儿”，并不是要把自己的“好颜色”侍奉君王，而是因物候和美景的启悟而对生活和生命产生了一种深刻的觉醒和追求，将人的生命看成了美好的春天和鲜艳的花朵；“古人无复洛城东，今人还对落花风；年年岁岁花相似，岁岁年年人不同”，不是颓废的及时行乐，而是对宇宙的思考、价值的追询和现实生命的把握，在花之无情和人之有情的张力中将人生的深情渲染得酣畅淋漓，因而引起了有情人的深刻共鸣。这种“少年不识愁滋味”的青春惆怅在张若虚的《春江花月夜》中则进一步变为对青春、对爱情、对生命、对自然的正面讴歌，并把感悟人生、体认哲理与宇宙融为一体的浓郁情思表现为清新明丽的诗境，给人以一种宁静纯美的享受。《白头吟》借鉴了南朝乐府诗的不少艺术经验，通过排比、对偶、蝉联、回文等一系列修辞手法的反复运用，组织成许多精粹感人的警句，如“今年花落颜色改，明年花开复谁在?”“古人无复洛城东，今人还对落花风；年年岁岁花相似，岁岁年年人不同。”既发人深省，又给人以流畅婉转的美的感受。

在文化意蕴上，《白头吟》与卢照邻的《行路难》《长安古意》，骆宾王的《帝京篇》，王勃的《临高台》以及陈子昂的《登幽州台歌》等有近似之处，更直接地启示了张若虚的《春江花月夜》、高适的《人日寄杜二拾遗》等，甚至成为一种感慨生命的诗歌范式，以致对《红楼梦》中的《葬花吟》都存在着影响。

刘希夷虽未有从军出塞的记载，但其诗却多有从军题材之作，风格也较为刚劲，如《将军行》《从军行》，诗作善用古调，并有意识地摆脱骈俪局限，有质朴劲拔之风。写闺情的诗则缠绵流丽，时有清新之感，如《江南曲八首》之二云：“艳唱潮初落，江花露未晞。春洲惊翡翠，朱服弄芳菲。画舫烟中浅，青阳日际微。锦帆冲浪湿，罗袖拂行衣。”诗用乐府旧题，风格在清新中挟有浮艳，显示出宫体诗的影响。

二、张若虚的诗歌

张若虚(660—720)，扬州人。曾任兖州兵曹。玄宗开元初年，与贺知章、张旭、包融并称“吴中四士”。今仅存诗两首，一首是五言排律《代答闺梦还》，另一首便是号称“以孤篇横绝全唐”的七言歌行名作《春江花月夜》。

《春江花月夜》本是乐府旧题，曲调传为陈后主所创。《旧唐书·音乐志》记载说：“《春江花月夜》《玉树后庭花》《堂堂》，并陈后主所作。叔宝常与宫中女学士及朝臣相和为诗，太乐令何胥又善于文咏，采其尤艳丽者，以为此曲。”可见，此调乃是典型的“宫体”诗。但到了张若虚这里，《春江花月夜》(节选)超越了宫体诗的藩篱，表现出一种情思与哲理相融合的宇宙意识：

春江潮水连海平，海上明月共潮生。
滟滟随波千万里，何处春江无月明？
江流宛转绕芳甸，月照花林皆似霰。
空里流霜不觉飞，汀上白沙看不见。
江天一色无纤尘，皎皎空中孤月轮。
江畔何人初见月？江月何年初照人？
人生代代无穷已，江月年年望相似。
不知江月待何人，但见长江送流水。

全诗紧扣题目春、江、花、月、夜五字来写。诗人写月下的江流、月下的芳甸、月下的花树、月下的沙汀，这一切都因为有了迷人的月色，显得更加朦胧、神秘而又和谐美丽。诗中虽带有不少凄凉伤感的成分，但并不消沉颓废：“人生代代无穷已，江月年年望相似。不知江月待何人，但见长江送流水”，这是一种超越性的升华。全诗因物境而激起了宇宙意识，因宇宙意识而激发了对现实生命的思考，又因对生命情感的肯定而印证并深化了宇宙意识，最后，这种情感化的宇宙意识又创造了那种新鲜而华美、明丽而流畅的物境！全诗将写景与抒情有机而自然地交融在一起，寓情于景。在格调上追求清新、婉丽，在初唐诗坛属上乘之作，具有很高的艺术欣赏价值。

刘希夷的《白头吟》和张若虚的《春江花月夜》这两篇七言歌行在文学史上都有着承先启后的积极意义。与卢照邻、骆宾王等人的歌行比较，虽少了些对社会生活画面的铺陈揭示，却增加了对宇宙人生哲理的思索咏叹。两诗所写的虽多是南朝诗人常写的景物，但雕饰满服的铺陈已多为生动的白描点染所取代，色彩也由秾丽变得清淡，意境则更为深远。

第五章　盛唐诗歌发展研究

在中国古代政治、经济、文化与社会文明的发展史中，盛唐可以说处于顶峰位置。盛唐大体上是指唐玄宗先天元年(712)至唐代宗永泰二年(766)，这一时期社会安定，政治文明，艺术繁荣；人们精神饱满，理想高远，个性自由，生活方式多样，宗教信仰不拘。盛唐诗歌就是这种社会文明、情趣风尚的写照。盛唐诗歌主情意而轻理智，重感兴而轻理思，故内涵丰厚，激人感触，情调爽朗，诗风飘逸，一体浑然，多见天工之美。同时，盛唐诗歌表现出一种前所未有的豪迈乐观、激昂慷慨、积极进取、奋发有为的时代精神和强烈的匡时济世的责任感和使命感，并产生了一大批光彩夺目的诗坛巨匠和诗歌作品，使盛唐诗坛呈现出前所未有的繁荣景象。

第一节　盛唐诗歌的创作特点

盛唐诗歌是唐诗发展的第二个历史时期，也是唐代诗歌创作最辉煌的阶段。盛唐诗歌既有政治诗、边塞诗、山水诗，也对友情、送别、行旅、宫(闺)怨、咏史、咏物、登临、怀古、访隐等题材均有题咏，犹如春天的百花园，各类花卉，万紫千红。

盛唐诗歌的创作呈现出丰富多彩而又和谐统一的风貌。在开元、天宝时期教育兴盛、文化建设热情空前高涨的情况下，大批人才从各州郡、从庶族阶层中涌现出来。他们摆脱了对宫廷的依附，靠自己的才情学识，靠自己的拼搏，寻求政治出路。人才辈出犹如春来万物齐发，使盛唐诗歌的创作呈现出多姿多彩的面貌。但是，盛唐诗人又是处在相同的时代气候条件下的，时代本身又比较健康和谐，因之诗人创作亦呈现出和谐一致的一面。概括来说，“笔力雄壮，气象浑厚”便是盛唐诗歌的基本风貌，其中“笔力雄壮”指不同于齐梁时期的萎靡、纤弱，造语朴实而有力度，给人的外在印象多为“雄词健笔(岑参《送魏升卿擢第》)；“笔力雄壮”是指“笼天地于形内，挫万物于笔端”的强大表现力。

“笔力雄壮，气象浑厚”的诗歌创作风貌，使得盛唐诗歌给人以充实饱满、旺盛有力之感。明代王世贞云：“盛唐之于诗也，其气完，其声铿以平，其色丽以雅,其力沉而雄,其意融而无迹。"(《徐汝思诗集序》)意思就是,盛唐诗歌元气完足,力量沉雄,有很高的艺术而外在融化无迹。

盛唐诗歌在创作方面,也呈现出感激与怨怼两种对立的感情。感激与怨怼看似相反,但实际上联系非常紧。感激而望成就功业,遇挫即成怨怼。所以在具体作品中,两者常常交织在一起。盛唐人感动激发,不安于现状,希望趁时而起的诗作,理想主义色彩很浓。"时来整六翮,一举凌苍穹"(岑参《北庭贻宗学士道别》)、"大鹏一日同风起,扶摇直上九万里"(李白《上李邕》),它是为时代的召唤、时代的需要所吸引,要轰轰烈烈大干一番的人生意气和事功精神的表现。而且,盛唐人的这种感激奋发颇不同于一般狭隘的个人名利追逐,它往往表现出建功立业的荣誉感与使命感乃至奉献精神的结合。比如,"济人然后拂衣去,肯作徒尔一男儿"(王维《不遇咏》)、"苟无济代心,独善亦何益"(李白《赠韦秘书子春》)、"小来思报国,不是爱封侯"(岑参《送人赴安西》)等。这表明,盛唐诗人不赞成无济世之心的独善,表现了使命感;而要功成拂衣,不爱封侯,则表现了奉献精神。由于主体精神强旺,盛唐诗人谈起建功立业,又往往表现得情绪激昂,富有信心。但是,盛唐诗人建功立业的理想在很多时候是无法实现的,这就导致他们会将感动激发的情绪转化为怨怼的情绪,继而在理想和现实矛盾中发出怨怼之词。不过,盛唐诗人所发出的怨怼情绪不是"君恩如水向东流,得宠忧移失宠愁"(李商隐《宫辞》)的哀怨,也不是低沉软弱,而是带有巨大的气势和力量;不是和空虚无聊结合在一起,而是和有才却得不到发挥密切相关。具体来说,封建制度的根本弱点和时代的急遽转折,使盛唐诗人深感黑暗势力强大,前途障碍重重,继而因愤怒发出了巨大的吼声。比如,李白的《将进酒》《宣城谢朓楼饯别校书叔云》《答王十二寒夜独酌有怀》一类诗篇,那种雷霆般的愤怒情绪,在衰颓糜烂的社会中是难得出现的。此外,盛唐诗人的怨怼包含着诗人与时代社会的冲突。但盛唐诗人要求那个时代的往往不是简单的仕途出身,不是薄禄微官问题。像高适放弃封丘尉、杜甫不就河西尉、孟浩然告辞张九龄幕府、李白告辞翰林院等,说明只要肯接受上层统治者的笼络羁束,对于这些诗人来说,一官半职还是可以得到的。问题是李白等人往往不愿局促阶下,而要做稷、契、姜尚、管仲、张良、谢安一类人物,要成就"济苍生,安黎元"的大事业。这种宏愿,在唐玄宗统治后期是根本无法实现的。

除了以上两点,盛唐诗歌在创作上还体现出声律风骨兼备的特点。对于盛唐诗歌创作的这一特点,可以从其内容和形式两方面来理解。从内容方面来看,盛唐诗歌的创作呈现出鲜明的"风骨"特点。这一时期的诗歌以抒写积极进取的理想和表现日常生活的感受为两大基本主题,前者多反映在边塞游侠、感怀言志一类题材中,后者多反映在山水行役、别情闺思一类题材中，但这两大主题之间有不可分割的联系，因此盛唐诗人虽在艺术上各有偏精独诣，但以兼长各类题材者为多。而他们所讴歌的风骨则体现在各类题材中。具体来说，盛唐诗歌的“风骨”重要表现在三个方面。一是盛唐诗人站在观察宇宙历史的发展规律的高度，对时代和人生进行积极的思考。比如，王维、李白等诗人都能在对于天道变化、人事兴废的思考中观察时代、审视自我，继而激起对于生命和光阴的加倍珍惜，以及及时建功立业的坚定决心。这种明确的人生目标，使得盛唐诗歌有着更为爽朗的情调和更为高远的境界。二是盛唐诗人注重赞美独立的人格和高洁的品质，并在出处行藏的选择中大力标举“直道”和“高节”，这使得他们追求功名的热望减少了庸俗的成分，增添了理想的光彩。比如，盛世的安定繁荣给大多数寒门地主展示了光明的政治前景，同时提供了尽情享受人生的物质基础，使他们能得到良好的文化教养。因此，不论个人目前遭遇如何，都能以健康开朗的心情、从容达观的态度、充满青春活力的想象体味人生、欣赏自然。他们在隐居、羁旅、交友、宴游等日常生活中表现了崇尚真诚纯洁的道德理想、爱好纯真朴素的审美趣味。这与魏晋士大夫矫情任放的名士风度以及南朝士大夫庸俗空虚的精神状态恰成鲜明的对照。盛唐诗歌的动人力量正来自这种远大的理想、高尚的人品和真挚的感情。三是盛唐诗人在追求建功立业的热情中显示出强烈的自信和铮铮的傲骨。唐代开国一百多年以来经济繁荣、政治开明、社会安定、国力强盛，加上统治阶级又给各阶层的士子开放了进入政权的大门，并采取多种措施造成推崇济世之才和王霸之略的社会风气，这就培养了一代文人以天下为己任的信念。因此，盛唐诗歌中充满了布衣的自尊和骄傲，以及凭个人才能和毅力可以取得一切的希望和自信。即使当他们觉察到社会存在的弊病时，也没有失去对时代的信心。

从形式方面来看，盛唐诗歌的创作呈现出鲜明的“声律”特点。首先，盛唐诗歌的创作中，律诗体裁日渐成熟并逐渐普及。其中，五言律诗在初盛唐之交定型以后，至盛唐逐渐打破对仗呆板和句式单调的局面，出现了在五律五排中破偶为散的趋向，参照古诗句法，使律对从拘谨板滞变为自由活泼，可说是盛唐律诗的一个重要特点。这也正说明人们驾驭声律对仗已经从必然走向自由。七律的形成原晚于五律，在武则天后期到中宗时的宫廷应制诗中才开始得到发展。开元年间七律仍然不多，基本上处于由歌行体的流畅向工稳过渡的状态中，到杜甫手里才完全成熟。但这种特殊形态给盛唐七律带来了后世无法企及的声调之美。其次，盛唐诗歌的创作中，歌行和绝句获得了重要发展。其中，盛唐的七言歌行减少了初唐歌行常用的顶针、排比、回文、复沓等手法，转为以散句精神贯串全篇，因而不再以悠扬宛转的声情见长，而以气势劲健跌宕取胜。篇幅则由初唐的尽情铺排转为节制收敛，从而形成骨力矫健、情致委婉、繁简适度的艺术风貌。李白和杜甫可以说是歌行创作的大家,他们的歌行纵放横绝,极尽变化,“几于鬼斧神工,莫可思议”(朱庭珍《筱园诗话》),达到了前无古人、后无来者的境界。绝句在盛唐诗歌的创作中也占有重要的比例,而且盛唐绝句恢复了与乐府的联系,篇幅短小、意味深长、语言纯净、情韵天然。它们大都能学习民歌直接发自内心的自然音调,以及单纯明快、不假思索的新鲜风格,又比民歌更自觉地将个人的感受结合于民族共同情感,用平易凝练、朴素流畅的口语概括出人们生活中最普遍最深沉的感情。

总之,盛唐诗歌兼取汉魏兴寄和齐梁清词,主张在丰满的形象描绘中体现出风骨性灵。

第二节 真挚淳朴,优美空灵:山水田园诗歌

由陶渊明开创的田园诗和谢灵运开创的山水诗在南北朝基本上分道而行,到唐初王绩开始合流。至盛唐时期,山水田园诗的创作达到了高峰。盛唐山水田园诗的繁荣,有其深刻的社会原因和思想基础。首先,盛唐取士的路径较多,除了科举,征召辟举也是一种辅助的办法。君主为了粉饰太平,热衷于招隐士、征逸人,一些文人怀着起于屠钓、风云际会的幻想,把隐居山林、学道求仙当作求官的一条终南捷径。其次,盛唐繁荣的经济和安定的社会为大多数地主提供了寄傲林泉的物质条件和安逸环境。最后,唐代南北统一,交通方便,文人游学观览的风气十分流行。因此,山水田园诗的兴盛正是盛世气象最突出的表征。此外,盛唐的山水田园诗继承了陶渊明、谢灵运山水田园诗的精神旨趣,在大自然中追求任情适意、快然自足的乐趣,追求清淡自然之美以及真挚淳朴的情感。同时,盛唐的山水田园诗注重领会老庄超然物外、与大化冥合为一的境界,从而形成了优美空灵的意境。王维和孟浩然可以说是盛唐山水田园诗的创作中成就最大的两位诗人,下面具体进行分析。

一、王维的诗歌

王维(701—761),字摩诘,太原祁(今山西祁县)人。他博学多艺,9岁即能文,工草隶,通音律,被后世推嘉为盛唐山水田园诗派最杰出的代表。少年时活动于京洛王公之门,岐王重之。开元十九年(731)状元及第,擢右拾遗。开元二十五年(737)为监察御史,迁给事中。安禄山陷两京,玄宗出

幸,维扈从不及,为叛军所擒,于是服药称瘖病。安禄山爱其才,逼至洛阳供旧职,拘于普施寺。安禄山叛乱平息后,迁太子中庶子、中书舍人,复拜给事中,转尚书右丞,卒于官。

王维一生的思想可以分为前后两期,前期积极进取,且有一定的边塞生活体验,在诗歌创作中写了一些关于游侠、边塞的诗篇,诗风呈现出雄浑悲壮、慷慨激昂的特点。中年以后,由于受到挫折,王维在思想上逐渐消沉,对禅宗也浸染日深。这一时期,他主要进行山水田园诗的创作,表现山水田园之美和闲适的情趣。

王维的山水田园诗创作深受陶渊明的影响,《三品唐诗》即说:"其源出于应德琏、陶渊明。五言短篇尤劲,……《田舍》诸篇,闲居之亚也。"比如,《山居秋暝》一诗:

空山新雨后,天气晚来秋。
明月松间照,清泉石上流。
竹喧归浣女,莲动下渔舟。
随意春芳歇,王孙自可留。

该诗描写了一幅秋天暮雨初霁后的山村图景,在这个幽静的环境里,不再有世俗的纷扰,名利的争斗,有的只是明月清泉,归来的浣女,一切显得如此的安宁自在。此诗表面看起来无甚奇处,却正深得陶诗平淡真醇之妙。《唐诗矩》评此诗:"右丞本从工丽入,晚岁加以平淡,遂到天成,如'明月松间照,清泉石上流',此非复食烟火人能道者。今人不察其渐老渐熟乃造平淡之故,一落笔便想作此等语,以为吾以王、孟为宗,其流弊可胜道哉!"

王维的山水田园诗有三个着力表现的主题。一是山野之美,大自然中气象万千的山壑泉瀑、花草鸟兽、风云雨雪之美,一旦为他诗笔所收摄,就成为渲染上隐士审美趣味的秀美画卷。纵览其诗,他所激赏的自然美主要有三类:其一为似有似无,若真若幻的空灵美,如"山路元无雨,空翠湿人衣"(《山中》);其二为生生不息、欣欣向荣的清新美,如"漠漠水田飞白鹭,阴阴夏木啭黄鹂"(《积雨辋川庄作》);其三为乍明乍暗、深邃渺然的幽深美,如"遥看一处攒云树,近入千家散花竹"(《桃源行》)。二是山居之逸,即吟唱走出官场后随心所欲的闲逸,如"桃花复含宿雨,柳绿更带春烟。花落家僮来扫,莺啼山客犹眠"(《田园乐》);称颂优游林下、孤高傲世的放逸,如"绿树重荫盖四邻,青苔日厚白无尘。科头箕踞长松下,白眼看他世上人"(《与卢员外象过崔处士兴宗林亭》);赞美山居的雅逸,如"独坐幽篁里,弹琴复长啸。深林人不知,明月来相照"(《竹里馆》)。三是山居之乐,王维认为退居山林可以体验到归返大自然的天然之乐,享受到田园乐。比如,《戏赠张五弟諲》

一诗:"我家南山下,动息自遗身。人鸟不相乱,见兽皆相亲。云霞成伴侣,虚白侍衣巾。"该诗中的"自遗身"三字大可玩味,它指的是遗却官身、社会身,诗句深层意味是:诗人退居南山后,由社会人复归为自然人,融入和谐欢畅的大自然之中,与鸟兽相亲,跟云霞为侣,领略了与天地万物同生共游的天然乐趣。

王维的山水田园诗相比陶渊明、孟浩然等的山水田园诗来说,具有两个鲜明的变化。一是注重诗与画的完美结合,这和王维本人是一个杰出的画家有着密切的关系。具体来说,王维的山水田园诗善于巧妙地捕捉适合于表现他本人思想和情趣的种种形象,构成独到的诗歌意境,并形成一种类似于山水画般的艺术效果。苏轼在《东坡志林》中说:"味摩诘之诗,诗中有画;观摩诘之画,画中有诗。"诗歌与绘画的结合,让王维的山水田园诗产生了独特的艺术魅力。《山居秋暝》一诗就好比是一幅水墨写意画,远景雨后秋山,夜空清湛,中景松林如簇,明月的清光斜映,清泉洌洌,在大小相间的溪石上缓缓流下,近景则是竹林里浣纱归来的少女和渔船缓缓穿过荷花的情态。诗中所展现的都是诗人在静观中所捕捉到的形象,以动态为静态服务,以声息为宁静服务,在动静关系的处理上达到了炉火纯青的地步。二是援禅入诗,即王维在山水田园诗的创作中引入了禅意,并将宗教体验与审美体验很自然地融合在一起,继而诞生了许多既富有哲理深意而又无比优美的艺术意境。王维倾心服膺于禅法,并将"闲居净坐"的北宗禅法和"至人达观,与物齐功,无心舍有,何处依空"的南宗禅法进行结合,形成了特有的"以寂为乐""空有不二"的禅观修习方式。正因为王维旨在以适求禅,故而他的山水田园诗中塑造了以禅寂美为特征的居士山水境界,如《香积寺》:

不知香积寺,数里入云峰。
古木无人径,深山何处钟?
泉声咽危石,日色冷青松。
薄暮空潭曲,安禅制毒龙。

这首诗的前三联移步换形,一路写到寺前,云峰山寺、古木幽径、深山远钟,泉声危石、冷日青松,提炼意象与营造意境真是出神入化,如此剪影叠彩,就层层渲染出了山寺的幽深冷寂。其中,咽、冷二字极见炼字工力。赵殿成曰:"下一咽字,则幽静之状恍然。著一冷字,则深僻之景若见。昔人所谓诗眼是矣。"(《王右丞集笺注》)。尾联中,诗人由潭曲联想到佛典中的"毒龙"。此典语出《涅槃经》:"但我住处,有一毒龙,其性暴急!恐相危害。"后遂常以"毒龙"喻指妄心,诗人即借用此典故礼赞香积寺高僧入定制妄心。可惜语乏理趣,还破坏了全诗一气如画的格调。

在王维的山水田园诗中，也有不少诗作通过对自然景物的观照，表现出深邃精致的“色空一如”思想。王维在观照景物时，特别注意对景物的光与色彩的捕捉。他正是通过夕照中的飞鸟、山岚和彩翠的明灭闪烁、瞬息变幻的奇妙景色的表现，通过对湖对岸青翠的树林后面，北垞水波光如同一条银白色的缎带时隐时现、变幻不定的现象的描绘，表达出事物都是刹那生灭、无常无我、虚幻不实的深深禅意。比如，《木兰柴》：“秋山敛余照，飞鸟逐前侣。彩翠时分明，夕岚无处所。”同时，他注重通过自然物象在某一特定情况下所呈现出的种种变幻不定的色相显现，使“色不异空，空不异色，色即是空，空即是色”的佛理禅意得到了极为生动形象的演示。

总的来说，王维是中国山水田园诗史上无法取代的一代宗师，他的山水田园诗既有精细的刻画，又注重完整的意境；既有明丽的色彩，又有深长隽永的情味；既包含哲理，又避免了枯燥无味的表述，而且风格多变，极富艺术创造性。

二、孟浩然的诗歌

孟浩然(689—740)，名浩，字浩然，襄州襄阳(今湖北襄阳)人。少好节义，喜拯人患难，隐居于鹿门山。开元十六年(728)，他游京师求取功名，未果。两年后又自洛阳东游，至吴越而还。张九龄为荆州长史时，辟置浩然于幕府，不久归去。开元末，王昌龄游襄阳，当时孟浩然大病初愈，相见甚欢，开怀畅饮，食鲜疾动而终。

孟浩然与王维齐名，同为盛唐山水田园诗的代表性诗人。孟浩然的山水诗主要以家乡襄阳一带的山水和曾经漫游过的江南一带景物为题材，注意对生活的领悟，不刻画，不雕琢，浑然而就，创造出许多清空的意境。例如，《临洞庭湖赠张丞相》一诗：

八月湖水平，涵虚混太清。
气蒸云梦泽，波撼岳阳城。
欲济无舟楫，端居耻圣明。
坐观垂钓者，徒有羡鱼情。

这是一首写洞庭的名作，描写了洞庭湖湖面之广阔和水势之浩荡，写景极为雄伟壮观。同时，诗中以景生情，结尾处以“求仕之思”点题。所谓“欲济无舟楫”，正是希望通过张丞相引荐而实现自己从政之愿。“气蒸云梦泽，波撼岳阳城”一联，可谓历代咏洞庭湖之绝唱，与杜甫《登岳阳楼》中“吴楚东南坼，乾坤日夜浮”一联同为咏洞庭湖的名句，后人为之搁笔。宋蔡绦《西清诗话》评此诗:“洞庭天下壮观,骚人墨客题者众矣,终未若此诗颔联一语气象。”

孟浩然的山水诗也注重以情兴为主,所谓“兴”,就是赏玩山水的兴致,以及对自然美产生会心以后激发的创作冲动。虽然南朝诗人沈约在《宋书·谢灵运传论》里说“灵运之兴会标举”,钟嵘《诗品》说“若人兴多才高”,都是指这种由景物而产生的兴会,但还没有明确地把这种“兴”和比兴的“兴”区分开来。传统比兴的“兴”是与“环譬寄讽”(刘勰《文心雕龙·比兴》)联系在一起的。孟浩然在盛唐诗人中最早提出“发兴”,明确指出了人对自然的兴会在山水诗创作中的重要性,实际上已经接触到盛唐诗歌创作的一个重要特征,也就是《文镜秘府论》所说的“江山满怀,合而生兴。须屏绝事务,专任情兴”。与孟浩然同时而稍后的殷瑶,又提出“兴象”,即表达兴会的意象,这就使山水情兴和托喻寄兴在理论上得到区别。总的来看,孟浩然以比兴寄托和壮逸之气充实了南方山水诗的骨力。他以不刻画不雕琢的白描手法写景抒情,直寻兴会,形成了冲淡清旷的风格,创造了浑融完整的意境,给盛唐山水诗创作提供了重要的艺术经验,代表着盛唐南方山水诗的最高成就。

此外,孟浩然的山水诗是承谢灵运一脉发展而来的,但和谢灵运的山水诗相比又有一些新的变化。和谢灵运注重山水的精工刻画不同,自然平淡是孟浩然山水诗的风格特点。尽管他的诗中也有刻画细致、用字精审的工整诗句,如“风鸣两岸叶,月照一孤舟”(《宿桐庐江寄广陵旧游》),但非有意于模山范水,只是一时兴到之语。观其全诗,多以单行之气运笔,一气浑成,无刻画之迹;妙在自然流走、冲淡闲远,不求工而自工。周珽曾评:“凡读孟诗,真若水石潺湲,风竹相吞,炉烟方袅,草木自馨,自有一种天然清旷之致。”(《唐诗选脉会通评林》)这种平淡闲远之美正是孟浩然能于盛唐为一大家之重要原因。

孟浩然的田园诗基本上沿袭了初唐以来山水田园诗已经形成的以观赏为主的表现方式,同时融入他在终生不达的生活经历中体会出来的陶诗真趣,因而能兼取陶、谢之长,融主观感受于客观观赏,通过塑造典型的隐士形象,反映出田园中的盛世气象以及中下层地主文人寻求人格的独立、内心的自由和崇尚真挚淳朴之美的艺术理想。例如,《过故人庄》一诗:

故人具鸡黍,邀我至田家。
绿树村边合,青山郭外斜。
开轩面场圃,把酒话桑麻。
待到重阳日,还来就菊花。

这是一幅非常朴实的田园风景画，将一个普通的村庄和一餐简单的鸡黍饭写得朴素自然而且极富诗意。同时，诗中描写了诚挚亲切的友情，典型农家的生活场景，熔自然美、生活美、友情美于一炉，可以看出诗人内心世界的和谐。此外，全诗呈现出恬淡亲切却又不是平浅枯燥的特点。屈复《唐诗成法》评此诗："以古为律，得闲适之意，使靖节为近体，想亦不过如此而已。"此诗确实深得陶渊明田园诗平淡自然之致。故近代学者闻一多说："有的甚至淡到令人疑心到底有诗没有。……淡到看不见诗了，才是真正孟浩然的诗。"（《唐诗杂论》）

第三节　悲壮高亢，雄浑开朗：边塞诗歌

盛唐边塞诗相比山水田园诗来说，更能表现时代精神、体现盛唐气象。盛唐边塞诗创作以高适、岑参、王昌龄为主要代表，包括了李颀、崔颢、王之涣、李益等一批诗人。他们的边塞诗在承袭历来征戍诗、燕赵乐府诗的基础上集中叙写盛唐时期的边塞战争、生活和风光，体现了大唐盛世的气概和英雄主义精神，将我国边塞诗的创作推向了前所未有的高峰。同时，他们的边塞诗风格悲壮高亢，奔放雄浑，为后世边塞诗的创作奠定了重要基础。

一、高适的诗歌

高适（702？—765），字达夫，渤海蓨（今河北沧州）人。他早年贫寒，且流落不偶，曾赴幽、蓟，后居宋城。安史之乱中时来运转，先后任淮南节度使、剑南西川节度使，官至散骑常侍。

高适是盛唐诗人中的达者，也是盛唐边塞诗创作的大家。他的边塞诗多夹叙夹议，直抒胸臆，将边塞见闻、功名志向、不遇的感慨和对边事的议论糅合在一起，抒发了安边定远的理想，歌颂了将士的忠勇与牺牲，谴责了不义战争给人民带来的苦难，反映了军中的阶级矛盾，并对士卒和人民寄予了深切同情。比如，他在《蓟门五首》里描写了士卒的游猎生活，歌颂了他们的高昂斗志，同时反映了军中的厌战情绪，并对头白尚未建功勋的老兵寄予了深切的同情，对朝廷纵容降胡、养痈遗患的做法提出了中肯的批评，指责统治者处理和战关系缺乏远见。

高适的边塞诗第一次大量地把西北山川景物乃至某些风习人情介绍给了中原地区的读者。这些诗虽然语词和精神是浪漫的，多大胆的夸张、惊人的想象，但有真切的生活体验为基础，奇中见实，让人感到诗中展开的是一

个真实具体的天地。有的景物虽未必瑰奇峭丽,却为边塞地区所特有,非肤泛涉笔所能道出。比如,"朝登百丈峰,遥望燕支道。汉垒青冥间,胡天白如扫"(《登百丈峰》),"立马眺洪河,惊风吹白蒿。云屯寒色苦,雪合群山高。远戍际天末,边烽连贼壕"(《自武威赴临洮谒大夫不及》)等。

高适的边塞诗从形式上来看,既有五言古诗,也有七言歌行。其中,以七言歌行写就的边塞诗既保留了初唐歌行内容丰富复杂的长处,又去除了其堆砌繁芜的弊病,气势沉雄,音调流畅,而且注重用直抒胸臆的手法来表明自己的感情和思想,有慷慨激昂、豪放悲壮的风格。其中,《燕歌行》一诗最具代表性。这首诗原为乐府古题,此诗虽然在写征夫思妇两地相思这一点上与古辞有联系,但写作的重心已转移到边塞问题上来,大大增加了社会意义,可谓推陈出新。另外,高适在创作这首诗时,自己并不在边地,而是看到了自边塞归来的朋友,有感而发作了此诗歌。这可以从这首诗的诗序中看出:"开元二十六年,客有从元戎出塞而还者,作《燕歌行》以示适,感征戍之事,因而和焉。"诗中首先以汉将东征的豪迈气概与胡骑欺凌的强大阵势相对照,在狼山猎火、山川萧条的景色衬托下,预示出战斗的激烈和艰苦;然后提炼出"战士军前半死生,美人帐下犹歌舞"这样典型的情景,揭露出将士之间苦乐不均的深刻矛盾,鞭挞了上层将领的腐败荒淫;接着选取战斗中最危急的一个场面,极力渲染战场从黄昏到夜晚的悲凉气氛,表现战士浴血奋战的英勇和顽强;并插入征人思妇相互思念的心理描写,热情赞美了战士们不求功名、舍身报国的高尚品格和牺牲精神;最后以回忆李广结尾,表达了战士们的共同心愿:国家用将得人,巩固边防,永保和平。总的来说,该诗从战事初起、将士出征叙起,将战争的惨烈、士卒的悲惨生活、征人思妇的幽怨陆续道出,中间杂糅战士心理变化和兵将生活之对比,将边塞的萧索冷肃、战争的残酷及其带给人们的痛苦写得淋漓尽致。此外,全诗写得慷慨激昂、悲壮沉郁、浑厚老成,音韵随内容的变化四句一转,对偶整齐却能显出跳跃奔放的气势,各种复杂的情感错综交织在一起,产生了雄厚深广的艺术力量。

二、王昌龄的诗歌

王昌龄(698—757),字少伯,京兆长安人。少时生活贫苦,开元十五年(727)中进士,初任秘书省校书郎,后中博学宏词科,迁汜水县尉。后贬为江宁丞,再贬为龙标(今湖南黔阳)尉。安史之乱中,他返回家乡,路经河南时被刺史闾丘所杀。著有《王昌龄集》,存诗180余首。

王昌龄与高适一样,饱读兵书,关怀现实,既有经邦济世的大志,又有政治上的远见卓识。他在开元前期就漫游西北，对边塞生活进行了全方位观照、冷静思考，从而更客观、更准确地对边塞情况作多层次、多角度的反映。就数量而言，王昌龄的边塞诗并不算多，在他现存的180余首诗歌中，边塞诗仅有20余首，约占其诗歌总数的九分之一。但是，他的边塞诗篇篇皆佳，意深境远，特点鲜明，且反映了边塞生活的各个方面。因此，王昌龄的边塞诗如同一幅幅历史画卷，生动地展现了当时边塞广阔的生活画面。同时，在这一画卷中，又渗透着诗人强烈的爱国主义精神思想。因此，王昌龄的边塞诗有着很高的思想价值。

王昌龄的边塞诗从总体上来看，主要表现了以下几个方面的思想内容。一是表现自己慷慨赴边、建功立业的壮志。盛唐是一个开扩向外、民族自信心高涨的时代，也是一个富有献身精神、充满英雄主义的时代。在这样的时代，求取功名、建功立业的精神思想已成为一种普遍的社会思潮。由于戍守边疆、杀敌报国是文人仕进的一条康庄大道，因而许多文人学子在这昂扬、乐观、进取的时代精神鼓舞下，不甘白首穷经，争相立功疆场。不甘寂寞的王昌龄，便成了这股从军尚武潮流的弄潮儿。其胸怀爱国的热忱和建功立业的壮志，慷慨赴边，渴望有一番作为，继而显身扬名。在《塞下曲》(其一)中，他就决心以“幽并客”为榜样，血战沙场，终老一生，把青春年华献给保卫祖国边塞的事业。

二是热情讴歌戍卒誓斩楼兰、清除边患的军事理想。在盛唐时期，战事更加频仍，且有正义与非正义之分。王昌龄对此有清晰的认知，并热情讴歌了那些为保卫关塞、安边护境而进行正义战争的戍卒们，盛赞其血战到底、誓斩楼兰的英雄气概和抗敌御侮、清除边患的光辉业绩。比如，《从军行》(其四)：

青海长云暗雪山，孤城遥望玉门关。
黄沙百战穿金甲，不破楼兰终不还。

在这首诗中，诗人首先渲染的是西北漫长的国境线上狼烟四起、乌云弥漫、强敌压境的恶劣形势，继而以“黄沙百战穿金甲”一语，描写了边塞战事之频繁、士兵戍边时间之长、战斗之艰苦以及敌军之强悍、边地之荒漠。尽管金甲磨穿、黄沙百战，忠勇的战士的报国壮志却没有消磨，而是在大漠风沙的磨炼中变得更加坚定，并立下铮铮誓言：“不破楼兰终不还。”这表现了一种马革裹尸、誓死报国的牺牲精神。整首诗的意境开阔，风骨独异，充溢着坚强的信念、坦荡的胸襟、高昂的斗志，显示出阳刚之气的悲壮美和崇高美，也表现了将士们血战到底的坚强决心和坚定的必胜信心。正因如此，将士们才能在抵御外侮、保卫祖国的战斗中捷报频传，业绩辉煌。

三是抒写征人久戍不归、思念亲人的深情。由于边关烽火长年不熄，从军万里的征人难以回还，因此旷日持久的戍边、征战，不仅给广大的人民造成了物质上的巨大损失，而且带来了精神上的深重的离别之苦。对此，王昌龄在边塞诗中予以了深刻反映。比如，在《代扶风主人答》一诗中，诗人以一个特写镜头，描写了一个老兵的悲惨遭遇：少小戍边，老大始还，归后竟只孤苦一人，情何以堪！在此，诗人对繁重的兵役和无休止战争的控诉、对戍边士兵久戍不归悲苦心理的理解和同情已清楚可见。

四是对朝廷穷兵黩武、不恤民命的弊政进行了深刻鞭挞。盛唐时期的战争，不乏非正义的战争。统治者或为实现扩张的野心，或为满足好大喜功的心理，或为缓和国内尖锐的阶级矛盾，抑或由于边将的怙宠邀功等，因而轻起边衅，穷兵黩武。对此，王昌龄进行了深刻鞭挞。比如，《塞下曲》(其三)写一场大战在即，皇上亲下命令，征召天下军队，可谓兴师动众、劳民伤财。可悲的是，此战唐军遭受惨败，几万士兵殒命战场，无一生还。借此，诗人既对统治者穷兵黩武的罪恶进行了悲愤控诉，又揭露出朝廷的奢靡。

五是对昏聩腐朽、御敌守边无能的庸将进行了抨击。比如，《出塞》(其一)：

秦时明月汉时关，万里长征人未还。
但使龙城飞将在，不教胡马度阴山。

在这首诗中，诗人以独特的视角，深刻地分析了烽火难熄、征人不还的原因："但使龙城飞将在，不教胡马度阴山"，即实乃缺少像飞将军李广那样勇猛善战、屡建奇功而又体恤士卒的英明边将。这就给无能的边将以含蓄的批判、委婉的斥责。

王昌龄的边塞诗不仅具有很高的思想价值，而且具有独特的艺术价值。其独具匠心的艺术创造，既丰富了古典诗歌的艺术画廊，也为后世诗人的边塞诗创作提供了成功的范例。具体来说，王昌龄在进行边塞诗创作时，注意将边地典型的景物与战士复杂的情感结合起来，将激昂的浩歌与沉郁的悲歌结合起来，从而创造出新颖独特而又丰富深邃的诗歌意境；注意行动描写与心理刻画结合起来，从而表现出人物逼真、传神的精神风貌；将历史回忆与对现实的感受结合起来，表现出深刻、丰富的思想内涵。比如，《少年行》(其一)一诗表现了一个送客的"侠少年"，闻听"单于"来犯，誓欲杀敌卫边的英雄气概。诗的前四句刻画了送客少年的英武矫健的行动：骑乘白马，疾如流星，英姿飒爽，意气风发。这些描写实为后边写其闻敌来犯，英勇赴边的行动做好了铺垫。后四句即描写少年赴边杀敌：面对"单于寇井陉"，他"气高轻赴难"。可见，"侠少年""轻赴难"的果敢之举，乃是基于其"气高"的精神心理以及非为"燕山铭"的坦荡胸怀和高尚品质。轻赴边塞难、不顾燕山铭，也正是这一“侠少年”的内心独白、心灵写照。因此，全诗把对少年的行动描写与心理刻画有机地结合起来，从而栩栩如生地表现了少年独具的性格特征和崭新的精神风貌。又如，《从军行》(其一)将汉代弃文就武的定远侯班超以及“大树将军”冯异等形象，与如今投笔从戎的自己以及其他文士相联系，表现了对历史上这些生逢其时的英雄将领的羡慕，而对如今的现实及自己的处境感到沮丧和失望。

总的来说，王昌龄的边塞诗恰如一幅生动的历史画卷，展现了盛唐边塞广阔的生活画面：或抒写自己从军报国、建功立业的壮志，或讴歌将士清除边患、保卫边塞的业绩，或抨击朝廷黩武、边幕黑暗的弊政，或表现征人思亲、思妇念远的深情等，从而表现了很高的思想价值和历史认识价值。

三、岑参的诗歌

岑参(715—770)，荆州江陵(今湖北江陵)人。早年曾在王屋山、嵩山、终南山等多处隐居，写过不少山水诗。天宝三年(744)中进士，天宝八年(749)在安西节度使高仙芝幕中掌书记，后又随封常清出任安西北庭节度判官。安史之乱后任嘉州刺史等职，卒于成都。

岑参诗歌创作的题材涉及述志、赠答、行旅、山水等各方面，但写得最出色的还是边塞诗。他曾于天宝后期两度出塞，这时唐王朝政治已很腐败，矛盾重重，安禄山在范阳、哥舒翰在青海、杨国忠在南诏，都为贪图军功而大事征伐，盛唐诗人对边事的批评也愈益激烈。但是当时西域基本上还保持着稳定的局面，驻军的士气还比较高，民族关系也较融洽，加上诗人对自己的前途又满怀信心，心情仍然极其乐观开朗，因而能够写出不少热情洋溢、笔力雄健而富有英雄气概的边塞诗。

岑参的边塞诗在内容和艺术上有了极大拓展，而且境界独辟，因而取得了很高成就。岑参在进行边塞诗创作时，以英雄主义的精神描绘了塞外行军、征战、送别等各种生活情景，富有浪漫的奇情异彩。比如，《白雪歌送武判官归京》一诗描写了军营中的和平生活，以绚丽的彩笔描绘了塞外八月飞雪的奇观，抒写了诗人客中送别的愁绪和久戍思归的心情。虽然说惜别思乡，难免伤神，此诗却写得一往情深而又如此奇丽豪放，正体现了岑参的英雄本色。全诗共分两段，前十句为第一段，写边塞雪景；后八句为第二段，以白雪为背景写送别，而且诗中始终从描写雪景的角度表现诗人复杂的情绪变化。第一段写雪景从远到近，诗人由胡地早寒、雪落树上，直到雪花飘入屋内；第二段写送别则从近到远，诗人先写中军帐饯行，然后送客到营门，最后客人离去,诗人伫足目送,直至远到望不见了。这样的结构,就像电影镜头,逐步推近,又逐步移远,写得有变化、有层次。另外作者紧扣诗题,以咏雪为主线,四写“雪”字。第一次写于送别之前,“胡天八月即飞雪”;第二次写于饯别之时,“纷纷暮雪下辕门”;第三次写于临别之际,“去时雪满天山路”;第四次写于送别之后,“雪上空留马行处”。这四处“雪”字,既渲染了西北边塞的奇寒景象,又紧扣了主题,构思十分精巧。此外,诗中多次转韵,有时二句一转,有时四句一转,转韵时画面、场景随之转换更迭。全诗的音韵、诗情与画面相配合,读来有声有色,生动形象。

岑参的边塞诗,以好奇的热情和瑰丽的色彩表现了塞外辽阔壮丽的景色、西域少数民族的生活习俗以及各族人民之间的友好交往,为边塞诗开拓了新奇多彩的艺术境界。比如,《火山云歌送别》一诗记叙了火山上火云满天、飞鸟不度的壮丽奇景:“火山突兀赤亭口,火山五月火云厚。火云满山凝未开,飞鸟千里不敢来。”《热海行送崔侍御》一诗渲染了热海旁青草不凋、沸浪中鲤鱼丰肥的神异传说:“侧闻阴山胡儿语,西头热海水如煮。海上众鸟不敢飞,中有鲤鱼长且肥。岸旁青草长不歇,空中白雪遥旋灭。蒸沙烁石燃虏云,沸浪炎波煎汉月。”

岑参在进行边塞诗创作时,也注重表现自己的壮志豪情以及唐军将领不畏艰险的爱国主义精神。在《走马川行奉送出师西征》一诗中,诗人用反衬的手法,极力渲染自然环境的恶劣和匈奴军队的强大气势,反衬出唐军勇猛善战、纪律严明和不畏艰险的精神。诗歌一开头就以塞外突变的自然景色暗示:这里正酝酿着一场猛烈的战争风暴。雪海无边、黄沙莽莽、狂风怒吼、飞沙走石,烘托出大军压境、激战即将展开的紧张气氛。紧接着用精炼的笔墨写出匈奴草黄马肥、远处烟尘飞扬,点明匈奴的剽悍强劲和军情的紧急,巧妙地借对方的强大反衬“汉家大将西出师”的威风。以下描写唐军半夜冒着严寒开往前线的情景,只写偶尔听到的“戈相拨”的声音,便令人真切地感受到这支衔枚疾走的队伍纪律的严明。唐军的不动声色与敌人的气势汹汹形成鲜明的对照,更显得“汉家大将”镇定自若,充满必胜的信心。在风头如刀面如割的严寒中,马毛上的雪却被蒸发成热汗,随即又结成了冰霜,可见将士不避艰险、勇往直前的旺盛斗志。至此无须再写战斗,便已饱满有力地显出胜利的必然之势,使结尾水到渠成而不落空泛祝福的俗套。全诗以虚写创造真实的气氛,以实写描绘真实的细节和场景,既表现了守边将士生活的艰苦和紧张,也颂扬了他们爱国主义的豪情壮志,体现了雄奇瑰丽的浪漫主义诗风。

岑参的边塞诗还有一个鲜明的特色,即突破了边塞诗向来只代征人思妇诉说离情的传统,转为直抒自己的边愁,流露了为国立功和怀土思亲的矛盾心情。比如,《凉州馆中与诸判官夜集》一诗中,诗人虽然怀着幻想奔赴边塞,但建功立业对多数人来说还是遥远的目标,被思乡和失意所困扰也就在所难免。又如,《逢入京使》借仓促之间托入京使者传报平安口信这样一件小事,倾泻出难以抑制的思乡之泪。

总的来说,岑参的边塞诗想象丰富,气势磅礴,诗风磊落奇俊,富于雄奇瑰丽的浪漫色彩,代表着盛唐边塞诗的最高成就。

第四节　壮浪纵恣,天与俱高:李白的诗歌

李白可以说是唐代诗坛最璀璨的明星,他的诗有着壮浪纵恣的独特风格和天与俱高的艺术境界,因而不仅是唐代诗歌最高成就的代表,也是中国古代诗歌最高成就的代表。

李白(701—762),字太白,祖籍陇西成纪(今甘肃天水附近),先世于隋末移居中亚,李白便诞生在中亚碎叶城(今吉尔吉斯斯坦托克马克附近)。五岁时,其家迁居绵州彰明(今四川江油)。自此,李白在蜀中度过了二十多年。其间,他"览千载,观百家"(《上安州李长史书》),同时还尚气任侠,儒、道、墨、纵横等各家兼收并蓄,养成了他的独特个性。开元十三年(725),25岁的李白怀着对自己才能和政治前途的高度自信,水路离蜀,开始了一段漫游生活。天宝元年(742),李白被唐玄宗征召入京。他满以为自己大展宏图的机会来了,但实际上唐玄宗只是赏识他的才华,把他当作一个点缀"太平盛世"的文学侍从,并未给他实质性的官职。天宝三载(744),李白被排挤出长安。之后,他沿商周大道东行,于洛阳与杜甫相识。两人志趣相投,遂成知交。与杜甫分离后,李白继续四处漫游,但他内心始终没有忘怀国事民生,始终渴望能建功立业。安史之乱爆发后,隐居在庐山的李白被永王李璘征入军幕。李白满怀热忱地毅然从戎,希望能报国平乱。但不久永王被唐肃宗剿灭,李白也因此入狱,后经友人营救出狱。上元二年(761),已经61岁且多病的李白听到李光弼率大军征讨史朝义叛军的消息,即由当涂北上,准备去临淮(今江苏泗洪)前线请缨杀敌,但行至金陵时因病重返回,于次年病逝。

李白今存诗近千首,在盛唐诗人中,除杜甫以外,他是存诗最多的。同时,李白诗的题材多样,思想内容丰富,大体包括以下几个方面。

一是表达自己强烈的建功立业愿望。李白在青壮年时代即怀抱雄心壮志,在《上李邕》一诗中,更以大鹏鸟的飞翔来形象地比喻自己的高远的不平凡的理想:"大鹏一日同风起,扶摇直上九万里。假令风歇时下来,犹能簸却

沧溟水。”不过，李白即使到了年老之时，也始终渴望能像姜尚、鲁仲连、张良、韩信、诸葛亮那样建立不世的功业，成就匡时济世的大业。比如，《梁甫吟》一诗：“长啸《梁甫吟》，何时见阳春？君不见，朝歌屠叟辞棘津，八十西来钓渭滨。宁羞白发照清水，逢时壮气思经纶。”这首诗表面看是写姜尚，其实是在以姜尚自喻，表达自己渴望建功立业的抱负。

二是表达对人民的热爱和对人民生活的关心，并控诉、谴责唐代统治阶级对于人民的严重迫害和摧残。李白几度漫游，社会生活面接触很广，对劳动人民有相当了解，因此反映劳动人民的思想和生活，关爱劳动人民，也构成了他诗中一个重要的组成部分。比如，《宿五松山下荀媪家》反映了农家生活的寒苦，劳动人民待人的真挚：“我宿五松下，寂寥无所欢。田家秋作苦，邻女夜舂寒。跪进雕胡饭，月光明素盘。令人惭漂母，三谢不能餐。”《丁都护歌》描写了船工的悲惨生活：“云阳上征去，两岸饶商贾。吴牛喘月时，拖船一何苦。水浊不可饮，壶浆半成土。一唱都护歌，心摧泪如雨。万人凿盘石，无由达江浒。君看石芒砀，掩泪悲千古。”在《赠清漳明府侄聿》一诗中，李白通过对一个地方长官的赞美，清楚地表达了希望人民能够过安居乐业的生活的理想：“雷声动四境，惠与清漳流。弦歌咏唐尧，脱落隐簪组。心和得天真，风俗犹太古。牛羊散阡陌，夜寝不扃户。问此何以然，贤人宰吾土。举邑树桃李，垂阴亦流芬。河堤绕渌水，桑柘连青云。赵女不冶容，提笼昼成群。缫丝鸣机杼，百里声相闻。”但是，李白也清楚地认识到，由于统治阶级的黑暗、腐朽，他的这一理想是难以实现的。正是由于这样，李白在诗歌中不止一次地表达了对统治者的强烈不满和控诉。《从军行》《战城南》《关山月》等诗，正是他对统治者穷兵黩武、祸国殃民的政策提出的血泪交流的控诉。这里着重分析一下《战城南》：

去年战，桑乾源，今年战，葱河道。
洗兵条支海上波，放马天山雪中草。
万里长征战，三军尽衰老。
匈奴以杀戮为耕作，古来唯见白骨黄沙田。
秦家筑城避胡处，汉家还有烽火燃。
烽火燃不息，征战无已时。
野战格斗死，败马号鸣向天悲。
乌鸢啄人肠，衔飞上挂枯树枝。
士卒涂草莽，将军空尔为。
乃知兵者是凶器，圣人不得已而用之。

在这首诗中，诗人写到连年的东征西战，统治者把无数的劳动人民驱赶上了战场，残酷的战争夺去了他们的生命。这是一幅多么令人触目惊心的战争画面。通过这幅画面，在读者心中激起了反对穷兵黩武的火焰。最后的两句，凝结了诗人高度的热爱人民的精神。

三是用异常高亢的调子来表达自己对于自由和个人解放的热烈追求。李白少年时期既接受了儒家思想，又受到了老庄学说的浸润，同时很早就对道教发生好感，炼药求仙。同时，他青少年时即喜欢击剑任侠，慷慨助人，挥金如土。这些思想生活因素综合起来都使他酷爱逍遥自在的生活，反对"名缰利锁"和其他封建传统的束缚。因此，在李白的诗中，有不少诗篇以充满豪迈的气概、奔放的热情和高亢的调子，歌颂着山林隐逸和学道之人的逍遥愉快，歌颂着醉乡的自由纵适的生活；同时明显地宣称不能为了功名富贵，向达官贵人卑躬屈膝，"安能摧眉折腰事权贵，使我不得开心颜"（《梦游天姥吟留别》）。

四是表达自己怀才不遇的苦恼。现实与理想存在巨大的反差，使李白愤懑不平，悲痛不已，内心充满矛盾。他所作的《行路难》三首中的前两首，都是表达了他对怀才不遇的苦恼甚至愤懑，在表面的旷达之中，包含着满腔悲愤。而在这类诗中，最著名的当然是《宣州谢朓楼饯别校书叔云》："弃我去者，昨日之日不可留；乱我心者，今日之日多烦忧。长风万里送秋雁，对此可以酣高楼。蓬莱文章建安骨，中间小谢又清发。俱怀逸兴壮思飞，欲上青天揽明月。抽刀断水水更流，举杯销愁愁更愁。人生在世不称意，明朝散发弄扁舟。"这首诗中，诗人一再感叹"人生在世不称意，明朝散发弄扁舟"，似乎悲观失望已极，但诗中直抒胸臆、一吐为快的抒情方式却使人读后并不感到沮丧压抑，相反还使人感到精神畅快，一吐心中抑塞之气。李白竟能将失意的哀感，也表现得如此淋漓酣恣，如此气势凌厉，悲中见豪。

五是展现祖国无限美好的锦绣河山。李白一生几度漫游，足迹遍及中国东南各地。他热爱祖国壮丽的河山，用如椽大笔描绘名山大川的雄伟奇丽景象，展现祖国各地的秀美风光，广阔而又深邃地揭示了大自然的美和生命。比如，黄河在他笔下总是那么气势磅礴、雄伟壮丽——"君不见，黄河之水天上来，奔流到海不复回"（《将进酒》）；洞庭湖在他的笔下是澄明宁静的——"南湖秋水夜无烟，耐可乘流直上天"（《陪族叔刑部侍郎晔及中书贾舍人至游洞庭》其二）。他的七绝《望庐山瀑布》："日照香炉生紫烟，遥看瀑布挂前川。飞流直下三千尺，疑是银河落九天"更是脍炙人口的写景名篇。不过，在李白的这类诗歌中，美好的大自然总是烦嚣丑恶的社会现实的强烈对照，因为在这种对照下美和恶泾渭分明。这样，诗人的态度就表现得非常清楚，他是多么憎恶那个丑恶的社会，而又是多么热爱辽阔奔放的自由境界。

六是反映封建社会妇女的不幸遭遇。李白对妇女的生活和命运特别关注和同情,上至宫中嫔妃宫女,下至广大劳动妇女,这些不同的妇女形象都在他的诗里出现。虽然李白大部分的这类诗歌是以乐府旧题写闺情宫怨、伤离恨别等情感内容,但却塑造了一系列个性鲜明、不同类型、不同层面的女性形象——思妇、弃妇、美女、女仙、妻子形象等,从而达到了一个前所未有的高度。比如,《子夜吴歌》(其三):"长安一片月,万户捣衣声。秋风吹不尽,总是玉关情。何日平胡虏,良人罢远征。"表达了征妇对远在边关的丈夫的思念。

李白的诗歌除了有着丰富的思想内容,还形成了自身鲜明的个性特点。风骨遒劲、雄豪刚健、气势恢宏、感情激荡、洒脱不羁、傲世独立是李白诗歌的第一个鲜明特色。不管在什么人面前,他始终铁骨铮铮,昂首挺立。"揄扬九重万乘主,谑浪赤墀青琐贤"(《玉壶吟》),这是对待帝王的态度;"手持一枝菊,调笑二千石"(《宣州九日闻崔四侍御与宇文太守游敬亭余时登响山不同此赏醉后寄崔侍御》),这是对权贵的态度。具有强烈的浪漫主义精神是李白诗歌的第二个鲜明特色。李白的想象力丰富,常常想落天外,出人意表,如大鹏展翅,似天马行空,一举千里,瞬息万变。比如,《赠裴十四》云:"黄河落天走东海,万里写入胸怀间。"这是何等襟怀,何等气魄!大有包举万象,吞吐宇宙之势。极端夸张、高度张扬是李白诗歌的第三个鲜明特色。比如,"燕山雪花大如席,片片吹落幽州台"(《北风行》),借助夸张的手法,突出了燕地苦寒,道尽了思妇的深情思念。清新自然、明白晓畅是李白诗歌的第四个鲜明特色。胡应麟在《诗薮·内编》中说:"太白诸绝句,信口而成,所谓无意于工而无不工者。"

总的来说,李白的诗歌紧紧地联系着当时的现实生活,表现出丰富深刻的内在意蕴。同时,李白的诗歌似怒潮、如狂飙,冲击着封建礼教、腐朽势力、专制主义,表现出强烈的个性解放精神与勇敢反抗气魄。尽管他的政治理想不能实现,但他的人格精神却在诗歌中闪耀出夺目的光辉。

第五节　包罗万汇,沉郁顿挫:杜甫的诗歌

杜甫是一位唐王朝由盛世转入乱世时的诗人,他的诗包罗万象,涉及社会生活的方方面面。同时,杜甫的诗全面总结了古代诗歌创作的经验,集古风、近体之大成,将丰富的内容、浩瀚的气势和深沉的情感规范在响亮的节奏、严格的韵律和工整的对仗之中,显得沉郁顿挫,纵横跌宕。

杜甫(712—770),字子美,京兆杜陵(今陕西西安西南)人,祖籍襄阳(今

属湖北)。其在 35 岁之前,主要的生活内容是读书和游历。天宝五载(746),杜甫抱着"致君尧舜上,再使风俗淳"(《奉赠韦左丞丈二十二韵》)理想进京求仕,但面对的则是天宝六载(747)京师会试"无一人及第者"的局面。此后,杜甫的生活堕入艰难困境。天宝十四载(755),杜甫被授官右卫率府兵曹参军职。安史之乱爆发后,杜甫携家逃难到鄜州(今陕北富县),后只身赴国难不幸被俘,押解至长安,后逃离。乾元元年(758),杜甫再出为华州司功参军。乾元二年(759)秋,他携家入蜀,于岁末抵达成都,开始了晚年漂泊西南的生活。大历五年(770)冬,死于自潭州赴岳州途中舟上。

杜甫留下来的诗歌有 1400 多首,这些诗歌有着丰富的内容,是深刻反映其时代社会人生的多彩多姿的艺术宝库,被誉为"诗史"。具体来说,杜甫的诗歌主要反映了以下几方面的思想内容。

一是表达自己的人生理想。杜甫一生有"致君尧舜上,再使风俗淳"的情结,写于天宝七载(748)的《奉赠韦左丞丈二十二韵》首次披露了他年轻时代立下的志向,虽然在人生的道路上经历了太多的风雨,但他一直念念不忘"致君尧舜"的理想。杜甫与李白一样,也渴望建功立业,但他又不像李白那样崇拜范蠡、张良,希望功成身退,而是希望建功立业后,由自己来协助皇帝治理国家,再现唐初贞观年间的"太平盛世",即构建一个人民能安居乐业,不受横征暴敛之苦的社会。但是,这只是一个美妙的梦幻,在当时的社会是根本无法实现的。对于这一点,杜甫晚年时已有所认知。他在晚年写的一首诗的结尾说了他的理想"安得务农息战斗,普天无吏横索钱",然而他加的题名是《昼梦》,也就是自嘲为白日梦,纯属痴心妄想,真是令人痛心和失望。

二是关心人民疾苦,为老百姓大声呐喊。统治者的骄奢淫逸,安史之乱带来的无数灾难,使百姓生活在水深火热之中。杜甫深知人民的不幸,于是接连不断地写诗反映人民的疾苦,反对统治者对人民残酷的剥削与压迫。比如,《兵车行》一诗谴责了唐玄宗穷兵黩武,造成社会凋敝、百姓家破人亡的惨状。全诗纯用客观记叙,提炼生活,塑造典型,由点及面,从社会现象到民众心理,揭露无遗,体现了鲜明性、广阔性和深刻性的完美统一。除了《兵车行》,"三吏""三别"也深刻地反映了这一方面的思想内容。以《石壕吏》一诗为例,诗人用白描的手法,客观叙述了在投宿乡村时,遇到小吏捉丁之事。诗中老翁逾墙而跑,老妇出门张望,小吏凶残暴虐,老妇悲苦啼诉,如在眼前,如泣如诉。诗人对此虽未作评论,却将自己的主观情感融注在客观具体的描写中,表现出对百姓疾苦的深切同情,对官吏残暴凶虐的气愤无奈等复杂情感。全篇句句叙事,虽无抒情语,只有 120 个字,诗人却能以简洁、洗练的笔墨,深刻地反映了唐代现实社会中的矛盾与冲突。

三是讽刺统治者的腐朽与残暴,揭示了权贵、奸佞小人的丑恶嘴脸。杜甫一生爱憎分明,疾恶如仇,他的揭露与讽刺是无所顾忌的。在《茅屋为秋风所破歌》一诗中,他以“安得广厦千万间,大庇天下寒士俱欢颜,风雨不动安如山。呜呼!何时眼前突兀见此屋,吾庐独破受冻死亦足”结尾,表明了反对统治者竭泽而渔的残酷剥削,要求减税赋,减轻人民的负担。在《丽人行》一诗中,他讽刺了当时“圣眷正隆”的杨国忠兄妹,写出了他们的奢侈腐化、气焰嚣张的样子,而且毫不隐晦,公然指名道姓斥责“就中云幕椒房亲,赐名大国虢与秦”“炙手可热势绝伦,慎莫近前丞相嗔”,还巧用北魏胡太后与杨白花私通及西王母用青鸟传情的典故,暗喻杨国忠兄妹通奸的乱伦丑事。对统治者横征暴敛、欺压百姓的现象,更是经常揭露、抨击。

四是表现了深受压迫的妇女的不幸命运。杜甫跟李白一样,也很关注妇女的命运和生活,写了不少这方面的诗。杜甫诗中凡属正面赞颂、描写的妇女形象,基本上都是下层劳动妇女。而且,杜甫笔下深受压迫剥削的妇女特别多,如在《遣遇》中写道:“石间采蕨女,鬻菜输官曹。丈夫死百役,暮返空村号。闻见事略同,刻剥及锥刀。贵人岂不仁,视汝如莠蒿。索钱多门户,丧乱纷嗷嗷。”丈夫已为国捐躯,成为烈士遗孀的妻子却还要遭受残酷的剥削。失去劳动力,家无长物,只能采野菜出卖来交纳租税,达官贵人分明没有把他们当人看待。由此可以知道,当时的社会对妇女的压迫与剥削是多么的触目惊心。

对杜甫诗歌中的思想内容进行分析可以发现,杜甫的诗歌具有崇高的悲剧美,即他的诗歌总体来说是一部悲剧,既是个人的悲剧,更是时代的悲剧。这里所说的悲剧,是指杜甫的诗歌最深刻最典型地揭示了苦难时代的社会生活本质,最集中最突出地揭示了他追求真理和美好生活的愿望的幻灭,最强烈最真诚地体现诗人愿为人民献身的理想的无法实现。此外,忧国忧民是杜甫诗歌悲剧美的内在实质。他的诗如《兵车行》以及“三吏”“三别”等,就是最好的呈现悲剧美的诗。

杜甫的诗歌除了具有崇高的悲剧美,还形成了沉郁顿挫的风格。杜甫《进雕赋表》自称:“臣之述作,虽不能鼓吹《六经》,先鸣数子,至于沉郁顿挫,随时敏捷,扬雄、枚皋之徒,庶可企及也。”至深为沉,至厚为郁,沉郁是指含蓄深刻。清人陈廷焯在《白雨斋词话》中说:“所谓沉郁者,意在笔先,神余言外,……若隐若见,欲露不露,反复缠绵,终不许一语道破。”顿挫是跌宕起伏,绰约多姿。这样的诗在杜诗中可以说比比皆是,举不胜举。比如,《登楼》一诗:“花近高楼伤客心,万方多难此登临。锦江春色来天地,玉垒浮云变古今。北极朝廷终不改,西山寇盗莫相侵。可怜后主还祠庙,日暮聊为《梁甫吟》。”表面上看来,诗中全是写在成都登楼所见,颔联中的锦江、玉垒都是成都附近特有的江与山,而且意境开阔,展现了无垠的空间与无穷的时间，登高临远，视通八方，思接千古。然而颈联转入议论天下大势，尾联又一转，借刘后主宠信宦官黄皓弄权误国，隐射代宗宠信宦官程元振，讽喻当朝昏君。整首诗跌宕起伏，曲折深沉，蕴含不露，寓意深刻。

杜甫在进行诗歌创作时，还注重在诗中完全摄进他所处的那个大动荡的苦难时代，融进中国古代知识分子传统的忧患心态。如此一来，他的诗便达到了“涵括一切，笼罩万有，着墨不多，而蓄意无尽”(高棅《唐诗品汇·叙论》)。因此，杜甫的诗可以说是整个时代的缩影，也是历代中国正直的知识分子的缩影。正是从这个意义上说，杜甫的诗才配称“诗史”。比如，《哀江头》一诗仅 24 句、140 字，但诗人却把安史之乱前后的社会景象完全摄了进去，并记录了诗人的心情。像“朱门酒肉臭，路有冻死骨”两句，更是十分凝练地写出了阶级社会中的典型事件，把二者紧密放在一起，形成反差强烈的对比，以此震撼人心，增强艺术效果。

总的来说，杜甫的诗歌以深广生动、血肉饱满的形象，真实而广阔地反映了唐王朝由盛而衰的历史现实，展现了战火中整个社会生活的广阔画面，忠实地记录了国家的变乱和人民的苦难。

第六章　中晚唐诗歌发展研究

安史之乱以后，唐朝由盛转衰，虽然其诗歌创作没有停下脚步，但是其诗歌的创作却受到了社会环境的巨大影响。中晚唐诗歌一改盛唐诗歌朝气蓬勃、兴旺昌盛的景象和气派，转向了现实主义诗风。中唐时期，不同的诗歌流派呈现出多元发展的局面。在中唐前期，由于战乱的影响，文人们失去了盛唐士人的昂扬精神，表现出一种孤独寂寞的心境，开始追求清雅高逸的情调，这在大历诗人的诗歌中表现得尤为明显。中唐后期，出现了以韩愈、孟郊为代表的奇险诗派，他们以不合流俗、怪僻的风格开创了唐诗新的发展方向，之后还出现了以白居易为代表的“为事而作，平和自然”的元和体诗歌，这些诗歌大都通俗平易，极受人们的喜爱。晚唐的诗歌不再是初唐英姿的万象更新，不再是盛唐气象的恢宏壮阔，不再是中唐风采的百舸争流，而是哀婉深沉的斜晖余韵。晚唐诗人以杜牧、李商隐二人的成就最大，其诗歌创作清婉细腻，善于借用各种意象来表达自己的感情，极具艺术感染力。总体来说，中晚唐诗歌虽不似盛唐诗歌那般盛大，但也有其独特之处，对后世的诗歌发展具有极大的影响。

第一节　中晚唐诗歌的创作特点

中晚唐诗歌与盛唐诗歌的昂扬风貌是完全不同的，因为社会环境的急剧变化，中晚唐诗人所处的生活环境不同，其诗歌的创作呈现出了不同的特点，本节将分别对中唐诗歌和晚唐诗歌的创作特点进行阐述。

中唐诗歌的分期一般从唐代宗大历元年(766)算起，到唐文宗和九年(835)，约 70 年。从总体风貌来看，大多数诗人还是延续了盛唐诗的传统创作方法，没有出现明显的新变，但是精神实质与盛唐已大不相同。随着思想和创作倾向的分化，在不同地域出现了一些不同的诗人群体。当时的诗歌创作呈现出三种特点，首先是批判时政的思潮和讽喻诗歌的逐渐兴起，安史之乱以后，政治日益腐败，社会矛盾逐渐暴露，思想敏锐的诗人们开始将目光转向了现实，创作的诗歌大都是具有深刻现实意义、思想性很强的作品。与此同时，文风也发生了重要的改变，文人们倡导以朴素的古文来取代盛唐时流行的华靡的诗赋。其次，中唐前期有一部分诗人活跃在江南地带，他们经历过动乱，大都是因为被贬黜来到江南，他们的诗歌作品大多是抒发迁客逐臣的流寓之感。最后，这个时期有一群号称“大历十才子”的诗人，大历时期社会刚刚有稳定态势，他们就唱起了太平颂歌，其诗歌创作缺乏远大的抱负和深广的内容，气骨中衰。到了中唐中后期，唐诗又发生了巨大的变化，当时出现的韩孟、元白两派，一派诗作呈现出险怪的特点，一派诗作呈现出平易的特点，打破了大历以来诗歌的成熟状态，开辟了诗歌新的发展途径。总体来说，中唐的诗歌力在求变，在不断的摸索中寻求诗歌的发展之路。因此，其诗歌的创作呈现出复杂、多元的特点。

从文宗太和元年(827)到唐末，文学史上一般称为晚唐时期。相比于中唐以前的诗歌，晚唐诗最突出的变化是精神趋于萎靡，境界趋于狭窄，表现追求尖新纤巧，构思纵横钩致，发挥了无余韵，因此常为评家讥为穿凿刻露。但诗歌发展到此时，穿凿又多少比陈袭熟词熟境、模棱皮相之语好。晚唐的七绝亦因此而形成不同于盛唐七绝的特点。晚唐诗歌虽然整体上呈现出衰落的趋势，但也不乏优秀的诗人及诗作。

第二节 稍厌精华，渐趋淡净：大历十才子的诗歌

代宗大历年间，出现了一群审美情趣和艺术风格非常相近的诗人群体，他们被称为“大历十才子”。《新唐书·卢纶传》：“纶与吉中孚、韩翃、钱起、司空曙、苗发、崔峒、耿湋、夏侯审、李端皆以能诗齐名，号‘大历十才子’。”其他记载略有出入。大历十才子大多是仕途失意的中下层士大夫，不同于盛唐诗歌具有的蓬勃与激情，他们的作品多寄情山水，渐趋淡净。十才子都偏重诗歌的形式技巧，所作诗歌多应景献酬，粉饰现实，语句优美，遣词造句都偏重于工整精练，表现了纯熟的律绝技巧，尤长于五律。总的来说，十才子的作品虽然在气格上不及盛唐，但对前辈名家还是有所传承的，他们揭开了中晚唐诗坛的序幕。本节将对其中的几位诗人及其诗歌进行具体阐述。

一、卢纶的诗歌

卢纶(748—约800)，字允言，河中蒲州(今山西永济)人。曾经做过河中元帅的判官。也曾避安史之乱，客居鄱阳。他的诗以“送别”为主，特色不多，但善写景。他的才气在大历诗人中是比较突出的。他的一些佳作，笔力

苍劲沉着，颇为耐读，可称大历才子诗中的翘楚之作，如《和张仆射塞下曲》（其三）：

月黑雁飞高，单于夜遁逃。
欲将轻骑逐，大雪满弓刀。

诗由写景开始，"月黑雁飞高"指出晚上本该休眠的大雁却高高飞起，寥寥五字，既交代时间，又烘托了战斗前的紧张气氛，下句"单于夜遁逃"，单于这里借指敌军统帅，敌人夜间行动，并非率兵来袭，而是借夜色的掩护仓皇逃遁。"欲将轻骑逐，大雪满弓刀"写的是追兵将发而未发，当勇士们列队准备出发时，大雪竟落满弓刀。"大雪满弓刀"一句，将全诗意境推向高潮。在茫茫的夜色中，在洁白的雪地上，一支轻骑兵正在集结，雪花落满了他们全身，遮掩了他们武器的寒光。他们虽然尚未出发，却早就满怀着必胜的信心。诗人运用大胆的剪裁，巧妙的构思，使诗歌成功地展现了塞外剑拔弩张又激情昂扬的气氛。

卢纶对军旅生活有着深刻的体验，这使得他的军事题材的作品能够摆脱程式化，给人以写实的个性化色彩和新鲜感。

卢纶的一些写景诗也带着时代战乱的鼙鼓声，如《晚次鄂州》：

云开远见汉阳城，犹是孤帆一日程。
估客昼眠知浪静，舟人夜语觉潮生。
三湘愁鬓逢秋色，万里归心对月明。
旧业已随征战尽，更堪江上鼓鼙声。

这是诗人避乱南行途经鄂州（今武昌）时所作。不仅写出了诗人家产由于战乱而荡尽的不幸，更写出了旅途的愁思和对家乡的怀念，诉尽了乱离之苦。这样的诗带着明显的时代印痕。三、四两句写行船长江中的体会，形象而细致，也别具一格。

卢纶诗善于捕捉日常生活中一些极平常的细节，赋予艺术表现，因而富于人情味。

二、钱起的诗歌

钱起（722—780），字仲文，吴兴（今浙江湖州）人。天宝十年进士，大历中为翰林学士。钱起与大历才子郎士元齐名，时称"前有沈、宋，后有钱、郎"。他交游很广，又有才名。曾与王维唱和，又与刘长卿相埒，和日本诗僧也有往来。钱起长于五言，辞采清丽，音律和谐。其诗作的题材多偏重于描写景物和投赠应酬，具有较高的艺术水平，风格清空闲雅、流丽纤秀。

钱起诗歌中的景物大都气蕴超脱，是以山、水、松、林等景物营构一种远离世俗尘嚣的境界。他通过描写景物，寄情山水、表达隐逸情怀，如《暮春归故山草堂》：

谷口春残黄鸟稀，辛夷花尽杏花飞。
始怜幽竹山窗下，不改清阴待我归。

这首诗是钱起被罢官后所写。头两句写出了归来后所看到的暮春景色：一“残”、一“稀”、一“尽”、一“飞”，四个字一气贯注而下，渲染出春光逝去、难于寻踪的寂寥凋零的氛围。正是在这一前提下，另一种景象才更显出其可贵：窗下幽竹，兀自翠绿葱茏，迎接主人的归来。第三、四句与贺知章《回乡偶书》中“惟有门前镜湖水，春风不改旧时波”有相通之处，但贺诗着重抒发的是一种人事更改的感慨，而钱起更赋予其诗中幽竹以人格美，它不仅具有一种人情味，更是不畏春残、不畏秋寒、不为俗屈的气质的化身。诗人爱竹，不仅仅是因为翠竹待我之情，更是赞美其节操所给予人的感染力。这也正是这首诗令人回味无穷的地方。

钱起描写景物的诗注重渲染一种宁静、旷远甚至朦胧的气氛，如《裴迪书斋望月》：

夜来诗酒兴，月满谢公楼。
影闭重门静，寒生独树秋。
鹊惊随叶散，萤远入烟流。
今夕遥天末，清光几处愁。

这首诗写诗人与好友在裴迪书斋赏月的情景。诗歌的前两句“夜来诗酒兴，月满谢公楼”展现了夜晚月色洒满楼台的情景，如水般皎洁的月光倾泻在书斋上，气氛宁静而幽远。接下来两句“影闭重门静，寒生独树秋”写的是由于诗人专注赏月，忘记了时间，等到回过神来才发现，家家户户均已关门闭户，只有树叶在沙沙作响，营造了一种万籁俱寂的感觉。“鹊惊随叶散，萤远入烟流”两句用侧面描写的手法展现月色的美，诗人化用了曹操《短歌行》中的“月明星稀，乌鹊南飞”的诗句，月光皎洁到让喜鹊误以为到了白天，而猛然飞起，震落了片片秋叶，又用萤光衬托月明，构思巧妙。末句“今夕遥天末，清光几处愁”，诗人由欣赏美丽的月色，转而陷入沉思之中，这样美好的月色，会招惹多少人的愁思呢？这种以问句结尾的方式，显得十分意味深长。

《省试湘灵鼓瑟》是钱起进京参加省试时的试帖诗,是他最有名的一首诗作:

善鼓云和瑟,常闻帝子灵。
冯夷空自舞,楚客不堪听。
苦调凄金石,清音入杳冥。
苍梧来怨慕,白芷动芳馨。
流水传湘浦,悲风过洞庭。
曲终人不见,江上数峰青。

这首诗作在典丽精工的语言外衣下,包裹着一个幽怨哀慕的灵魂,那如泣如诉的韵调、清绝凄惨的意境,似灵泉漱胸,洞彻心扉,让人的感觉和想象力都仿佛失去了色彩。

三、李端的诗歌

李端(737—786),字正已,望出赵郡。父名震,官大理寺丞。李端的少年时代大概是在洛阳一带度过的。安史之乱中,他移家南方。曾在江西、湖南一带居住。大历二年后,他入京应进士试,结果不太顺利,后来到大历五年他是在薛邕典贡举时及第。

李端是十才子中作品题材涉及面极广的诗人,他不仅写作十才子很少涉及的乐府旧题,还咏物怀古、描写人物、讽议时事,一些诗作不仅在十才子中少见,在整个大历诗中都可以说是别开生面,比如《胡腾儿》:

胡腾身是凉州儿,肌肤如玉鼻如锥。
桐布轻衫前后卷,葡萄长带一边垂。
帐前跪作本音语,拾襟搅袖为君舞。
安西旧牧收泪看,洛下词人抄曲与。
扬眉动目踏花毡,红汗交流珠帽偏。
醉却东倾又西倒,双靴柔弱满灯前。
环行急蹴皆应节,反手叉腰如却月。
丝桐忽奏一曲终,呜呜画角城头发。
胡腾儿,胡腾儿,家乡路断知不知?

这首歌虽然用大量的笔墨来对胡腾儿的舞姿进行着力描写,但是主体句却是“安西旧牧收泪看”及“家乡路断知不知?”意在提醒人们陇右之地的沦陷。在当时,诗人们虽然面临着极为严峻的形势,但是却没有人在诗作中对其进行反映,李端在观赏胡腾儿舞蹈的同时,注意到的是安西旧牧的泪眼,由此想到陇右之地的沦陷。最后一句发问看似在问胡腾儿,实际上是对世人发出的呐喊。

总的来看,“大历十才子”的诗在内容上逐渐脱离现实,在艺术上较少新意,最多不过因袭了盛唐诗的熟境,长于辞采,追求清雅风味,讲究炼字,特点不过平丽冲秀。由于这些人多依附在权贵的门下,胸无大志,固而难以写出具有划时代意义的作品,虽然当时名声很大,终究影响甚微。

第三节 古怪奇崛,不合流俗:韩孟诗派的诗歌

“韩孟诗派”是中唐以韩愈、孟郊而命名的一大诗派,尚怪僻奇险,重主观独创,有散文化倾向。其中以韩愈为首要代表,他为了改革大历十才子的柔靡诗风,从多方面反其道而行之,承袭李杜而又力创李杜之所无,形成自成一家的独特风格。韩孟一派诗风险怪生僻,好为奇崛,在艺术上大胆创新,成为另类韩孟诗派的古怪奇崛不在一人,因为他们的目标就是不合流俗,这种诗风对当时的诗坛产生了很大的冲击力。就他们的创作而言,也确实写了一些无法令人恭维的作品,写了一些难于普及和流传的作品,写了一些只可作为研究史料的作品,但也写了一些出类拔萃的作品。韩孟诗派影响较大,他们中间出的人才也很多,但以创作实际与流传范围而言,则不如白居易的浅近平和,传播广远。

一、韩愈的诗歌

韩愈(768—824),字退之。南阳(今河南孟州市南)人。幼年即父母双亡,全靠兄嫂抚养。他聪慧过人,博闻强记。史书上说他日记数千言,通百家。有《昌黎先生集》,存诗四百余首。

韩愈是中唐古文运动的倡导者,随着古文运动的深入开展,他将古文运动中富有创造性的文艺和美学思想运用到诗歌创作中,并且首先运用自己非凡的才情和功力进行开拓,创造出诗歌史上独树一帜的奇崛险怪的艺术风格,并形成了以奇险为特征的诗歌流派。这类诗歌多为纪游、写景、抒怀、唱酬之作,在这些诗歌中,韩愈重视诗歌的娱乐功能和逞才炫博的自我表现功能,在一定程度上突破了传统儒家诗教观、情志论过分强调诗歌社会功能

的偏颇,突出地表现了诗人的创作特色。

他为了改革大历诗人的柔靡诗风,从多方面反其道而行之,他既继承了李白恣意纵横的奇情幻想,又吸收了杜甫的谨严沉雄和“语不惊人死不休”的创新精神,形成自成一家的独特风格,这种风格具体表现在以下几个方面。

首先,韩愈的诗歌追求气势,用晚唐诗论家司空图的话说,就是“驱驾气势,若掀雷挟电,奋腾于天地之间”,简单地说就是以气势见长。大历、贞元以来,诗人局限于抒写个人狭小的感伤和惆怅,笔下的自然景物也多染上了这种感情色彩;他们观察细致、体验入微,但想象力不足、气势单薄。韩愈的诗以宏大的气魄、丰富的想象,改变了诗坛上这种纤巧卑弱的现象。他的诗大都气势磅礴,如《南山诗》扫描终南山的全貌,春夏秋冬、外势内景等,连用51个“或”字,把终南山写得奇伟雄壮、气象万千。

其次,韩愈的诗歌有意避开前代的烂熟套语,语言、意象力求新颖、奇特,甚至不避生涩拗口、突兀怪诞。如《永贞行》中的“狐鸣枭噪”“睗睒跳踉”“火齐磊落”“蛊虫群飞”“雄虺毒螯”;《送无本师归范阳》中的“众鬼囚大幽”“鲸鹏相摩窣”“奸穷怪变得”这一类描写,是匪夷所思、光怪陆离的。过去人们认为恐怖的,如“鬼”“妖”“阴风”“毒螯”等;丑陋的,如“腹疼肚泻”“打呼噜”“牙齿脱落”等;惨淡的,如“荒蛮”“黑暗”“死亡”等事物和景象,在韩愈手里都成了诗歌的素材,甚至主要以这一类素材构造诗歌的意境,这无疑引起诗歌的变革。

最后,韩愈的诗歌具有以文为诗的结构笔法,以文为诗的创作方法打破了传统诗歌的规范,不但打破了旧体诗的规范,连今体诗的规范也不十分在意。他的这种左冲右突、如入无人之境的作风,可以说,一直上溯到魏晋建安诗人,都是他冲击的对象。因为以文为诗,遣词造句非别出心裁不可,他本人的诗,也造句别扭,不合常法。一般五言诗,音节多半为上二下三,少量上三下二。他好像更喜欢上三下二,有时偏要上一下四。七言诗的句子一般上四下三,他偏能上三下四。诸如“乃一龙一猪”“有穷者孟郊”“子去矣时若发机”之类的句子都进入了韩诗。他的文章本来以文从字顺著称,他的诗作却不避险韵,岂但不避而已,简直兴味浓厚。

韩愈虽有意创奇,但他于盛唐旧法作诗其实有很深的造诣。特别是后期创作更多抒写闲情逸致的小诗和近体诗,如《早春呈水部张十八员外郎》:

天街小雨润如酥,草色遥看近却无。
最是一年春好处,绝胜烟柳满皇都。

这首诗以极其简朴的语言,描绘了早春的独特景色。首句用“润如酥”

来形容初春小雨的细滑润泽，巧妙地表现了春雨的特点。接下来的一句“草色遥看近却无”是全诗的绝妙之笔，被雨沾染过的小草朦朦胧胧，远远看去似有似无，像是一幅绝妙的水墨画。最后两句是对初春景色的赞美。全诗刻画细腻，构思新颖，风格清新自然，以寥寥数笔将早春的自然美高度概括出来。

虽然对韩愈的评价有褒有贬，他的诗歌创作确实也有这样那样的缺点，但不可否认的是，他的诗歌不但开创了唐诗新的发展方向，而且对宋诗的散文化、议论化都有深远的影响，后代的诗人也大都受到了他的影响。

二、孟郊的诗歌

孟郊(751—814)，字东野，湖州武康(今浙江武康)人，41岁中进士，50岁始作溧阳尉，后来还做过一些小官，一生贫寒。他与韩愈关系密切，孟郊论诗也标举“六义”“风骨”，反对大历以来流连光景、点缀升平的诗风，但他的诗与韩愈还是有很大的不同。孟郊才学不如韩愈，以“苦吟”著名，他的诗往往思力深刻，清寒新硬。

孟郊一生，生活困苦。困苦又“拙于生事”，结果更加困苦。但困苦不影响他吟诗，愈困苦还愈吟诗，于是诗也从根上苦起来。他曾有《答友人赠炭》诗云：“吹霞弄日光不定，暖得曲身成直身”，以此知道他连炭也买不起；又有诗说：“借车载家具，家具少于车”，以此知道他家中不唯无炭，连起码的用具也少得可怜。这样的生活，加上屡试不第，不免身心俱苦，化而为诗，苦涩忧人。但他活得有骨气，虽贫穷如洗，从来不低眉顺眼作可怜状。他一生大约没有几次欢快，唯有终于金榜题名的时期，高兴过一次。他写道：“昔日龌龊不足夸，今朝放荡思无涯。春风得意马蹄疾，一日看遍长安花。”然而，不过一瞬欢欣，随复不乐。到他64岁时，赴山南西道任官，未至任所，发病暴卒。

由于长期境况潦倒，怀才不遇，再加上种种挫折的打击，晚期孟郊也逐渐走上了以诗的构思和艺术表现之“奇”“险”“新”表达自身价值的道路，创作了一系列触目惊心而又出人意料的诗作。孟郊诗歌之奇，主要体现在两方面。

一方面，孟郊的诗歌追求新奇的造境。孟郊的诗歌不仅别开生面，而且思新意奇，同时又不脱离生活实际感受，如《游终南山》：

南山塞天地，日月石上生。
高峰夜留景，深谷昼未明。
山中人自正，路险心亦平。

长风驱松柏，声拂万壑清。
即此悔读书，朝朝近浮名。

这首诗硬语盘空，险语惊人。“南山塞天地，日月石上生”用夸张、奇险的手法描写终南山的高大。用“塞天地”概括内心感受，虽险不怪，意境新奇，不落俗套。诗里刻画了终南山的清幽宁静，绘景之中，同时写人，“山中人自正，路险心亦平”，虽说山道险峻，山中之人高洁清正，所以走来也是顺当平坦，并不崎岖。高山巍巍，深谷幽幽，松涛阵阵，心底坦荡，在写了山中风物人情后，诗人由衷感叹“即此悔读书，朝朝近浮名”，也是自然而然了。读完全诗，谈到本诗主旨，人们大概会说，通过对终南山风光的描绘，表达了诗人南山归隐之情。

另一方面，孟郊的诗歌注重诗句的精思灼炼。孟郊的诗句常见奇语奇句，这些句子进一步加深了其诗境之奇。如写穷愁的“冷露滴梦破，峭风梳骨寒”“瘦坐形欲折，腹饥心将崩”（《秋怀》）；写世情的“道路如抽蚕，宛转羁肠繁”（《出东门》）；写景物的“舟行素冰折，声作青瑶嘶”（《寒溪》），“溪镜不隐发，树衣常御寒”（《送无怀道士游富春山水》）等，都可见其着意苦吟的痕迹。

同时应该看到的是，孟郊还有许多关心民生疾苦的诗，如著名的《寒地百姓吟》：

无火炙地眠，半夜皆立号。冷箭何处来，棘针风骚骚。
霜吹破四壁，苦痛不可逃。高堂捶钟饮，到晓闻烹炮。
寒者愿为蛾，烧死彼华膏。华膏隔仙罗，虚绕千万遭。
到头落地死，踏地为游遨。游遨者是谁？君子为郁陶！

诗文对贫富悬殊做了强烈的对比，深刻揭露了唐朝的现实矛盾，对劳动人民的悲惨命运表现出深切的同情。开头“无火炙地眠，半夜皆立号”就展示了穷人在苦寒之夜的艰难，可是富贵人家却是“到晓闻烹炮”。诗中还采用了十分贴切的比喻，如冷箭、棘针之喻寒风，飞蛾之喻寒者；也采用了夸张的手法，如“虚绕千万遭”“踏地为游遨”。最后四句运用对比的手法，把贫富对立的社会现实表现得触目惊心。诗人忍无可忍地发出呼号：“游遨者是谁？君子为郁陶！”全诗意境凄凉婉转，充满幽愤悲怆之情，体现了诗人对世态险恶的愤懑和对劳动人民困苦生活和悲惨境况的理解和深切同情。

孟郊有的诗也写得平易通畅，如著名的《游子吟》：

慈母手中线，游子身上衣。

临行密密缝，意恐迟迟归。
谁言寸草心，报得三春晖。

这首诗用简单白描的手法，通过一个极其平常的母亲为即将远行的游子缝衣的场景，歌颂了母爱的伟大。最后两句“谁言寸草心，报得三春晖”，用比兴的手法表达了诗人对慈母发自肺腑的热爱，真挚感人，千古流传。

三、贾岛的诗歌

贾岛（779—843），字阆仙，范阳（今河北涿州）人。贾岛与孟郊齐名，但二人年龄相去甚远。诗作也有很大不同。所谓郊寒岛瘦，虽有相似之处，并不十分相近。孟郊称寒，主要是他生活凄苦，凄苦之寒；贾岛称瘦，主要是吟诗太苦，苦吟之瘦。从诗的内容看，孟郊反映社会生活的诗作不少，诗风虽多“寒”意，却能有情有感——诗心还是热的。贾岛主要在诗的语言上下功夫，诗的内容则比较狭窄，感情方面也不那么能感动读者。但他有诗癖，吟诗入魔，几乎到了物我两忘的境地，因此冲撞了达官贵人，被拘留一夜的事情也曾有过。他懂音乐，喜琴瑟，常与姚合、王建、张籍、雍陶等相聚为乐。他年轻时也曾追求功名，但连考不中，钱也没了，心也灰了，就出家做了和尚，法名无本。但他诗心不静，做和尚也不合格。那时候朝廷禁止僧人午后出入寺庙。他忍耐不住，就写诗发牢骚，说牛羊还让出入，做和尚连牛羊都不如（“不如牛与羊，犹得日暮归”）。后来，就还俗了。他一生只做过几天小官，但没有积累下钱财，临终时，家中物件不过病驴一头、古琴一张而已。

贾岛的《长江集》中有一些是表现自己的穷困生活的，如《朝饥》：

市中有樵山，此舍朝无烟。
井底有甘泉，釜中乃空然。
我要见白日，雪来塞青天。
坐闻西床琴，冻折两三弦。

诗中全面表现了自己的穷困贫寒，但诗作又有奇诞之处，无粮固然是穷，而井底有泉，釜中无水恐怕就不是穷能解释的；欲见白日而不得出，也不能归因于穷；无衣是穷，琴弦则不至于冻折。细味此诗，就知道贾岛写的不仅是贫穷的境况，更是贫穷的感觉，用看似无关或不可能的意象将这种感觉强化到异乎寻常的程度。

贾岛吟诗，传扬最广的一则掌故，是关于“推敲”二字的，即《题李凝幽居》这首诗：

闲居少邻并,草径入荒园。
鸟宿池边树,僧敲月下门。
过桥分野色,移石动云根。
暂去还来此,幽期不负言。

他骑驴访友,得"鸟宿池边树,僧推月下门"二句诗。然而不能满意,想改作"僧敲月下门",但又犹疑不定。于是沉吟不已,神游物外,正值韩愈做京官,他的驴一惊,把韩大人的扈从队伍给闹乱了。从人将其拿住,问"什么人?"回答说为推敲二字神魂颠倒。韩愈便不计较,反而停车驻马,代为思之,良久,说:"还是敲字好。"二人从此成为好朋友。他的这首诗,确实写得不坏,虽不免寻章雕句之嫌疑,犹有清闲远世之雅意。

第四节　为事而作,平和自然:元和体诗歌

"制从长庆辞高古,诗到元和体变新。"中唐的一个重要文学现象就是叙事的作品增多,以白居易和元稹为首的诗人创作的叙事诗一时成为风尚,他们提出了"为事而作"的口号,主张诗歌的创作应该紧紧抓住"事"这一题材,元白努力使诗歌平易化,采用人民的语言,更多地包含叙事的成分,同时,又格外注重音韵的优美。当时人们将这类诗歌称为"元和体诗歌"。

一、白居易的诗歌

白居易(772—846),字乐天,下邦(今陕西渭南)人。贞元中进士,元和时曾任翰林学士、左拾遗及左赞善大夫。元和十年,得罪权贵,贬江州司马,转忠州刺史。穆宗长庆间任杭州、苏州刺史等职。官至刑部尚书。晚年住在洛阳,号香山居士。白居易主张发挥诗歌为政治服务的作用,批评社会现实,反映民生疾苦,反对六朝以来文学"嘲风雪,弄花草"的倾向。他有关新乐府的理论主要有以下几方面。

第一,强调诗歌"感人心"的巨大力量,也就是要求诗以感情为根,以语言为苗,以声调为花,以内容为果实,这样不管是贤圣还是愚人都会受到感动。

第二,明确诗歌创作的正确目的:"文章合为时而著,歌诗合为事而作",即要求诗歌反映时事,为宣扬王者的教化、改变民间的风俗而作,起劝诫和讽喻统治者的作用,而不是仅仅为作文而作文。

第三，恢复古代采诗制："选观风之使，建采诗之官，俾乎歌咏之声，讽刺之兴，日采于下，岁献于上者也"（《策林》六十九）。

第四，艺术上要求主题鲜明，通俗易懂，朴素质直，便于歌唱。

"新乐府"一名是白居易正式提出的，指的是一种用新题写时事的乐府式的诗，但不以入乐与否为衡量的标准。元白的新乐府讽喻诗在思想艺术上的成就首先应该充分肯定。它们广泛触及了中唐的各种社会政治问题，反映现实的深度和广度都是中唐前期的新题乐府所不能企及的。

白居易的诗歌大体上可以分为两类，一类是讽喻诗，一类是感伤诗。他的讽喻诗 170 余首，最有价值，也最受他的重视。这类诗取材广泛，批判性、战斗性都很强，是白居易现实主义诗歌的代表作。著名的《秦中吟》（10首）、《新乐府》（50 首），都属于这一类。

他描述了那个时代最尖锐的贫富不均的现象和下层百姓在剥削勒索下艰难挣扎的悲惨状况。一方面它反映人民生活极端困苦，表现对人民的深切同情。如《观刈麦》，在叙述了田家辛勤的割麦劳动后，接着描写令人心酸的场景：

复有贫妇人，抱子在其旁。
右手秉遗穗，左臂悬敝筐。
听其相顾言，闻者为悲伤。
家田输税尽，拾此充饥肠。

贫妇人因繁重赋税而输尽家田，无法生活而只得拾麦穗充饥。作者质朴的叙述中饱含着深情。诗人也因此为自己不事农桑却有余粮而深感惭愧。诗人以对赋敛的痛恨之心把田家、贫妇和自己三方面联系在一起，突出了对横征暴敛的批判意义。

又如《卖炭翁》（节选）：

卖炭翁，伐薪烧炭南山中。
满面尘灰烟火色，两鬓苍苍十指黑。
卖炭得钱何所营？身上衣裳口中食。
可怜身上衣正单，心忧炭贱愿天寒。
……
一车炭，千余斤，宫使驱将惜不得。
半匹红绡一丈绫，系向牛头充炭直。

本诗刻画出一个"满面尘灰烟火色，两鬓苍苍十指黑"的卖炭翁肖像，又以“卖炭得钱何所营?身上衣裳口中食。可怜身上衣正单,心忧炭贱愿天寒”几句,展现了几乎濒于生活绝境的老翁唯一的可怜愿望。最后揭示出一车炭被宫使尽数夺去的结果,便戛然而止。虽然未发议论,却余意无穷,令人自然悟出所谓“宫市”不过是奉旨掠夺的主题。

另一方面也批判了统治阶级“轻裘肥马”的骄奢生活。中唐社会远没有盛唐时代繁荣,但统治阶级的奢侈却更甚之。白居易的讽喻诗对此作了较多的反映。如《轻肥》(《秦中吟》其七):“是岁江南旱,衢州人食人!”诗篇批判了宦官的骄奢生活,也反映了江南“人食人”的惨相,并以二者作强烈的对比,暴露了中唐社会尖锐的两极分化。这首诗在艺术上以铺陈、排比、映衬、烘托等手法,对宦官的骄奢作了典型的概括,并与江南大旱人民相食的惨相作了强烈的对比,大大增强了诗歌的批判力量。

白居易的感伤诗以《长恨歌》和《琵琶行》为代表。白居易自己解释说:“事物牵于外,情理动于内,随感遇而形于歌咏者”,谓之感伤诗。

《长恨歌》是一篇脍炙人口而内容又极为复杂的叙事诗,其基调是婉而讽。《长恨歌》是写唐明皇和杨贵妃荒淫误国与爱情悲剧的长诗,诗的前半部分写唐明皇迷恋声色和杨贵妃得宠,“缓歌慢舞凝丝竹,尽日君王看不足。渔阳鼙鼓动地来,惊破《霓裳羽衣曲》”,批判了皇帝荒淫误国和贵妃恃宠致乱,同时也暗示了李、杨爱情悲剧的根源。后半部分写李、杨爱情的毁灭以及唐玄宗对杨贵妃缠绵的相思。这是一首抒情成分很浓的叙事长诗,前半写实,后半写幻,浪漫主义色彩强烈。全诗构思精巧,故事曲折,描写细腻,语言流丽,感情缠绵悱恻,婉转动人,具有很强的艺术感染力。

《琵琶行》通过写琵琶女生活的不幸,融入诗人自己的身世之感,唱出了“同是天涯沦落人,相逢何必曾相识”的心声。这首诗具有极高的艺术价值,历来为人称道。

白居易是一位对中国古代诗歌发展和流传作出了重要贡献的大作家。以他为代表的通俗诗派,继承和发展了《诗经》、汉乐府民歌以来的诗歌艺术写实和社会批判的优秀传统,并对晚唐乃至后代诗歌产生了深远的影响。

二、元稹的诗歌

元稹(779—831),字微之,别字威明,洛阳(今属河南)人,出生于长安(今陕西西安)。贞元九年(793)明经科及第。贞元十九年(803)与白居易同时中拔萃科。元和元年(806)以对策第一拜左拾遗,后转监察御史。元稹年少得意,生性激烈,锐气颇足,敢言直谏,摘发权贵,也因此多次被贬,元和五年(810)后被贬谪达十年之久。后来被召还京，得以升迁，曾于长庆二年(822)拜平章事，居相位三月，罢相后，出为同州、越州刺史，颇有政绩。53岁得暴疾卒于武昌军节度使任所。生前曾自编《元氏长庆集》一百卷，宋时仅存六十卷。《全唐诗》收其诗为二十八卷。

元稹的诗歌当时与白居易齐名，并称“元白”，是中唐写实讽喻诗派的主要代表人物。元和四年(809)，他看到李绅所作《乐府新题》二十首，取其“病时之尤急者”和作十二首；元和十二年(817)，他又和刘猛、李余古题乐府十九首。在《和李校书新题乐府十二首并序》和《乐府古题序》中，他强调继承“自风雅至于乐流(按：指乐府诗)，莫非讽兴当时之事”，反映和干预现实的传统，并提出“寓意古题，刺美见事”和“即事名篇，无复依傍”的古题和新题乐府写作原则，全面总结了乐府诗的艺术写实和讽喻时政的创作经验。

元稹的诗歌主要有两种形式：古题乐府和新题乐府，题材比较广泛。古题乐府中比较有名的有《田家词》《估客乐》《织妇词》《采珠行》等写得相当深刻有力。《织妇词》描写了织妇为了缴纳紧迫的租税从事艰苦的劳动，到头发白了都没能嫁人，以至于羡慕檐前的蜘蛛“能向虚空织网罗”。他常在结尾翻出新意，加重对现实的批判分量。如《田家词》：

牛吒吒，田确确。
旱块敲牛蹄趵趵，种得官仓珠颗谷。
六十年来兵簇簇，月月食粮车辘辘。
一日官军收海服，驱牛驾车食牛肉。
归来攸得牛两角，重铸锄犁作斤劚。
姑舂妇担去输官，输官不足归卖屋。
愿官早胜雠早覆，农死有儿牛有犊，誓不遣官军粮不足。

全诗用农民的口吻叙述，充满对朝廷长期用兵所带来的灾难的怨恨，但诗中并无直接的情感流露，结尾反而用肯定坚决的语气表示对“官军”的支持，这种从反面加倍用笔的写法更加突出了农民痛楚在心、哀怨在骨的悲惨处境。他的新乐府诗都有鲜明的现实针对性和讽喻性，但和白居易每篇各具事旨的写法比较起来，略有繁复与庞杂之病。

元稹的新题乐府诗最为著名的是《连昌宫词》，作品写于元和十三年(818)，这是一首叙事长诗，通过连昌宫的兴废变迁，探索安史之乱前后唐代朝政治乱的原由。它是元稹在白居易《长恨歌》影响下创作的长篇叙事诗，和《长恨歌》虽存讽喻但以写情为基调不同，这是一首典型的写实讽喻诗。按历史事实，杨贵妃从来没有同唐玄宗一起游幸过连昌宫，诗中的望仙楼、端正楼原来都在华清宫，但作者的这些虚拟想象却真实地反映了因唐玄宗荒淫逸乐和政治昏暗而导致"安史之乱"的历史教训。全诗通过同一位老人的对话,围绕连昌宫的兴废,对环境景物、生活场景和人物形象进行了具体生动的描写,最后作者直抒感慨,表达了希望治理朝政以实现国家和平安定的心愿:"老翁此意深望幸,努力庙谟休用兵!"全诗以叙述为主,杂以议论,表现了明显的劝诫规讽之意,但不能因此就说这是一首讽喻诗。从艺术构思和创作方法上看,此诗将史实与传闻糅合在一起,辅之以想象、虚构,把一些与连昌宫本无关联的人物、事件集中在连昌宫中展开描写,既渲染了诗的氛围,也使得诗情更加生动曲折。

第五节　典丽精工,清新俊爽:意象诗派的诗歌

意象派是以着重表现意象(主观情意与外在物象有机结合)、追求意境,有较高艺术技巧的诗歌流派。南朝时,刘勰的《文心雕龙·神思》篇云"独照之匠,窥意象而运斤",首次提出审美范畴的意象说。盛唐时,王昌龄的《诗格》又提出了诗的三境说:"诗有三境:一曰物境,欲为山水诗,则张泉石云峰之境,极丽绝秀者,神之于心,处身于境,视境于心,莹然掌中,然后用思,了然境象,故得形似。二曰情境,娱乐愁怨,皆张于意而处于身,然后驰思,深得其情。三曰意境,亦张之于意而思之于心,则得其真矣。"这三境皆由作者主观情感与外界物象交融而成,都有意境,只是把偏重于写山水的称为物境,偏重于抒情的称为情境,偏重于言志的称为意境。在这些诗学理论的启示下,中晚唐时出现了一批热心追求意象和意境的诗人。代表人物有刘禹锡、柳宗元、杜牧和李商隐。

一、刘禹锡的诗歌

刘禹锡(772—842),字梦得,洛阳(今属河南)人。贞元九年(793)与柳宗元同榜进士,登博学宏词科。永贞元年(805)参加王叔文革新集团,革新失败后被贬为郎州司马。之后被召回京,因赋诗讽刺执政者,再次被贬播州刺史,后经朋友说情,改贬为连州刺史。宝历二年(826)冬,从和州奉召回洛阳,23年的贬谪生涯至此结束。会昌二年(842)卒于洛阳,世称刘宾客、刘尚书。

刘禹锡的诗歌在中唐诗坛上独树一帜,与白居易齐名,并称"刘白",刘禹锡的诗歌大致可分为咏史怀古诗、政治讽喻诗和乐府民歌。就其特色而言,刘禹锡的诗歌具有两大特色。首先,刘禹锡的诗歌内容深广,格调较高。

其次，刘禹锡的诗歌受民歌影响，大多意境明朗清新、豪放自然，语言朴素流利、韵味醇厚。刘禹锡善于通过意象和意境来表达主旨，抒发自己的感情，从而达到理想的艺术效果。例如，《秋词》：

自古逢秋悲寂寥，我言秋日胜春朝。
晴空一鹤排云上，便引诗情到碧霄。

诗人在后两句中，借助具体生动、可见可感的一组意象，将前面"秋日胜春朝"的心理感受形象化地展现出来，对这一与众不同的鲜明观点作了诗化式的论证，不仅以理服人，而且以情动人、以美感人。诗人通过几个典型的意象，勾勒出一幅充满诗情画意的情境：在秋天晴朗的天空，秋高气爽，一碧如洗，一只昂首展翅的白鹤，一冲而起，排云而上，直飞碧霄。这只矫健的直冲碧霄的白鹤将诗人的豪迈之情抒发得淋漓尽致。

又如《乌衣巷》：

朱雀桥边野草花，乌衣巷口夕阳斜。
旧时王谢堂前燕，飞入寻常百姓家。

前两句以"朱雀桥"与"乌衣巷"对举，暗写六朝时这里是极其煊赫繁华之所在，再通过写如今却只剩下桥边的"野草花"，黯淡的"夕阳斜"这样的意象，点明行人稀少，地方冷落，乌衣巷破败荒凉的现实。通过这样的描绘，形象深刻地写出了前朝贵族住宅区的人事沧桑。后两句通过当年在王、谢豪华堂前作窝、如今飞入的只是平常百姓家的"燕子"这一意象，点明当年不可一世的大贵族早已在新朝中灰飞烟灭了。言外之意也是讽告当时主政朝廷、迫害革新派的权贵们不要得意忘形。

再如《竹枝词》(其二)：

山桃红花满上头，蜀江春水拍山流。
花红易衰似郎意，水流无限似侬愁。

诗歌以红花绿水渲染出蜀地明媚的春色，也象征着热烈的爱意和似水的柔情，因而托物起兴，吐露出少女对郎情易衰的忧虑和漾在心头的淡愁，就很自然了。诗以明朗自然的格调描写少女微妙复杂的心理，写景抒情无不明艳动人。

刘禹锡虽然仕途一直不顺，但是其一直保持着积极向上的心态和昂扬不屈的斗志。他的诗浑然天成，神情豪爽，优美明快，含蕴深厚。他凭借自己在政治生活中的独特体验以及对社会问题的深刻观察，创造出独具卓见的讽刺、咏史、言志诗,并从民歌中吸取新鲜的题材和生活内容,以爽朗幽默的风神和微婉深厚的韵味形成自己独特的诗歌意境。

二、柳宗元的诗歌

柳宗元(773—819),字子厚,河东(今山西永济)人,是唐朝一位杰出的政治家、思想家、文学家。德宗贞元九年(793)中进士,后官至监察御史。顺宗时,王叔文执政,他任礼部员外郎,是王叔文集团政治革新的积极参加者。他们在为期不长的时间内,实行了罢宫市、免进奉、释放宫廷教坊女乐、惩办贪官污吏等一系列进步措施。但很快遭到旧势力的反攻,受到残酷的政治迫害,柳宗元也被贬为永州司马了。十年后改为柳州刺史,后死于柳州。有《柳河东集》。

柳宗元是善用意象来表情达意的诗人,如他的《江雪》:

千山鸟飞绝,万径人踪灭。
孤舟蓑笠翁,独钓寒江雪。

这首诗写于诗人被贬永州时,诗中有意创造了一幅寒江独钓的意象图,借以说出心中要说的话。前两句寒天雪地的极端景象,象征了自己所处政治环境的严酷;后两句不畏严寒、独钓寒江的蓑笠翁,正是诗人孤傲不屈、孤军抗争精神的自我写照,客观之象与主观之意已完全浑化交融,达到出神入化的妙境。诗中一个"绝",一个"灭",表现出环境极度的清冷寂寥;一个"寒",一个"雪",更给这清冷寂寥之境增添了浓郁的严寒肃杀之气。这里有冷,也有峭,是峭中含冷,冷以见峭,二者的高度结合,形成了迥异流俗、一尘不染的冷峭格调和诗境,而柳宗元那忧愤、寂寞、孤直、激切的心性情怀,正通过这冷峭格调和诗境表现出来,闪现着一种深沉凝重而又孤傲高洁的生命情调。诗歌在艺术手法上构思巧妙,动静相成,虚实相生,意境高远。

三、杜牧的诗歌

杜牧(803—853),唐代文学家,字牧之,京兆万年(今陕西西安)人。26岁中进士,因秉性耿直,被人排挤,做了10年幕僚,生活很不得意。36岁迁为京官,后受宰相李德裕排挤,出为黄州(今属湖北)、池州(今属安徽)刺史。李德裕失势,内调为司勋员外郎,官终中书舍人。

杜牧诗歌与李商隐齐名,并称"小李杜"。他作诗重视思想内容,有些作品表现出爱国忧民的思想感情，以及诗人自己的理想和抱负。其咏史诗很著名，大体有两种倾向：一是借历史题材讽刺时政，如《过华清宫》三绝句；二是具有明显的史论特点，如《赤壁》。

杜牧也是善用意象的高手。他的诗歌通常经过意象的精心选取来表达自己内心的感情。如他的时事政治诗，通过意象的选取或委婉或直接地抒发了自己对时事政治的看法。例如，《早雁》：

金河秋半虏弦开，云外惊飞四散哀。
仙掌月明孤影过，长门灯暗数声来。
须知胡骑纷纷在，岂逐春风一一回？
莫厌潇湘少人处，水多菰米岸莓苔。

这首诗运用比兴的手法，以早雁的惊飞四散南逃潇湘为喻，反映了北方人民因回鹘入侵而避乱南逃的苦难生活。诗中句句写雁，处处喻人，婉曲细腻而寓慨遥深。特别是“仙掌”一联，写的是雁过长安，孤苦冷寂；喻的是流民四散，朝廷冷漠，写出诗人忧愤之深广，表达了对流民有家而不能归的悲惨处境的深切同情。诗歌最后指出了大雁的归宿，诗人表面上是对大雁说在潇湘处的水中泽畔长满了菰米莓苔，可当食料，不妨暂时安居下来，实际上则是在无可奈何中发出的劝慰与嘱咐，更深层地表现了对流亡者的深情体贴。

杜牧的写景抒情诗更是通过意象来抒发自己对古今的所思所想，可谓借古托今，如《泊秦淮》：

烟笼寒水月笼沙，夜泊秦淮近酒家。
商女不知亡国恨，隔江犹唱《后庭花》。

“烟”“水”“月”“沙”这几个意象由两个“笼”字联系起来，夜色中飘荡的《玉树后庭花》的歌声，融合成一幅朦胧悠淡的水色夜景。后两句以古刺今，表现了对国家命运的忧虑。全诗色调素淡、声情轻柔、讽刺辛辣、寄慨遥深。“犹唱”二字将历史、现实巧妙地联为一体，伤时之痛，委婉深沉。

又如《秋夕》：

银烛秋光冷画屏，轻罗小扇扑流萤。
天阶夜色凉如水，卧看牵牛织女星。

这是一首宫怨诗，但通篇并未出现“宫”“怨”等字样，而是匠心独运，借助两个场景、两个动作，形象含蓄地表达出来。故而深沉含蕴、耐人寻味，显示了诗人善于以意象来表现情思的艺术造诣。

四、李商隐的诗歌

李商隐(813—858),字义山,号玉溪生,祖籍怀州河内(今河南沁阳),后迁居郑州(今属河南)。青少年时代曾受知于天平军节度使令狐楚,开成年间为泾原节度使王茂元辟为幕僚,并入赘王家,遂为牛李党争连累,一生蹭蹬,以游幕生涯为主,有《李义山诗集》,李商隐诗有浓厚的感伤情绪,习惯于向以自己为中心的内心世界取材。

他早年失恋,中年丧妻,一生中屡屡因为情爱而痛苦。这样的生活遭际,养成了他忧郁感伤的性格,多愁善感,对他的诗歌创作产生了很大的影响。李商隐的诗歌可分为三类。第一类是政治诗,李商隐是一个关心现实政治的诗人,他写了很多政治诗,约占存诗的六分之一。有的直接表达自己的政治见解,如《有感》(二首)和《重有感》(三首),就是直接反映太和九年"甘露之变"的。有些政治诗是以咏史的形式出现的,如《隋宫》。第二类是感怀诗,李商隐怀抱壮志,但难以施展。因此,他的感怀诗主要抒发自己壮志难申的忧闷。如《安定城楼》:"欲回天地入扁舟,猜意鹓雏竟未休。"由于政治上的失意,他的感怀诗多以感叹个人沦落为主要内容,如《登乐游原》。第三类是爱情诗,在李商隐的诗中,这一类诗最为后人传颂,他的爱情诗一般都是以"无题"为题,也有截取开头二字为题的,称为"准无题"。

李商隐继承了杜甫七律锤炼严谨、抑扬顿挫的特色,又融汇了齐梁诗歌的秾艳色彩以及李贺诗的幻想象征手法,形成了深情绵邈、绮丽精工的独特的艺术风格。李商隐是意象诗大家,常借助一些意象当作情感的载体,从而让作品呈现出意象朦胧、含义深远的特点。如《锦瑟》:

锦瑟无端五十弦,一弦一柱思华年。
庄生晓梦迷蝴蝶,望帝春心托杜鹃。
沧海月明珠有泪,蓝田日暖玉生烟。
此情可待成追忆,只是当时已惘然。

对于本篇的主题,历来众说纷纭,有"爱情""悼亡""音乐"等。从诗意来揣摩,认为是自伤身世的说法还是占主流。首联以锦瑟起兴,引起对"华年"的追忆,有无限伤感之意。第三、四句以庄周和杜宇的典故比喻自己道路坎坷,往事如梦幻一般。所遭遇的不幸,无处倾诉,只好如望帝托杜鹃诉说春心,自己托诗篇诉说不幸。第五、六句更以怀才见弃、理想破灭的切身感受,抒发难言的隐痛。最后两句慨叹一生遭遇,怅惘失意,心潮难平。全诗运用比喻和象征，情意含蓄，感慨深长。诗人在中间两联借用多种意象来概括自己的生平，其意象具有多意性，因而后人对其理解多有分歧。

又如《嫦娥》：

云母屏风烛影深，长河渐落晓星沉。
嫦娥应悔偷灵药，碧海青天夜夜心。

这首诗题为“嫦娥”，实际上抒写的是处境孤寂的主人公对于环境的感受和心灵独白。诗人通过想象的手法，表达了一种孤清凄冷的情怀和不堪忍受寂寞包围的意绪。前两句描绘主人公的环境和永夜不寐的情景。烛光黯淡，云母屏风上的暗影，越发显出居室的空寂清冷，透露出主人公在长夜独坐中黯然的心境。“烛影深”“长河落”“晓星沉”，表明时间已到将晓未晓之际，一个“渐”字，暗示了时间的推移流逝。在这样的情境之下，孤居广寒宫殿、寂寞无伴的嫦娥，应该会后悔当初偷吃了灵药吧，现在只有那青天碧海夜夜陪伴着她一颗孤独的心。尽管诗人没有对主人公的心理作任何直接的抒写刻画，但借助于环境氛围的渲染，主人公的孤清凄冷情怀和不堪忍受寂寞包围的意绪却能让读者感同身受。

总的来说，李商隐善于使用意象曲折抒情，含蓄构境，创造了诗歌的朦胧情思与朦胧境界，扩大了诗的感情容量，提供了诗的一种更细腻更复杂的表现方法。

第七章　北宋诗歌发展研究

在中国文学史上，宋代文学是继灿烂辉煌的唐代文学之后的又一座艺术高峰。任何一个时代的文学，都无法离开整个文学史发展的连续性，特别是与之相邻的前代之间的连续性。宋代传统的文学样式，还是以诗、文、词为主，其中虽然宋词在这一时期崛起，成为与唐诗并立的一个文学样式，难免削减了人们对宋诗的印象，但实际上，宋代尤其是北宋的诗歌也取得了不小的成就。正如诗人蒋士铨所提出的那样："唐宋皆伟人，各成一代诗。"(《辩诗》)在北宋诗人面前，唐诗就像一座巍峨的高峰，成为难以回避和超越的文化背景，在这种情况下，北宋诗人另辟蹊径，打着"宗杜""尊韩"的旗帜，以理性思索为基础，往往通过逻辑思维对现实生活进行解剖，从而使北宋诗歌呈现出与唐代诗歌不同的面貌，正如当代一些学者所分析的那样："唐诗以韵胜，故浑雅，而贵蕴藉空灵；宋诗以意胜，故精能，而贵深析透辟。唐诗之美在情辞，故丰腴；宋诗之美在气骨，故瘦劲。"①

第一节　北宋诗歌的创作特点

959年，后周世宗柴荣病死，年幼继位的恭帝难以把持局势，朝政大权落入赵匡胤的手中。960年，赵匡胤陈桥兵变，代后周而立，建立了北宋王朝，逐步铲除了割据势力，五代十国的混乱局面得以结束。社会经济逐步复苏兴盛，城市经济尤其得到高度的发展，社会保持了相对的稳定。赵匡胤继位后，吸取自己掌权夺位的经验教训，主张以文治国，因此北宋历朝政策向文治方向倾斜，右文抑武，优渥士大夫，实行开明的文化政策。五代时学校教育废弛，从宋太祖开始注意兴办学校，北宋历朝都比较重视教育。《宋史·职官志七》载："庆历四年，诏诸路州、军、监各令立学，学者二百人以上，许更置县学，自是州郡无不有学。"苏轼《南安军学记》说："朝廷自庆历、熙宁、绍圣以来，三致意于学矣，虽荒服郡县必有学。"全国各地形成了不同层次的学校网络，教育普及，文化高涨，文人辈出。这就为北宋诗歌的发展奠

---

① 马积高，黄钧. 中国古代文学史(中)[M]. 北京：人民文学出版社，2009：325.

定了良好的基础。

北宋诗歌继承唐代诗歌的优良传统，不断开拓、创新，取得了很高的成就，主要标志是：第一，诗人辈出。梅尧臣、欧阳修、苏舜钦、王安石、黄庭坚等，都在中国诗歌史上占有重要地位。苏轼更是与唐代李白、杜甫、白居易等先后辉映的伟大诗人。第二，诗作颇多。流传至今的北宋诗作，数量颇多，其中还有大量可以与唐诗媲美，如苏轼的《水调歌头》《江城子》等。第三，诗歌内容、风格都有新的拓展。就思想内容而言，北宋在反映民生疾苦、揭露社会黑暗与表现统治阶级内部政治斗争等方面都较唐诗有新的开拓；在民族矛盾异常复杂、尖锐的历史背景下，北宋诗歌所抒发的爱国主义感情也比唐诗更炽热、更深沉。例如，王昌龄的《从军行》中的"黄沙百战穿金甲，不破楼兰终不还"表现将士为捍卫家国的安全，置个人利益于不顾，一心奋战到底的决心，到了北宋变成了苏舜钦《庆州败》中的"酣觞大嚼乃事业，何尝识会兵之机"，沉郁之情油然而生。

至于诗歌的特色，北宋诗歌首先表现出很强的以文为诗的特点，即用古代散文的章法写诗，像散文那样在诗中说理、议论。诗歌是韵文，而且以抒情为主。唐以前的诗歌，以文为诗的现象虽然也有，但没有形成一个时代的风尚，也没有形成某个作家的创作特色。到唐代，以文为诗的现象在前代的基础上有所发展。大诗人杜甫，其诗"散语可见"（刘辰翁《须溪集》卷六《赵仲仁诗序》）；古文家韩愈，以文为诗已自成特色；晚唐的杜牧、李商隐也好于诗中发议论。但是，这一切在唐代诗坛并没有引起大的反响，更谈不上能够改变唐代诗风。就是像韩愈那样的作家，人们也只恭维他的散文，而对于他的诗则另眼相看了。

到了北宋，情况发生了变化，古文家欧阳修不仅推尊韩文，而且学习韩诗。明确地说，主要是学习韩愈的以文为诗：如他的《飞盖桥玩月》一诗，其中就用了"与、乃、于、其、所、夫、之、岂、而、唯"等虚字，也用了散文的句法，很像一篇押韵的散文。其他的如《重读〈徂徕集〉》，滔滔议论，为石介鸣冤纾忿，好似一篇政论文。欧阳修在政界、文坛具有特殊的地位，他的积极倡导和创作实践带动了不少文人的以文为诗实践。清人叶燮指出："韩愈为唐诗之一大变。其力大，其思雄，崛起特为鼻祖。宋之苏（舜钦）、梅（尧臣）、欧（阳修）、苏（轼）、王（安石）、黄（庭坚），皆愈为之发其端，可谓极盛。"（《原诗・内篇》）这么多著名诗人学韩愈，以文为诗也就成了北宋诗坛一股强大的潮流。这样，北宋诗歌与唐诗不同的特色形成了。清人赵翼曾指出："以文为诗，自昌黎始，至东坡益大放厥词，别开生面，成一代之大观。"（《瓯北诗话》卷五）这样的概括是较为恰当的。

北宋诗歌还有一个突出的特点，就是具有很强的内倾性，即诗人创作转向对自我心灵的发掘。一个人在意气风发和消沉低落时的表现不同,文学尤其是作为正统文学显著代表的诗歌在不同时代的表现也不同。每当开基建业或承平盛世,常常洋溢着一种粗犷开放的进取气氛;而当衰微离乱走向下坡的阶段,则衰飒、退避、收缩、沉闷的情怀,往往成为一种普遍的心理趋向。就北宋诗歌来说,北宋是一个先天不足、后天贫弱的王朝,北宋中叶以后,内外矛盾突出,国步艰厄,政局变幻,士大夫知识分子感到功业难遂、仕路崎岖、前程暗淡,不少人由进取转向退避,虽出仕而心向隐沦,乃至以出为处,实行所谓"朝隐",如白居易所云:"大隐住朝市,小隐入丘樊。"(《中隐》)他们身在朝市,心向林泉,韬光晦迹,随缘任天,和光同尘,淡泊无求,立功建业的壮志为悠游恬静的情趣所化解。对比一下北宋初、中期的文人心态,可以明显地看出这种变化。例如,柳开仰慕韩柳为文,因名肩愈,字绍先,既而改名为开,志在"开圣道之途"(《宋史·柳开传》),可见他很想有所建树,重振儒学。初期不少文人都有一定的振作时风的使命感,北宋中叶有了变化。元丰末年陈师道遇到秦观,秦观曾向他倾诉个人心态的变化。秦观少年像杜牧一样志强气盛,好大见奇,"谓功誉可立致,而天下无难事",中年慕马少游之为人,于是改字少游。马少游是中国古代韬晦型人物的典型代表,他曾说:"士生一世,但取衣食裁足,乘下泽车,御款段马,为郡掾吏,守坟墓,乡里称善人,斯可矣。致求盈余,但自苦耳。"(《北堂书钞》卷一三九引《东观汉记》)秦观后来倾慕马少游的为人,这反映了其人生价值观取向从早期的积极进取转向韬光养晦。陈师道对秦观淡恬事功的心态不表赞同,激励他说:"以子之才,虽不效于世,世不舍子,余意子终有万里行也。"而谈到他个人的志趣,则说:"如余之愚,莫宜于世,乃当守丘墓,保田里,力农以奉公上,谨身以训闾巷。"(《后山居士文集》卷一六《秦少游字序》)陈师道的这种心态在当时带有普遍性。当时不少文人都有超尘避世的倾向,由于文士诗人以这种心境观照人世,故而诗作较少直面现实,干预政治,而较多地抒写自我,吟咏性灵,寄情山水,寓意鱼虫,描写细小的日常生活情趣,体现道德的自我完善。

第二节　平易浅显,清雅闲适:白体诗

北宋初年,在"杯酒释兵权"、重文轻武、优待文士的政治背景下,《宋史·文苑传序》对此有着这样的描述:"艺祖(赵匡胤)革命,首用文吏而夺武臣之权。宋之尚文,端本乎此。太宗、真宗,其在藩邸,已有好学之名;及其即位,弥文日增。自时厥后,子孙相承,上之为人君者,无不典学;下之为人

臣者，自宰相以至令录，无不擢科。海内文士彬彬辈出焉。”为了颂扬圣明和粉饰太平，赵宋王朝有意提倡应酬赠答的诗赋。特别是太宗，常常舞文弄墨，附庸风雅，每逢庆赏、宴会，便宣示御制诗篇，令大臣们唱和。所以宋初文坛盛行的是唱和诗，而白居易的元和体便成了时流学习的榜样。众所周知，白居易一生的诗友前半期是元稹，后半期是刘禹锡。他们曾写过许多唱和诗，次韵相酬，编纂成集。元稹《白氏长庆集序》说：“予始与乐天同校秘书之名，多以诗章相赠答。会予谴掾江陵，乐天犹在翰林，寄予百韵律诗及杂体，前后数十章。是后各佐江、通，复相酬寄。巴蜀、江楚间洎长安中少年，递相仿效，竞作新词，自谓为元和体诗，而乐天《秦中吟》《贺雨》《讽喻》《闲适》等篇，时人罕能知者。”就这样，宋初的文人在乐享太平与安闲的氛围下，兴起了仿效白居易闲适诗和平易浅显的诗风，并以白居易晚年与刘禹锡唱和诗为模板，相互唱和并编集，形成了颇具规模的白体诗派。白体诗派的代表人物有李昉、徐铉、王禹偁、王奇、徐锴等，以王禹偁的成就最高。

王禹偁(954—1001)，字元之，济州钜野(今山东巨野)人。太平兴国八年(983)进士，历任右拾遗、左司谏、知制诰、翰林学士。他敢于直言讽谏，因此屡受贬谪。咸平四年(1001)病死在蕲州。

《蔡宽夫诗话》在论宋初诗风时说：“国初沿袭五代之余，士大夫皆宗白乐天诗，故王黄州主盟一时。”[①]足见王禹偁在宋初白体诗人中的突出地位。他继承宋初白体闲适诗风并赋予新的时代与个人特质，同时，将宋初以来的讽喻“细流”汇聚成河，并由白居易直追杜甫，为宋诗的发展指引了方向。正因如此，清人吴之振说他“独开有宋风气”[②]，此言实为不虚。

王禹偁不满唐末五代以来的纤丽华靡文风，认为晚唐咸通(唐懿宗年号，860—874)之后的文学“不足征也”；其《五哀诗》云：“文自咸通后，流散不复雅。因仍历五代，秉笔多艳冶。”王禹偁以振兴赵宋文运为己任，致力于扫除晚唐五代旧习，建立起理想的文学规范。为实现既定目标，他在一系列的诗文论中，详细阐述了自己的文学革新主张，即“文以传道”，为了使文章达到“传道而明心”的目的，王禹偁特别推崇“易道易晓”的文风，反对“语迂而艰，义昧而奥”的弊病。为此，他专门提出“远师六经，近师吏部，使句之易道，义之易晓”的创作准则，要求形式恰当地为表达内容服务，从而使文章明白通畅、平易近人。需要指出的是，所谓“句之易道，义之易晓”，不是一般的浅近通俗，而是要“辅之以学，助之以气”，必须经过学习锻炼，是在更高的层次上对平易自然的回归。白居易的浅晓诗风便成为王禹偁学习的对象。

---

① 郭绍虞. 宋诗话辑佚[M]. 北京：中华书局，1980：398.

② 吴之振，等. 宋诗钞・小畜集钞序[M]. 北京：中华书局，1986：13.

王禹偁自幼就喜读白居易的诗。他早年对白诗喜爱的侧重面与当时许多从事白体的诗人是相同的。他在30岁中进士后，初授成武县主簿，次年改知长洲县。他是一位关心人民疾苦和有所作为的官吏，《吾志》诗中曾自我表白地说："吾生非不辰，吾志复不卑。致君望尧舜，学业根孔姬。"表达了从儒家经典中继承得来的政治抱负。在《和屯田杨郎中同年留别之什》中又说"许国丹诚皎日悬"，透露了赤心报国的远大志向。太宗端拱元年(988)，他被召赴京，任右拾遗、直史馆，当即向皇帝献《端拱箴》"以寓规讽"。其间，除了上述关心民生的诗歌之外，王禹偁还创作了不少唱酬制作，如节日应制诗作《七夕应制》："斜汉横空瑞气浮，桥边乌鹊待牵牛。长生殿冷时无事，乞巧楼多岁有秋。菡萏晚花清露湿，婵娟新月暮烟收。华封祷祝华胥梦，准道神仙不可求。"歌颂祥瑞的诗作《甘露降太一宫诗》："甘露霭长空，垂休太一宫。瑞光经日在，圣德与天通。如醴沾衣白，凝脂间叶红。淋漓滴层汉，顾眄骇重瞳。五色名难比，三危味莫同。只应书信史，千古仰玄功。"

在应酬诗歌的创作中，王禹偁也坚持了诗歌语言浅显易懂的文风，他以唱酬诗表现自身闲适心态，语言力求浅易平俗，实为与其他白体诗人相似之处。但是，王禹偁的才识毕竟高人一筹，自然不能与一般的白体诗人等量齐观。即便是应酬之作，也时有佳构。诸如对仗、措辞、用韵、谋篇等艺术技巧，大都超越流俗，表现出自己的独到之处。如《除夜寄罗评事同年》(其一)：

岁暮洞庭山，知君思浩然。
年侵晓色尽，人枕夜涛眠。
移棹灯摇浪，开窗雪满天。
无因一乘兴，同醉太湖船。

全诗意脉流贯，情韵清雅，神完气足；造语精警，颇具孟浩然田园诗之风情雅致。清人贺裳评王禹偁诗云："王元之秀韵天成……虽学乐天，然得其清，不堕其俗"，对于上述诗例来说，这评价算是较为允当的。但深入分析，王禹偁的此类诗作，其风格非仅止于白体，实已跨越白体，直追盛唐风范。

王禹偁诗风的转变，发生在淳化二年至四年(991—993)谪居商州期间。这一时期，是他政治生涯中的第一次挫折，同时也是他的诗歌创作发生重大变化，创作活力空前旺盛，成就最高的时期。初到商州，由于仕途失意，诗人借吟诗酬唱以作排遣，并与友人互为慰藉，因此创作了数量更多的唱和诗。但这时唱和诗中的情调已发生了重要改变。如果说其商州之前的唱和诗主要是用作互相娱乐乃至图谋进身的需要，那么其商州以后的唱和诗则主要用作互相慰藉乃至郁闷情感的排遣了。例如《岁暮感怀贻冯同年中允二首》："谪居京信断，岁暮更凄凉。郡僻青山合，官闲白日长。烧烟侵寺舍，林雪照街坊。为有迁莺侣，诗情不敢忘。"颔联虽有寄情"青山""白日"之意，但前有"信断""凄凉"，后有"烟侵""雪照"，已构定了成全孤寂凄冷的氛围和情调。又如《得昭文李学士书报以二绝》："左宦寂寥惟上洛，穷愁依约似长沙。乐天诗什虽堪读，奈有春深迁客家。"在这首诗中，"寂寥""穷愁"已饱含幽忧，"春深迁客"更见怨愤，读"乐天"之诗与似"长沙"之境虽有白体唱和诗在失意境况中的慰藉作用，但"虽堪读"与"奈有"二词又显露出白体唱和诗与诗人当时心理状态的不协调性。这首诗体现了王禹偁由仿效白居易晚年唱和诗转而学习白居易早年讽喻诗的变化迹象。

王禹偁学习白居易不仅表现在艺术上，也表现在他对待现实生活的态度上。在他的《小畜集》并外集所存的580余首诗中，反映的社会生活面较广。有关怀、同情人民疾苦的政治诗，抒写郁愤的谪居诗，流连风光的景物诗，官场应酬的赠和诗等。其中政治诗价值较高，充分体现了他对国家和人民的高度责任感，如其在淳化三年(992)所作的《感流亡》：

谪居岁云暮，晨起厨无烟。赖有可爱日，悬在南荣边。
高春已数丈，和暖如春天。门临商於路，有客憩檐前。
老翁与病妪，头鬓皆皤然。呱呱三儿泣，惸惸一夫鳏。
道粮无斗粟，路费无百钱。聚头未有食，颜色颇饥寒。
试问何许人，答云家长安。去年关辅旱，逐熟入穰川。
妇死埋异乡，客贫思故园。故园虽孔迩，秦岭隔蓝关。
山深号六里，路峻名七盘。襁负且乞丐，冻馁复险艰。
唯愁大雨雪，僵死山谷间。我闻斯人语，倚户独长叹。
尔为流亡客，我为冗散官。左宦无俸禄，奉亲乏甘鲜。
因思筮仕来，倏忽过十年。峨冠蠹黔首，旅进长素餐。
文翰皆徒尔，放逐固宜然。家贫与亲老，睹翁聊自宽。

淳化二年(991)陕西干旱成灾。百姓多转徙他乡(《续资治通鉴长编》卷三十二、三十四)。诗中有"去年关辅旱"句，故此诗当作于淳化三年。王禹偁贬商州后对社会的现实、百姓的苦难增进了了解，其诗歌的题材亦拓宽了许多。这首诗描写了一家祖孙三代因灾荒而流落商州的悲惨遭遇。特别是诗人联系到自己，"尔为流亡客，我为冗散官"，当初诗人在谪往商州的途中也曾携儿带女，备极艰苦。推己及人，故诗人对流亡的百姓深表同情。在诗中他既咏写民瘼，亦自伤自叹，两者紧密结合，故更显得真切感人。

王禹偁虽然诗学白居易，却没有全然局限于白体范围之内，而是善于兼融众家之长，其在"年年憔悴在京师"时所作《赠朱严》诗中就有"谁怜所好还同我,韩柳文章李杜诗”之句,可见其早年即已兼学李杜韩柳;在淳化四年谪居后所作《寄题陕府南溪兼简孙何兄弟》诗中亦有“篇章取李杜,讲贯本姬孔,古文阅韩柳,特策开晁董”云云,尤可见其思想的一贯性。

第三节　清瘦野逸,冲淡闲雅:晚唐体诗

以王禹偁为代表的白体诗风在宋初诗坛一度轰轰烈烈,广为流行。但是,随着王禹偁的辞世,白体诗风很快转入消歇状态。究其原因,一方面是由于王禹偁“为文著书,多涉规讽,以是颇为流俗所不容”(朱熹《五朝名臣言行录》卷九),因此他的文学主张在当时并没有得到很多人的响应。在“谁怜所好还同我”句中,即表露出知音难遇的感慨心情;另一方面,一般白体诗人在效法白居易的过程中,由于器识、学养、审美心理等因素的影响,其创作本身往往容易流入滑俗的泥坑,从而使诗歌的艺术性大为减弱,这一点在白体末流中体现得尤为显著。然而,随着宋初政治趋于稳定,经济逐步繁荣以及文化事业的相应发展,文人的素养得到了进一步提高,其审美心态也发生了新变。人们已厌倦了过于浅俗流易的诗风,强烈呼唤新的艺术风格的出现,于是晚唐体逐渐兴起。

“晚唐体”诗人是指宋初模仿唐代贾岛、姚合诗风的一群诗人,由于宋人常常把贾、姚看成是晚唐诗人,所以名之为“晚唐体”。“晚唐体”诗人中最恪守贾、姚门径的是“九僧”,即希昼、保暹、文兆、行肇、简长、惟凤、惠崇、宇昭、怀古九位僧人,其中惠崇的成就比较突出。他们继承了贾岛、姚合反复推敲的苦吟精神,内容大多描绘清邃幽静的山林景色和枯寂淡泊的隐逸生活,内容单调贫乏,形式上重视五律,尤喜在五律的中间二联表现其镂句铢字的苦心孤诣。因此九僧诗中有警句而无佳篇。“晚唐体”的另一个诗人群体是潘阆、魏野、林逋等隐逸之士,其中以林逋最为有名。

一、惠崇的诗歌

惠崇(965—1017),福建建阳人,九僧之一。九僧是九位以诗名世的诗僧,其名始见于《六一诗话》,其中云:“国朝浮图,以诗名于世者九人,故时有集号《九僧诗》,今不复传矣。余少时闻人多称之。其一曰惠崇,余八人者,忘其名字也。”(何文焕《历代诗话》)后来司马光在元丰初发现《九僧诗集》,他在《温公续诗话》中载录了九僧诗名:“剑南希昼、金华保暹、南越文兆、天台行肇、沃州简长、贵城惟凤、淮南惠崇、江南宇昭、峨眉怀古也。”(何文焕

《历代诗话》）九僧中惠崇诗名较著，希昼称他“诗名在四方”（希昼《书惠崇师房》），方回亦云：“九僧之七惠崇，最为高者。”据朱弁说：“僧惠崇善画，人多宝其画而不知其能诗。宋子京以书托梵才大师编集其诗，则当有可传者，而人或未之见，恐虽编集而未大行于世耳。”（朱弁《风月堂诗话》卷下，《冷斋夜话·风月堂诗话·环溪诗话》）可知他的诗集曾经单独刊行，但终归影响不大，以至于失传。

在诗歌内容上，惠崇诗学晚唐，长于五律，讲究锤锻，喜写泉林雅趣。例如，《访杨云卿淮上别墅》：

地近得频到，相携向野亭。
河分冈势断，春入烧痕青。
望久人收钓，吟余鹤振翎。
不愁归路晚，明月上前汀。

诗写拜访友人杨云卿，两人在野外游春赏景。首联点题，由访友踏青发端，尾联以趁月晚归收结，中间两联写水陆景观，动静交织，主客融合。全诗下语简洁，景致幽美，情态闲适。颔联系取唐司空曙、刘长卿二人诗句合成，曾受人讥议。司马光《温公续诗话》云：惠崇诗，“其尤自负者有‘河分冈势断，春入烧痕青’。时人或有讥其犯古者”（何文焕《历代诗话》）。其实化用前人诗句，只要琢磨得体，并不违反诗坛常规。九僧诗神韵孤远，工于写景，着重锻炼中间两联，气韵多近似而变化较少。《九僧诗集》今已不存，某些诗作见于《瀛奎律髓》《宋诗纪事》诸书。

除诗歌以外，惠崇的画亦很有名气，苏轼曾作有《题惠崇〈春江晚景〉》，描摹其出色画艺，为人熟知。从葛立方的记载和苏轼的题画诗中，我们可以大致了解惠崇的生活情趣和人生态度，即十分喜好林泉雅趣，钟情于淡泊萧散的人生境界，其诗歌创作也与此基本同调。

二、潘阆的诗歌

潘阆（？—1009），字梦空，自号逍遥子，大名（今属河北）人，一说广陵（今江苏扬州）人，居杭州。太宗至道元年（995）召对，赐进士及第，为国子四门助教，寻以其狂妄，追还诏书。或云坐党与事，被追捕甚急，乃易服变姓名入中条山。李颀《古今诗话》说：“潘逍遥与许洞、钱易为友，狂放不羁。尝作诗云：‘散拽禅师来蹴踘，醉拖游女上秋千。’此其自序之实也。后坐卢多逊党，亡命，捕之甚急，乃易姓名为僧，入中条山。许洞赠诗曰：‘潘逍遥，平生才气如天高。仰天大笑无所惧，天公嗔尔口呶呶，罚教临老投补衲，归中条，我愿中条山神镇长在，驱雷逐电依前赶出这老怪。'后会赦，以四门助教招之，送信州安置。复舞于市，曰：'出砒霜，价钱可，赢得拨灰兼弄火，畅杀我。'以此士人不齿，放弃终身。"①

潘阆有《逍遥集》一卷传世，存诗70余首。虽然他作有一些如"蒿兰不并香，泾渭安同流。小人有千险，君子生百忧。名重圣主征，道光史册收。一鹗秋空飞，鸟雀徒啾啾"(《送王长洲禹偁伏阙》)这样的颇具白体风格的诗，但数量并不多。他的大部分诗作，还是晚唐体的，而且多言及自身的窘况，如"长喜诗无病，不忧家更贫"(《暮春漳川闲居书事》)，"土床安睡稳，纸被转身鸣"(《客舍作》)。谈及自己的苦吟，"发任茎茎白，诗须字字清"(《苦吟》)，"一卷诗成二十年，昼曾忘食夜忘眠。莫言不及相如赋，谁敢高吟汉帝前"(《书诗卷末》)，风格与贾岛相当接近。这或许与他对贾岛的推崇不无关系，其《忆贾浪仙》云："风雅道何玄，高吟忆浪仙。人虽终百岁，君合寿千年。骨已西埋蜀，魂应北入燕。不知天地内，谁为读遗篇。"敬佩之情，可见一斑。

三、魏野的诗歌

魏野(960—1019)，字仲先，号草堂居士，陕州(今河南陕县)人。为宋初著名隐逸之士，真宗闻名召见，不赴，卒赠著作郎。著有《草堂集》十卷及《东观集》。

魏野的诗作，有唐人风格，多有警句，格调清新，多为田园之作。尤其是描写陕州自然风光，引人入胜，清逸飘然，无市侩气，如其《送萧咨下第西归》："驴瘦懒加鞭，迟迟念独归。听鸡行晓月，叹雉过春山。渭入黄河浊，云归紫阁贤。明年公道在，莫便掩松关。"宋人评论魏野作诗"但平朴而常，不事虚语尔"。如其作《谢寇莱公见访》诗："惊回一觉游仙梦，村巷传呼宰相来。"祥符二年真宗东封取梁固为状元，四年祀后土于汾阴取张师德为状元，两人之父也是状元。魏野作贺诗云："封禅、汾阴连岁榜，状元俱是状元儿。"该诗句流传一时，为人称道。

魏野是一位深处岩穴、性格疏放的隐士，好写山林野趣，诗风清逸雅淡。其《书友人屋壁》云：

达人轻禄位，居处傍林泉。
洗砚鱼吞墨，烹茶鹤避烟。

---

① 郭绍虞.宋诗话辑佚[M].北京：中华书局，1980：146.

闲唯歌圣代，老不恨流年。
静想闲来者，还应我最偏。

诗借题壁赞扬隐士超拔势利、远离尘缘的高雅情怀，次联以精美的工对，写高人的生活细节，极见幽居雅兴。全诗笔致潇洒，语言简淡，充满冲淡闲静、悠游自得之趣。魏野确实是把功名利禄看淡看穿的人，有人写诗赠他说："怪得名称野，元来性不群。借冠来谒我，倒屣起迎君。"

魏野在隐居的过程中，受时风熏染，也表现出对诗歌唱酬的热衷。他不但与九僧、林逋等在野诗人诗词往来，抒发同好之乐，也与官场中人时有唱和。如他曾与益州知州薛田交游三十余年，薛田《东观集序》中记载此事："凡遇景遣兴，迭为酬唱，每筒递往还，则驰无远迩。"而他和寇准的交游酬唱，更被传为文坛佳话。据《古今诗话》记载：

寇莱公典陕日，与处士魏野同游僧寺，观览旧游，有留题处，公诗皆用碧纱笼之，至野诗则尘蒙其上。时从行官妓之慧黠者辄以红袖拂之。野顾公笑，因题诗云："世情冷暖由分别，何必区区较异同。但得常将红袖拂，也应胜似碧纱笼。"

这则文坛趣事，既反映了封建时代官尊民贱、文以人重的世态人情，也表明魏野的诗作还时而体现出某种幽默感和讽喻性，并没有完全遗落世情！

四、林逋的诗歌

林逋(968—1028)，字君复，杭州钱塘(今浙江杭州)人。少孤力学，生性恬淡，不求仕进。初游江淮间，后归隐杭州，结庐于西湖之孤山，相传二十年足不入市，以布衣终其生。天圣六年(1028)卒，仁宗赐谥号和靖先生。

林逋是宋代著名隐士，年轻时漫游江淮，四十余岁后隐居杭州西湖，结庐孤山。林逋种梅养鹤成癖，终身不娶，世称"梅妻鹤子"，所以他眼中的梅含波带情，笔下的梅更是引人入胜。他一生写了不少咏梅诗篇，其中最出名的一首就是《山园小梅》：

众芳摇落独暄妍，占尽风情向小园。
疏影横斜水清浅，暗香浮动月黄昏。
霜禽欲下先偷眼，粉蝶如知合断魂。
幸有微吟可相狎，不须檀板共金樽。

要为梅花写照传神,并不那么容易。这首诗的成功,在于善用映衬、烘托手法:首联用“众芳摇落”反衬梅花凌寒独秀,占尽风情;次联用“水清浅”“月黄昏”映衬梅花“疏影横斜”“暗香浮动”;三联用“霜禽”“粉蝶”从侧面烘托——霜禽被“暗香”吸引,正要飞下,先“偷眼”相看;“粉蝶”如果知道梅花比春天的群花更美,便会神往销魂,恨不生在冬天。尾联将自己与梅花关合,托物抒怀:高洁的梅花有我吟诗做伴,就很幸运;至于檀板金樽、歌舞饮宴的豪华场面,她是不需要的。这实际上也是用后者反衬前者。诗歌中,“疏影”“暗香”一联,被认为是咏梅的千古绝唱。欧阳修对此句的评价是:“前世咏梅者多矣,未有此句也。”辛弃疾在《念奴娇》中说道:“未须草草赋梅花,多少骚人词客。总被西湖林处士,不肯分留风月。”劝文人墨客不要轻易赋梅,因为林逋这两句诗已将梅花的风姿写绝了。宋人方回在《瀛奎律髓》说:“疏影、暗香之联,初以欧阳文忠公极赏之,天下无异辞。王晋卿尝谓此两句,杏与桃李皆可用也。苏东坡云‘可则可,但恐杏桃李不敢承当耳!’予谓彼杏桃李者,影能疏乎?香能暗乎?繁秾之花又与月黄昏、水清浅有何交涉?且横斜浮动四字,牢不可移。”方回所说十分正确,诗中情、景、人、花构成完美的艺术整体,不可替代。全诗之妙在于脱略花之形迹,着意写意传神,因而用侧面烘托的笔法,从各个角度渲染梅花清绝高洁的风骨,这种神韵其实就是诗人幽独清高、自甘淡泊的人格写照。此诗托物言志,寄托了诗人清雅孤高的情怀,所以苏轼在《书林逋诗后》说:“先生可是绝伦人,神清骨冷无俗尘。”

因为长年生活在山林之中,过着闲居的生活,林逋有尽可能充足的时间去细致地观察欣赏大自然的景物和身边的生活场景,故此,他能够从独特的视角出发,以细腻的笔触写出恬静清淡的情致。例如,《孤山寺端上人房写望》:

底处凭阑思渺然,孤山塔后阁西偏。
阴沉画轴林间寺,零落棋枰葑上田。
秋景有时飞独鸟,夕阳无事起寒烟。
迟留更爱吾庐近,只待重来看雪天。

诗人结庐孤山数十年,杭州的湖山胜景历经耳濡目染,是其诗作的主要材料和咏唱对象。孤山寺居高临下,山水佳景一览无余,此诗便写诗人由寺内端上人僧房眺望所得。全诗由“望”字发端,首先点明望的视点,然后依次展开画面:林间佛寺、棋盘葑田、秋空飞鸟、落日炊烟。这样一派幽寂萧散的景象,触发起诗人的思绪,结句即表达了诗人对他日欣赏湖山雪景的美好期待。整首诗作,处处显示出钱塘风物的鲜明特色,透露出诗人对它们的无比欣悦之情。类似的佳作还有许多,如《湖山小隐》《孤山雪中写望》等,均于写景状物中贯注着诗人愉悦自然、恬然自得的隐逸情趣,颇为论者称赏。

第四节　雄文博学,妍艳精警:西昆体诗

11世纪初,北宋建国已近半个世纪,历经太祖、太宗、真宗三朝。在四十多年的时间里,宋朝统治者励精图治,采取了一系列有益于王朝巩固的政策和措施,极力地促进政治的稳定,经济的增长和文化的发展。到了真宗中期,终于迎来了王朝高度繁荣的景象。尤其是在城市经济方面,比之历代王朝都有了长足的发展;同时,在整个社会范围内,也都形成了浓重的文化氛围。在王朝物质文化繁荣兴盛的基础上,统治者醉心于太平生活,大力提倡群臣以诗酒酬唱及优游享乐的生活方式,鼓励文学创作歌功颂德,歌咏升平,为王朝"盛治"加油鼓劲。而文化的繁荣与兴盛,社会整体文化氛围的营造成型,也使得广大文士的素养得到空前的提高;在此基础上,其审美意识和艺术趣味也伴随着经济生活水平的高涨而发生着重大变化,向着富丽堂皇的都市型审美意识靠拢和转变,这便为西昆体诗派的崛起奠定了社会文化基础。

宋真宗景德二年(1005),杨亿、王钦若等十几个御用文人,奉命编纂一部记载历代君臣事迹的巨著《册府元龟》。参加编书的人聚集在秘阁,这些人都很有才学,他们在编书之余结集一群诗人写诗唱和。三年之后,这些唱和诗被编辑成一个集子,杨亿为之作序,将他们修书和作诗的秘阁比喻为《穆天子传》中西方昆仑山上先王藏书的册府,并将这个集子命名为《西昆酬唱集》,"西昆体"故此得名。他们的诗歌宗法李商隐,追求辞藻华美,音节铿锵,又喜用典故,形成了一种共有的风格,为后来的学子效法,在当时产生了很大影响。《六一诗话》说:"自《西昆集》出,时人争效之,诗体一变。"

西昆体诗派的形成与白体诗派、晚唐体诗派不同,从开始便有较为明确的创作宗旨。杨亿在《西昆酬唱集序》中说:"予景德中,忝佐修书之任,得接群公之游。时今紫微钱君希圣,秘阁刘君子仪,并负懿文,尤精雅道,雕章丽句,脍炙人口。予得以游其墙藩而咨其模楷。二君成人之美,不我遐弃,博约诱掖,置之同声。因以历览遗编,研味前作,挹其芳润,发于希慕,更迭唱和,互相切劘。"而他们"历览"的"遗编","研味"的"前作",虽未明说,但从他们的诗篇及其他有关的言论来看,指的便是晚唐唯美诗人李商隐。在诗歌创作上,西昆诗人大多师法李商隐,片面追求李诗雕采巧丽的一面,却无其炽烈的情感和深刻的思想,故难以同李商隐诗歌相提并论。从这一层面来

说，西昆体是典型的馆阁体，它也是师法唐风的，只是师从的对象专在李商隐，企图以雕琢华靡、浮艳典丽取胜，这种风气作为晚唐五代以来浮靡文风的一个组成部分，本来就颇有势力，宋初虽遭到王禹偁、柳开等人的明确批判，但并未立即销声匿迹，总要寻找机会来顽强地表现自己。而白体的某些诗人由平易浅切而流入平庸芜陋，晚唐体的大部分作家又由小巧轻灵而堕入破碎，就更促使它再度兴起，再加上宋初社会正值升平时期，上自皇帝，正大力提倡优悠享乐的生活方式，提倡群臣以诗酒酬唱相娱，所以以馆阁酬唱形式出现的西昆体便堂而皇之地应运而生。可以说，它既是晚唐五代华靡文风的顺延，又是对反对它而未能成功的新诗潮的再反动。

杨亿、刘筠、钱惟演是西昆体的代表，由于他们的诗歌风格存在很大程度的相似性，这里以杨亿为例对西昆体的创作进行分析。

杨亿(974—1020)，字大年，建州浦城(今福建浦城)人。少聪颖有文才，年十一，太宗召试诗赋，援笔立就，深受赏识，被破格授予秘书省正字官衔。十九岁赐进士及第。直集贤院，迁著作佐郎。后历官左司谏、知制诰，拜工部侍郎、翰林学士，兼史馆修撰。曾参与修撰《太宗实录》《册府元龟》。杨亿天性颖悟，博闻强记，才思敏捷，为文格调雄健；个性耿介刚直，曾力阻真宗搞封禅活动，又喜奖掖后进，苏轼对其为人颇为敬重。卒赠礼部尚书，谥曰文。杨亿终生不离翰墨，著述甚多，今存作品除《西昆酬唱集》中所载诗作外，另有《武夷新集》二十卷传世。

杨亿作诗宗李商隐，讲究辞藻，不作枯脊语，以偶丽为工，好用事，以表现才学和工力，如《夜宴》一诗：

> 凉宵绮宴开，郾渌湛芳罍。鹤盖留飞舄，珠喉怨落梅。
> 薄云齐鬓腻，流雪楚腰回。巧笑倾城媚，雕章刻烛催。
> 盘空珠有泪，垆冷蕙成灰。巾角弹棋胜，琴心促轸哀。
> 醉罗惊梦枕，愁黛怯妆台。风细传疏漏，犹歌起夜来。

此诗乃咏唱诗人与同僚深夜起宴、恣意欢谑、尽兴方散的奢华生活。通篇贯穿着“绮宴”“芳罍”“鹤盖”“珠喉”“齐鬓”“楚腰”“醉罗”“愁黛”等华美的意象，给人一种富丽堂皇、美不胜收的心理冲击。这样的场景可以说是杨亿等西昆派诗人生活内容的真实写照。诗人着意描绘自己的生活场景，表现官场生活的优裕和豪奢，不论是主观上还是客观上，都起到了“吟咏情性，宣导王泽”的意图和作用，是其创作主张的一种自觉实践。与此诗同题之作尚有刘筠、钱惟演、钱惟济各一首，从内容来看，也是绮罗香泽、富艳清贵生活氛围的再现。这就反映了西昆派诗人相似的生活情趣和创作倾向。

作为一种诗体，西昆体和初唐的应诏、应制之作及内廷贵家的园林宴集之作有所不同。它并不一味地歌功颂德、铺陈华筵、流连风月，酬唱集中也有一些咏史、述怀等类型的诗作，体现出诗人的讽喻精神与内心世界的特定感受。例如，《南朝》：

五鼓端门漏滴稀，夜签声断翠华飞。
繁星晓埭闻鸡度，细雨春场射雉归。
步试金莲波溅袜，歌翻玉树涕沾衣。
龙盘王气终三百，犹得澄澜对敞扉。

此诗见于《西昆酬唱集》，在写法上仿效李商隐的同题之作，铺陈南朝三百年间帝王荒淫亡国的史实，暗含借古讽今之意，其创作上的最大特点是精于用典，将有关南朝的一系列历史典故巧妙地组织成诗，锻炼得十分工整。加之音节流转，辞采华丽，很能体现西昆体诗“取材博贴、练词精整”的特色。

总之，杨亿诗歌的艺术技巧是娴熟的，风格也是多样的。《四库全书总目》卷一六二称《武夷新集》提要云：“时际升平，春容典赡，无唐末五代衰飒之气。”清人刘熙载也说：“杨大年（即杨亿）、刘子仪（即刘筠）学李商隐为西昆体，格不最高，五代以来未能有其安雅。”尽管杨亿在宋代算不上最高级别的大诗人，也缺乏李商隐诗歌那种精巧与华丽，但他的诗歌干预生活表现生活所透散出的悲情真意却难能可贵；他的创作与探索为后来欧阳修领导的北宋诗文革新运动提供了极其宝贵的经验与借鉴，是宋诗发展过程中不可缺少的重要传承与铺垫。

第五节　平易流畅，意新语工：革新诗

北宋中期从仁宗到神宗统治的60余年间，是宋代社会经过宋初的休养生息，进入了发展时期。但是，各种社会矛盾仍然交错复杂。统治阶级内部一些有识之士为解决这些矛盾，巩固封建统治，纷纷起来进行政治革新。前有范仲淹、富弼、欧阳修的“庆历新政”，后有“王安石变法”。北宋中期的社会发展和改良浪潮，不能不冲击文学领域。在诗坛上，人们越来越看清了西昆体的弊病，对于西昆体在诗坛的不良影响越来越不满，许多人决心在诗歌创作上走自己的新路。梅尧臣、苏舜钦等人，沿着宋初诗人王禹偁所开创的道路前进。他们猛烈地批评西昆体的流弊，并以其诗歌理论和丰富的创作实践，揭开了北宋中期诗歌革新的序幕。在宋代的诗歌革新运动中，他们是前驱者。而将这个运动引向胜利的是文坛盟主欧阳修，他以其在政治上的

地位和在文坛的巨大影响,领导宋代诗文革新运动取得了辉煌胜利。文学上将这一批诗人都归入革新诗派的行列。

一、梅尧臣的诗歌

梅尧臣(1002—1060),字圣俞,宣城(今属安徽)人,人称"梅宛陵"。早有诗名,但应试不第,以恩荫补官,历任州县属官,一生仕途困顿,年近五十始赐同进士出身,晚年迁尚书都官员外郎。著有《宛陵先生集》,今有朱东润编注的《梅尧臣集编年校注》,存诗2800多首。

在宋诗风格形成的过程中,梅尧臣率先发声,苏舜钦与之呼应,他们反对意义空泛、语言晦涩的西昆体,发扬诗骚传统,成为宋诗史上最重要的两位作家。他们主要以诗歌创作名世,诗风互有异同,在文学史上人称"苏梅"。

梅尧臣的诗歌创作,初受西昆诗派影响,后诗学观念发生了变化。在《答韩三子华韩五持国韩六玉汝见赠述诗》中,他说:

圣人于诗言,曾不专其中。因事有所激,因物兴以通。
自下而磨上,是之谓国风。雅章及颂篇,刺美亦道同。
不独识鸟兽,而为文字工。屈原作离骚,自哀其志穷。
愤世嫉邪意,寄在草木虫。迩来道颇丧,有作皆言空。

此诗在理论上强调《诗经》《离骚》的传统,反对浮艳空泛、玩弄辞藻的诗歌风气,主张美刺精神。在艺术上,梅尧臣认为"诗家虽率意,而造语亦难。若意新语工,得前人所未道者,斯为善也。必能状难写之景,如在目前,含不尽之意,见于言外,然后为至矣"(欧阳修《六一诗话》)。他比较注重诗歌的形象性,感叹"文章制作比善塑"(《依韵酬永叔再示》)。

梅尧臣的诗歌创作是他诗歌主张的实现,早期就写了许多反映农民生活的作品,如《田家四时》《伤桑》《观理稼》《新茧》等。他的名篇《汝坟贫女》,通过一个贫家女子的哭诉,深刻反映了贫苦百姓的悲惨遭遇:

汝坟贫家女,行哭音凄怆。自言有老父,孤独无丁壮。
郡吏来何暴,官家不敢抗。督遣勿稽留,龙钟去携杖。
勤勤嘱四邻,幸愿相依傍。适闻闾里归,问讯疑犹强。
果然寒雨中,僵死壤河上。弱质无以托,横尸无以葬。
生女不如男,虽存何所当。拊膺呼苍天,生死将奈向。

这首诗作于仁宗康定元年(1040),当时梅尧臣任河南襄城县令。诗里通过汝河边上一位贫家女子的悲怆控诉,描述了征集乡兵致使贫民家破人亡的一个典型事例,反映宋仁宗时期人民在兵役中所遭受的苦难。全诗语言质朴,字字悲辛,纯用自诉口气,真挚感人。诗里写的,仅仅是在兵役中被折磨而死的一个实例,但这个事例,是成千成百事例中的一个,很有代表性。它道出了当年兵役过滥,使人民遭受苦难的悲惨实况。诗的小序说:"时再点弓手,老幼俱集,大雨甚寒,道死者百余人,自壤河至昆阳老牛陂,僵尸相继。"可见当时无辜的人民,未遭外患,先受内殃,所造成的社会悲剧何其惨痛。与之相似的,是其代表诗歌《田家语》:

谁道田家乐?春税秋未足!里胥扣我门,日夕苦煎促。
盛夏流潦多,白水高于屋。水既害我菽,蝗又食我粟。
前月诏书来,生齿复板录;三丁籍一壮,恶使操弓韣。
州符今又严,老吏持鞭朴;搜索稚与艾,唯存跛无目。
田闾敢怨嗟,父子各悲哭。南亩焉可事?买箭卖牛犊。
愁气变久雨,铛缶空无粥。盲跛不能耕,死亡在迟速。
我闻诚所惭,徒尔叨君禄;却咏"归去来",刈薪向深谷。

这首五言古诗反映了北宋田家生活的痛苦。仁宗康定元年(1040)六月,为了防御西夏,匆匆忙忙地下诏征集乡兵,加强戒备。而官吏们借此胡作非为,致使人民未遭外患,先遇内殃,上下愁怨,情景凄惨。诗人满含同情记录了田家的语言,是继杜甫、白居易等诗人之后产生的深刻地揭示民生疾苦的诗篇。结尾四句,是诗人听了田家语所兴的感慨,也是诗的第二部分。"我闻诚所惭,徒尔叨君禄。却咏'归去来',刈薪向深谷。"诗人是地方官,听完田家悲酸的诉说,感到内心的惭愧。自己身为县令,徒然受到从人民身上剥夺来的官俸的供养,却不能为人民解除忧患,拯民于水火之中,只好吟诵《归去来兮辞》,学陶渊明弃官归田,回到深山幽谷,刈点薪柴,自食其力。全诗朴质无华,感情深厚。白居易说:"文章合为时而著,歌诗合为事而作。"诗人为诗,正是继承了这样的光辉传统。他论诗以平淡自励,力挽北宋初期西昆体所形成的华而不实的诗风,对于转移诗坛风气,起了积极的作用。唐诗人韦应物《寄李儋元锡》诗说:"身多疾病思田里,邑有流亡愧俸钱。"诗人这首诗的结尾四句,和韦诗同样感人。

二、苏舜钦的诗歌

苏舜钦(1008—1048),字子美,梓州铜山(今四川中江)人,后迁居开封。

《宋史》本传说他“少慷慨有大志”。曾任县令、大理评事、集贤殿校理、监进奏院等职,“位虽卑,数上疏论朝廷大事,敢道人之所难言”。进奏院祠神,苏以售废纸得公钱办宴会。又因支持范仲淹的庆历革新,为守旧派弹劾,罢职闲居苏州,过着寄情山水的生活,但如梅尧臣所言,“其人虽憔悴,其志独昂昂”“何人同国耻,余愤落樽前”。复起为湖州长史,不久病故,享年四十一岁。有《苏学士文集》。

在论诗方面,苏舜钦对讲究声色辞藻的诗歌很反感,批评“以藻丽为胜”的文学风气,他在《石曼卿诗集序》中说:“诗之于时,盖亦大物”,所谓“大物”,即是指诗可以反映“风教之感,气俗之变”,统治者可以据此“弛张其务,以足其所思”,并由此达到“长治久安,弊乱无由而生”的目标,他还称赞石延年的诗能“警时鼓众”,具有警策感化人心的功用。这与梅尧臣强调诗歌关注与干预现实政治的论调较为接近。因此,他的诗歌关注现实问题,对民生疾苦怀有一种士大夫与生俱来的责任感,这种倾向在当时很难得。例如,《庆州败》描写的是北宋王朝败于西夏军队的一次战役,“国家防塞今有谁?官为承制乳臭儿”,通过对北宋军队惨遭战败的记叙,尖锐地批评了朝廷用人不当、防御松懈的弊端。《己卯冬大寒有感》,也以严厉的笔触指责军队中“罪者既稽诛,功者不见阅”的赏罚不明现象,并且还将矛头指向无视治军措施的权贵。《城南感怀呈永叔》《吴越大旱》则反映了民间因天灾人祸而出现的悲惨境况,流露出诗人沉痛的心情。

苏舜钦也写了一些写景的近体诗,虽然历来各种选本中他的作品并不多,但那首著名的《淮中晚泊犊头》却总是受到选家的青睐,诗云:

春阴垂野草青青,时有幽花一树明。
晚泊孤舟古祠下,满川风雨看潮生。

这首诗延续着他一贯的风格,但语言却更为凝练。这首小诗题为“晚泊犊头”,却另起一头,从日间的船行开始写起,后两句才点到了正题。起句看似不很起眼,但第二句一个“时”字,就带活了整个画面,仿佛花树在一片青草地中不时跳入诗人的视野。“幽”和“明”两个词相反相成,不但形容花的色,也形容光线的变化,不仅如此,除了视觉的感受外,“幽”和“明”同时也暗示了诗人心理感受的变化,这些微妙之处若非细细赏读是不能玩味出来的。全诗的情韵和韦应物的《滁州西涧》相似,但景物的描绘更加清幽细巧,足见宋人炼字的功夫。而诗人的内在体验和景物融合在一起,使诗歌的意脉流动曲折、肌理细密精微,这也是诗人在唐诗基础上形成的创作特色。

三、欧阳修的诗歌

欧阳修(1007—1072),字永叔,晚号六一居士,庐陵(今江西吉安)人。他比梅尧臣小五岁。天圣八年(1030)晏殊知贡举,二十二岁的欧阳修考中进士,被派充西京留守推官,时钱惟演任留守,幕府聚集众多文士,正如欧阳修在《书怀感事寄梅圣俞》中所咏:"幕府足文士,相公方好贤。"这时他有缘与梅尧臣、谢绛、富弼、尹洙等人结为诗友。后来他调京任职,成为范仲淹"庆历新政"的积极支持者。嘉祐初年他知礼部贡举,选拔了苏轼、苏辙、曾巩等一批出色的人才,用行政力量促进了文风改革,成为一代文章领袖,对北宋文坛产生了广泛的影响。欧阳修诗名不如其文,但在矫正昆体、变革诗风方面起了先导的作用。《欧阳文忠公集》存古近体诗 850 多首。

欧阳修是北宋诗文革新运动的领袖。他的诗文革新的理论与韩愈一脉相承,提出了一系列诗歌革新的理论主张。他在《诗本义·本末论》中说:"诗之作也,触事感物,文之以言,善者美之,恶者刺之。"要求诗歌传达人的情感,发挥讽喻劝诫作用。他特别强调诗歌要有真情实感,反对无病呻吟、闭门造车,并提出诗"穷而后工"的著名论点,认为困顿失意的人有满腔激愤之情要发泄,所以能写出好诗文。他主张诗歌的语言要平易自然,反对生硬怪僻。他很重视诗歌的艺术感染力,称赞韩愈的诗能"资谈笑,助谐谑,叙人情,状物态,一寓于诗,而曲尽其妙"(《六一诗话》)。在这一理论的引导下,欧阳修写诗重内容,讲气格,语言平易爽畅,风格流动潇洒,受李白、韩愈的影响较为显著,在"以文为诗"上为王安石、苏轼开了先路。其《戏答元珍》,就是以明畅如话的语言体现其耿介不随的性格,足以代表他的风格:

春风疑不到天涯,二月山城未见花。
残雪压枝犹有橘,冻雷惊笋欲抽芽。
夜闻归雁生乡思,病入新年感物华。
曾是洛阳花下客,野芳虽晚不须嗟!

这首诗是欧阳修贬官到夷陵时与好友丁宝臣的赠答诗。诗的首联就颇出人意料,看似是常见的写景铺垫,其实句意前后转折,首句设置悬念。仿佛破空而来,后句才有所交代,卑平无奇中暗藏波折,不但因果交代清楚,而且通过描写对春风的期待曲折地表达了诗人被贬之后的怅惘心情。首句点出地点、时令和料峭春寒气象,看似着笔平淡,却为后面写景抒怀的部分留出充分的余地,所以后人也说这首诗的首联"起得超妙"。

在革新诗风树立宋诗特色方面,欧阳修功不可没。他的《食糟民》《南獠》等，揭露社会黑暗，关心人民疾苦，深刻感人，以《食糟民》为例，这首诗大约作于庆历四年(1044)，那一年欧阳修奉命视察河东路，发现该处官府“将十五年积压损烂酒糟售配与人户，要清醋价钱”，对这种盘剥百姓的做法十分愤慨，曾向朝廷上《乞不配卖醋糟与人户札子》，请求明令禁止配卖(摊派)酒糟。从描写内容来看，本篇可能是与这篇札子同一时间所作。这是欧阳修政治题材诗中思想境界很高的一篇作品，它用对比的手法，揭露出当时社会的一桩极不合理的事实：官府把农民种出的糯米酿成美酒，实行专卖，供官吏和富人们享受，又赚了钱，而受灾的农民却连稀粥都喝不上，不得不向官府买回霉烂的酒糟来充饥。官吏们竟还认为这是对农民的恩典。作者用儒家的仁政思想来谴责官府，并深深地自责，流露了自己不能施展政治抱负的苦闷心绪和忧国忧民的高尚情怀。尤其是忧民爱民这一点，十分难能可贵，因而为后世的诗评家们所看重。比如宋人许颉《彦周诗话》就赞扬道：“欧阳文忠公《食糟民》诗，忠厚爱人，可为世训。”

欧阳修还有一部分诗作风格接近杜甫，写得沉郁顿挫、酣畅淋漓，将叙事、议论、抒情结为一体，如《重读〈徂徕集〉》《送杜岐公致仕》等作品，令人回味；另有一部分作品写得雄奇多变，气势豪迈，却更近于李白，如《庐山高赠同年刘中允归南康》等。

比起近体诗，欧阳修的古体诗更有特色和成就。他学韩愈，也学李白，并受到了梅尧臣的某些影响，因此后人以欧梅并称。其五古用韵变化较少，七古用韵多变，善于随着情感变化而调换韵脚，句型错落，常以五、七言交替，甚至插入九、十一、十三字长句或四、六字双音节句，以造成参差抑扬、富于情韵的效果。而鸿篇巨制，往往能融叙事、写景、咏物、抒情为一炉，与韩愈的手法相类似，如《明妃曲和王介甫作》(其一)，即是代表：

胡人以鞍马为家，射猎为俗，
泉甘草美无常处，鸟惊兽骇争驰逐。
谁将汉女嫁胡儿，风沙无情貌如玉。
身行不遇中国人，马上自作思归曲。
推手为琵却手琶，胡人共听亦咨嗟。
玉颜流落死天涯，琵琶却传来汉家。
汉宫争按新声谱，遗恨已深声更苦。
纤纤女手生洞房，学得琵琶不下堂。
不识黄云出塞路，岂知此声能断肠？

本诗与《再和明妃曲》《庐山高赠同年刘中允归南康》，同为欧阳修的平生得意之作。虽然创作题材是老的，且又是和唱之作，但作者能不落窠臼，力创新意，通过宫女不识琵琶“新声”来议论朝臣居安忘危，以小见大，理寓事中，从而使此诗成为表现昭君题材的又一佳作。琵琶入汉的细节描写，胡地生活和宫女弹奏的场景刻画，增强了作品的形象性和抒情性。

第六节　奇崛孤傲，凝练精美：荆公体诗

荆公体就是宋代诗人王安石的诗歌风格。北宋神宗熙宁初，王安石发起了以理财为中心的变法运动，引发了当时士大夫群体的纷纷论争，以王安石为代表的主张变法的新党和以司马光为代表的反对王安石新法的旧党同时产生，遂成著名的新旧党争。新旧党争大致经历了熙丰新政、元祐更化和绍圣以后的“绍述”三个发展阶段，历时半个多世纪之久。这场党争不仅对北宋中后期的政治，而且对熙宁以后的文学创作，都产生了深远的影响。王安石“荆公体”便是在这一社会背景下形成的。

王安石(1021—1086)，字介甫，号半山，封荆国公，世人又称王荆公。抚州临川(今江西东乡)人，北宋著名的政治家、文学家和诗人。王安石曾出任宰相，主导推动“熙宁变法”，是一位意志坚定的改革家，但同时也是一位诗人。他的诗歌重炼意，又重修辞。在用事、造语、炼字等方面煞费苦心，既新奇工巧又含蓄深婉。既体现了宋诗风貌的部分特征，又有向唐诗复归的倾向，对宋诗的发展影响较大，被称为荆公体。

王安石处于北宋积贫积弱、政治腐败、民生凋敝的时期，面对黑暗现实，他自觉继承了杜甫“忧国忧民”的现实主义精神与爱国主义情怀，而当我们细细咀嚼他的诗文时便可以体会到诗人那颗饱含热忱的赤子之心。王安石在江西喜好论辩的士风熏陶下，逐渐形成了孤高耿直的个性，这更激发了他不满现实、要求改革的强烈愿望，而“千门万户曈曈日，总把新桃换旧符”这种“主变求新”的革新思想不仅贯穿了他的政治生涯也贯穿了他的文学生涯。

在诗歌创作上，以罢相为界，王安石的诗歌创作可分为两个时期。前期，王安石犹如一只奔跑在幽暗政治森林中的雄狮，诗歌创作“不平则鸣”，揭露社会黑暗，反映民生疾苦，风格显得瘦硬雄直，继欧阳修、梅尧臣之后，进一步扫清了宋初的绮靡之风，为宋诗独树一帜的风格开辟做出了贡献。这一时期，王安石的诗歌学习杜甫关心时事、同情百姓疾苦的创作精神。诗歌中政治诗较多，反映面广，提出的问题也很尖锐，体现出王安石作为政治人物的情怀与抱负。如《感事》《河北民》《收盐》《省兵》等诗，仅从标题就可看出作者的创作倾向。除了政治诗，王安石前期还有大量的咏史

诗,如《贾生》:

一时谋议略施行,谁道君王薄贾生?
爵位自高言尽废,古来何啻万公卿?

前人咏贾谊,多同情其才高位卑的悲剧命运,此诗却不囿于前人成说,认为贾谊的政治主张多被朝廷采纳,贾谊虽然未能达到传统上人们认为的获得高官厚爵的成功,但其作为政治家的命运却远远超过那些显赫一时之人。王安石的《明妃曲》(二首)更是传诵一时的名作。

此外,在前期,王安石的诗歌长于说理,倾向性鲜明,新意迭出。例如,《明妃曲》(二首),这两首诗咏王昭君远嫁匈奴事。他一反传统怜悯昭君,归罪毛延寿的基调,大胆地把矛头直指汉元帝,为毛延寿鸣不平。并且劝慰昭君,远嫁匈奴或许并非坏事,"君不见咫尺长门闭阿娇,人生失意无南北","汉恩自浅胡自深,人生乐在相知心",只要能获知己,岂不比深锁冷宫要好。他的诗常常喜欢议论,尤其是他的绝句,颇具理趣,耐人寻味。当然,他有一部分诗写得理过于情,类乎押韵的哲学讲义。

王安石罢相之后,隐居江宁,忧愤万端,郁闷难泻,于是神通庄、禅以旷心,模范山水以寄情,讲究诗歌的韵味,追求诗歌的"化境",诗风因之大变,诗作也有"兴象之华妙",如堪称这类诗作代表之一的《江上》:

江北秋阴一半开,晚云含雨却低徊。
青山缭绕疑无路,忽见千帆隐映来。

这首七绝,犹似一幅清远淡雅的水墨画,历历展现了秋日暮江的奇丽景象,又切切表达出诗人遗落世事的恬淡心境,还隐隐寄寓着诗人的人生自信和社会展望;透过画面,似乎可见立于江舟极目远眺、神色宁静萧散、思绪飞越古今的诗人形象;短诗可谓景、情、理浑然一体,写得工致雅丽,表现蕴藉风流,令人一咏三叹、寻味无穷;后两句看似因景成像、随口吟得,却不仅在造语、音律上极为工巧雅致,而且富有诗意,饱含哲理,陆游《游山西村》中的名句"山重水复疑无路,柳暗花明又一村"即由此而生发。

在后期,王安石作诗十分讲究炼字,《泊船瓜洲》一诗就是典型代表:

京口瓜洲一水间,钟山只隔数重山。
春风又绿江南岸,明月何时照我还?

相传罢相之后,王安石于第二年春天,由汴京回南京看望妻儿,乘船要路过京口(今江苏镇江),到了隔江相望的瓜洲,王安石触景生情,提笔写下这首诗，只不过当时颈联是“春风又到江南岸”。写完后又觉得“春风又到江南岸”的“到”字太死，缺乏诗意，思索之后，提笔把“到”字圈去，改为“过”字。细想一下，“过”字虽比“到”字生动一些，但要用来表达自己想回金陵的急切之情，仍嫌不足。于是又圈去“过”字，改为“入”字、“满”字。这样改了十多次，王安石仍未找到自己最满意的字。最后他就走到船头，眺望江南，春风拂过，青草摇舞，麦浪起伏，显出无限生机。王安石精神一爽，终于找到了那个字——“绿”。一个“绿”字使全诗大为生色，全诗都活了。这个“绿”字就成了后人所说的“诗眼”。《泊船瓜洲》也一时轰动诗坛，传为绝唱。

当然，荆公体诗还有喜造硬语、押险韵、好议论的弊病。但总的来看，王安石以他独具一格的诗歌创作建立了宋诗一体。后来以黄庭坚为首的江西诗派以及杨万里的诚斋体等都不同程度地受到了他的影响。

第七节　雄放清逸，驰纵自如：东坡体诗

东坡体指宋代苏轼的诗歌风格。语见严羽《沧浪诗话·诗体》：“以人而论，则有……东坡体。”苏轼是北宋诗坛上的杰出诗人。他的题材广泛，内容丰富多彩，体裁完备，诗风奔放灵动，逸态横生，才思四溢，堪称别开生面，开一代风气。

苏轼（1037—1101），字子瞻，号东坡居士。眉山（今四川眉山）人。宋仁宗嘉祐二年（1057）进士，累官翰林学士。他在新旧党争中既不为新党所容，也不为旧党所用，而是在夹缝中生活。因此屡遭贬谪，一生很不得意。卒谥文忠。他是宋代颇有影响的文学家，诗、词、文及书画都有很大成就，是继欧阳修之后的文坛领袖。

苏轼的思想颇复杂，他深受佛老影响，但其思想主流仍然是儒家思想，具有儒家辅君治国、经世致用的政治理想。苏轼没有系统写过一部文艺理论专著，但在他的许多诗文、笔记、书信、序跋中，包含着丰富深刻的文艺思想，构成了完整的文艺思想体系。他十分重视文艺的社会功用，认为文章应“有意而言”。他不满足于形似，推崇在形似基础上的神似。他通过对王维、吴道子画的比较，对死水、活水，常形、常理的描绘和分析，充分阐述了他的神似理论。他强调真情，要“诗从肺腑出，出辄愁肺腑”（《苏东坡全集》）；反对为文造情，无病呻吟，其《南行前集叙》提倡“不能自已而作”；主张诗文应如行云流水，《答谢民师书》云：“常行于所当行，常止于所不可不止，文理自然，姿态横生”；强调要有言外之意，题外之旨，外枯中甘；《书黄子思诗集后》云：“发纤秾于简古，寄至味于淡泊”。

在文学创作上，苏轼一生的文学活动中，其投入精力最多的文体是诗歌。苏轼现存2700多首诗作，在博采众长的基础上，别开生面，成为宋诗的一大宗，代表着宋诗的最高成就。苏诗思想内容十分丰富，前人认为难以成诗料的题材，苏轼亦能作诗。嬉笑怒骂，皆为诗篇，大大拓展了诗歌表现的范围。一般来说，苏轼的诗歌大体上有以下几种类型。

第一，政治诗。苏轼是一位有理想、有抱负、立志为国为民干出一番事业的有志之士，正是这种政治理想，使他写出了许多关心民生疾苦和国家命运的诗篇。如《除夜大雪，留潍州，元日早晴，遂行，中途雪复作》描写北方遭旱灾农民的苦况："三年东方旱，逃户连欹栋。老农释耒叹，泪入饥肠痛。"《送黄师是赴两浙宪》描写南方遭受水灾百姓的困境："哀哉吴越人，久为江湖吞。官自倒帑廪，饱不及黎元。"《鱼蛮子》反映统治者以苛征重税盘剥百姓："人间行路难，踏地出赋租。"苏轼正直敢言，在诗中大胆针砭时弊，讽喻新法所带来的不利，如《山村五绝》(其三)反映青苗法和盐政在实际推行中产生的弊端："岂是闻韶解忘味，迩来三月食无盐。"《吴中田妇叹》则借田妇自述，反映了新法实施后钱荒米荒给人民带来的灾难。

在政治诗歌中，苏诗还有一些表达了他抗敌御侮，以身许国的志愿，如"千金买战马，百宝粧刀镮。何时逐汝去，与虏试周旋"《和子由苦寒见寄》)，"圣朝若用西凉簿，白羽犹能效一挥"(《祭常山回小猎》)。即使是被贬黄州，成为"放臣"，他也仍然为"种谔领兵深入，破杀西夏六万余人，获马五千匹"而"喜抃唱乐"，写下了《闻捷》《闻洮西捷报》等诗，欢呼边疆作战的胜利。更为可贵的是诗人在《获鬼章二十韵》中，以"藁街虚授首，东市偶全腰。困兽何须杀，遗雏或可招"，向统治者提出了战胜之后宽待敌酋，招抚余部的对外方略，显然比那种一味以武力压服异族的做法进步得多。

第二，理趣诗。苏轼是一个哲理诗人，善于从人生遭遇中总结经验，从极平常的生活和自然景物中挖掘深刻的哲思，著名的《题西林壁》即是。又如《和子由渑池怀旧》：

> 人生到处知何似？应似飞鸿踏雪泥。
> 泥上偶然留指爪，鸿飞那复计东西？
> 老僧已死成新塔，坏壁无由见旧题。
> 往日崎岖还记否？路长人困蹇驴嘶。

苏辙送兄苏轼远行，其送别诗中有"相携话别郑原上，共道长途怕雪泥"之句担忧兄长的远行，苏轼便以此为话题展开。诗歌一开始就发出感喟，有发人深思、引人入胜的作用，并挑起下联的议论。次联以"泥""鸿"领起。鸿爪留印属偶然，鸿飞东西乃自然。偶然故无常，人生如此，世事亦如此。巧妙的比喻，把人生看作漫长的征途，所到之处，诸如曾在渑池住宿、题壁之类，就像万里飞鸿偶然在雪泥上留下爪痕，接着就又飞走了；前程远大，这里并非终点。人生的遭遇既为偶然，则当以顺适自然的态度去对待。

苏轼的很多诗都深寓理趣。清人刘熙载在《艺概》中曾说过："苏诗长于趣。"苏轼自己在《书吴道子画后》中表述过"寄妙理于豪放之外"的意思。在苏诗中，"理"和"趣"是紧密结合的，哲理通过形象表达出来，形象依附于哲理而存在。苏轼擅长在生活中捕捉生动的形象，融入哲思理趣，阐发出他对人生、社会的思辨。诗情与哲思浑然一体、水乳交融，而又言近旨远、发人深省，使读者在美的享受中受到理的启迪。例如，《游金山寺》：

我家江水初发源，宦游直送江入海。
闻道潮头一丈高，天寒尚有沙痕在。
中泠南畔石盘陀，古来出没随涛波。
试登绝顶望乡国，江南江北青山多。
羁愁畏晚寻归楫，山僧苦留看落日。
微风万顷靴文细，断霞半空鱼尾赤。
是时江月初生魄，二更月落天深黑。
江心似有炬火明，飞焰照山栖鸟惊。
怅然归卧心莫识，非鬼非人竟何物？
江山如此不归山，江神见怪惊我顽。
我谢江神岂得已，有田不归如江水。

这首诗写于苏轼首次外放杭州通判途中。全诗分为三层，望江水，看落日，寻思不解之谜。诗一开篇即借"我家"和"宦游"四字，将"长江入海"和诗人宦游弥合为一体。"闻道"以下四句，借僧人指点拓宽江流四季变化之奇景。石盘陀"古来出没随涛波"的无穷变化，引起诗人对世事沉浮的联想，去国怀乡之情骤然而生，遂有"试登绝顶望乡国"之念。弥望中可见的唯有"江南江北青山多"，青山叠嶂阻隔了乡国之念，满目青山毕竟皆为秀色，迷茫中有一丝自慰自宽。但终究是远谪他乡，免不了"羁愁畏晚"的归意，"山僧苦留看落日"一句中"苦留"二字，反衬出诗人"畏晚寻归"的迫切，又自然引出"看落日"的细节描写，波光、赤霞、江月，充满无限生机与动感。从"是时"到"月落"的过渡，又反衬出江上夜景之无穷魅力。"江心似有炬火明，飞焰照山栖鸟惊"，大有王维笔下的诗情和画意，而且平添无比神秘。最后一层写诗人"怅然归卧"后对不解之谜的深思，悬念的自然推演，将诗人的"体物之心"表现得如此细腻。在诗人充满怀乡情思的猜测中，无由而生的江心炬火飞焰，原是江神厌我不归的警示吧！最后一句是诗人对江神的歉疚与解释：

“我有田不归,实在是不得已的事情,您看那一泻千里的江水,人生在世就如同这大江中的一朵浪花,被滔滔水势所迫,谁能做出由得自己的选择?”如此妙笔,可昭“必达之隐”,可示“难昂之情”。

第三,写景诗。在苏轼的诗歌中,写景诗数量最多、影响也最大,这类诗作瑰丽多彩,壮丽多姿。其中有的纯写景,有的借景感慨人生,有的则由山水描写而升华为一种普遍的哲理。风格也各异,有的如李白诗雄豪恣肆,有的如杜甫诗沉郁顿挫,有的如王维诗平和冲淡,有的如陶渊明诗自然率真,也有清新活泼、戏谑幽默之作,诗境“随物赋形”,变化万千。例如,《六月二十七日望湖楼醉书五绝》(其一):“黑云翻墨未遮山,白雨跳珠乱入船。卷地风来忽吹散,望湖楼下水如天。”从乌云突起,写到骤雨袭来,瞬间又风过雨霁,水天一色,诗人逼真地描绘了骤雨骤晴的瞬间变化,笔力飞动。

苏轼的有些写景诗主体感情浓郁,往往在景物中注入自己的身世之感与人生感慨。例如,《题西林壁》:

横看成岭侧成峰,远近高低各不同。
不识庐山真面目,只缘身在此山中。

这是一首众口传诵的绝句。前两句描绘庐山横看、侧看、远看、近看、高看、低看时的不同面貌,接着笔锋一转,分析山形多变的原因:正是由于处在山的某一局部,所以才无法对山的全貌有一个完整的认识。诗写的是看山,但给人这样一种启示:观察事物要善于“出乎其外”,以免出现“当局者迷”的现象。这个道理是通过对庐山景色的描绘,自然而然地揭示出来的。《慈湖夹阻风》《东坡》等诗,也是以自然景物深寓哲理的,与《题西林壁》具有相似的特点。

第四,题画诗。苏轼和宋代大多数文人一样,兼善诗画,他常常将诗画并论,并创作了不少题画诗。题画与描写真实景物有隔与不隔、直接与间接的不同,所以题画诗难于描写实景。但苏轼的题画诗往往高妙不凡,它既能再现画面,使人如见其画,又能跳出画面,使人画外见意,扩展和深化画境。例如,他的《惠崇春江晚景》:

竹外桃花三两枝,春江水暖鸭先知。
蒌蒿满地芦芽短,正是河豚欲上时。

题画诗的要诀之一,是既要不离画的内容,又不完全被画的内容拘囿。例如苏轼这首诗,“竹”“桃花”“春江”“鸭”“蒌蒿”“芦芽”,大约都是画中所有之物,它使我们即便没有见到《春江晚景》那幅画,也能想象得小画中情景。

但诗人并未局限于此。他从春江鸭群的动态中，想到了“水暖鸭先知”，从“蒌蒿满地芦芽短”中，想到了“河豚欲上时”，这些可就不是画中所见的了。正因为诗人的想象力，丰富了画面的内涵，也大大增添了人们对画面的审美情趣。

在艺术特色上，苏轼的诗歌最突出的一个特点就是以文为诗，笔力纵横。他发展了韩愈“以文为诗”的传统，笔力纵横，无往而不胜，议论滔滔，通达而犀利。在章法结构上，又脉络清楚，层次分明。同时，苏轼的诗歌给人印象最突出的就是丰富的想象和新颖贴切的比喻，极富于浪漫主义色彩。“其笔之超旷，等于大马脱羁，飞仙游戏，穷极变幻”（沈德潜《说诗晬语》）。例如，《游金山寺》本是在枯水的冬季，可是诗人却从岸边的沙痕、乱石写出了长江的怒潮澎湃，波澜壮阔。虚实结合，相映生趣。再如《游博罗香积寺》，诗人站在一条普通的山溪之旁，就可以展开想象的翅膀。他设想筑堤阻水，建立碓磨；并在设想中看到了收面时如“霏霏落雪”，听到了舂米时如“隐隐叠鼓”，他甚至在设想中满足了自己的口腹之欲，“散流一啜云子白，炊裂十字琼肌香”。亦假亦真，变幻莫测。在比喻的运用上，他又常常能既出人意料，又合理合情。如“海山仙人绛罗襦，红纱中单白玉肤”（《四月十一日初食荔枝》），以仙女所穿的深红袄、红内衣以及她白嫩的皮肤来比荔枝的外壳、内膜及瓤肉，无不新颖奇警而又使人首肯。他为了表现徐州百步洪流水的急湍，一连用了“有如兔走鹰隼落，骏马下注千丈坡，断弦离柱箭脱手，飞电过隙珠翻荷”（《百步洪》）七个比喻，错综利落，令人叫绝。

此外，苏轼也讲求“以议论为诗”。苏诗发展了宋诗好议论的特点，比前人更喜欢议论，也更善于议论。但他多用古体，革新前人方法，以散文笔法入诗。再加上为国立言、为民思患的胆识，使他的议论避免了同代人苍白无味的毛病。例如《荔枝叹》，诗人在谴责“宫中美人一破颜，惊尘溅血流千载”的历史现象之后，发出“我愿天公怜赤子，莫生尤物为疮痛”的议论，进一步针对现实发出“吾君所乏岂此物？致养口体何陋耶”的呼吁，并直接指责新宠纳贡的流弊。议论层层深入，却没有淡化诗歌的意味，使这首史诗般的作品，体现出流畅自然而又深刻警醒的丰富意味。

第八节　老成朴拙，清淡瘦健：江西诗派的诗歌

北宋后期以及两宋之际，社会风气不佳，经济停滞不前，文学创作受此影响，在内容上不如北宋中期充实丰富，但是在艺术上刻意追求，致使创作带有更多的雕琢性。这一时期江西诗派成为诗坛的主角。

江西诗派是基本代表宋诗艺术特征的诗派。北宋后期，“苏门四学士”之一的黄庭坚在诗坛上独树一帜，追随与效法者颇多，逐渐形成了一个以黄庭坚为中心的诗歌流派，宋徽宗时，吕本中撰《江西诗社宗派图》，中列陈师道、潘大临、杨符等25人，认为这些人的诗风与黄庭坚一脉相承。因黄庭坚为江西人，故称为江西诗派。虽然这些人的诗各有风格，但在创作方法和诗歌见解方面有共同之处：黄庭坚因推崇杜诗“无一字无来处”的创作方法，提倡化用前人词语、典故的“点铁成金”法和师承前人构思和意境的“脱胎换骨”法。他不仅提出理论，并且写有大量优秀作品。这种诗作，对文化功底要求很高，才学便成了写诗的基础，这也是有宋一代诗歌的基本特点，如黄庭坚、欧阳修、王安石、苏轼等诗坛领袖均为大学者。到南宋时期，江西诗派的影响更大，杨万里、姜夔、陆游等大诗人都深受其影响，又因此派诗人多学习杜甫，故宋末方回又提出了“一祖三宗”的说法，即尊杜甫为“祖”，黄庭坚、陈师道和陈与义为“宗”。

江西诗派以清淡瘦健为审美标准。所谓清淡，是指诗中的描写很少进行色彩渲染或堆砌辞藻，很少涉及男女艳情。在这方面，黄庭坚的诗表现最为出色。他是将宋人“以文字为诗，以才学为诗，以议论为诗”的特点发展到极端的一位诗人。

黄庭坚(1045—1105)，字鲁直，号山谷道人，洪州分宁(今江西修水)人。神宗时教授北京(河北大名)国子监，以诗为苏轼所称赏，和秦观、张耒、晁补之齐名，后人并称为“苏门四学士”。哲宗时旧党执政，擢作国史编修官。后来新党复用，他一再被贬，死于宜州(今广西宜山)。有《豫章黄先生文集》。

黄庭坚在思想上也与苏轼接近，以儒家为本位，圆融佛、道两家，因此内心洞达世事、外表和光同尘。黄庭坚虽是“苏门四学士”之一，却能与苏轼并驾齐驱，被认为是宋诗史上一位开宗立派、影响深远的大家，原因有三：一是因为他提出了一套独特的诗歌创作理论；二是因为他诗歌本身的成就；三是因为在他的影响下产生了一个声势浩大的江西诗派。

作为江西诗派的带头人，黄庭坚提出了换骨与脱胎两种方法。他说：“诗意无穷，人才有限，以有限之才，追无穷之意，虽渊明、少陵不能尽也。然不易其意而造其语，谓之换骨法。规模其意而形容之，谓之脱胎法。”(《野老纪闻》)换骨是意同语异，用前人的诗意，再用自己的言语出之。脱胎是因前人的诗意而更深刻化，造成自己的意境。点窜古人诗句，借用前人诗意，以为自己的作品，这一方法，江西派门徒，无不奉为金科玉律，即如陈后山、杨万里、萧东夫这些较有地位的诗人，也都大谈其脱胎换骨了。李白有诗云：“人烟寒橘柚，秋色老梧桐。”黄只改“烟”“寒”为“家”“围”便成为己作。白居易有诗云：“百年夜分半，一岁春无多。”黄增四字云：“百年中去夜分半，一岁无多春再来。”王安石有诗云：“只向贫家促机杼，几家能有一钩丝?”黄诗改换六字云：“莫作秋虫促机杼，贫家能有几钩丝?”这些都是脱胎或是换骨的好例子。

尽管从理论上讲，这种创作倾向有着轻生活之“源”、重艺术之“流”的偏颇和局限，但其在借鉴的基础上实现创新的努力还是取得了一定成就的。例如，以下三首诗：

寄黄几复

我居北海君南海，寄雁传书谢不能。
桃李春风一杯酒，江湖夜雨十年灯。
持家但有四立壁，治病不蕲三折肱。
想见读书头已白，隔溪猿哭瘴烟藤。

次元明韵寄子由

半世交亲随流水，几人图画入凌烟？
春风春雨花经眼，江北江南水泊天。
欲解铜章行问道，定知石友许忘年。
脊令各有思归恨，日月相催雪满颠。

登快阁

痴儿了却公家事，快阁东西倚晚晴。
落木千山天远大，澄江一派月分明。
朱弦已为佳人绝，青眼聊因美酒横。
万里归船弄长笛，此心吾与白鸥盟。

从这三首作品中可以看出，黄庭坚作诗是喜欢用典用事的：第一首用了《左传·僖公四年》中楚子谓齐侯：“君处北海，寡人处南海”的句子和《汉书·司马相如传》中“家徒四壁”的典故，以及《左传·定公十三年》“三折肱，知为良医”的故事；第二首用了唐朝李世民敕命阎立本绘功臣像于凌烟阁之上的典故和《诗经·小雅》中“脊令在原，兄弟急难”的语言；第三首用了《晋书·傅咸传》中杨济与傅咸书曰：“生子痴，了官事，官事未易了也”的句子和《吕氏春秋·本味》中有关“钟子期死，伯牙破琴绝弦”的故事，以及《晋书·阮籍传》中“青眼”“白眼”的典故，真可谓“无一字无来处”(黄庭坚《答洪驹父书》)了。由于有了丰厚的学养和高超的技能，使他能够将信手拈来的典故安排得妥帖自然，完全符合主体意境的表达，并无生拼硬凑之感，可说是“以才学为诗”的典范。

在文学主题上，黄庭坚以杜甫为宗，以学杜来反对学李商隐的西昆体，虽然也强调诗歌的社会功用，但主要不是学习杜甫诗歌的现实主义精神，而是专力在学习杜甫诗歌的形式技巧。例如,他要求锤炼,要求“无一字无来处”,这就完全失掉杜甫的现实主义精神,与杜甫的创作道路毫无共同之处了。他说:“诗者,人之情性也。非强谏争于廷,怨愤诟于道,怒邻骂座之为也。”这样抽掉诗的社会作用,必然逃避现实,片面追求艺术形式之巧。也因为如此,他的诗歌喜用拗律,押险韵,造硬语,主张去陈反俗,好奇尚怪,这也与杜甫诗歌的雄健精炼,浑然天成,毫无相同之处。他故意把五言诗的上二下三句式写成上一下四,如“吞五湖三江”,使它奇涩险怪。例如,《题竹石牧牛》:

野次小峥嵘,幽篁相倚绿。
阿童三尺棰,御此老觳觫。
石吾甚爱之,勿遣牛砺角。
牛砺角尚可,牛斗残我竹。

这首诗虽是题画诗,但诗人跳出画面奇想开去,由画面的竹石牧牛,联想到牛的砺角与打斗,进而担心会弄坏山石竹子,以此来写他对竹石的深爱之情。不仅构想奇峭,而且在句式上也有变化,不仅有一般五言诗少有的“一上四下”句式(“石吾甚爱之”),而且还有“二上三下”“三上二下”句式。

就内容题材而言,黄庭坚的诗歌,大多是个人情性的抒发。它们或是唱和酬答之辞,赠别相思之意;或是写景咏物、字画题诗;或是旅途抒怀、人生感慨,等等,总是离不了个人生活的狭小天地。即使是那些脍炙人口的作品,如《寄黄几复》《登快阁》《双井茶送子瞻》《雨中登岳阳楼望君山》等,也是如此。当然,在黄庭坚的诗集中也有极少数反映现实的作品,如《叹流民》《上大蒙笼》《劳坑入前城》《和谢定公征南谣》等,或写灾年人民逃荒的情景,或反映新法实行中的弊端,或表现民族矛盾。但是,这类作品数量不多。之所以会出现这种情况,与北宋后期的社会背景密切相关。北宋后期,尤其是黄庭坚生活的时代,已经与欧阳修、王安石,甚至苏轼的时代不一样了,政治上的倾轧,人事上的纷争空前剧烈,所以,诗人们难以十分积极的姿态来干预政治了。加之黄庭坚又是一位性情内向、为人随和的人,在这种情况下,他崇尚“和光同尘”的处世哲学,不赞成过分地以诗歌刺世,造成了黄庭坚的诗歌在题材上以表现自我,表现日常生活和个人情感为主要内容,其特点则是文人气和书卷气很浓厚。

第八章　南宋诗歌发展研究

宋钦宗靖康二年(1127),北宋灭亡。之后,赵构即位,建立了南宋王朝。但是,南宋的统治者奉行投降政策,这引起了很多爱国人士的不满。因此,抗战与投降的斗争是这一时期政治舞台的重要内容。在此影响下,南宋一朝的诗歌始终呈现出强烈的爱国主义情感,并注重表现人民的疾苦,歌颂为国捐躯的将士,揭露南宋统治者的腐败无能。

第一节　南宋诗歌的创作特点

南宋诗人同北宋诗人一样,仍然十分热心地探索诗歌的创作艺术,从没有放弃开门立户的思想,自然风景诗、田园诗等似乎与诗歌艺术联系更紧密的诗体也有所发展。但是,由于靖康之变,民族危机深重,救亡图存成为人们关注的热点,抗战与议和成为政治的主要内容。因此,悲叹国耻国难、高喊爱国便成了南宋诗歌的基调。而且,南宋诗歌中所抒发的民族正气、爱国感情,相比其他的朝代来说更加强烈。

在南渡之初,许多诗人对北宋灭亡,朝廷南迁,宋金两国以淮河为界,半壁河山沦为异族统治,深为忧愤和不满。诗人陈与义的《伤春》,理学家刘子翚的《汴京纪事》(二十首),女词人李清照的《夏日绝句》,以及忠臣李纲、爱国将领岳飞等人的诗篇,大都表现了这类爱国情绪。从他们的诗篇中还可以看到,诗人们并未失去恢复中原的自信心。

到了中兴时期,诗人的创作仍以爱国为主题。杨万里的《初入淮河四绝句》,对宋金以淮河为界无比感慨,对宋王朝安于现状,不思北伐,进行了讽刺。以写田园诗著称的范成大,也写了72首绝句来抒发他出使金朝沿途的感慨和对沦陷区人民的同情,表现出中原人民强烈的民族意识。而陆游更以他至死不渝的爱国热情,写下了大量的爱国诗篇,鼓舞了后代无数爱国志士。

进入南宋末年后,诗人们看到宋王朝大势已去,悲愁不已。他们在诗中或者讽刺朝廷的腐败无能,或者怀念过去的爱国志士,或者歌颂为国捐躯的人们。江湖诗人刘克庄、戴复古写的《戊辰即事》《军中乐》以及《淮村兵后》

等就是此类诗篇。南宋灭亡前后,文天祥的《指南录》,汪元量的《湖山类稿》以及谢枋得、郑思肖、林景熙、谢翱等人的诗歌,抒写亡国之痛,黍离之悲,深沉感人,将宋代诗歌的爱国之声唱到了最后。

南宋的诗歌创作除了始终以爱国为主题外,还深受理学的影响。具体来说,南宋时期随着理学的盛行,诗歌的创作呈现出愈加明显的散文化和议论化倾向。同时,由于受到理学的影响,人们始终认为诗和词在表现内容上各有其责。似乎诗只能写重大题材,其他如相思爱情之类的内容只好留给词去表现了。所以,相思爱情在南宋诗歌中是比较少见的。

第二节　寸心至死尚如丹:爱国诗

在丰富多彩的中国古代诗歌中,爱国主义是最突出的主题之一,而且在各个朝代的诗歌中都有所体现。南宋时期,统治者奉行投降政策,不仅向金国纳贡称臣,还排斥、迫害主张抗击金兵、收复失地的爱国志士。这引发了爱国将臣和爱国文人的强烈不满,于是怀着对金兵的仇恨、对沦陷区人民的思念之情,写出了一首首悲愤有加、气壮山河的诗作。陆游、吕本中、曾几、杨万里、范成大、陈与义等都是南宋时期著名的爱国诗人,下面具体分析一下陆游、杨万里和陈与义的爱国诗创作。

一、陆游的诗歌

陆游(1125—1210),字务观,号放翁,越州山阴(今浙江绍兴)人。他在兵荒马乱之中度过了童年,少年时代受到爱国思想的熏陶和良好的文化教养。29 岁赴临安参加礼部考试,为第一名,后因触怒秦桧在第二年殿试时被黜免。孝宗时,赐进士出身,历官隆兴、夔州通判,并参王炎、范成大幕府。在王炎幕府时,曾活跃在抗金前线。后从四川调回,被派往福州、江西做了两任提举常平茶盐公事。62 岁时被任命为朝奉大夫,知严州(今浙江建德)。晚年闲居在山阴农村,但仍不忘恢复中原。宁宗嘉定二年,85 岁的陆游抱着“死前竟不见中原”的遗恨与世长辞。著有《剑南诗稿》《南唐书》《老学庵笔记》《渭南文集》等。

陆游的诗歌今存近万首,内容广泛,涉及南宋社会生活的各个方面,其中成就最高的是反映民族矛盾、反对屈辱投降、立主抗战收复失地的爱国诗。陆游的一生始终是坚定的抗战派,即以抗金复国为己任,并始终如一地为此奔走呼号,至死不渝。因此,他的绝大多数诗歌都洋溢着爱国热情,显示出强烈的战斗性。比如，在《胡无人》一诗中，诗人勾画了幻想中的北伐胜利图，勃发着要使“胡无人”的壮气，酣畅淋漓地表现了爱国主义激情。全诗可分为三个层次：第一层想象北伐战斗的情景，表现了奋发蹈厉之气；第二层幻想北伐胜利的景象，抒发了必胜信心；第三层以议论作结，强调报国之志。

陆游的爱国诗体现出“一身报国有万死”的牺牲精神和“气吞残虏”“铁马横戈”的大无畏的英雄气概。陆游的一生都甘愿捐身于国，不计个人得失。而且，他即便在82岁的高龄，仍然心驰疆场，表达了自己永不服老的豪情壮志。比如，《书愤》(其二)：

白发萧萧卧泽中，只凭天地鉴孤忠。
厄穷苏武餐毡久，忧愤张巡嚼齿空。
细雨春芜上林苑，颓垣夜月洛阳宫。
壮心未与年俱老，死去犹能做鬼雄。

在这首诗中，陆游表达了自己与天地同在，与日月同辉的爱国主义精神。他希望自己在死后也要做“鬼雄”，去实现收复失地的理想。

陆游在其爱国诗中，对投降派进行了猛烈抨击，并无情揭示了南宋统治集团的政治腐败。南宋政权一开始就是以屈膝求和、苟且偏安为基本国策的，因此南宋爱国者所必须反对的就不只是某些投降派和某个时期占上风的投降路线，而常是以皇帝为首的统治集团苟且偷安的倾向和妥协媚外的基本国策。比如，他揭露了以秦桧为首的投降派，《夜读范至能揽辔录》中云：“公卿有党排宗泽，帷幄无人用岳飞。遗老不应知此恨，亦逢汉节解沾衣。”《追感往事》中云：“诸公可叹善谋身，误国当时岂一秦？不望夷吾出江左，新亭对泣亦无人。”这些对秦桧、黄潜善、汪伯彦等投降派及其他主和派的抨击与深沉的历史感慨和沉郁的现实忧愤结合起来，就显得特别的精警动人。他在《武昌感事》中，借对楚国历史的怀念表现自己对山河破碎之悲和对朝廷腐败的抨击。《关山月》一诗，则着重抨击了南宋统治者的投降政策：

和戎诏下十五年，将军不战空临边。
朱门沉沉按歌舞，厩马肥死弓断弦。
戍楼刁斗催落月，三十从军今白发。
笛里谁知壮士心，沙头空照征人骨。
中原干戈古亦闻，岂有逆胡传子孙？
遗民忍死望恢复，几处今宵垂泪痕。

这首诗写于淳熙四年(1177)春天,这时离宋金第二次和议已近15年了。诗人回顾这15年的局面,想到权贵们歌舞升平,不思恢复;壮士空戍边疆,爱国之心被埋没;沦陷区人民过着水深火热的生活,急切地盼望恢复。这一切,怎不使他感慨万分。诗中严厉批评了南宋朝廷向金人屈辱求和的卖国政策,揭露了贵族豪门的醉生梦死和将军的腐败无能,歌颂了广大战士誓死报国的爱国精神,表达了沦陷区人民"忍死望恢复"的美好愿望。全诗描写生动,对比鲜明,感情炽热,思想深刻。

陆游在进行爱国诗创作时,还常常借助于梦境来表达自己的爱国热情,如《五月十一日夜且半梦从大驾亲征尽复汉唐故地》《楼上醉书》《九月十六日夜梦》《十一月四日夜风雨大作》等。这里着重分析一下《十一月四日夜风雨大作》(其二):

僵卧孤村不自哀,尚思为国戍轮台。
夜阑卧听风吹雨,铁马冰河入梦来。

这首诗作于南宋光宗绍熙三年(1192)冬,这一年陆游68岁,年近古稀。诗中,诗人僵卧在风雨之夜的荒村,并不哀叹自己的老病和困苦,仍盼望为国从军,去守卫边疆;夜间疾风骤雨,竟在梦中化为北伐的骑兵在冰河上奔腾驰骋之声。可见,此时的诗人虽已年老多病,但雄风依旧,抗敌报国之心越老越坚定。此外,全诗意境开阔,气魄恢宏,有很强的艺术概括力。

陆游的一生都充满了报国理想,渴望收复失地。他在去世前夕,仍持有"一闻战鼓意气生,犹能为国平燕赵"(《老马行》)这样强烈的报国之音,怀有深刻的爱国之情。而他那首绝笔诗《示儿》,更是体现了陆游至死不变的爱国精神:"死去元知万事空,但悲不见九州同。王师北定中原日,家祭无忘告乃翁。"该诗是陆游临终前写下的绝句,也是陆游一生中的最后一首诗。这时陆游退官家居20余年,已是85岁高龄的老人。他自己料定不久即要离开人世,已不可能看到抗金的胜利、祖国的统一,感到无限遗憾。但他把心愿托付给后代,借此书写自己对国事的关切、眷恋,表现炽烈的爱国主义感情。整首诗语言明朗流畅,感情真挚深沉,是陆游伟大爱国精神的结晶。

二、杨万里的诗歌

杨万里(1127—1206),字廷秀,号诚斋野客,吉州吉水(今江西吉水)人。绍兴二十四年(1154)进士。初授赣州司户,继调永州零陵丞。孝宗时,任过国子博士、礼部右侍郎等官,出知漳州、常州,提举广东常平茶盐,升广东提点刑狱。光宗时,召为秘书监。宁宗时,进宝谟阁学士。后因指责朝政得罪权相韩侂胄而罢官，家居15年之久，忧愤国事而卒。临终前写下“吾头颅如许，报国无路，惟有孤愤”的遗言，与陆游《示儿》诗表现了同样深沉的忧国情怀。有《诚斋集》133卷。

杨万里作诗，始终不懈地求新求变，方回在《瀛奎律髓》指出“杨诚斋诗一官一集，每一集必一变”。杨万里提倡“活法”，但与吕本中的“活法”既有一致，也有不同，内涵更丰富，除吕本中所说的内容外，主要是要跟自然亲和，师法自然；主张写诗不苦苦搜索，不能“闭门觅句”，而是要融进大自然，关注生活，触景生情，轻快落笔，不嫌细小，只求新奇有趣。因此，他的诗给人总体的印象是自然流畅、轻快平易、风趣活泼。杨万里诗歌的这一独特风格，被后人称为“诚斋体”。

杨万里的诗歌从思想内容方面来看，主要包括两个方面，即描写自然风景和表达自己的爱国之情。虽然杨万里关心国事、表达自己爱国之情的诗作远不及陆游的多而且好，但也确实有一些爱国诗作写得很不错。比如，《初入淮河四绝句》：

其一

船离洪泽岸头沙，人到淮河意不佳。
何必桑乾方是远，中流以北即天涯。

其二

刘岳张韩宣国威，赵张二相筑皇基。
长淮咫尺分南北，泪湿秋风欲怨谁？

其三

两岸舟船各背驰，波痕交涉亦难为。
只余鸥鹭无拘管，北去南来自在飞。

其四

中原父老莫空谈，逢着王人诉不堪。
却是归鸿不能语，一年一度到江南。

杨万里在淳熙十六年(1189)冬奉命去迎接金国派来的“贺正使”(互贺新年的使者)，这四首绝句是他进入淮河后触景伤怀写下的诗作。其中，第一首写入淮时的心情：昔日国中流水今日已为边境界线，是以诗人一进入淮河，胸怀就烦闷、骚动。这表明诗人对当前的局势颇为不满，委婉地表达了诗人对故国的怀念以及对南宋统治者的不满。第二首借助于欲抑先扬的手法，强烈地谴责了造成山河破碎的南宋朝廷。“欲怨谁”一语更是发人深思，这样的结果该由谁来负责？全诗以婉语微讽，曲折道出了诗人对南宋朝廷的愤懑之情。第三首因眼前景物起兴，抒发了诗人对国家统一、人民自由往来的期望。其中，“亦难为”三字凝聚了诗人的深沉感喟，表明了诗人对国家南北分离的痛苦与无奈。第四首通过描写中原父老不堪忍受金朝统治之苦，表明了他们对南宋朝廷的向往。据此，诗人传达出自己深深的故国之情。总的来说，这一组诗以“意不佳”为贯串全诗的感情线索，有“长淮咫尺分南北”的沉痛感喟，也有“北去南来自在飞”的向往和企盼。四首诗作都寓悲愤于和婉，语言平易自然，体现了“诚斋体”诗的特色。

除了《初入淮河四绝句》，《题盱眙军东南第一山》和《虞丞相挽词》也是杨万里写得较为出色的爱国诗。其中，《题盱眙军东南第一山》倾泻了诗人对中原的无限深情，表达了对金人统治下的广大北方人民的怀念。绍兴十一年（1141）宋金媾和，订下了“割唐、邓二州，以淮水中流划疆”（《宋史·高宗纪事》）的和约。从此以后，淮河成了宋、金二国的分界线，而盱眙正是宋金分界线上的重要城镇。《虞丞相挽词》中的虞丞相指虞允文，是南宋著名的儒将，曾在采石（今安徽当涂）督战，大破金兵。后拜相，任用贤士，乾道十年（1174）在蜀病死。杨万里与虞允文交谊甚深，故作挽词。诗中绝口不提个人的知遇之恩和私交之厚，而纯从大处落笔，写出虞允文的平生功业，因而诗作气格浑厚，感慨遥深。

三、陈与义的诗歌

陈与义（1090—1139），字去非，号简斋，洛阳（今属河南）人。宋徽宗政和三年（1113），登太学上舍甲科，授文林郎、开德府（今河南濮阳）教授。以后历官太学博士、秘书省著作佐郎、符宝郎，旋谪监陈留酒税。靖康中，奔亡转徙于河南、湖北、湖南、广西、广东等地。高宗绍兴元年（1131）回到临安，历官中书舍人、礼部侍郎、翰林学士、参知政事等职。后称病辞官离朝，回到湖州，不久病逝。

陈与义是一位爱国志士，也是南宋时期著名的爱国诗人。他的爱国诗有着强烈的爱国主义精神，而且风格沉郁悲壮。总体来看，陈与义的爱国诗注重对南宋爱国志士奋勇杀敌的精神进行赞扬，并对南宋朝廷的无能进行深刻揭露。这在《伤春》一诗中有着鲜明的体现：

> 庙堂无策可平戎，坐使甘泉照夕烽。
> 初怪上都闻战马，岂知穷海看飞龙。
> 孤臣霜发三千丈，每岁烟花一万重。
> 稍喜长沙向延阁，残兵敢犯犬羊锋。

这首诗是一首感时忧国之作，作于建炎三年（1129）冬。当时，金兵渡江，攻破临安，宋高宗从海上逃走。与此同时，金兵攻潭州，而向子諲率军奋起反抗。这时诗人正流落湖南，听到这些消息后便写下了此诗。前两句写了国中无人，朝廷无能。中间四句写了皇帝逃跑，留下孤臣奋战。最后两句写向子諲（即向延阁）在长沙抵抗金兵。全诗揭露了朝廷的无能，对朝廷给予辛辣讽刺，将“皇帝逃亡”和“孤臣奋战”相对比，由此对南宋朝廷的懦弱与无能进行了挞伐，并对向子諲英勇抗敌的精神进行了颂扬，据此表达了自己对国家统一的期望。

陈与义在其爱国诗中，也常常表达自己的怀念故国之情。这类诗作通常感情真挚，感慨深沉。《牡丹》可以说是这类诗作的代表作：

一自胡尘入汉关，十年伊洛路漫漫。
青墩溪畔龙钟客，独立东风看牡丹。

这首诗作于宋高宗绍兴六年（1136），当时诗人流落在浙江境内。洛阳以牡丹闻名于世，是北宋的西京，也是陈与义的故乡。诗人便以牡丹为题，抒发自己深沉的思乡之情与亡国之痛。

第三节　苦吟雕琢，宗尚贾姚：四灵体诗

四灵体诗即永嘉四灵创作的诗歌，而永嘉四灵指的是当时生长于浙江永嘉（今浙江温州）的四个诗人，即徐照、徐玑、赵师秀和翁卷。四人的字或号中都带“灵”字，且同出叶适门下，因而诗风接近。总的来说，四灵体诗在创作上学习晚唐，尤其崇尚贾岛、姚合。同时，四灵体诗的一个突出特点是苦吟，他们推崇贾岛、姚合的苦吟理念，重视反复推敲雕琢。

一、徐照的诗歌

徐照（？—1211），字道晖，又字灵晖，自号山民，家境贫寒，终身布衣，工诗，善画，宁宗嘉定四年（1211）卒于湘中。有《永嘉诗人祠堂丛刻》本及《南宋群贤小集》本。

徐照是“四灵”中最早学习唐诗而形成影响的人，“发今人未悟之机，回百年已废之学，使后复言唐诗自君始”（叶适《徐道晖墓志铭》）。其现存诗约260首，为四灵中最多。

徐照的诗歌以描写山水景物、表现生活感受、进行应酬唱和居多。而且，徐照在进行诗歌创作时，特别钟情于深山、古寺、寒潭、野水之间，创造出

清冷幽寂的意象与氛围。以《宿寺》一诗来说：

古殿清灯冷，虚廊叶扫风。
掩关人迹外，得句佛香中。
鹤睡应无梦，僧谈必悟空。
坐惊窗欲晓，片月在林东。

在这首诗中，诗人运用了“古殿”“清灯”“虚廊”“佛香”等脱俗禅境，表现了与僧人气味的契合相投，也显示出佛门甘于淡泊而不显激情、不露直词的特点。

徐照的诗歌在体裁上，以五律写得最好。他的五律多描写自然景物和个人生活情趣，对律诗中间两联刻意锤炼，追求字句的工巧。比如，《石门瀑布》：

一派从天落，曾经李白看。
千年流不尽，六月地长寒。
洒木喷微沫，冲崖激怒湍。
人言深碧处，常有老龙盘。

在这首诗中，诗人从多个角度对石门瀑布的壮观景象和迷人魅力进行了生动展示，吟咏赏玩，身临其境，心神摇荡，豪情勃发。一条瀑布从天而降，飞花溅玉，震荡了山岭沟谷，壮观了天地山川，无数文人墨客歌咏过，无数华夏儿女仰望过。石门瀑布，以其雄奇劲健的自然神力，以其凌空咆哮的巨大声势，以其流光溢彩的文化神韵，震撼观者的心灵，久久回荡在历史的天空。此外，此诗艺术上精雕细琢，玲珑雅洁，接近贾岛、姚合的诗风。

徐照的诗歌也有很明显的缺点，一是题材过于狭窄；二是过分注重炼字琢句，虽有较精警的句子，而全篇意境却不够完整；三是缺少变化，显得千篇一律，大同小异。实际上，这些缺点也是“四灵”所共有的。

二、徐玑的诗歌

徐玑(1162—1214)，字致中，号灵渊，祖籍福建晋江。徐定第三子，受父“致仕恩”得职，浮沉于州县。徐玑为官清正，守法不阿，曾先后担任建安(今福建建瓯)主簿、永州(今属湖南)司理参军、龙溪(今福建漳州)县丞、武当(今湖北郧县东)令等职，为民办过不少有益之事。后改长泰令，未至官即去世。有《二薇亭诗集》。

徐玑的诗歌创作特色与徐照十分相近,《四库全书总目》称其"诗与徐照如出一手。盖四灵同一机轴,而二人才分尤相近"。徐玑在进行诗歌创作时,也注重对晚唐诗歌的继承,且只限于学习姚、贾一路,以字雕句琢为诗。

徐玑的诗歌多是抒写羁旅情思,描写山水田园风光以及其他应酬唱和、流连光景之作,且以五律居多。比如,《黄碧》:

黄碧平沙岸,陂塘柳色春。
水清知酒美,山瘦识民贫。
鸡犬田家静,桑麻岁事新。
相逢行路客,半是永嘉人。

诗中描写的是永嘉春日的景色、农事及人情。沙岸黄碧,柳色青青,溪水澄澈,景物清新而优美。虽然山瘦民贫,然而农家鸡鸣犬吠,生活安静,又怀着新的希望开始了一年的农事。途中相遇,半是乡人,亦倍感亲切。应该说,这首诗中表现出来的清瘦野逸之趣是颇为喜人的,艺术上雕琢的痕迹也不太明显。可惜的是,在他的诗歌中,这样成功的作品并不多见。

除了五律,徐玑的一些绝句写得也很有特色。以《新凉》一诗来说:

水满田畴稻叶齐,日光穿树晓烟低。
黄莺也爱新凉好,飞过青山影里啼。

这首诗写田园山水小景。前二句写初秋早晨的景物,不直接写凉,而凉意自见。第三句明点出"新凉",而下一个"也"字,说明人们爱、诗人爱、黄莺"也爱",突出了"新凉"的分量。末句写黄莺的啼声。清新的景,动听的声,都陪衬着新凉给人的适意之感。

徐玑的诗歌从风格上来说,清冷的意境与氛围弥漫极广,虽然其中的"清""寒"之类词语运用得有过滥之嫌,但正如苏泂《书紫芝卷后》"为爱君诗清入骨"、曹豳《瓜庐诗题识》"予爱四灵诗,爱其清而不枯,淡而有味"所说的那样,入骨的清冷也是徐玑诗歌的一个重要特色。

三、赵师秀的诗歌

赵师秀(1170—1219),字紫芝,号灵秀,又号天乐,永嘉(今浙江温州)人。绍熙元年(1190)进士,历任上元县主簿、筠州推官等小官吏。晚年寓居钱塘,死后葬于西湖边。有《清苑斋集》。

赵师秀可以说是四灵中诗歌成就最高的,他的诗歌主张和创作都能代

表四灵的特色。他尊姚、贾为“二妙”，所编《二妙集》选姚诗121首、贾诗81首，且绝大部分是五言律诗。又编《众妙集》，从沈佺期起，共76家，不选杜甫，却选刘长卿诗多达23首，编选宗旨与《二妙集》相似。在写诗实践中，他对姚、贾诗及与姚、贾风格近似的诗，往往或袭其命意，或套用其句法。比如，姚合《送宋慎言》“驿路多连水，州城半在云”，他的《薛氏瓜庐》则有“野水多于地，春山半是云”即是一例(《诗人玉屑》卷十九引)。另外，他在诗歌审美情趣上，也倾向于清瘦野逸之美。据说杜小山尝问他作诗方法，他答道：“但能饱吃梅花数斗，胸次玲珑，自能作诗。”(《梅磵诗话》引)

赵师秀的诗歌也以五律为主，中间两联偶有警句，但通体完整者不多。而且，他在诗歌创作中会流露出身世之叹和怀念故国之情，比如《多景楼晚望》：

落日栏干与雁平，往来疑有旧英灵。
潮生海口微茫白，麦秀淮南迤逦青。
远贾泊舟趋地利，老僧指瓮说州形。
残风忽送吹营角，声引边愁不可听。

这首诗讲“旧英灵”，讲“麦秀”“州形”，或关乎兴亡，或系乎边防。末二句则明确说角声引起“边愁”，不忍听闻，表现了诗人对于失地不能收复，南宋偏安局面的悲伤。

不过，赵师秀的这类诗作并不多，更多的是流连光景、应酬唱和、羁旅情思之作，但灵巧圆润，悠闲清淡，句秀韵雅，亦可见其艺术技巧之工。

四、翁卷的诗歌

翁卷(生卒年不详)，字续古，又字灵舒。淳熙十年(1183)曾领乡荐，生平未仕，以诗游士大夫间。此外，他一生落拓，大约卒于淳祐三年(1243)以后。有《西岩筑》《苇碧轩诗集》。

翁卷终生布衣，漂泊江湖，他的内心是苦闷的，“我愚百无成，蹭蹬空林居”(《送刘几道》)；“有口不须谈世事，无机惟合卧山林”(《行药作》)。他不满于现实，“茫茫尘中区，荒秽何足邻”(《步虚词》)，认为社会现实是污浊的。但是，他对国事也未能忘怀，到了京口，看见铁瓮城戍边楼，于是哀伤失地未复，国家分裂，不免触发起“无限愁”(《京口即事》)，而“兴兵又罢兵，策士耻无名。阑见秋风起，犹生万里情”(《赠张亦》)显然是反对朝廷的妥协政策，表现了爱国的感情。

翁卷和四灵中的其他三人相比，不仅学唐代的贾岛、姚合，也学《文选》

中的五言古诗。因此，他的五律和徐照、徐玑近似，但亦有不同之处。翁卷五律中间两联虽也讲究雕琢工致，但经常使用流水对的形式，因而显得更为灵动。比如，《泊舟龙游》：

未得桥开锁，去船难自由。
渚禽飞入竹，山叶下随流。
忽见秋风喜，还成早岁愁。
卧闻舟子说，明日到衢州。

这首诗在内容上并无新奇之处，但由于使用了流水对，所以诗歌韵律上较为轻灵、不板滞。

翁卷在作诗方面除了学习唐代，还深受杨万里“诚斋体”的影响，因而他的有些诗作生动有趣，富有生活气息。比如，《乡村四月》：

绿遍山原白满川，子规声里雨如烟。
乡村四月闲人少，才了蚕桑又插田。

在这首诗中，诗人运用白描的手法，对江南农村初夏时节的景象进行了生动描写。前两句写景，绿原、白川、子规、烟雨，静动结合，有色有声，写出了初夏时节江南大地的景色，眼界广阔，笔触细腻，色调鲜明，意境朦胧。后两句写人，歌咏江南初夏的繁忙农事。全诗写得极为自然，而且极富生趣。

第四节　平直流畅，重韵轻气：江湖诗

江湖诗即江湖诗派创作的诗歌，这一诗派是由于《江湖集》的刊行而得名。宝庆（1225—1227）初年，杭州诗人兼书商陈起陆续刻行许多同时期诗人的集子，合称《江湖集》。江湖诗派是由一群江湖诗人组成的，“所谓江湖诗人，大都是一些落第文士，由于功名上不得意，只得流转江湖，靠献诗卖艺来维持生活。他们的作品很杂，但大致可分为两类：一类是生活接触面比较狭窄，对政治不甚关心，只希望在文艺上有所专精，以赢得时人的赏识，近于所谓‘狷者’……姜夔是这类人物的代表。另一类是生活接触面比较广，对当时的政治形势比较关心，爱好高谈阔论以博时名，近于所谓‘狂者’。戴复古、刘克庄就是这类人物”（游国恩等主编《中国文学史》）。此外，江湖诗派不满江西诗派“以才学为诗”、在诗中堆砌典故、炫耀学问的创作倾向，力求平直而流畅。同时，江湖诗派在作诗时，用笔往往一气直下，如行云流水，达

意则止,颇少峭折之致。在本节中,将详细分析姜夔、刘克庄和戴复古的诗歌创作。

一、姜夔的诗歌

姜夔(1155—1221),字尧章,号白石道人,鄱阳(今江西鄱阳)人。幼年时随父宦居汉阳,父卒,依伯姊,居汉川近20年。自孝宗淳熙十三年(1186)起,先后游长沙、杭州、苏州。宁宗庆元三年(1197),依张鉴资助,移居杭州。同年,上书论雅乐,进《大乐议》《琴瑟考古图》,不被采纳。庆元五年(1199),上《圣宋铙歌鼓吹十二章》,诏免解参加礼部试,未被录取,遂布衣终身。

姜夔是南宋一位著名的词人,但他的诗也很有特色。他写诗有自己的理论主张,在《白石道人诗集自序》提出:"诗本无体,《三百篇》皆天籁自鸣……先生(指尤袤)因为余言:'近世人士喜宗江西。温润有如范致能者乎?痛快有如杨廷秀者乎?高古如萧东夫,俊逸如陆务观,是皆自出机轴,亶有可观者。又奚以江西为?'……余之诗耳,穷居而野处,用兹陶写寂寞则可,必欲其步武作者,以钓能诗声,不惟不可,亦不敢。"在《白石道人诗说》中,他提出诗贵在"自得",要有"一家之风味",要"自然高妙",还说"意格欲高,句法欲响,只求工于句、字,亦末矣"。

姜夔的诗歌创作实践,正是对诗歌理论的体现。他的诗自然浑成,既精心雕琢,又不露痕迹,不落纤巧;音韵谐婉,风格清秀,善于捕捉诗情画意,意境幽远。比如,《湖上寓居杂咏》(其四):

处处虚堂望眼宽,荷花荷叶过阑干。
游人去后无歌鼓,白水青山生晚寒。

这首诗写的是游人的喧闹消失之后,所产生的空寂之感,贵在不说人,而说山水生寒,饶含蓄之致。

在姜夔的诗歌中,有一些反映民生疾苦的,可谓十分难得。《箜篌引》可以说是这类诗歌的代表作:

箜篌且勿弹,老夫不可听。
河边风浪起,亦作箜篌声。
古人抱恨死,今人抱恨生。
南邻卖妻者,秋夜难为情。
长安买歌舞,半是良家妇。
主人虽爱怜,贱妾那久住。

缘贫来卖身，不缘触夫怒。
日日登高楼，怅望宫南树。

在这首诗中，诗人描写的是为贫穷所迫，丈夫卖掉了妻子，丈夫思念妻子，妻子思念丈夫，造成了人间的悲剧。“古人抱恨死，令人抱恨生”，说得很深刻，把这件事放在广阔的历史视野之中，使它具有了丰富的社会内涵。这样的反映民间生活疾苦的作品，在姜夔的诗歌中是很有价值的。

姜夔的诗歌中也有一些咏史之作，如《姑苏怀古》《三高祠》等。他借史写怀，寄意于言外，有晚唐的风味。

二、刘克庄的诗歌

刘克庄(1187—1269)，字潜夫，号后村居士，兴化军莆田(今福建莆田)人。宁宗嘉定二年(1209)以荫入仕，曾官真州录事参军、沿江制司准遣，因持论不合，辞官奉南岳庙。后任福建、江西、广东等地方官，屡起屡废。淳祐六年(1246)，理宗以其“文名久著，史学尤精”赐同进士出身，除秘书少监、国史院编修、中书舍人，历任起居舍人兼侍讲、兵部侍郎、工部尚书等职。景定五年(1264)，以焕章阁学士致仕。度宗咸淳四年(1268)，特授龙图阁学士，立朝敢于直言极谏。

刘克庄是江湖诗人中年龄最长、官位最高的，也是江湖诗人里最负盛名、影响最大的。不忘恢复，讥弹时政，揭露统治集团的腐败，是他诗作中的突出内容。比如，《冶城》《戊辰即事》《赠防江卒》《感昔二首》《题系年录》等，尖锐揭露南宋统治集团的妥协投降和腐败无能，伤悼中原不能恢复。具体分析《戊辰即事》：

诗人安得有青衫？今岁和戎百万缣！
从此西湖休插柳，剩栽桑树养吴蚕。

这首诗作对“嘉定和议”将要造成民穷财尽的恶果表示了极大的愤慨，以冷语、反语对朝廷投降派的屈辱侍敌做了辛辣的嘲讽。据此，诗人表达了自己强烈的忧国爱国的思想感情。

在刘克庄的诗歌中，也有不少诗作对赋敛征役下的民生疾苦作了较为真实的反映，继而表达了自己对人民疾苦的同情。《运粮行》《筑城行》《苦寒行》等诗描写的都是人民的痛苦生活，表现出诗人强烈的正义感。这样的诗显然继承和发扬了唐代张籍、王建、白居易新乐府的现实主义精神，在江湖派诗作中占有突出地位。这里具体分析《苦寒行》一诗：

十月边头风色恶，官军身上衣裘薄。
押衣敕使来不来？夜长甲冷睡难着。
长安城中多热官，朱门日高未启关。
重重帏箔施屏山，中酒不知屏外寒。

在这首诗歌中，前四句写守边士卒的受寒，后四句写京城高官显宦的养尊处优。通过两者的鲜明对比，诗人表达了强烈的爱憎感情。此外，全诗语言简练，描写生动，形象展示了当时的社会现实。

刘克庄的诗歌从艺术上来看，兼师唐、宋诸家，其诗歌风格呈现出多种渊源，其中尤以贾岛、姚合到“四灵”的一脉比较显著。但从总体上看，刘克庄的诗风并未受“四灵”的束缚。因此，他的诗歌大都笔力比较雄健，气势比较开阔，很少有衰飒之笔，但有时不免浅率。

三、戴复古的诗歌

戴复古(1167—1252?)，字式之，号石屏，天台黄岩(今属浙江)人。少孤好学，多次参加科举考试，皆落第。一生未仕，喜漫游，浪迹江湖，历游江、汉、淮、粤等地，晚年归隐故里，卒于理宗淳祐之末。有《石屏诗集》10 卷，存诗约 900 首。

戴复古也是江湖派中影响较大的一位诗人，他生性旷达耿直，并笃志于诗。他先从林宪、徐似道学诗，后登陆游之门。以诗游江湖间，他写诗先受“四灵”影响，学习贾岛；后又受江西派影响，追溯到杜甫。他的诗友邹登龙在《戴式之来访惠石屏小集》一诗中这样形容他：“瘦似杜陵常戴笠，狂如贾岛少骑驴。”在创作上他有意把晚唐诗的轻灵秀逸和杜甫诗的拗峭浑厚融在一起，实际上也就是要把“四灵”与江西诗派加以沟通，他已看到了两派各自的优长与不足，希望取长补短、互相补救。因此，从总体上来看，戴复古的诗歌比较注意反映现实。比如，《庚子荐饥》(其三)：

饿走抛家舍，纵横死路歧。
有天不雨粟，无地可埋尸。
劫数惨如此，吾曹忍见之。
官司行赈恤，不过是文移。

这首诗描写的是“庚子”即宋理宗嘉熙四年(1240)的严重灾荒以及人民啼饥号寒的悲惨处境。诗中，写到饥民逃荒，饿殍遍野，惨不忍睹，可是官府实行的所谓“赈恤”却不过是传来递去相互推诿的一纸公文。由此，诗人对人民的苦难表现了深切的同情，对官府的不关心民瘼作了愤怒的揭露。这首诗颇得杜诗风神，故赵以夫说他“祖少陵”而“备众体”(《石屏诗序》)。

除了注意反映现实，表现人民的疾苦以及揭露统治者的腐败，戴复古的一些诗歌还注重描写自然风景，抒写个人的生活感受。比如，《括苍石门瀑布》：

少泊石门观瀑布，明知是水却疑非。
乱抛雪玉从天下，散作云烟到地飞。
夜听萧萧洗尘梦，风吹细细湿人衣。
谢公蜡屐经行处，闻有留题在翠微。

这首诗颔联说瀑布如雪玉，如云烟，是紧承首联“明知”一句而来，颈联的“洗尘梦”(涤除人的尘俗之念)，上承“雪玉”，而“湿人衣”则又上承“云烟”，针线极细密。尾联别出谢公，与题目不即不离，语尽而意犹未尽。

第五节　慷慨悲壮，苍凉沉郁：宋末遗民诗

南宋君臣不思振作，满足于偏安，在偏安中寻欢作乐。皇帝昏庸孱弱，权奸飞扬跋扈，控制了整个南宋朝政，最后彻底断送了这花团锦簇的大好河山。在此形势下，一个特殊的社会群体——南宋遗民产生了。南宋遗民的代表人物有文天祥、汪元量、谢翱、谢枋得、林景熙、郑思肖、刘辰翁、连文凤、梁栋等。他们生活在南宋王朝，有的还曾仕宦于南宋王朝，对朝廷有着较为深厚的感情。在南宋灭亡后，他们多带着一种故国黍离之悲和个人身世之感，对元蒙帝国统治者采取了不合作态度，或幽囚而亡，或远遁山林，或浪迹江湖。此外，南宋遗民还注重诗歌的创作，并由此形成了一个诗歌创作流派——南宋遗民诗派。他们的诗多充满爱国之情与忧患意识，注重表现坚贞的民族气节与不屈的反抗精神，有着慷慨悲壮、苍凉沉郁的风格。在本节中，将着重分析文天祥、汪元量和谢翱的诗歌创作。

一、文天祥的诗歌

文天祥(1236—1283)，字履善，号文山，吉州庐陵(今江西青原)人。状元出身，曾任刑部郎，官至右丞相。德祐元年(1275)，元兵渡江，文天祥散尽家产，招募豪杰，起兵勤王，后不幸被俘，解送北方。后来，他至镇江伺机脱走，时恭帝率百官拜表，正式降元。文天祥脱走后，至温州，后又至福州，拥

立端宗,谋图恢复。终因与元军力量悬殊,内部又不团结,兵败被俘。元世祖以高官厚禄劝降,但文天祥宁死不屈,从容赴义,时年47岁。有《文山先生全集》20卷,今有熊飞等《文天祥全集》校点本。

文天祥是南宋著名的民族英雄,以忠烈名传后世。他早年就渴望彻底消灭外患,收复失地,他在《题黄冈寺次吴履斋韵》诗中说:“何日洗兵马,车书四海同。”因此,他的诗歌中主要表达了自己的爱国之情。《过零丁洋》一诗可以说最为鲜明地表现了文天祥的爱国之心:

辛苦遭逢起一经,干戈寥落四周星。
山河破碎风飘絮,身世浮沉雨打萍。
惶恐滩头说惶恐,零丁洋里叹零丁。
人生自古谁无死?留取丹心照汗青!

此诗是文天祥被俘后为誓死明志而作,是他用自己的鲜血和生命谱写的一曲理想人生的赞歌。诗的开头回顾身世,暗示自己久经磨炼,不惧任何艰难困苦。接着追述自己在荒凉冷落的战争环境里度过了四年,把个人命运和国家兴亡联系起来。三四句承上,从国家和个人两个方面,继续抒写事态的发展和深沉的忧愤。国家民族的灾难、个人的坎坷经历,万般煎熬着诗人的情怀,使其言辞倍增凄楚:国家处于风雨飘摇之中,亡国难以避免;个人命运更是如同浮萍,无法把握。五六句喟叹更深,以遭遇中的典型事件,再度展示诗人因国家覆灭和自己遭危难而战栗的痛苦心灵。至此,诗中表达的家国之恨、艰难困厄达到极致。结尾两句以磅礴的气势写出了诗人宁死不屈的壮烈誓词:自古以来,人皆会死亡,不如舍生取义,彪炳史册。可以说,最后一联气势磅礴、情调高亢,感召着后来无数英雄志士为了正义事业英勇献身。此外,全诗格调沉郁悲壮,浩然正气直贯长虹,具有独特的崇高美,是一首用生命谱写的动天地、泣鬼神的伟大爱国主义诗篇。

除了《过零丁洋》一诗,文天祥的《正气歌》一诗更加全面地表现了他的忠义情怀和英雄气概。该诗格调沉雄、笔力遒劲,颂扬了历代忠臣义士的高风亮节,用文学形式宣告了刚毅正大的道德力量不可战胜。诗中,诗人落笔便以恢宏的气势环顾宇宙万物,直言天地正气无所不在,体现在人身上就是“浩然之气”。人有此气,治世时可辅佐朝政,乱世时则能忠贞不贰。以下诗句纵观历史,列举国家危难时12位志士仁人的言行,礼赞他们柱天维地的人格风范,并进一层概括这些忠贞节义之士共有的精神特征:“是气所磅礴,凛烈万古存。当其贯日月,生死安足论!”最后,诗人转入对自我遭遇的抒写,明确表示自己的人生态度:虽身陷囹圄、国破家亡,但先哲前贤的楷模如在眼前,绝不屈服于险恶的环境,随时准备为国慷慨赴死。此诗起承转合极为自然，隔句押韵，又兼用排比句式，其节奏铿锵有力，且与沉郁雄浑的情感相融合，具有一种强烈的震撼力。

文天祥的诗歌中，还有一类值得注意——集杜诗，即把杜甫的诗句重新组合成诗。这类诗有200首，都是五言绝句。集句诗向来被视为文字游戏，但文天祥的集杜诗却赋予这种诗体独立的文学价值，而且他的集杜诗句句切合。比如，《至福安第六十二》："握节汉臣回，麻鞋见天子。感激动四极，壮士泪如雨"和《思故乡第一百五十六》："天地西江远，无家问死生。凉风起天末，万里故乡情"二诗，前者写自己从元军中逃出，历尽艰险回到温州朝见宋端宗的情景；后者写身处穷北狱中对江西故乡的怀念。两首诗都情真词挚，意境完整，如出己手。

二、汪元量的诗歌

汪元量（1241—1317?），字大有，号水云，钱塘（今浙江杭州）人。能诗善琴，为供奉内廷的琴师。宰相吴坚等人挟持仅六岁的恭帝降元后，汪元量跟随被掳的三宫去北方，后来当了道士，南归钱塘，云游名山，不知所终。

汪元量在南宋身份低微，本不侧于士大夫之列。但他的诗歌直书宋廷降附的过程和被押至元大都的屈辱情状，以及随三宫北上沿途的亡国感怀，字字血泪，细节逼真得令人不敢直视，以"诗史"名留千古。因此，李珏在《湖山类稿跋》中说："水云之诗，亦宋亡之诗史也。"比如，《送琴师毛敏仲北行》：

西塞山前日落处，北关门外雨来天。
南人堕泪北人笑，臣甫低头拜杜鹃。

这首诗描写的是德祐二年（1276）二月临安陷落后的惨状，诗人以杜甫自比，表现出对时势的感伤。

汪元量的诗，著名的有《湖州歌》（98首）、《越州歌》（20首）、《醉歌》（10首），皆以七绝联章的形式，从元兵大军入临安、宋廷拜表献降写起，依次记述三宫"杭州万里到幽州，百咏歌成意未休"的所历所感、所见所闻，并借此抒发了自己的爱国感情。其中，《湖州歌》（98首）是大型的组诗，一首写一事，分别记述了南宋君臣投降的情形、蒙古兵蹂躏江南的惨状、宋室君臣宫女内侍被蒙古兵押解北去的凄惨景象以及他在北上时一路上的见闻，对南宋亡国前后的真实情况进行了广泛而生动的反映。比如，《湖州歌》（其五）：

一掬吴山在眼中,楼台累累间青红。
锦帆后夜烟江上,手抱琵琶忆故宫。

在这首诗中,前两句写自己被掳北行时,回首故都景象,深含留恋之意;后两句由眼前而联想日后情景,一个"忆"字进一步深化留恋之情。全诗字里行间抒发了诗人深沉的亡国之痛。

《越州歌》(20首)以史笔的形式,从不同的侧面对元兵南下时半壁河山被蹂躏的惨痛景象以及南宋君臣的表现进行了形象描绘。比如,《越州歌》(其六):

师相平章误我朝,千秋万古恨难消。
萧墙祸起非今日,不赏军功在断桥。

这首诗不仅对权奸误国的罪行进行了深刻揭露,还进一步指出了南宋灭亡的原因。此外,该诗融叙事、议论、抒情于一体,能够引发人的深刻思考。

《醉歌》(10首)并不像前人那样借酒消愁,一醉万事休,而是醉后说话更真率。比如,《醉歌》(其五):

乱点连声杀六更,荧荧庭燎待天明。
侍臣已写归降表,臣妾佥名谢道清。

这首诗写向蒙古军拜表投降的情况,诗中所说的谢道清是宋理宗的皇后、恭帝的祖母,尊为太皇太后。当时恭帝年幼,不能亲政,由谢道清听政。汪元量对她签降表十分不满,故直呼其名,并讥讽她在蒙古人面前以"臣妾"自称。

除以上诗歌,汪元量还有一些诗歌表达了他的古今兴亡之慨,最为典型的便是他赴上都过居庸关李陵台时写下的《李陵台》:

伊昔李少卿,筑台望汉月。
月落泪纵横,凄然肠断裂。
当时不受死,心怀归汉阙。
岂谓壮士身,中道有摧折。
我行到寰州,悠然见突兀。
下马登斯台,台荒草如雪。
妖氛霭冥蒙,六合何恍惚。
伤彼古豪雄,清泪泫不歇。

吟君五言诗，朔风共呜咽。

元代统治者在灭掉了南宋后，在李陵台旁设了李陵台驿，驿路上车水马龙。诗人在经过此地时，登临此台不禁发出了怀古之幽思，并借此表达了对故国的怀念以及古今兴亡之慨。

三、谢翱的诗歌

谢翱(1249—1295)，字皋羽，号晞发子，长溪(今福建霞浦)人。文天祥抗元至闽，谢翱率乡兵投归，为谘议参军，后辞别。文天祥死节，他漫游浙江沿海地区。有《晞发集》。

谢翱是宋遗民诗人中成就最高的一位，其诗主要抒写南宋亡国之痛，构思新颖，遣词奇险，诗风近李贺、孟郊。比如，《效孟郊体》(其三)：

闲庭生柏影，荇藻交行路。
忽忽如有人，起视不见处。
牵牛秋正中，海白夜疑曙。
野风吹空巢，波涛在孤树。

这首诗借助于隐喻的手法，对自己的亡国哀思进行了深刻描写。诗人深有所感，却又闪烁其词，意境如梦如幻，凄迷的夜景正衬托出亡国的遗民无处归宿的感受，辞意精警瑰丽，风格奇崛高古，呈现出孟郊和李贺诗风的影响。

在谢翱的诗歌中，悼亡诗也是一个重要的组成部分。他跟文天祥是知己、是战友，两人曾并肩作战抗击元军，如今文天祥已英勇牺牲，自己沦为亡国遗民，祖国的广大人民尽在异族的残暴统治下，苦不堪言。于是，他写了不少悼念文天祥的诗，如《哭所知》《西台哭所思》《书文山卷后》等，沉痛悲凉，令人备感哀痛。这里着重分析《西台哭所思》一诗：

残年哭知己，白日下荒台。
泪落吴江水，随潮到海回。
故衣犹染碧，后土不怜才。
未老山中客，唯应赋《八哀》。

至元十九年(1282)十二月初九，文天祥在大都就义。谢翱隐居南方，每逢文天祥就义的日子，总要找个秘密的地方来哭祭他。至元二十七年(1290)是文天祥就义后的第九个年头，谢翱于这年的十二月初九傍晚，来到浙江桐庐县富春江的西台，设置文天祥灵主，悄悄哭祭。回到船上，写下了这首五言律诗。该诗不假雕琢，悲痛之情从胸中自然流出。

总的来说，南宋末年的遗民诗抒亡国之痛，发故国之思，沉痛悲哀，泣血吞声，汇成了宋诗气壮山河、光昭日月的尾声，为宋代文学画上了光辉的句号。

第九章　辽金元诗歌发展研究

辽、金、元三个朝代，都是北方游牧民族所开创的。辽为契丹、金为女真、元为蒙古，在时间上互相衔接。辽与五代、北宋相始终，金与南宋并存，元灭金、宋，统一中华版图，成为第一个少数民族贵族为统治核心的一统帝国。契丹、女真、蒙古，固然有着各自的民族特征，但是作为北方游牧民族来说，又有相当明显的共性，那就是豪爽勇武的民族性格，这种民族性格广泛地渗透到诗歌作品当中，造就了辽金元诗歌的阳刚之美。辽金元诗歌是民族融合的产物，其以自然朴素的气息，为中国古代诗歌的发展注入了生机。

第一节　简洁凝练，言短意长：辽代的诗歌

辽代诗歌，留存下来的篇目并不多，与规模宏阔的唐诗、宋诗相比，不可同日而语。即便是与金诗、元诗相比，也显得颇为单薄。但是，辽诗具有独特的价值，这不是其数量可以衡量的，辽诗为中华诗史带来的清新之气、勃勃生机，是难能可贵的。辽诗主要分为契丹族诗人的诗歌和汉族诗人的诗歌，他们的诗歌都体现出文化交融的特点，诗作大都简洁凝练、言短意长。下面我们将具体对其进行阐述。

一、契丹族诗人的诗歌

客观地说，最能展示辽诗的成就与风貌的，不是汉人的诗，而是契丹诗人的创作。在契丹创作中，流传至今的，多数出自契丹贵族手笔。而辽诗中最长、成就最高的诗作，乃是契丹族僧人寺公大师的《醉义歌》。除此之外，也有流传于契丹百姓间的民谣，如《国人谚》《臻蓬蓬歌》等。这里我们对这些契丹族诗人的诗歌进行分析。

耶律倍（899—936），小字图欲，为辽太祖阿保机的长子，神册元年（916）被立为太子。阿保机死后，述律后立德光为帝，耶律倍被迫走上流亡之路。耶律倍是第一个较有名的契丹诗人，他在辽初的贵族中，是最有文化修养的一个。他博览群书，对汉文化颇为向往，对于诗歌创作充满热情，对大唐诗

人白居易非常喜爱，其诗歌创作受到元白一派的影响。耶律倍现存诗作仅一首《海上诗》：

小山压大山，大山全无力。
羞见故乡人，从此投外国。

“山”是契丹小字，其义为“可汗”，与汉字之“山”形同义异。“小山压大山”实际上是写太后立其弟德光为帝，自己虽是太子却被摒弃之事，这是契丹文和汉文合璧为诗的典型例子。诗人利用汉字“山”的意象与契丹文“可汗”的意思的巧合，使此诗既有鲜明的意象，又有深微的隐喻，二者互为表里，意蕴颇为丰富。这首诗主要表达了耶律倍作为政治斗争失败者的复杂心情。

道宗耶律弘基(1032—1101)，字涅邻，小字查剌，辽兴宗耶律宗真长子，辽朝第八位皇帝。他在辽代的几位皇帝里算是最精于诗道的，诗的艺术造诣最高。其诗赋集为《清宁集》，今佚。现存诗作以《题李俨黄菊赋》最富韵味：

昨日得卿黄菊赋，碎剪金英填作句。
袖中尤觉有余香，冷落西风吹不去。

李俨即耶律俨，其父李仲禧于清宁六年(1060)赐姓耶律，并封韩国公。这首诗是道宗赐予他的宠臣李俨的。该诗在艺术上很高妙，不用直露的语言，而是以含蓄优美的意象来表现李赋之佳。诗人以菊花的“余香”来形容李赋的魅力，颇富神韵。

契丹诗人中最有成就，诗歌最具特色的当属萧观音。萧观音(1040—1075)，道宗皇后。萧观音是一位多才多艺而又品德贤淑的宫廷女性。《辽史》称其“姿容冠绝，工诗，善谈论。自制歌词，尤善琵琶”。后被人诬陷与伶人赵惟一私通而被赐死。萧观音是一位富有个性的女诗人。诗作比较多样化，雄豪俊爽，颇见北地豪放气概，如《伏虎林待制》：

威风万里压南邦，东去能翻鸭绿江。
灵怪大千俱破胆，那教老虎不投降？

头两句以极为雄奇宏阔的意象，弘扬辽王朝的威势与民族自信。诗为狩猎而赋，不离狩猎又不拘于狩猎，而是大处落墨，气象不凡。后两句落到射猎上，又显示出征服一切的气概。这首诗决非一般女性所能为，体现出萧观音是一个胸臆博大、立足高远的颇富政治才能的人。

萧观音也有委婉深曲之作，如《怀古》：

> 宫中只数赵家妆，败雨残云误汉王。
> 惟有知情一片月，曾窥飞燕入昭阳。

这首诗是萧观音针对耶律乙辛污蔑她与人私通伪造的证据《十香词》所作，诗中对于赵飞燕赵合德蛊惑汉成帝、误国败政的行为予以了讽刺，表现出诗人丰富的史实储备。同时这首诗在艺术上也比较成熟，用含蓄微婉的诗句表达深刻的诗意，比一般的宫词立意都要高。

她另有《回心院词》十阕，情感深挚，意象细腻，向称佳作。萧观音的诗颇含政治见解，现存的《讽喻歌》《咏史》都是讽喻朝政的。前者说："勿嗟塞上兮暗红尘，勿伤多难兮畏夷人。不如塞奸邪之路兮选取贤臣，直须卧薪尝胆兮激壮士之捐身，可以朝清漠北兮夕枕燕云。"诗中指出国家面临的危难，劝谏朝廷励精图治。后者则借史实来讽刺朝廷的昏暗壅蔽，大厦将倾。两诗都稍嫌直露，但情感激切，风格奔放。诗用骚体写成，句式参差错落，具有较强的力度。在辽代诗人中，萧观音留下的篇什最多，体裁与风格也各有不同。这些诗作表现出诗人丰富而深邃的精神世界，也印记着诗人的命运与心路历程。

在契丹人的诗作中，篇幅最大、且最具典型意义的莫过于《醉义歌》，其作者为僧人寺公大师。这首长诗以重阳饮酒为契机，以邻里农丈人为倾诉对象，诗人熟练地运用七言歌行的形式，酣畅淋漓地表达了自己对人生的感悟，抒发了内心复杂的思想感情和高洁脱俗的情操，体现了儒、道、释浑融一体的哲学思想，代表了契丹诗人的最高成就。

辽诗中契丹诗人所存作品虽然不多，但它既表现出契丹人的民族性格及其社会生活状况，又体现出他们逐步接受汉化的过程，具有较高的历史价值和艺术价值。

二、汉族诗人的诗歌

辽国境内，也存在一批汉族诗人。他们之中，多为进士出身的文人。他们的诗歌一方面仍保留汉族传统诗歌的风韵，另一方面又受到塞外地域和北方游牧民族性格的影响，形成独特的风味。虽然流传后世的作品不多见，但这批诗人群是客观存在的，他们留下的诗作，无论数量、成就，都远不如契丹人的创作，这在历代诗史中是绝无仅有的现象。同样是少数民族建立的王朝，金、元、清的诗坛，虽有一些少数民族诗人的吟唱，但其主旋律却是为数众多的汉族诗人奏出的。在辽诗中，契丹人的诗作，在数量、篇幅、成就上都占有绝对的优势。

这个时期流传下来的汉族诗人的诗歌非常少,我们主要对马尧俊和赵延寿的两人作品进行分析。

马尧俊,生卒年不详,辽道宗时人,官至起居郎知制诰,辽大康六年(1080)任高丽王徽的生辰使。其作品主要有道宗时马尧俊出使高丽时所作的《献高丽王诗》:

始从钧裂海东天,世世英雄禀自然。
掌上宝符钤造化,胸中神剑画山川。
太宗莫取龙州道,炀帝难乘鸭绿船。
真是金轮长理国,岂论八万四千年。

诗的内容似乎是在赞诵高丽国王的英明勇武,所谓"世世英雄"皆禀"自然",意思是上帝的安排;高丽王是掌上有宝符、胸中有神剑,所以就是隋炀帝、唐太宗也很难征服。"炀帝难乘鸭绿船"一句含蓄而又深刻。

赵延寿(? —948),本姓刘,恒山人。梁开平初年,沧州节度使刘守文攻陷蓨县,刘守文裨将赵德钧获延寿,收为养子,故改姓赵。后与赵德钧一同降契丹,为幽州节度使,封为燕王。契丹灭晋以后,延寿为中京(今内蒙古昭乌达盟宁城县西)留守,不久为契丹永康王耶律阮所执,卒于契丹。延寿能诗能文,其《塞上》诗反映了契丹景色:

黄沙风卷半空抛,云重阴山雪满郊。
探水人回移帐就,射雕箭落著弓抄。
乌逢霜果饥还啄,马渡冰河渴自刨。
占得高原肥草地,夜深生火折林梢。

诗中描写了北国契丹的地域景色,风卷黄沙,山雪满郊,生活在这样环境里的契丹儿女尚武善射是自然的。诗的风格刚劲豪放。

第二节　亲和宋诗,郁勃愤懑:金代的诗歌

金代文学以《西厢记诸宫调》最为后人称道,但是从其实际情况来看,诗歌才是金代文人用力最多、成就最高的文学样式。金代在文化上比辽有显著的进步。女真统治者在政治制度、文化建设诸方面广泛地吸收了汉文化的要素,使金朝的封建化进程发展很快,其文学成就更远远超过了辽代。金

代诗坛，诗人辈出，作品繁多。金与宋虽然在政治上对立，在文化上却受到宋的很大影响。在金代初期，由来自辽宋的文士竞胜于诗坛，明昌(1190)以后，新一代文士成长起来，创作领域有所开拓。金室南渡后，兵连祸接，内外交困，诗风一变，有如南宋。赵秉文、杨云翼等诗人名望日崇，稍后则有李俊民、王若虚、段克己等，作品多以艰难时世、涂炭民生为题材。此期诗坛的荣光，是由金入元、为金诗编集的元好问。本节我们将对宇文虚中、党怀英、赵秉文、元好问的诗歌进行详细分析。

一、宇文虚中的诗歌

宇文虚中(1079—1146)，字叔通，别号龙溪，成都华阳(今属四川双流)人。北宋时官至资政殿大学士，南宋高宗建炎二年(1128)使金被软禁。后被迫仕金为礼部尚书、翰林学士承旨。金皇统六年(1146)，因与部分俘虏密谋夺兵权南奔，事觉被杀。他的诗集已佚，今存诗50多首。他的前期作品不多，亦较平淡。入金后诗风一变，或表达对宋朝的忠贞情怀如《己酉岁书怀》：

去国匆匆遂隔年，公私无益两茫然。
当时议论不能固，今日穷愁何足怜。
生死已从前世定，是非留与后人传。
孤臣不为沉湘恨，怅望三韩别有天。

首联说使金羁留，未能祈请二帝回宋，没有成就功名。颔联由国事写到自身遭遇，当年的宋金和议并不牢固，导致今天自己困守北方的不幸。颈联说自己已将生死是非置之度外，不在乎世人的议论。尾联解释自己没有以身殉国的原因，还期待完成祈请二帝回宋的使命。

或抒写出塞思乡之情，颇多感愤之词。如《又和九日》："老畏年光短，愁随秋色来。一持旌节出，五见菊花开。强忍玄猿泪，聊浮绿蚁杯。不堪南向望，故国又丛台。"抒发了诗人羁留北方、心念故国的心情，在苍凉之中又融入怨愤。

又如《在金日作》：

遥夜沉沉满幕霜，有时归梦到家乡。
传闻已筑西河馆，自许能肥北海羊。
回首两朝俱草莽，驰心万里绝农桑。
人生一死浑闲事，裂眦穿胸不汝忘。

虚中使金被留,虽位高名重,却仍不忘故国,诗中以苏武自励,表示决不屈节。后来,他密谋挟宋钦宗赵桓南归,事败,全家被杀,说明他这首诗并非虚语。

二、赵秉文的诗歌

赵秉文(1159—1232),字周臣,号闲闲老人,磁州滏阳(今河北磁县)人。仕五朝,官六卿,是公认的金代中后期文坛领袖。现存《闲闲老人滏水文集》20卷,存诗643首。

赵秉文论诗主张转益多师,在创作实践中也是如此。他的七言古诗模仿李白、苏轼,五言古诗模仿陶渊明、阮籍和王维,七言绝句学习杨万里。在各体诗歌创作中他都有所成就,但也或多或少留有效仿的痕迹,有时过多地化用前人诗句,却未能融为己有,正如李纯甫所说,“不免有失支堕节处,盖学东坡而不成者”,其诗中“往往有李太白、白乐天语”(刘祁《归潜志》卷八)。师古有余、创新不足是他的缺陷。如七绝《春游四首》(其二):

无数飞花送小舟,蜻蜓款立钓丝头。
一溪春水关何事,皱作风前万叠愁。

诗歌从细节入笔,浪花、小舟、蜻蜓构成动态的美丽画面。其中的“蜻蜓款立钓丝头”与杨万里《小池》“小荷才露尖尖角,早有蜻蜓立上头”有异曲同工之妙,而春水随风化作春愁,看似信笔点染,而境界深远。

三、党怀英的诗歌

党怀英(1134—1211),字世杰,号竹溪,他幼年时曾与辛弃疾同学于蔡松年门下,大定十年(1170)进士,曾任泰宁军节度使、翰林学士承旨等职,参与修撰《辽史》。党怀英是金中叶的文坛盟主,他的诗歌创作具有很高的水准,诗歌创作的题材十分丰富。在其不同的创作阶段,诗歌呈现出不同的特点。

在党怀英诗歌创作的前期,其诗作明显具有彷徨及愤懑情感宣泄的特点。如《宿旧县四更而归,道中摭所见,作行路难》:

三星排空山月明,思归客子夜半行。
单衣短褐风凄清,响踏黄叶栖禽惊。
匆匆晓转沙岸侧,枯蓼寒芦鸣索索。

山月欲随山烟黑，前途无人脚无力。
行路难，堪叹息。

此诗在刻画诗人夜途寂静凄清境况下，又抒写了作者凄凉伤感的情绪。“响踏黄叶栖禽惊”“枯蓼寒芦鸣索率”等句以动写静，以音衬寂，具有很强的艺术感染力。同时对自己屡屡不得志和未来前途命运，充满了忧郁和悲叹。

在其诗歌创作的成熟期，由于作者处境及社会地位发生了重大改变，因而诗歌创作风格随之变化，加之作者文学功底不断加深，诗歌成就斐然。这一时期的作品大都充满了情致，如《渔村诗话图》：

江村清景皆画本，画里更传诗与功。
渔夫自醒还自醉，不知身在画图中。

景象鲜明生动，语言质朴，因事遣词，风格朴拙，兼得陶谢诗之意境韵味，依景寄情，因物抒感，冲淡清丽，刻画生动，娴熟老到，表现了诗人萧散幽独的襟抱和孤芳高洁的志趣。

又如《夜发蔡口》：

落霞坠秋水，浮光照船明。
孤程发晚泊，倦楫摇天星。
蔼蔼野烟合，倚倚水风生。
远浦浩渺莽，微波澹彭觥。
畸鸟有时起，幽虫亦宵征。
怀役叹独迈，感物伤旅情。
夜久月窥席，慷慨心不平。

诗写旅途见闻，把所见落霞、秋水、行船、天星、野烟、畸鸟、幽虫等自然意象事物携来入诗，将河边晚照，四野苍茫，独行感伤，夜深难寐糅合在一起，抒发了诗人自己内心颇不宁静的羁旅幽思情怀。景象鲜明、生动，语言质朴、凝练、准确，可见其诗受南朝谢灵运等人影响较大，但亦有不尚虚饰的独特风貌。

在其诗歌创作的黄金期，由于功成名就，加之诗歌创作经验的不断丰富及人生阅历的增长和对生活体验的不断加深、感悟，其诗歌达到了人生的最高峰。这一时期，党怀英佳作频出，既有灵妙清新、境界豁达的《奉使行高邮道中二首》，也有艳丽清冷、孤寂幽怨的《西湖晚菊》，更有其晚年所作的为后人高度称赞的《雪中》四首诗，现举《雪中》(其一)为例进行分析。

诗人固多贫,深居隐茅蓬。
一夕忽富贵,独卧琼瑶宫。
梦破窗明虚,开门雪迷空。
萧然视四壁,还与向也同。
闭门捻须坐,愈觉生理穷。
天公巧相幻,要我齐穷通。
冲寒起沽酒,一洗芥蒂胸。

该诗描述了诗人因雪而入梦琼瑶宫,享尽一夕富贵,梦醒过后仍穷困依旧,还需饮酒驱寒,自得其乐,冲淡自然,由此感悟穷通如梦幻。所写梦境应有象征意义,象征其由穷变富再归于穷的人生。深刻的人生思考使党怀英对沉浮荣辱持有冷静、旷达的态度,这在党诗中有充分的体现。可贵的是,党怀英一生宦海浮沉,奔走四方,生活阅历极为丰富。他善于从人生遭遇中总结经验,也善于从客观事物中见出规律。在他眼中,极平常的生活内容和自然景物都蕴含着深刻的道理。尤为难能可贵的是,诗中的哲理是通过生动、鲜明的艺术意象自然而然地表达出来,而不是经过逻辑推导或议论分析所得出来的。这样的诗歌既优美动人,又饶有趣味。说明作者极具灵心慧眼,所以到处都能发现妙理新意。

四、元好问的诗歌

元好问(1190—1257),字裕之,号遗山,太原秀容(今山西忻州)人。祖先出于北魏鲜卑拓跋氏。他32岁登进士第,曾任南阳等县的县令,后入朝任右司都事、东曹都事等职。金亡,他被元兵押解到聊城,后回到家乡从事著述。

元好问不仅在金朝诗坛上是一位大诗人,而且在中国诗史上也堪称“大家”。他的诗歌创作,不仅代表了金诗的最高水平,同时,也为中国的诗歌艺术开拓了新的途径。金诗,因为有了元好问而大增其彩。

在元好问各体诗歌中,七律成就最高。元好问亲身经历了金国灭亡的时代巨变,写下了许多感人至深的纪乱诗,后人有“诗史”之称。赵翼认为“唐以来律诗之可歌可泣者,少陵十数联外,绝无嗣响,遗山则往往有之”。

元好问“纪乱诗”的特点之一,是他对国家灭亡、人民遭难的现实不是一味地哀叹悲泣,而是把悲壮慷慨的感情表现于苍莽雄阔的意境之中。如《壬辰十二月车驾东狩后即事五首》(其二):

惨澹龙蛇日斗争,干戈真欲尽生灵。

高原水出山河改，战地风来草木腥。
精卫有冤填瀚海，包胥无泪哭秦庭。
并州豪杰知谁在？莫拟分军下井陉。

前两联突出表现战争的极端残酷，后两联在绝望中仍然幻想着申包胥、并州豪杰。对于战争所带来的巨大灾难和国家的危急形势，诗人深为悲怆沉痛，但字里行间仍充溢着一股慷慨壮烈之气。

又如著名的《岐阳三首》(其二)：

百二关河草不横，十年戎马暗秦京。
岐阳西望无来信，陇水东流闻哭声。
野蔓有情萦战骨，残阳何意照空城！
从谁细向苍苍问，争遣蚩尤作五兵？

此诗写正大八年(1231)凤翔失守之事，气象博大壮阔，感情悲怆而慷慨，是遗山诗歌中的佳作。清人潘德舆评曰："豪情胜概，壮色沉声，直欲跨苏黄，攀李杜矣。"

元好问"纪乱诗"的另一个特点是具有深刻的历史洞察力。他往往把对现实的悲怆情怀与对历史的批判意识融合在一起，从而增加了诗的思想深度。如《癸巳四月二十九日出京》：

塞外初捐宴赐金，当时南牧已骎骎。
只知灞上真儿戏，谁谓神州遂陆沉。
华表鹤来应有语，铜盘人去亦何心。
兴亡谁识天公意，留着青城阅古今。

这是天兴二年(1233)诗人被蒙古兵押解出京时所作。当年金人破宋，俘宋徽、钦二帝，在青城受宋人之降；如今蒙古军破金，也在青城受金人之降，历史的悲剧在同一个地方重演。诗人在国家沦亡的悲愤中，对国家武备松弛而招致败亡的历史教训作了深刻的省察。其他如《出都》等，也都表达了诗人对金朝败亡原因的理性思考。

中国古代文学大体以西安、洛阳、开封一线，分为南北方文学。在元好问之前，北方文学总体成就低下，没有出现一流的大作家，无法与南方文学争辉。而元好问的出现，改变了这一现象。之后，经元明清三代，延至今天，中国文学的中心一直偏于北方，可以说，元好问是中国北方第一位大作家。

第三节　崇唐鄙宋，流丽奇诡：元代的诗歌

元代诗歌创作是中国诗歌史上的重要环节，从数量来讲，虽然难以统计，但是绝对超过数万首。元诗虽然没有唐宋诗歌那样的突出成就和特色，但还是出现了很多可以称道的诗人，有着非常丰富的内涵。与金代亲宋不同，元代的诗人主张“宗唐”，效法唐音。崇唐鄙宋，流丽奇诡，大致成为元代诗歌的发展方向。从元诗自身的发展变化轨迹来看，元诗大概可以分为前、中、后三期，这三个时期的诗人不管是在诗歌风格还是在思想倾向上都有很多不同之处，形成了元代诗歌创作的丰富性。元代前期最具代表性的诗人有耶律楚材、刘因、赵孟頫等，中期最具代表性的诗人有四大家虞集、杨载、范梈、揭傒斯等，后期最具代表性的诗人有杨维桢、萨都剌等。本节我们选取其中的几位，对其诗歌创作进行详细研究。

一、刘因的诗歌

刘因(1249—1293)，字梦吉，号静修，河北容城人。34岁时被征入朝，任赞善大夫，不久即辞归。后再征为集贤学士，不就。元世祖称之为“不召之臣”。刘因是元代具有代表性的理学家和诗人。

刘因出生在金亡后不久的北方，且一度出仕元朝，但对宋王朝眷恋甚深，感情上一直以南宋为故国。故在其诗中，总是婉转地表达出他的家国之思。元师伐宋时，他写了《渡江赋》哀叹宋王朝的命运，力陈宋不可伐。他还在很多诗中，借景抒情，托物寓意，表达对宋王朝的怀念。如《观梅有感》：

东风吹落战尘沙，梦想西湖处士家。
只恐江南春意减，此心元不为梅花。

这首诗写于元师灭宋、攻占杭州之后。诗人担心汉族文化传统、文物制度被战火毁灭，表现了深厚真挚的民族感情，寓意深长，含蓄浑成。

刘因还写过不少咏史诗，这类诗以议论为主，受苏轼、元好问影响较深，但却颇有新意。如《白沟》(节选)：

宝符藏山自可攻，儿孙谁是出群雄？

幽燕不照中天月，丰沛空歌海内风。
赵普元无四方志，澶渊堪笑百年功。
白沟移向江淮去，止罪宣和恐未公。

此诗通过对历史的回顾，深刻揭示了北宋王朝对外一贯妥协苟安，终于丧失中原的沉痛教训，发前人之所未发。

有时他的情绪深沉、复杂得似无可名状。但这些诗篇能给人以很深的情绪感染，让读者和他一样陷入莫名的惆怅之中，如《易台》：

望中孤鸟入消沉，云带离愁结暮阴。
万国山河有赵燕，百年风气尚辽金。
物华暗与秋容老，杯酒不随人意深。
无限霜松动岩壑，天教摇落助清吟。

细读此诗，我们甚至不知道他是在感时还是怀古，他眼前的山河，和这山河所经历的历史，在某一时刻，一齐袭上心头，使他产生了无以名状的愁绪与失落。

刘因又是具有清介之质的孤高绝俗的高士，热爱生活，因此，诗风冲澹闲婉，真率自然，清新活泼，充满生机。在他的诗中，我们感受到的多是生机与真趣。即使表现其穷困潦倒生活的诗，也不枯瘠，不空寂。

二、虞集的诗歌

虞集(1274—1348)，字伯生，世称邵庵先生，临川崇仁(今属江西)人。学于吴澄。成宗时至大都，为大都路儒学教授、国子助教。仁宗时为集贤修撰，升翰林直学士兼国子祭酒。文宗时任奎章阁侍书学士，受命与中书平章赵世延等修《经世大典》。他是元代诗文大家，也是元代诗风最典型的代表诗人和一代文坛盟主。

虞集诗风清和、雍容、儒雅、圆熟，各体诗都有佳作。五言古诗学汉魏晋，在汉魏诗的古朴中融入了儒雅，七言古诗主要受唐诗影响，总体儒雅风流，具体风格以清朗、疏放、飘逸、轻扬为主，时露奇气，可以感受到李白之逸气。

虞集律诗成就主要在七律，代表作有《挽文山丞相》：

徒把金戈挽落晖，南冠无奈北风吹。

子房本为韩仇出,诸葛宁知汉祚移。
云暗鼎湖龙去远,月明华表鹤归迟。
不须更上新亭望,大不如前洒泪时。

陶玉禾对此诗的评价是:"意到,气到,神到,挽文山诗,此为第一。"(《元诗选》)全诗沉郁苍劲,感慨遥深,既是追挽文天祥这位杰出的爱国者,也是哀悼南宋的灭亡,字里行间流露出深沉的民族情感。胡应麟说虞集诗学杜,此诗当为例证。

三、萨都剌的诗歌

萨都剌,生卒年不详,字天锡,号直斋。本答失蛮氏,应为回族人。祖、父两代因军功镇守云、代,遂家雁门。他于泰定四年(1327)中进士,官至江南行台侍御史,晚年辞官后流寓江南。他虽然是少数民族,却具有丰富的汉族文化教养,精通汉语,他的诗清新绮丽,自成一家,是当时诗坛上杰出的诗人。

早期,萨都剌以乐府著称,多写艳情,有些作品写得生动自然,如《燕姬曲》:

燕京女儿十六七,颜如花红眼如漆。
兰香满路马尘飞,翠袖笼鞭娇欲滴。
春风澹荡摇春心,锦筝银烛高堂深。
绣衾不暖锦鸳梦,紫帘垂雾天沉沉。
芳年谁惜去如水,春困著人倦梳洗。
夜来小雨润天街,满院杨花飞不起。

诗中描写燕京富贵女子寻欢不得,锦梦难成,芳年像水一样逝去,又如杨花一样飘零,写人与写景交相衬托,耐人寻味。

有些作品表现出清轻俊爽的风格,内容广泛而深刻,用宫词批判社会,讽刺邪恶,颇有新意。如《秋词》:

清夜宫车出建章,紫衣小队两三行。
石阑干畔银灯过,照见芙蓉叶上霜。

此为萨都剌诗歌代表作品之一。诗歌突破了历来宫词写宫女哀怨的主题,截取平淡的生活片断,铸成韵味悠远的意境,用清夜、紫衣、银灯、绿荷以及白霜等意象，在神秘而朦胧的宫廷夜景中，描绘出一幅清幽、淡雅而有动感的水墨画，让人过目不忘。

萨都剌也有部分作品表现了当时的社会现实。如《早发黄河即事》通过自己亲身的所感所见，写出了阶级的矛盾与对立。通过对比京师贵家子弟的豪侈生活和劳动人民悲惨遭遇表达了自己对权贵人家的讽刺和对劳苦人民的同情。又如《过居庸关》一诗描写了元蒙贵族军事恐怖政策所造成的惨状："草根白骨弃不收，冷雨阴风哭山鬼。道旁老翁八十余，短衣白发扶犁锄。"《大同驿》一诗则表现了元蒙军吏的横行无忌："飞骑将军朝出猎，打门县吏夜催徭。"都具有一定的现实意义。

四、杨维桢的诗歌

杨维桢(1296—1370)，字廉夫，号铁崖，会稽(今浙江绍兴)人。泰定四年(1327)进士，官至江西儒学提举。为官期间，比较关心人民疾苦，颇有政绩。元亡后，明太祖朱元璋曾召他编修礼、乐、书志，因不愿出仕，辞归。善为乐府，受李贺影响较深，在当时很负盛名。有《铁崖古乐府》《东维子集》留世。

他的诗擅名一时，颇有特色，以纵横奇诡、秾丽妖冶为其风格，常能言人之不敢言，甚至拗语夸饰，陵纸怪发，受李贺影响较深，时人称为"铁崖体"。他倡导这种诗风主要是为了矫正元后期委琐纤弱的诗风，但他过于逞才使气，专务新奇，矫枉过正，往往失之怪诞。

杨维桢的古乐府诗追求构思之奇特，造句之突兀，而思维跳跃性大，给人以瑰奇惝恍的感受，最能代表杨维桢这类诗特点的是《鸿门会》：

天迷关，地迷户，东龙白日西龙雨。
撞钟饮酒愁海翻，碧火吹巢双猰貐。
照天万古无二乌，残星破月开天馀。
座中有客天子气，左股七十二子连明珠。
军声十万振屋瓦，拔剑当人面如赭。
将军下马力排山，气卷黄河酒中泻。
剑光上天寒彗残，明朝画地分河山。
将军呼龙将客走，石破青天撞玉斗。

诗题取材于刘项之鸿门宴，但诗人主要通过气氛声势而不是具体情节来把握这一双雄聚会，并有意使之表现得光怪陆离、雄奇飞动，给人一种标新立异、夸饰怪诞之感。此诗乃杨维桢生平得意之作，他的学生吴复曾说他“酒酣时常自歌是诗”。

相比杨维桢的古乐府诗，他的竹枝词更受人们的喜爱，历来评价也较高。他写的《西湖竹枝词》《海乡竹枝词》，清新明爽，通俗活泼，颇有民歌风味。胡应麟称之“俊逸浓爽，如有神助”（《诗薮·外篇》卷六）。

第十章　明代诗歌发展研究

明代享国时间与唐宋相近，但诗歌的成就却不如唐宋。虽然明代不少流派和作家，如吴中诗人、前后七子、台阁体诗人、公安派、竟陵派等，为了挽救旧体诗歌自元代以来形成的衰落趋势，在理论和创作上做了大量努力，希图起衰振弊，但由于明王朝大力推行文化专制主义，包括屡兴文字狱、提倡理学和推行八股取士制度，使得一些诗文作家壮志消磨，谨小慎微，逃避现实。他们或谈复古，或主性灵，思想认识片面，未能找出振兴诗歌的康庄大道。然而，明代尤其是明代后期，封建社会步入晚期，资本主义也开始萌芽，封建专制主义的恶性膨胀和新民主思潮的激荡使得明代诗歌呈现错综纷繁、流派林立、各种理论主张层出不穷、争奇斗胜的局面。

第一节　明代诗歌的创作特点

明太祖朱元璋借农民起义的力量推翻元蒙统治，作为中国主体民族的汉人重新建立了统一的国家。明代开国即诏复衣冠如唐制，时人复见汉宫威仪，盛唐气象遂为文士所憧憬。闽中诗人林鸿等以盛唐相号召，认为“开元天宝间，神秀声律，粲然大备，故学者当以是为楷式”(《唐诗品汇》序)。高棅编《唐诗品汇》，以其巨大影响，引导了明诗继元诗之后宗唐的大方向。《唐诗品汇》体现了闽中诗派的诗歌主张，在明代流传极广，直接影响到当时的诗歌创作。这对纠正宋末芜杂细碎和元代纤巧诡异的诗风，起到了积极的作用；同时客观上也为前后七子“诗必盛唐”的复古倾向开了先河。

明初诗人大多由元入明，他们经历了元末大动乱，对民生疾苦、社会疮痍有着较深的感触，写出了一些揭露黑暗、抨击暴政的作品，如著名作家宋濂、刘基等人都是这样。但他们在入明以后文风都趋于保守，对重大社会问题的反映大为削弱。作为开国功臣，他们更关心的是使文学如何为巩固新王朝服务，故强调文学的教化作用，作品也以歌功颂德者居多。

明初诗歌以高启、刘基为代表。他们都是由元入明的知识分子，曾长期在元朝残暴统治下生活，经历了社会动乱。所以，作品大多富于现实意义，能揭露元末的暴政，同情人民的困苦，风格古朴雄放。

从永乐到成化(1403—1487)年间领导文坛的是“台阁体”和“性理诗”,文学沦落为升平的点缀,造成诗歌创作的沉寂和衰落。

明代中后期,诗歌创作尽管没有产生杰出的大作家,但围绕着拟古与反拟古这个主题,产生了一些诗体,出现了一些诗派。此时因循百年的台阁体和沉溺于体道悟真、索然无味的性理诗已没有存在的理由,于是气壮、亢直的文学复古思潮兴起。首先是复古的“前七子”的出现,后期诗坛则涌现了以李攀龙、王世贞为代表的“后七子”,他们再一次掀起了诗歌的复古运动。前后七子学习秦汉文、盛唐诗,让明代诗歌由歌功颂德、点缀太平走进现实人生。从弘治到万历百余年间,主持诗坛的前后七子,更公然打出“诗必盛唐”的旗号。他们倡言“文必秦汉、诗必盛唐”,“大历以后书勿读”的复古论调,影响极大,以致“天下推李、何、王、李为四大家,无不争效其体”(《明史·李梦阳传》)。其间虽有归有光等“唐宋派”作家起而抗争,但不足以矫正其流弊。首倡者为李梦阳,其人“才思雄鸷,卓然以复古自命。李攀龙也特别推崇汉魏古诗、盛唐近体。万历间李贽针锋相对提出“诗何必古选?文何必先秦?”和“文章不可得而时势先后论也”的观点,振聋发聩,他和焦竑、徐渭等实际上成为公安派的先导。

明神宗万历年间(1573—1619)起而纠正前后七子诗风的诗歌流派,代表人物为袁宗道、袁宏道、袁中道三兄弟,因其籍贯为湖广公安(今属湖北),故世称“公安派”。其重要成员还有江盈科、陶望龄、黄辉、雷思霈等人。

明末民族矛盾和阶级矛盾空前尖锐,政治黑暗,社会动荡,文社纷起。一些优秀作家大都参加了当时的阶级斗争和抗清斗争,以诗歌抒发报国激情,表现了崇高的民族气节和不屈的英雄气概。

综上所述,明代诗歌主要有以下几个显著特点。

第一,明代形成的诗歌创作流派较多。除了具有重大影响的全国性流派前七子、后七子、公安派、竟陵派之外,历朝还有许多地域性的小流派。这种现象显然与明代文士喜结诗社的风气有关。

第二,明代诗歌在反映现实生活的广度和深度方面,既不如唐诗,又逊于宋诗,如前后七子的模拟成风,公安派的诗意浅露,竟陵派的诗境狭小。这里固然有八股取士,使“明代功名富贵在时文,全段精神俱在时文用尽,诗其暮气为之”(吴乔《答万季埜诗问》)等原因,但更重要的是诗人创作指导思想上存在偏颇。

第三,面对正统诗文的衰微,明代诗人提出了不少诗歌创作方面的理论主张,如高启认为要“兼师众长”,李东阳认为要分辨诗体的声调音节,前后七子主张要学习汉魏盛唐、提倡复古,公安派则主张要“独抒性灵”等。这些看法均有一定道理,但是他们也存在一定的局限性,如不能正确总结汉魏盛唐以至宋元以来诗歌发展的经验与教训，过分强调认识到的部分真理，没有辩证的态度，没有找到提高诗歌创作水平的关键因素——立足于现实生活，因此，这些理论主张都未能挽救正统诗文的衰微，反而将诗歌创作引向更深的危机。

第二节　博大昌明，潇洒自适：吴中诗

明初诗人高启、杨基、张羽、徐贲，四人由元入明，诗多怀旧、题咏之作，抒发故国之思和生民之痛。因四人都是吴中（今江苏苏州）人，全以文名著称于世，故称"吴中四杰"，他们的诗歌也称为"吴中诗"。高、杨、张、徐四人，在诗歌风格上，高伉健，杨纤秾，张古拙，徐温丽；在诗歌体式上，高古体、近体皆其所长，乐府、歌行、五古、七古皆富佳构，如飞瀑入涧，随处砰訇。杨以近体取胜，如花间清泉，落英夹岸。张以歌行见力，如水入峡间，缓急随势。徐以乐府、五古占高，如平湖行舟，水深波细；在诗歌语言上，高雄丽，杨婉丽，张峻丽，徐典丽，各有优长。

一、高启的诗歌

明初诗人皆经历元末社会动荡，其独领风骚的诗人是高启。高启（1336—1374），字季迪，号青丘子，长洲（今江苏苏州）人。洪武初召修《元史》，授翰林编修。后辞官，赐金放还。他以作风自由，为朱元璋所不容。英年遇害，实未尽才。有《高青丘集》。

高启以诗名，他自编诗集有《吹台》《江馆》《青丘》《南楼》《娄江》《凤台》《姑苏》《缶鸣》等多种。后人合编为《高太史大全集》18 卷，另附文《凫藻集》5 卷，词《扣舷集》1 卷。清初金坛又增补成《青丘诗集注》共 27 卷，收诗 2000 多首，词 32 阕。

高启是"吴中四杰"中影响最大的诗人，在他居里的北郭，形成一个诗人集团，即"北郭十友"。后人对他在诗歌上的成就更是推崇备至，《四库提要》说："高启天才高逸，实踞明一代诗人之上。"《明诗纪事》也说："高启天才绝特，允为明三百年诗人称首，不止冠绝一时也。"高启诗以才情奔放著称，风格清新俊逸。其为人和诗风都近似于李白。尤其是他的歌行体，更表现了一种豪宕凌厉、奔放驰骋的特色，如《登金陵雨花台望大江》：

大江来从万山中，山势尽与江流东。

钟山如龙独西上,欲破巨浪乘长风。
江山相雄不相让,形胜争夸天下壮。
秦皇空此瘗黄金,佳气葱葱至今王。
我怀郁塞何由开,酒酣走上城南台。
坐觉苍茫万古意,远自荒烟落日之中来!
石头城下涛声怒,武骑千群谁敢渡?
黄旗入洛竟何祥,铁锁横江未为固。
前三国,后六朝,草生宫阙何萧萧。
英雄乘时务割据,几度战血流寒潮。
我生幸逢圣人起南国,祸乱初平事休息。
从今四海永为家,不用长江限南北。

全诗以沉雄悲壮的笔调描绘了祖国河山的壮丽,抒发了激动的情怀。登上金陵雨花台而眺望长江,又俯视金陵景貌,诗人怀古的思绪联翩不断:眼前的金陵旧城为形胜之地,佳气葱葱,昔日三国吴和南朝曾建都于此,企图凭恃长江天堑固守割据局面,但都没有逃脱覆亡的命运。接着诗人从对历史上"英雄乘时务割据,几度战血流寒潮"的感叹,回复到对时局的议论,"祸乱初平事休息""从今四海永为家,不用长江限南北",联想起历史上的割据局面与亲身经历的元末战乱,诗人自然倾向于眼下没有战祸、相对安定的生活。全诗波澜壮阔、一气呵成,怀古而不感伤,用典切合时地。全诗写景与抒情融为一体,缅古与思今自然交织,结构跌宕有致,雄豪奔放的气势中交杂着几分苍凉的意味。浑浩流转,波澜壮阔,笔墨酣畅,有太白遗风。

元明之交,战火纷起,时局动荡,给人们带来了种种灾难与痛苦。由于生活在元明交替之际,高启的不少作品烙上了某些鲜明的时代特征,反映当时战乱生活便是其中的一个方面,如《吴越纪游·过奉口战场》:

路回荒山开,如出古塞门。惊沙四边起,寒日惨欲昏。
上有饥鸢声,下有枯蓬根。白骨横马前,贵贱宁复论。
不知将军谁,此地昔战奔。我欲问路人,前行尽空村。
登高望废垒,鬼结愁云屯。当时十万师,覆没能几存。
应有独老翁,来此哭子孙。年来未休兵,强弱事并吞。
功名竟谁成,杀人遍乾坤。愧无拯乱术,伫立空伤魂。

这首诗便以写实的手法向人们展示了一幕战后的景象:空荒的村落,横地的白骨,枯萎的蓬根,还有不时发出凄厉叫声的饥鸢,这一切在飞沙与寒日的笼盖与映照下显得惨烈荒寂。整首诗的基调凝重悲怆,诗人尽管没有从正面刻画兵刃相接、血肉横飞的战争场面，但通过这些战后惨景的描写，让人不难想象出这场战争的残酷，而面对无休止的战乱，无可奈何的诗人只能在内心添加一份悲伤。

明太祖洪武二年己酉(1369)，高启应召纂修《元史》，次年授翰林院国史编修官。尽管境遇发生了变化，然而这些似乎并没有给他带来欣喜，他自称"海鸟那知享钟鼓，野马终惧遭笼轨"(《喜家人至京》)，认为新朝的仕宦生活反使他备受束缚。《池上雁》一诗则更形象地写出了他的这种心境：

野性不受畜，逍遥恋江渚。
冥飞惜未高，偶为弋者取。
幸来君园中，华沼得游处。
虽蒙惠养恩，饱饲贷庖煮。
终焉怀惭惊，不复少容与。
耿耿宵光迟，撼撼寒响聚。
风露秋丛阴，孤宿敛残羽。

整首诗运用了隐喻的手法，刻画出诗人在官场中所感到的"不复少容与"的拘束与"孤宿敛残羽"的孤独。诗人内心充满了苦闷，他原本怀有不喜约束的"野性"，然而沉闷刻板的仕宦生活显然束缚了他放旷不羁的个性，令他无法适应。

他的古题乐府诗，虽袭用旧题，但能别出新意。他的一些新题乐府诗如《牧牛词》《捕鱼词》《养蚕词》《卖花词》《伐木词》《打麦词》《采茶词》《田家行》等，大都能描绘出一幅幅农村劳动生活的图景，并在一定程度上反映出阶级剥削和民生疾苦。

他还写过不少怀古诗，如著名的《明皇秉烛夜游图》，极写玄宗沉溺于宫廷宴游之乐，终于导致马嵬之祸。全篇系从《长恨歌》演化而来，但却无一语相袭。从中可看出高启在诗歌艺术上的功力。

高启自有他自己的生活理想与精神境界。早在元末时所作的《青丘子歌》中，他已直接地表达了自己的生活志趣，因而使此诗散发出浓烈的个性化气息。此诗从一个侧面表达了诗人对自由生活的向往及重塑个体精神世界的意向，体现出较为强烈的个人主体意识。青丘子系高启号，诗中所描绘的这位"青丘子"，显然是作者自我形象的化身。诗人性格放达孤傲，不喜追随时俗，"但好觅诗句，自吟自酬赓"，并在文学创作活动中，给个人的心灵注入拓张、驰骋的活力。青丘子也成为历史上少见的一个背离传统价值观念、完全献身于诗歌艺术的无拘无束的苦吟诗人。这种追求实现自我的精神给明中后期文学改革以新的启示。

高启在文学上主张取法于汉魏晋唐各代,认为要"兼师众长,随事摹拟,待其时至心融,浑然自成,始可以名大方而免夫偏执之弊矣"(《独庵集序》)。因此他的诗歌才如此风格多样,《四库提要》说他"拟汉魏似汉魏,拟六朝似六朝,拟唐似唐,拟宋似宋,凡古人之所长,无不兼之……"尽管他这种"仿古"主张实开明中叶复古派先声,但他能在摹拟之中"自有精神意象存乎其间"。

二、杨基的诗歌

杨基(1326—1378),字孟载,号眉庵。原籍嘉州(今四川乐山),大父仕江左,遂家吴中(今江苏苏州),"吴中四杰"之一。元末,曾入张士诚幕府,为丞相府记室,后辞去。明初为荥阳知县,累官至山西按察使,后被谗夺官,罚服劳役。死于工所。

杨基诗集为《眉庵集》12卷,集初为杨基自编,郡人郑钢刊行,成化中吴人张习重刻,收入《四库全书》。有五古、五绝、七绝、词各一卷,七古及五、七言律、杂言歌行体各两卷。杨基诗在内容上主要是写景、赠答之类,此外还有一些感怀、咏物、怀古以及少量反映社会动乱的诗篇。真正代表杨基诗风的则是他的那类以"秾丽纤蔚"见长的近体诗。杨基的这类诗,一是才气放逸,诗心婉曲;二是写景新巧,抒情细腻;三是辞藻秾丽,色彩明爽;四是体轻格柔,丽质天成;五是音节浏亮,韵致浓郁。

杨基的诗虽不脱元末秾纤之习,然写景咏物之诗清峻秀逸,不乏佳作,如《岳阳楼》:

春色醉巴陵,阑干落洞庭。
水吞三楚白,山接九疑青。
空阔鱼龙气,婵娟帝子灵。
何人夜吹笛,风急雨冥冥。

这首诗意境开阔,格调秀逸,沈德潜《明诗别裁》评之曰:"应推五言射雕手,起结尤入神境。"

长于诗律,是杨基诗的一大特色,所以他的近体诗最好,最能代表他的诗风。但朱彝尊独推重他的五言古体,他的古体诗写得清俊流逸。有的风骨兼具,如写动乱现实的《白头母吟》是一首歌行体,诗以寡母、思妇之苦来写征夫,反映战乱所带来的民生凋敝现实,气韵沉雄,颇有唐诗风味;七古《废宅行》写黍离之悲,可与高启的同题诗相媲美。

杨基的五古也不乏佳作,如《感怀》(其六)颇有汉乐府风致。赠答类的五古《与陈时敏别》则于别愁中融入乱世之慨，内容沉实；感怀类的如七古《闻蝉》又颇具杨基式的轻快俊爽的特色；写景类的如长短句体《舟抵南康望庐山》、五古《长洲春》等写景生动，明丽清爽；五古《滕王阁图》《望南岳》则又气势雄浑，境界开阔，颇有浪漫气息。

在艺术风格上，他少以《铁笛歌》被杨维桢所称，收为门下，故其诗受杨维桢影响，“其诗颇沿元季秾纤之习”（《四库全书·眉庵集提要》）。杨基之诗，香而不软，丽而不艳；难配铜琵铁琶，易和红板紫箫；伤于细但不伤于弱，远于壮却不远于雅。虽未脱尽元诗之秾纤，但也没有“风雅扫地”；虽然追新求巧而失于轻，但也没陷入杨维桢那种耽嗜瑰奇的“恶趣”，而是形成了杨基自己的独特风格。

三、张羽的诗歌

张羽（1323—1385），字来仪，更字附凤，号静居，元末明初浔阳（今江西九江）人，与高启、杨基、徐贲称为“吴中四杰”，又与高启、王行、徐贲等十人，人称“北郭十才子”，亦为明初十才子之一。早年随父宦江浙，后与徐贲约定侨居吴兴，为安定书院山长，再徙于吴中（今江苏苏州）。洪武初年入京，官至太常丞，工诗善画，山水宗法米氏父子。张羽好著述，文辞典雅，诗深思冶炼，朴实含华，隶书取法唐人韩择木。著有《静居集》四卷。

张羽的诗近体不如古体写得好，而古体中又以七言歌行体最好，其次是五言古诗。张羽的五言古体，总体风格是低昂古拙，有时稍嫌生涩，其伉健不及高启，俊逸不及杨基，故总体成就还得排于高、杨之后。如《赋得曲院风荷赠别》：

露叶漾涟漪，风凉水院时。
翠轻愁欲断，珠圆不自持。
低昂随芰盖，翩翻卷钓丝。
盘折惊鱼游，规荡宿禽疑。
为语莲舟女，聊将赠别离。

这首诗写得细腻生动，颇传“风荷”神韵，特别是“翠轻愁欲断，珠圆不自持。低昂随芰盖，翩翻卷钓丝”四句，情景一体，借景语传情语，扣题巧妙，不失为一首杰作。

歌行体是张羽擅长的，其总体特色是低昂相济，才气并驰，笔力雄放，音节谐畅。如《长洲行送黄茂宰之官长洲》：

昔我扬帆向东海,吊古直上姑苏台。
洞庭水树净如发,一片吴江天际来。
长洲逶迤覆绿水,金沙荡漾阙光起。
不见夫差荡桨归,空有芍药似西子。
阊门大道多酒楼,美人如雪楼上头。
争唱吴歌送吴酒,玉盘纤手进冰羞,劝人但饮不须愁。
伍员吹箫,去国成名。鸱夷一去,流恨无声。
要离已矣,高坟峥嵘。樵儿踯躅,芳草春生。
何如三让人,孤名如水清。亦有挂剑翁,生死见交情。
薄俗轻然诺,乾坤长战争。两贤不可作,令我泪沾缨。
君发金陵腊未残,君到吴门春已还。
邑人讼少清且闲,还同谢朓看青山。
开元寺里题诗处,访我旧墨苍苔间。
倘过皋桥烦借问,恐有高人梁伯鸾。

这首诗可分为多段,前一部分以舒缓浏亮的七言为体,由明爽阔远、绚丽迷人之景及如花似玉、沉鱼落雁之人,又及远贤近佞、荒淫失国之事,讲述了统治者轻歌曼舞、穷奢极欲而不知亡国有日的昏庸情状;之后的四言、五言句式,音节顿时繁促不畅,抒发了英雄已死、国势已去、峥嵘殿阁、一变沧桑的历史兴亡之慨和悲愤难抑之气;结尾再用七言句式,点题送别,音节亦随之舒缓畅朗。该诗低昂古拙,沉郁雄放,典型反映了张羽歌行体的特点。

此外,张羽歌行体中有不少题书题画诗,如《余将军篆书榻本歌》《题赤城霞图送友归台》《画山水行》《钱舜举溪岸图》等,往往如醉草,如泼墨,淋漓挥洒,以才气取胜。题画典范和写景力作的《画云山歌》与《望太湖》两诗,气象恢宏,瑰丽雄奇,具有浪漫色彩。

四、徐贲的诗歌

徐贲(1335—1380),明初画家、诗人。字幼文,祖籍巴蜀(今四川),居毗陵(今江苏常州),后迁平江(今江苏苏州)城北,号北郭生。张士诚抗元,招为僚属,贲与张羽避居湖州蜀山(今浙江吴兴)。洪武七年(1374),被荐入朝,洪武九年春,奉使晋、冀,授给事中。历任御史、刑部主事、广西参议,官至河南左布政使。擅画山水,取法董源、巨然,笔墨清润,亦精墨竹,又称"明初十才子"之一。徐贲诗集为《北郭集》六卷,为吴人张习编次,收入《四库全书》。五古及乐府诗二卷，七古、五七言律诗及绝句各一卷。

徐贲的诗有三大特点：一是体密思深，多假物以叙幽怀，虽其法平，但其意深；二是律法谨严，既非率意为之，也非刻意雕琢，因而没有诗病；三是乐府诗可踵季迪，五言古体亦与张、杨不相上下，且善驭长篇。但也有两个明显的短处，一是诗人缺乏才气，因而诗歌也就缺乏灵气；二是笔法平直，缺乏曲折跌宕。徐贲的五言古诗更能代表其风格，温丽典则，精密幽深。其代表性的作品是《晋冀纪行十四首·沁水县》：

一水随山根，宛转流出迥。
滩声绕县门，孤城数家静。
风土殊可怪，十人五生瘿。
土屋响牛铎，壁满残日影。
行迟欲问宿，连户皆莫肯。
亭长独见留，半榻亦多幸。
呼童此晚炊，粝饭谷带颖。
野蔌不可得，敢望肉与饼？
途行乃至此，俭素当自省。

《晋冀纪行十四首》这组诗是作者于洪武九年廉访晋冀时沿途所历所闻，以组诗形式记下了晋冀一带的乱后民生、风土人情及壮丽景色，内容质实，涉笔古朴，词彩遒丽，风韵凄朗。而这一首《沁水县》写风土人情，历历如见，激人怜悯，增人惆怅。

此外，《蜀山》《菜薖为永嘉余唐卿右司赋》等五言古诗以赋体铺排手法，通篇布满形象，情感深寓其中。

第三节　颂德鸣盛，雍容典雅：台阁体诗

永乐以后，诗坛上出现了以重臣三杨（士奇、荣、溥）为代表的“台阁体”。三杨是台阁重臣和贵族大官僚的代表人物，在社会经济逐步繁荣、政治局势比较稳定的形势下，桀骜不驯的精神已被完全驯服，其诗歌创作多以歌功颂德和道德说教为内容，特点是颂德鸣盛、雍容典雅，用以歌功颂德，点缀升平。在统治阶级推崇提倡下，台阁体风行数十年之久，俨然成为诗坛的“正宗”“主流”，其实是诗歌发展中的一股逆流。

一、杨士奇的诗歌

杨士奇(1365—1444),名寓,以字行,泰和(今属江西)人,建文初入翰林,历任四朝内阁大臣,太平宰相,卒赠太师,谥文贞。著有《东里全集》。少时从江西派梁兰学习诗文,论诗有江西派的渊源,为"三杨"中成就最高、地位最重的作家。

杨士奇早期入阁前的诗,比较清新自然;入阁后,开始形成雍容闲雅、平正安和的诗风,内容则以歌咏升平为主。钱谦益在《列朝诗集小传》评云:"大都词气安闲,首尾停稳,不尚藻辞,不矜丽句,太平宰相之风度,可以想见。"杨士奇位高权重,就必定要引导整个国家的文化走向积极乐观的一面,故诗歌内容上主要是反映社会太平、盛世浮华,最具代表性的莫如《元夕观灯诗》(其一):

> 春到人间夜不寒,银灯金烛映华阑。
> 太平处处清光好,第一蓬莱顶上看。

这首诗写冬季转入初春,乍暖还寒,但诗人认为在人间,春天里的夜晚都不寒冷,因为"银灯金烛映华阑"。可见,诗人想表达的是国家富饶与平安,人间如蓬莱顶上的仙境般景色,又怎么会有寒冷呢?

杨士奇推崇王、孟、高、岑、韦诸人的"清粹典则,天趣自然",其一些游历诗和山水诗借景抒怀,也还有些真情实感,如《同蔡尚远、尤文度、朱仲礼、杨仲举、蔡用严游东山》:

> 步出城东门,逍遥望云巘。
> 累月怀佳游,兹晨遂登践。
> 梵宇绕层阿,飞楼凌绝岘。
> 方塘涵湛碧,乔林茂树衍。
> 繁翳幽莫通,丰草纷不剪。
> 攀磴穷高跻,缘径屡回转。
> 是时微雨收,轻霞澹舒卷。
> 睇遥素横川,俯夷绿盈畎。
> 陟降体自便,顾睇心已缅。
> 况接旷士言,复偕释士辩。
> 析空理弗昧,违喧抱逾展。
> 何因此闲栖,永令浮虑遣。

这首诗给人以心旷神怡之感，不仅在于东山的景观美丽："方塘涵湛碧，乔林茂树衍"，而且处在"是时微雨收，轻霞澹舒卷"的美好时光，更何况接触的是"旷士言""释士辩"。此刻的情景、此刻的时光、此刻的心境都令他们"浮虑遣"。通首诗写得骨肉停稳，所以《明诗别裁集》评此诗："胚胎晋宋，端厚不佻。"

在杨士奇诗歌中，题赠送别诗歌也占相当的数量，或同僚走马上任，或朋友卸甲归田，或是与友人酬唱相和。这些诗歌不仅仅是抒发自己的感情，更多的是用此来联络与同僚或友人之间的感情。其中与陆伯阳的赠答诗最多，如《杂诗三首赠陆伯阳》《同陆伯阳作》《和陆伯阳池上梅花》《古意答陆伯阳》《吴教授席上同陆伯阳汲井咏》《题陆伴读伯阳草书后》等。可见，陆伯阳与杨士奇之间感情甚厚，经常酬和赠答。

杨士奇诗歌里五言绝句写得非常清丽雅淡，有着陶渊明的淡雅之趣与归隐之情。如《西畴耕读》呈现了一个幽静且与世无争的安详和谐画面：幽静的田野边，有一座古朴的房子，室内是诗书，室外是田园，鸟语花香，所有人和谐相处。这种祥和气象体现出其作为宰相的"安闲之气"。

杨士奇有一些乐府诗也能表达较为充沛的思绪和感情，如《秋夜长》："月明星稀河汉凉，高秋蟋蟀鸣洞房。愁人不寐独彷徨，披衣徐步出东厢，白露如玉兰委芳。感激涕泪纷纵横，为君含思思断肠。念君迢遥异他乡，欲往从之河无梁。夜长悠悠夜未央，援琴弹丝写哀伤。山川万里永相望，我独与尔为参商。"另外，杨士奇一些小诗颇有唐韵唐味，饶有情趣，如其《发淮安》好似一幅清新的图画。

二、杨荣的诗歌

杨荣(1371—1440)，字勉仁，初名子荣，建安(今属福建)人。永乐十六年至二十二年(1418—1424)任当朝首辅。因居地所处，时人称为"东杨"。杨荣既以武略见重，尤其擅长谋划边防事务。且又有文才，有《杨文敏集》。

杨荣诗有四言古诗、五言古诗、五言律诗、五言排律、五言绝句、歌行、七言律诗、七言排律、七言绝句等。杨荣的诗歌也多半为应制而作，咏歌太平，颂扬圣德，典雅雍容，四平八稳。如《元夕赐观灯》：

海宇升平日，元宵令节时。
彩云飘凤阙，瑞霭绕龙旗。
歌管春声动，星河夜色迟。
万方同燕喜，千载际昌期。

此诗写元宵节皇帝赐大臣观灯，一派升平祥瑞气氛，举国欢庆，繁荣昌盛。诗歌缺乏实际内容，形式上工丽华贵，平庸乏味。

著名的《神龟诗》用四言体诗歌颂天下太平，但他并不是凭空高唱颂歌，而是在叙事的过程中交代出事情的原委，太宗为昭示太祖开业定国的功德，为其寻一良石作墓碑之用，开采工人在龙潭山麓之阳果然获得一神龟状巨石，栩栩如生。皇帝英明，所以天降瑞物以示圣朝之兴，全诗充满了赞美之情，语言简洁，行笔从容。

杨荣诗歌创作的台阁气比杨士奇还浓一些，甚至于他作的一些山水诗也有较重的歌功颂德的倾向。只是他的一些题写山水画的诗作，还能较为清新、自然，描写山水并抒发一些自我的感情，如《题王侍讲山水》，充分展示了大自然的美景以及欣慰之情，比起其他台阁题材的诗作要有生气得多。

三、杨溥的诗歌

杨溥(1372—1446)，字弘济，石首(今属湖北)人。“三杨”中入阁最晚，正统九年至十一年(1444—1446)任当朝首辅，为明代贤相，时人称之为“南杨”。有《杨文定公全集》。

杨溥的诗以反映馆阁生活、歌功颂德、“润饰太平”为主。这一特点在杨溥的应制诗中表现最鲜明。这类诗有《万寿圣德诗》《麒麟诗》《瑞雪诗应制》《赐观九龙池》《正统五年元旦早朝·贺喜雪》等。从这些诗的题目可看出是歌颂皇帝圣德或丰年盛景的。

赠别诗在杨溥的诗集中占的份额比较多，主要是友人致仕或回乡省亲及告老还乡时所赠予的诗。内容多为勉励友人保持良好的节操，励精图治，建立政绩，做一个廉洁有为的清明官。这样的一些友朋赠答诗，尚能抒写些性灵，如描写复任时的情景与思绪的《送归州太守复任》，描写还里后的情景与闲逸的《送素庵给谏还里》，笔锋都较亲切感人。类似的诗作还如《送刘批知县之任》的“科名士所重，循良古亦稀”，《送徐训导》的“玉琢始成器，渊深斯有澜”。

杨溥的题物诗也写得不俗。题物诗包括给图画、书房、住宅、松树及花中四君子梅兰竹菊题的诗。其中作者写竹咏梅的诗占有将近三分之二。这可以看出诗人非常欣赏竹子的高风亮节和梅花傲立霜雪、独自飘香的崇高品质。

咏怀诗是抒发诗人杨溥内心感受，表达自己情怀的诗。语言疏朗雅淡，感情真挚，如《离家泻怀》《赦后感怀四首》《途中漫兴》《感兴》《闲中泻怀》《岁暮书怀》《新正泻怀》《读周书有感》《途中有感》《过百步洪有感》等。这类诗表达作者的思乡之情或对故友的怀念。

总之，台阁体文人大多追慕宋人的文学风范，但这种追慕更多的是以程朱理学为前提，距宋人的文学成就相去甚远。因此，以台阁体主导文人的社会影响而论，如果按照这一方向走下去，无疑会将文学引向绝境。因此，台阁体在统治明前期文坛几十年后，终因流弊日益突出，饱受抨击而逐渐退出文坛。

第四节　超元越宋，直攀唐人：复古诗

从洪武建国至英宗正统年间内阁大臣、史称贤相的杨士奇、杨荣、杨溥先后去世，明王朝走完了七八十年的历程。在两个铁腕皇帝——太祖和成祖及其余威福荫下的太平盛世已经消失，摆在前面的大体上是政治的下坡路。明朝中叶，土地兼并日趋激烈，皇室、勋戚、宦官所置庄田数量之多，超过了以前任何时代。土地日益集中，赋税徭役日益加重，从而激发了此起彼伏的农民起义。政治的腐败，社会的动荡不安，各种矛盾的激化，导致官方统治思想——程朱理学的权威地位也受到怀疑和挑战，被视为异端的陆王心学在士大夫阶层乃至下层儒士平民中迅速传播。由盛世的执政大臣首倡其风的、修饰太平从容颂圣的台阁体勉强维持几十年之后，已是强弩之末，在新的社会政治条件下，失去了最基本的生存根据，终于被一个声势很大的复古运动所取代。茶陵（今属湖南）人李东阳成为复古的先驱，其诗以拟古乐府著称，风格苍健，是上承台阁、下启前后七子的过渡人物，李东阳以内阁大臣的身份主持诗坛，奖掖后进，追随者趋之若鹜，形成一个以籍贯命名的“茶陵诗派”。弘治、正德时的“前七子”以李梦阳、何景明为代表，嘉靖、万历时的“后七子”以李攀龙、王世贞为代表，发起并展开文学复古运动。他们相继登场，以其理论主张和创作实践，使“一时云从景合，名家不下数十”（《诗薮》续编卷一）。前后七子的主体风格是追求盛唐的雄浑豪放，又沿于谦、李东阳的阳刚之美一脉而发展。于是，从弘治到万历这段时期，明诗形成一种超元越宋、直攀唐人的气象。无论何种题材，都能仿佛唐音，比元人雄浑，比宋人富于情韵。

一、茶陵派诗歌

明代自成化年间，社会弊病日渐严重，台阁体诗人粉饰太平的文风已不

得不变。于是以李东阳为首的诗人开始肩负起振兴诗坛的重任,他们洗涤台阁体歌功颂德、繁冗庸俗的风气,并形成一个新的诗歌流派,因为李东阳为该派的首领,他是茶陵人,故把这个诗歌流派称为"茶陵派"。

李东阳(1447—1516),字宾之,号西涯,茶陵(今属湖南)人。天顺八年(1464),18岁成进士。弘治时入内阁专典诰敕,进太子少保,礼部尚书兼文渊阁大学士。正德初期,刘瑾乱政,他一方面委蛇避祸,又多所补救。"其潜移默夺,保全善类,天下阴受其庇;而气节之士多非之。"连他自己的学生都以他与刘瑾同朝为耻,"上书劝其早退,至请削门生籍",不想认这个老师了。位至少师兼太子太师,终于"以老疾乞休"。又四年卒,年七十。赠太师,谥文正。有《怀麓堂集》。

在对待如何学古的问题上,李东阳强调较多的是对声调节奏等法度的掌握,如他提出"今之歌诗者,其声调有轻重清浊长短高下缓急之异""律者,规矩之谓,而其为调,则有巧存焉。苟非心领神会,自有所得,虽日提耳而教之,无益也"。又如以为"长篇中须有节奏,有操,有纵,有正,有变,若平铺稳布,虽多无益"(《怀麓堂诗话》)。李东阳的复古论点对当时的文坛产生过一定的影响,如崛起于弘治年间的以李梦阳、何景明为代表的"前七子",在诗歌师古问题上就吸取了李东阳"轶宋窥唐"的主张。

李东阳的诗,卷帙浩繁,在《怀麓堂全集》中,有《诗前稿》十卷,为其在翰林院时的作品;《诗后稿》十卷,为其在内阁时的作品;《杂记》中有《南行稿》一卷,《北上录》一卷,《东祀录》一卷,《集句录·后录》一卷,《哭子录》一卷。还有《诗续稿》八卷,则是他致仕家居四年的作品。

作为文坛领袖,李东阳地位与杨士奇同,他在朝50年,自弘治八年(1495)入阁,在辅臣位18年,清节不渝,又能"奖成后学,推挽才俊,风流弘长,衣被海内"(钱谦益《列朝诗集小传》丙集),从而在文学史上形成一个茶陵派。其中石瑶、罗玘、邵宝、顾清、鲁铎、何孟春,钱谦益比之为"苏门六君子"。

他曾三次离京外出,目睹此时社会大不如前的景况,他触动很大,写出不少关心民生疾苦,抨击黑暗现象,抒写忧国忧民之情的佳作。如他的长篇七古《风雨叹》内容充实,格调高尚,气象阔大,笔力遒劲,颇有杜诗的风骨,特别是"天寒岁暮空蹉跎,呜呼奈尔苍生何"的呼喊表现了诗人忧国忧民的情怀。《白杨行》也反映了饥民的痛苦生活。

李东阳的诗歌从始至终都贯穿着诗人忧国忧民的思想意识,贯穿着诗人关怀社稷民生的炽热情感,这是很宝贵的。诗人自写怀抱,每谓"岁旱当忧国,民劳恐病农"(《东祀录·望岳》),"民忧与国计,我抱恒郁郁"(《寄题谢宝庆遗老堂,得乞字》),"忧时每念丹心独,抗世宁教白眼双"(《与时用陪士常话别联句，翌日士常见和，因叠前韵》)，诗人忧国忧民忧时的一片赤子之心，真是跃然纸上！

李东阳的部分诗歌热烈赞颂了祖国的大好江山，描写了北京城内外和大江南北的自然风光和风土人情。在这些诗歌里，诗人淋漓尽致地抒发了自己对祖国山川美景和民俗风情的深挚感情。《南行稿》中的《长江行》就是一篇对万里长江倾注了巨大激情的作品。诗人从开天辟地写起，写了长江的历史和现状。诗中糅进了共工触天柱、女娲补天、神禹治水等古代神话故事，以突出长江的古老、伟大和神奇。全诗韵律多变，适应于诗境的浩荡波折的气势，音韵铿锵，气势磅礴而回旋。他的有些作品摆脱了台阁体的束缚，表现出更为广阔的生活视角，抒写了作者个人的真情实感。如《春至》一诗表现作者对"东邻不衣褐，西舍无炊烟""流离遍郊野，骨肉不成怜"的时艰忧虑。《马船行》则从一个侧面写出"凭官附势如火热""乘时射利习成俗"的世途恶习，反映了一些具体的社会问题，具有较强的现实感。又如《茶陵竹枝歌》，这组诗是作者归故乡后所作。诗中所描绘的是一幅幅诗人亲眼目睹的农家风土人情画卷，清新自然，意趣横生，不带刻琢的痕迹，具有浓烈的生活气息，给人以耳目一新之感。

李东阳的《拟古乐府》也是一种创新，是乐府诗体裁的一种新的发展。其"因人命题，缘事立义"而咏史事，就是古乐府"缘事而发"传统的继承与发展；而其"内取达意，外求合律"，就是古乐府"言志依永之遗意"的继承与发展。虽然其体与古乐府不尽相类，但前人已谓"可自为一格"。《拟古乐府》热情地歌颂了历史上许多爱国爱民的忠臣义士的奇踪异事，弘扬了中华民族爱国主义的"先天下之忧而忧，后天下之乐而乐"的传统美德。例如《数奇叹》，慨叹汉代名将李广一生与匈奴大小七十余战，终不免"白头耻下狱，饮泣横干将"的可悲下场。《闻鸡行》赞颂了晋代祖逖闻鸡起舞，立志恢复中原的爱国主义精神。与此同时，《拟古乐府》也严厉谴责了那些祸国殃民的昏君奸臣和狼狈为奸的蝇营狗苟之徒。毫无疑问，《拟古乐府》的这些诗，对于弘扬中华民族的精神文明，对于陶冶后代各族人民的品格情操，都起到了不可忽视的作用。

李东阳还有大量题画诗，这些题画诗一方面是诗人对原画的意境和艺术的一种解读，如《柯敬仲墨竹》：

莫将画竹论难易，刚道繁难简更难。
君看萧萧只数叶，满堂风雨不胜寒。

这首诗系题友人所画墨竹小品，讨论笔墨功夫中的繁简问题，足抵一篇画论，不仅富于哲理，而且形象鲜明生动，颇有韵味。

另一方面又是诗人对原画这个客观对象，根据自己积蓄的生活经验和审美经验而进行的艺术再创造。因此，这些诗对于中华民族的艺术审美传统的阐扬、丰富和发展，有着重要的意义，是极为宝贵的文化艺术遗产。

二、前后七子诗歌

前七子指李梦阳（1472—1529）、何景明（1483—1521）、王九思（1468—1551）、王廷相（1474—1544）、康海（1475—1540）、边贡（1476—1532）、徐祯卿（1479—1511）。后七子指李攀龙（1514—1570）、王世贞（1526—1590）、谢榛（1495—1575）、徐中行（1517—1578）、梁有誉（生卒年不详）、吴国伦（1524—1593）、宗臣（1525—1560）。前七子主要活动于弘治、正德年间，后七子主要活动于嘉靖、隆庆年间。前后七子所任官职都不高，一般不过是郎官、提学使之类，政治上都还比较方正。他们恃才傲物，结社订盟，自吹自捧，把持文坛。他们根据“取法乎上”的原则，把秦汉古文当作最高典范来效仿，但并不排斥唐代古文。论诗则古体宗汉魏，近体宗盛唐。他们这一主张的核心是排斥宋文、宋诗及其余响元文、元诗。排斥宋元诗文的主要出发点是排斥理学。可见，前后七子的复古主张实际上是与尊情抑理的思想联系在一起的，故他们于诗要求真情，于人要求真人，包含有引导文学摆脱程朱理学和传统道德束缚，追求文学的自身价值之意。

前七子的某些复古论点透露出他们对文学现状的不满与对文学本质新的理解，这在李梦阳的复古主张中体现得尤为明显。在贬斥文学“主理”现象的同时，李梦阳提出重视真情表现的主情论调，如他认为“诗者，吟之章而情之自鸣者也”（《空同集》卷五十一《鸣春集序》），并比较民间庶民创作与文人学子作品，以为“真诗乃在民间”，而所谓“真者，音之发而情之原也”，文人学子之作“出于情寡而工于词多”（《空同先生集》卷五十《诗集自序》）。

前七子的诗歌创作除了大量的拟古之作外，重视时政题材是一个重要的方面，这跟前七子中一些成员自身的政治命运和干预时政的勇气有关。在这些作品中，作者或描写个人生活遭遇，或直言政治弊端与民生忧苦，有较为强烈的危机感与批判意识。如李梦阳的《述愤》《离愤》诗，便以作者因纵论时政得失、批评皇后之父张鹤龄与宦官刘瑾而被逮下狱的经历作背景，抒写自己不幸的遭遇与不平的情绪。《自从行》也属感时纪事诗：

自从天倾西北头，天下之水皆东流。
若言世事无颠倒，窃钩者诛窃国侯。
君不见，奸雄恶少椎肥牛，董生著书翻见收。

鸿鹄不如黄雀啅，撼树往往遭蚍蜉，我今何言君且休！

这首诗作针对现实中的弊政有感而发，尤其对“窃钩者诛窃国侯”这样一种颠倒的世情，更是疑惑不平，语气慷慨激烈，不难看出作者内心蕴含的愤懑之情。

类似的主题在前七子另一代表人物何景明的作品中也时有所见。他的《点兵行》以犀利的笔调揭露了朝廷征取兵丁中存在的“富豪输钱脱籍伍，贫者驱之充介胄”的现象，并且以为“肉食者谋无远虑，杀将覆军不知数”，指责那些缺乏深谋远虑而致使损兵折将的当政者。

除时政题材外，一些下层的市井人物也成了前七子文学表现的对象。如李梦阳就有不少刻画商人形象的作品，引人注目。作者一生与许多商人有过密切的交往，这为他的创作打下了生活基础。他的《梅山先生墓志铭》描绘了作者闻墓主讣音的哀恸及与其生前谑笑不避、亲密无间的交往，亡者的音容笑貌和作者的友情跃然纸上。形象生动，感情自然，与一般的应酬文字大异其趣。

前七子也注意将文学表现的视线转向丰富的民间庶民生活，从中汲取创作素材，这与李梦阳、何景明等人重视那些反映社会下层庶民生活的民间作品的文学态度相吻合，并且也偶有佳作，如何景明的《津市打鱼歌》将鱼市作为描写背景，交叠着打鱼、卖鱼、买鱼的画面及估客、楚姬、思妇等人物形象，画面自然清新，语言质朴活泼，富有浓郁的生活气息。

明代前七子的文学活动于嘉靖(1522—1566)前期逐渐偃旗息鼓，至嘉靖中期，以李攀龙、王世贞为首的后七子重新在文坛举起了复古的大旗，声势赫然，为众人所瞩目。

从总体上看，后七子的复古主张在很大程度上承接李梦阳等前七子的文学思想，而比起前七子，后七子在学古过程中对法度格调的讲究更趋于强化和具体化。在这一方面，作为后七子复古理论集大成者的王世贞显得尤为突出。他提出：“思即才之用，调即思之境，格即调之界。”(《艺苑卮言》)主张诗与文的创作都要重视“法”的准则，所谓“语法而文，声法而诗”(《弇州山人四部稿》卷六十八《张肖甫集序》)。“法”落实到具体作品的语词、句法、结构上都有具体的讲究。但同时王世贞又强调重格调要“根于情实”(《弇州山人续稿》卷四十二《陈子吉诗选序》)，重视作家的思想感情在创作中的主导作用。

后七子的诗歌创作与前七子类似，也过分注重对古体的揣度模拟，虽难脱蹈袭的窠臼，但也不乏佳作。后七子的代表人物李攀龙的古乐府及古体诗大多有明显的临摹痕迹，而他的一些七律七绝被人称作“高华矜贵，脱弃凡庸”,尤其是七绝,“有神无迹,语近情深”(沈德潜、周准《明诗别裁集》卷八)。如七律《登黄榆马陵诸山是太行绝顶处》(其一)呈现的画面显得广阔壮观,气象高远,既刻画了凭高眺望的壮景,也写出了诗人开阔不凡的胸次,足见其一定的艺术功力。

后七子中创作量最大的数王世贞,他的诗文集合起来接近四百卷。如此浩繁的卷帙,在古代文人著述中是非常罕见的。他的文学影响也远远高出后七子中其他人。就创作风格而言,拟古的习气在他的作品中仍然显得比较浓厚。不过与李攀龙等人相比,他的一些拟古之作更显得锻炼精纯、气势雄厚,或时寓变化,神情四溢,乐府及古体诗更是如此。其《袁江流钤山冈当庐江小吏行》体仿乐府《孔雀东南飞》,内容则描写权相严嵩父子把持朝政而淫威显扬的行径,寄寓作者对时世的慨叹,寓意深邃。王世贞绝句体裁的短诗中也有一些清新隽永之作,如《送内弟魏生还里》只用寥寥几笔,就形象而生动地刻画出亲人离别之际依恋伤感的情景。

前后七子在复古的旗帜下,努力为文学寻求一席独立的地位。特别是前七子崛起之初,文坛歌颂圣德、粉饰太平的台阁体创作风气还未完全消除,加上明初以来程朱理学备受重视,且在尊儒崇道的背景下科举取士重经术而轻词赋,造成诗文地位的下降,一些“文学士”甚至遭到排挤打击,而他们在文坛上倡导复古,与他们重视文学的独立地位、积极探索文学的发展道路有着重要的联系。在重视文学独立地位的基础上,前后七子增强了对文学本质的理解,对旧的文学价值观念和创作实践发起了一定的冲击。前七子明确地将复古的目的与文学表现作家真情实感、刻画真实人生的追求联系起来。后七子则对诗文法度格调的高度重视以及批评王慎中、唐顺之等唐宋派作家重“理”轻“辞”的毛病,反映了他们重视文学审美特征和以重形式的手段摆脱文学受道德说教束缚的要求。

特别值得注意的是,他们还能把揭露的矛头指向皇帝,如李梦阳的《教场歌》、王廷相的《赭袍将军谣》、边贡的《迎銮曲》、王世贞的《正德宫词》都直刺明武宗,而王世贞的《西城宫词》则对明世宗迷信道教、妄冀长生有绝妙的形容和深刻的揭露。明中叶的一些重大社会问题,几乎都在他们的作品中得到反映。

虽然前后七子无论在理论上和创作上都取得了不小的成就,但也有着严重的缺陷。他们在复古过程中陷入了文学新的误区——在拟古的圈子中徘徊,他们的文学主张与创作实践存在着距离,求真写实的观念并未在他们的作品中充分体现出来,为数不少而缺乏真情实感的模拟之作影响了他们的创作水准。他们在当时的影响极大,“一时士大夫及山人、词客、衲子、羽流,莫不奔走门下”(《明史·王世贞传》)。他们的追随者和后继者如后五子、续五子、末五子、广五子以及所谓四十子中的某些人，更把他们在理论及创作上的一些缺陷发展到极端。舍本逐末，字摹句拟，生吞活剥，甚至把剽窃当作创作，写出了一些赝鼎伪觚式的假古董，被后人讥为“优孟衣冠”。

第五节　独抒性灵，不拘格套：公安派与竟陵派诗歌

明中叶以后，诗歌领域无论是文学观念还是创作倾向，都出现了新的特点。当时激进的思想家、文学家李贽，接受了王阳明哲学理论的影响，站在王学左派的思想立场，其文学观念与创作带有抨击伪道学与重视个性精神的离经叛道的色彩，对晚明文坛具有启蒙作用。以袁宏道为代表的公安派，在接受李贽学说的同时，提出以“性灵说”为内核的文学主张，肯定了文学真实地表现人的个性化情感与欲望的重要性，并力矫前后七子文学复古所难以克服的拟古蹈袭的弊病。继公安派之后，晚明时代又兴起了以竟陵（今属湖北）钟惺、谭元春为代表的竟陵派。竟陵派在反对复古派的斗争上，和公安派有相通之处，同样在文学创作上提倡“性灵”或“灵心”，但诗境失之狭小，无论从理论意义还是创作实绩上，都在公安派以下。总之“性灵”文学到了竟陵派，终是强弩之末了。

一、公安派诗歌

公安派以袁宏道为代表，包括其兄袁宗道（1560—1600）、其弟袁中道（1570—1623）。因三袁是湖北公安人，遂以名派。对七子复古风气的批判是公安派文学理论的基础。他们并不是一般地反对向古人学习，而是提倡师心独创的精神。袁宏道在《袁中郎全集》卷上《叙姜陆二公同适稿》中认为近代“诗道寝弱”，是因为“剽窃成风，万口一响”“递相临摹”。他在《袁中郎全集》卷上《雪涛阁集序》中又一针见血地指出：所谓复古，不过是“剿袭”而已，直击复古派的要害。公安派提出文学发展的观点，对七子的复古主张加以驳斥，从根本上动摇了他们的理论基础。

公安派中，无论在理论上或创作上成就最高的乃是袁宏道。袁宏道（1568—1610），字中郎，早年由进士除吴县知县，称病去职，遍游吴会山水。后又担任过一任京官，晚年归卧柳浪湖上，以诗酒卒。留有《袁中郎全集》40卷。

袁宏道还明确提出：“独抒性灵，不拘格套，非从自己胸臆中流出，不肯

下笔。"(《叙小修诗》)要求"人人有一段真面目溢露于楮墨之间"(袁中道《中郎先生全集序》)。这种重个性、贵独创、强调表现自我的性灵说,就成了公安派论文的核心。在此基础上,他主张破除一切古法,强调"文章新奇,无定格式"(袁宏道《答李元善》)。为此,他大力推崇通俗文学,打破传统诗歌的陈规陋习,抒发个性,挥洒自如,清新流畅。

更能代表其诗歌风格的主要是抒写个人情怀的作品,或是表现生活琐事中的闲情逸致,或是表现寄栖山水里的愉悦心情,这类诗往往写得自然、清新、明朗,生动地体现出公安体诗风的特长所在,例如《暮春偕同署诸君子饮郭外》主要抒写了作者个人的情怀,感情表达得清晰、自然,读来颇有亲切之感:

滑滑春流泻縠纹,岚光映照石榴裙。
今朝只许谈风月,何日何从问水云。
细雨乍收山鸟喜,乱畦行尽草花熏。
海棠枝底乌纱侧,未觉飞觥到十分。

以为"其诗文变板重为轻巧,变粉饰为本色,致天下耳目于一新",这也可说是袁宏道创作上的一个共同特点。如《初至绍兴》:

闻说山阴县,今来始一过。
船方尖履小,士比鲫鱼多。
聚集山如市,交光水似罗。
家家开老酒,只少唱吴歌。

一个寒意侵入而月光皎洁的夜晚,诗人独自徜徉在山岩间,侧耳倾听潺湲山泉的流水声,尽情领略自然的妙趣。诗所勾勒的画面清新轻俊,写景与抒情融为一体,较好地刻画出沉浸于自然美之中的诗人悠闲愉悦的心境。任性而发,不事雕琢,敢于采用前人未用之喻,未写之境,清朗秀逸,通俗活泼。不足之处是未能充分反映社会现实,写出民生疾苦。不少评论者常以此作为责备公安派的口实,说他们"诗中无一忧民字"。此句诗出袁宏道《显灵宫集诸公以"城市山林"为韵》,诗人面对朝政日非,世风日下,满怀激愤之情而又无可奈何,故而作此反语。

风趣性和诙谐性是袁宏道诗作的另外一个特点,他甚至常常运用"戏题""戏柬""戏别"等字眼来标明其诗作的性质。这类诗往往写得通俗、俚浅,实际上也是有意打破意象密集、意蕴含蓄盛唐诗风的一种表现,例如《戏题斋壁》:

一作刀笔吏，通身埋故纸。
鞭笞惨容颜，簿领枯心髓。
奔走疲马牛，跪拜羞奴婢。
复衣炎日中，赤面霜风里。
心若捕鼠猫，身似近膻蚁。
举眼尽无欢，垂头私自鄙。
南山一顷豆，可以没馀齿。
千钟曲与糟，百城经若史。
结庐甑箪峰，系艇车台水。
至理本无非，从心即为是。
岂不爱热官，思之烂熟尔。

此诗作于袁宏道吴县令任上。早在明神宗万历二十二年甲午(1594)作者在京候选时，曾作《为官苦》一诗，流露了“男儿生世间，行乐苦不早。如何囚一官，万里枯怀抱”的厌官情绪。这首诗从不同的侧面极言为官所受的苦辛屈辱，倾吐了繁重而压抑的仕宦生活给诗人带来的苦闷，并流露出想要挣脱官场束缚而寄身自由自在的田园生活的愿望。

袁宏道尽管忧国忧民之诗作不多，但并非没有，如《竹枝词》中有“自从貂虎横行后，十室金钱九室空”“青天处处横珰虎，鬻女陪男偿税钱”。《送刘都谏左迁》中有“倭奴遍朝鲜，虚费百亿万。竭尽中国膏，不闻蹶支箭”。他还有叙写租税催逼，农民不堪重负的《逋赋谣》《巷门歌》等诗篇。

信手而成、随意而出的写作态度，也使得袁宏道不太喜欢在作品中铺陈道理，刻意雕琢，他往往根据生活体验与个人志趣爱好，抒情写景，赋事状物，追求一种清新洒脱、轻逸自如、意趣横生的创作效果，读其作品，很少让人有雍容典雅、刻板凝重之感。

随意轻巧的风格有时也让公安派走上另一端。一些作品因过于率直浅俗，加上作者不经意的创作态度，不恰当地插入大量俚语俗语，破坏了作品的艺术美感。

公安派理论强调的乃是艺术上的个体性和独创性，但由于他们本身既缺乏丰富的社会阅历和弘阔的见识，只好一味地强调表现自我，过分依赖于直觉体验与即兴挥洒。故其作品，特别是诗歌，虽不乏清新流利之作，但其涵纳量、深度及张力均有所不足，甚至有浅薄轻佻之病。其追随者更良莠混杂，至有变清朗自然为率易俗陋，甚至有堕入油滑熟滥的恶道者，又要竟陵派出来匡正。

二、竟陵派诗歌

为了补正公安派所谓俚陋的偏向，竟陵派提出在精神上迫近古人，追求"幽深孤峭"的纯诗的境界以矫其枉，诗境失之狭小，无论从理论意义还是创作实绩上，都在公安派以下。

竟陵派以钟惺(1574—1624)、谭元春(1586—1637)为代表。他们都是竟陵(今湖北天门)人。他们的文学主张与公安派略同，在文学观念上，竟陵派受到过公安派的影响，提出重"真诗"，重"性灵"。钟惺以为，诗家当"求古人真诗所在，真诗者，精神所为也"(《诗归》卷首《诗归序》)。谭元春则表示："夫真有性灵之言，常浮出纸上，决不与众言伍。"(《诗归》卷首《诗归序》)这些主张都是竟陵派重视作家个人情性流露的体现，可以说是公安派文学论调的延续。但与公安派不同，竟陵派则看重向古人学习，更强调的是从古人诗词的精神中去寻求性灵。他们认定古人诗词的精神价值在于"幽情单绪，孤行静寄"，即那种较难捕捉的幽僻情怀，亦即所谓"孤怀""孤诣"。用来反对"极肤、极狭、极熟，便于手口"之所为，因此他们大力倡导"幽深孤峭"的风格，目的正是为了变中求变，以矫正公安末流的俚俗和浅率。钟、谭二人就曾合作编选《诗归》，主张"引古人之精神，以接后人之心目"(《诗归》卷首钟惺《诗归序》)，达到一种所谓"灵"而"厚"的创作境界。而且竟陵派在总体上追求一种幽深奇僻、孤往独来的文学审美情趣，同公安派浅率轻直的风格相对立。但他们却陷入了另一极端。公安派不过把文学反映现实的任务缩小为表现自我，而他们却把文学引入了远离世俗、冷寂生涩的虚幻之境。

竟陵派所追求的"深幽孤峭"的诗境表现着内敛的心态。钱谦益说他们的诗"以凄声寒魄为致""以噍音促节为能"(《列朝诗集小传》)，是相当准确的。他们的诗偏重心理感觉，境界小。主观性强，喜欢写寂寞荒寒乃至阴森的景象，语言又生涩拗折，常破坏常规的语法、音节，使用奇怪的字面，每每教人感到气息不顺。他们标榜"孤行""孤情""孤诣"(谭元春《诗归序》)，却又局促不安，无法达到陶渊明式的明静淡远。这是自我意识较强但个性无法向外自由舒展而转向内倾的结果，由此造成他们诗中的幽塞、寒酸、尖刻的感觉状态。

钟、谭的作品，除钟惺还有少数作品比较清隽外，其余多晦涩。为了掩盖内容上的空寂，他们有意在形式上追求新奇，喜用奇字险韵，故作深奥；文章的安置，有意颠倒；语言佶屈，形成一种冷僻苦涩的文风。例如钟惺的诗作比较注意描写月景、雪景、雨景，而且往往带有一种朦胧的气氛。他之所以喜欢选择这样的意象，一方面是烘托洁身自好的情怀，另一方面则表现

“幽情单绪”“孤怀孤诣”的美学情趣。如《宿乌龙潭》：

渊静息群有，孤月无声入。
冥漠抱天光，吾见晦明一。
寒影何默然，守此如恐失。
空翠润飞潜，中宵万象湿。
损益难致思，徒然勤风日。
吁嗟灵昧前，钦哉久行立。

这首诗描绘出一幅万籁俱寂、孤月独照、寒影默然的宿地图景，给人以幽寂、凄清与峻寒的感觉。谭元春《咏九峰山泉》以山泉为吟咏对象，也含一种清冷、幽峭的味道。这就是他们所要追求的“幽情单绪”“奇情孤诣”的创作境界。

竟陵派诗风在明末乃至清初十分流行。其影响远比公安派来得久远，这是晚明个性解放的思潮遭受打击以后，文人心理上的病态在美学趋向上的反映。应该说，竟陵派提倡学古要学古人的精神，以开导今人心窍，积储文学底蕴，这与单纯在形式上蹈袭古风的做法有着很大的区别，客观上对纠正明中期复古派拟古流弊起着一定的积极作用。但是，他们偏执地将“幽情单绪”“孤行静寄”这种超世绝俗的境界当作文学的全部内蕴，将创作引上奇僻险怪、孤峭幽寒之路，缩小了文学表现的视野，显示出晚明文学思潮中激进活跃精神的衰落。

第十一章　清代诗歌发展研究

清朝虽然是中国古代最后一个封建帝制的王朝，但其文学成就并不低。清代文学集封建时代文学发展之大成，是古代文学的一个光辉总结，其中，诗歌更是中国古典诗歌的光辉总结。清朝诗人、流派众多，创作丰富，风格多样，他们善于借鉴前代，扬长补短，对古典诗歌的发展同样有重要的推动价值，可以说也是中国古典诗歌创作的一个高峰。

第一节　清代诗歌的创作特点

清代诗人数量以及所创作诗歌的数量都是历朝无法相比的。据徐世昌于 1929 年编辑的《晚晴簃诗汇》所收，就有 6168 家诗人的 27669 首诗。受到时代背景和清代文学革命的影响，清代诗人在诗歌创作方面也显示了一些独特之处。

清代诗人受到尖锐的民族矛盾的影响，民族意识高涨，因而诗歌创作多体现民族大义、忠君思想和战斗精神。虽然不同的诗人有各自不同的特点，但是从总体上看都比较倾向现实主义，缘事而发，直抒胸臆，质朴浑厚，激越苍凉。

清代诗人既不满于元诗的纤弱，也不满于明诗的肤廓和狭隘。明诗之弊，其根源在于艺术见解偏激，学前人未能兼收并蓄、融会贯通，而且宗唐则排宋，甚至宗盛唐则无取于中晚唐；或者重创新者则不学习古人，学古者又忘记了创新。清人则不然，他们总结了明人的不足之处，宗唐者一般不排宋；宗宋者更不排唐，他们在技巧上同时学习唐诗和宋诗的长处，不断追求创新。

在诗歌体式上，清代的诗歌也有新的发展。例如，吴伟业的七古长篇叙事诗就与元白“长庆体”在相同之中有不同之处。黄遵宪的乐府诗与古乐府和新题乐府相比，也是一个不小的创新。龚自珍和黄遵宪都写过《己亥杂诗》，乃是长达 315 首和 86 首的大型组诗，继承而又超越了宋代汪元量的《湖州歌》《越州歌》等诗作。

总的来说，清代诗人比较能够融会贯通、转益多师，把学习和创造结合起来，故能在变化中有所开拓。因此，清诗能够在不同程度上反映清代的现实，并在扬长补短、推陈出新的创作过程中形成不同的风格和流派，其总的成就超过元明，追踪两宋，在我国诗歌史上占有重要地位。

第二节 感情真挚，遒劲悲壮：清初遗民诗

清军入关后，为确立他们的统治地位，首先是进行残酷的镇压，大肆屠杀，像扬州、嘉定、江阴等城市，几乎杀得鸡犬不留；其次是实行收买政策，大行招降纳叛，帮助满族统治者巩固统治地位。因此，民族矛盾与斗争激烈，社会动荡。严酷的斗争现实使得清初的诗人摆脱了晚明文学中那种充满浪漫主义色彩和欢快喜悦以及绮丽迷人的思想花环。他们将视线从恍惚幻变、光怪陆离的幻想，转移到对于残酷现实的关注，形成了郁勃、激愤的社会心理。这种社会心理促使清初诗坛产生了大量遗民诗，这些诗歌感情真挚，遒劲悲壮。这里的遗民，显然是那些易代后不仕新朝的群体。遗民诗主要抒发家国之痛、爱国之心。顾炎武、王夫之、黄宗羲、吴嘉纪、屈大均、阎尔梅、杜濬、钱澄之、归庄、申涵光等都是清初著名的遗民诗人。以下主要对遗民诗人顾炎武和王夫之的诗歌创作进行一定的论述。

一、顾炎武的诗歌

顾炎武(1613—1682)，初名绛，明亡后改炎武，字宁人，号亭林，昆山(今属江苏)人。少年时参加复社，后从事反清斗争多年。清军入关之后，他以恢复故国为志，不做官。康熙十八年(1679)，清廷诏举他博学鸿词，他誓死相拒。他是明末清初著名的思想家、学者，主张博学多识，经世致用，强调“天下兴亡，匹夫有责”，反对空谈心性。他论诗主张言志为诗之本，观民风为诗之用，现存《亭林诗文集》六卷，诗四百多首。顾炎武晚年定居陕西华阴，卒于曲沃。

顾炎武的诗歌有拟古的、咏怀的，也有游览的、即景的，许多诗都是以抒发自己的民族感情和爱国思想为主题，突出了反清复明的志向和凛然的民族气节。例如，《秋山》：

秋山复秋山，秋雨连山殷。
昨日战江口，今日战山边。
已闻右甄溃，复见左拒残。

旌旗埋地中，梯冲舞城端。
一朝长平败，伏尸遍冈峦。
北去三百舸，舸舸好红颜。
吴口拥橐驼，鸣笳入燕关。
昔时鄢郢人，犹在城南间。

这首诗作于顺治二年，当年五月，清兵陷南京；七月，苏州、昆山等地相继沦陷。江阴、嘉定、松江等地人民奋起反抗，陷落后遭到清兵残暴的屠杀与抢掠，极其惨烈。这首诗反映了当时的这种情况。全诗从点明抗清战事的时间和地点开始，写了明军的节节败退，写了战事的惨烈，写了清军的暴行，一步一步将诗人沉痛的心情抒发了出来。

顾炎武的诗歌整体上沉郁苍凉，雄健悲壮，风格接近杜甫。学杜甫，但不徒袭其貌，而在于学其忧国忧民的精神实质，因此其诗多眷念故国之情与反映人民的疾苦。例如，《海上》(其一)：

日入空山海气侵，秋光千里自登临。
十年天地干戈老，四海苍生吊哭深。
水涌神山来白鸟，云浮仙阙见黄金。
此中何处无人世，只恐难酬烈士心。

这首诗写诗人在秋天时登高望海，想到复国时的各种战斗，想到四海的苍生，不免悲从中来，虽然海上虚无缥缈如仙境一般，但是复国之心是不会变的。这种坚强的信念在诗中得到了充分的体现。

当明朝最后一位君主崇祯皇帝带着失望和悲愤的心情自缢于煤山，宣告统治近三百年的明王朝彻底崩溃时，很多诗人为崇祯撰文哀悼，顾炎武也是其一。他创作了《大行哀诗》《孝陵图》等。他曾经七赴南京祭明孝陵，六赴北京祭明十三陵，每次都有诗作。他在《重谒孝陵》诗中说："旧识中官及老僧，相看多怪往来曾。问君何事三千里，春谒长陵秋孝陵。"这里虽然有坚持气节的一面，但根本上还是反映了其忠君思想。他的《京阙篇》《京师作》也都是以心怀明室为主题，而他的名篇《精卫》一诗更表明了他的鲜明立场，显示了自己内心的仇恨和忠于故国的宏愿。其实，顾炎武的宏愿与他时时眷念的故国之情与至死不仕清廷的决心又是密切联系在一起的。比如《京口即事》其一：

其一

白羽出扬州，黄旗下石头。

六双归雁落，千里射蛟浮。
河上三军合，神京一战收。
祖生多意气，击楫正中流。

其二

大将临江日，中原望捷时。
两河通诏旨，三辅急王师。
转战收铜马，还兵饮月支。
从军无限乐，早赋仲宣诗。

从诗中可以看出，顾炎武对晚明弘光小朝廷寄予无限希望，并以祖逖北伐击楫中流的典故来称赞史可法在扬州的抗清斗争精神，全诗充满了作者企图复明的意愿。他的《井中心史歌》更是盛赞南宋郑思肖爱国情怀。相传南宋灭亡之后，郑思肖唏嘘不已，悲不胜悲，从此坐卧必向南。临卒，更是托其友书牌位“大宋不忠不孝郑思肖”。所以诗的最后说：“呜呼！蒲黄之辈何其多，所南见此当如何！”“蒲黄”是指南宋末蒲寿庚与黄万石，两人皆因降元而做了大官，这无疑是借历史而针砭当时觍颜事敌的亡明旧吏，也同样表达了顾炎武坚定的复明决心。

当然，随着岁月的消逝和希望的幻灭，顾炎武渐渐认识到反清复明已经回天乏术，所以诗歌中感伤沉郁的情绪越来越多。例如，《又酬傅处士次韵》：

愁听关塞遍吹笳，不见中原有战车。
三户已亡熊绎国，一成犹启少康家。
苍龙日暮还行雨，老树春深更著花。
待得汉廷明诏近，五湖同觅钓鱼槎。

这首诗运用了反衬手法，首联以“愁听”和“不见”，写出了当时让自己极为忧心的形势：抗清斗争在清军镇压下逐渐沉寂。接下来三联，先写清朝必灭，明朝必复的坚定信念；次写自己虽老而斗志弥坚；后写反清复明斗争必胜和自己功成身退的心迹。虽然还是表明了自己坚定不移的民族气节，但那种隐于其中的悲痛心情也是表露无遗。

二、王夫之的诗歌

王夫之（1619—1692），字而农，号姜斋，别号一壶道人，湖南衡阳人。崇祯十五年（1642）中举人，两年后明亡，他参加了抗清武装，追随明桂王在广西一带作战。失败后,归隐于湘西石船山,闭门著述,学者称之为船山先生。他是一位伟大的启蒙思想家和爱国诗人,有着强烈的民族思想,有《船山遗书》共70种。王夫之祖籍本来在江苏高邮,明永乐初年才迁到衡阳,到他已是第九代了。他的祖先多为中下级军官,直到高祖,才开始"以文墨教子弟",曾祖王雍文名远播,且家境殷实,到祖父王惟敬时渐趋衰落。船山父王朝聘自幼读书,也不善谋生。船山兄弟三人:长兄介之,仲兄参之,夫之最小。但王家上下数代却只有这最小的夫之学术成就最大,为人气节也受到世世代代人们的敬仰。

王夫之不仅有着博大精深的学术思想,在诗论上也有突出的贡献。他的诗论集中反映了明清之际文学思潮的转变。王夫之认为,情是诗歌艺术美的本质所在,诗歌必须以情动人。他不仅对"兴、观、群、怨"的古典诗歌理论加以继承,而且把兴、观、群、怨作为"四情",纳入他"以情为主"的体系中。其中,"四情"表现了感情中不同的内容,四者相辅相成,互相转化,诗人正是借此抒发内心的情感。对于一位坚持抗清的明代遗老来说,提出这么富有生命活力的理论,是极为可贵的。

王夫之的诗作充分体现了他的诗歌理论。他在诗歌中常常不是写景,就是咏物,且总是将自然风物染上一层惨淡的劫后山河的暗色,凄清幽远,显示了深深的寄托之情。例如,《耒阳曹氏江楼迟旧游不至》:

野水瑶光上小楼,关河寒色满楼头。
韩城公子椎空折,楚国佳人橘过秋。
淅淅雁风吹极浦,鳞鳞枫叶点江洲。
霜华夜覆荒城月,独倚吴钩赋远游。

这首诗作于顺治六年(1649),王夫之与管嗣裘起兵抗清失败,于是离开湖南进入广东,途经耒阳,宿曹氏江楼,面对初冬月夜凄凉肃杀的景象,诗人感慨万千,于是写下了这首诗。诗中,诗人登楼野望,满目苍凉,但想起博浪沙中椎击秦皇的张良和念念不忘君国的屈原,再看到"鳞鳞枫叶",那种勃勃英气与傲霜不屈的气概又油然升起。

再如,《补落花诗》(其五):

记得开时事已非,迷香逞艳炫春肥。
尽情扑翅欺蝴蝶,塞耳当头叫姊归。
桃李畦争分咫尺,松杉云冷避芳菲。
留春不稳销尘土,今日空沾客子衣。

这首诗表面是咏落花，但主要是借以回顾南明小朝廷的情况。对这个不争气的小朝廷，王夫之“哀其不幸，怒其不争”。首联写南明开创之时局势十分危急，清兵已长驱南下，但福王昏庸无能，沉迷声色，不思振足。颔联写当时马士英专权，起用阉党余孽阮大铖，两人互相勾结，倾陷正直人士，排斥史可法等爱国志士，堵塞言路。颈联写小朝廷中邪恶小人争权夺利，正直人士不得已只得洁身引退，在这里，桃李比喻奸邪小人，松杉比喻正直人士。尾联写南明小朝廷终于难逃灭顶之灾，化为尘土，空使遗民悲痛流泪。这充分表现了一朝遗老的思索和精神苦痛。

随着社会氛围的变化，以及王夫之自己长时间的隐居生活，他的个人心绪发生一定的变化，写景咏物诗的着色也渐趋淡化，开始表现出王孟山水田园的诗境。诗歌清新隽永、淡雅冲远，又蕴含着近乎诗意般的惆怅感触。当然，这类诗并不是王夫之景物诗的主流。

第三节 情辞苍郁，凝练萧瑟：江左三大家的诗歌

清初诗坛上除了遗民诗人外，还有明亡后改仕新朝的诗人。钱谦益、吴伟业、龚鼎孳就是这类诗人。他们都是江东人，在明末时就已经在诗坛上有名了，入清之后，三人继续创作诗歌，并有了一批效仿他们诗歌风格的追随者，因而在清初诗坛上产生了一定的影响。他们被称为“江左三大家”，三家诗共同之处是多表现所谓“贰臣”的心理负担。沧桑感触与负罪之感交织，兼受庾赋和杜诗的影响，形成一种凝练、萧瑟、沉郁而老成的风格。这些人都曾奉事南明，在诗中反复运用的一个诗歌语汇便是“六朝”或“南朝”，可以说有很深的南朝情结，较之中晚唐诗人歌咏南朝的诗，别有切肤之痛。以下就对江左三大家的诗歌进行相应的分析。

一、钱谦益的诗歌

钱谦益(1582—1664)，字受之，号牧斋，又号蒙叟、尚湖，或称绛云老人、敬他老人，最后自称东涧遗老。江南常熟(今江苏常熟)人。明万历进士，授翰林院编修，不久丁忧南归，家居 11 年，后重入仕途，官至礼部尚书。曾经为东林党人，也是复社后期重要人物，南明时却依附马士英、阮大铖。清顺治二年(1645)，他率领文官降清，清廷只给他一个礼部侍郎的官职。半年后，他乞老告假，归隐闲居，从事著述。晚年，他和南明政权的抗清力量暗中

联系,支持和参与反清活动。顺治十六年(1659),郑成功发动金陵之役,他参与策反清军将领,还密赴郑成功军营晤谈,与明遗民如黄宗羲、阎尔梅等往来密切。他的作品也因此遭遇过禁毁。著有《初学集》《有学集》《投笔集》等,总为《牧斋全集》。

钱谦益作为一名大诗人,主持诗坛50年,论诗反对模拟形似,也反对片面追求声律字句,主张写诗要“有本”“有物”,风格独特且富于变化,时而雄奇、时而沉郁、时而温婉、时而秾丽,因而开创了有清一代诗风。他针对明诗流弊,极力倡导诗歌要有真性情,真性情需要真境遇的触发,这样才能激荡于内,不吐不快,发而为诗。同时,他又提出博学识变,转益多师,要求写诗的人“学殖以深其根,养气以充其志,发皇乎忠孝恻怛之心,陶冶乎温柔敦厚之教”(《有学集·胡致果诗序》)。他认为,只要是称得上“厚”“实”的诗歌,都应该得到肯定。

钱谦益的诗歌前期和后期有一定的差别。前期做明朝的官员时,由于仕途不顺,历尽艰难坎坷,所以经常感时愤世,郁闷苦涩。《初学集》中的诗歌大多都是愤慨党争阉祸,痛心内忧外患,如《费县三首》《乙丑五月削籍南归十首》《狱中杂诗三十首》等。

《和盛集陶落叶》是钱谦益的一首代表诗作:

秋老钟山万木稀,凋伤总属劫尘飞。
不知玉露凉风急,只道金陵王气非。
倚月素娥徒有树,履霜青女正无衣。
华林惨淡如沙漠,万里寒空一雁归。

钱谦益受到反清义军黄毓祺一案的牵连,被关到南京的监狱里,月余之后,改狱外看管。在狱外看管期间,诗人的好友盛集陶常与之唱和,就有了这首诗。该诗借咏物而自抒怀抱,表现了钱谦益的故园江山之思和老迈之身仍难逃劫数的苍凉之心。他从降清后未得重用,却又身系囹圄的处境,联想到清政府的残暴肆虐,他的心情必然是颓丧的。“徒有树”“正无衣”道出前途遥远、未来迷茫的凄怆迷离之境,寒空孤雁尚有落脚容身之处,而诗人却彻底失去了心灵的归宿。

劫后余生的钱谦益南归之后,曾拜望有着卓著功勋而削职在家的孙承宗,并作《戊寅九月初三日奉谒少师高阳公于里第感旧述怀》两首:

其一

仓皇出镇便门东,单骑横穿万虏中。
拊手关河归旧服,侧身天地荷成功。

朝家议论三遗矢，社稷安危一亩宫。
闻道边廷饶魏绛，早悬金石赏和戎。

其二

剑眉山鼻戟如须，生面麒麟可即图。
渭水师臣为后辈，金城老将作前驱。
扫清君侧诚难事，恢复辽阳岂庙谟。
当享何烦三叹所，秋风吾已稔菰芦。

这两首诗歌充分表现了钱谦益对孙承宗重新出山，统筹边防，治理辽东的殷切期望，也深深寄托了自己渴盼收复失地的爱国之情。

仕清之后，钱谦益也通过诗歌创作表达了自己的复杂心情。例如，《西湖杂感二十首》《哭稼轩留守一百十韵》《书梅村艳诗后四首》等，哀感顽艳，沉郁苍楚，既有深深的失国之苦，也有难以言说的耻辱，还有从心底发出的忏悔自白。特别是《西湖杂感二十首》通过寄情于景的方式，表达出了自己的悔恨之情。如《西湖杂感二十首》(其二)：

潋艳西湖水一方，吴根越角两茫茫。
孤山鹤去花如雪，葛岭鹃啼月似霜。
油壁轻车来北里，梨园小部奏西厢。
而今纵会空王法，知是前尘也断肠。

在这首诗中，诗人描写了西湖的景色，通过对往事的回忆表达出了“知是前尘也断肠”的悲叹。

在钱谦益的诗作中，规模最大的当属《后秋兴》。《后秋兴》是大型的七律组诗，一组 8 首，相互关联，13 组诗成为一体。组诗连叠杜诗原韵，一叠再叠至 13 叠 104 首，另附自题诗 4 首，气势奔放跌宕，没有斧凿凑韵的痕迹，可以说在历来韵诗中前所未有，属于创造性的史诗巨制。这里择《后秋兴》第二叠第四首感受一下：

由来国手算全棋，数子抛残未足悲。
小挫我当严警候，骤骄彼是灭亡时。
中心莫为斜飞动，坚壁休论后起迟。
换步移形须着眼，棋于误后转堪思。

这首诗用下棋来比喻当时的抗清斗争。本叠自注：“八月初二日闻警而作。”当时郑成功攻打南京失败，张煌言劝告他退守镇江，稳住阵脚，以图东山再起；但郑成功不听劝告，一直退到海上，然后去治理台湾。郑成功领兵退出大陆后,大大削弱了大陆的抗清力量,致使大陆的民众失去了信心。这首诗就是劝告郑成功不要因小挫而灰心,要稳住阵脚,总结经验教训,重整旗鼓。诗歌是步杜甫《秋兴八首》中第四首的原韵。杜甫的《秋兴八首》情含景中,借景传情,写得比较含蓄。钱谦益的这首虽说是仿效杜甫,甚至步和其韵,但写得比较显豁,实际上并非唐韵。

二、吴伟业的诗歌

吴伟业(1609—1672),字骏公,号梅村,别署鹿樵生、大云道人、灌隐主人,江苏太仓人,崇祯进士。吴伟业从小就非常聪明,以张溥为师,是复社的重要成员。崇祯四年入进士,授翰林院编修。后来仕途比较顺利,官至宫詹学士。南明时任少詹事,由于与权奸不合,辞官回乡。清兵南下后,他仍然隐居乡间。顺治十年(1653),他被迫应诏出仕,授秘书院侍讲,后升国子监祭酒。母亲去世后重回故里,从此不再出现于官场。他一生与讲求气节的复社联系在一起,所以对自己做清朝之官一事非常愧疚。死后按遗命敛以僧装,墓前圆碑上仅题"诗人吴梅村之墓"。

在诗歌创作上,吴伟业比较喜欢模拟唐人的格调,但不是单纯模仿,而是能写出自己的风格。面对天下大乱、生灵涂炭的现实,他也深刻关注社会的精神,这好像又继承了宋代诗人的特色。吴伟业在中国古代诗歌的发展上做出的重大贡献就是开创了"梅村体"。"梅村体"专指吴伟业的七言歌行体叙事诗,其基本是四句一转,平声韵和仄声韵常交替出现,诵读起来节奏鲜明,流转如珠,朗朗上口。以往的叙事歌行,韵脚转换没有固定之法,换韵很难掌握。"梅村体"出现后,诗人普遍觉得好,因而写叙事体都接受了这种用韵形式。

"梅村体"用典比较频繁,这与吴伟业学识渊博有很大关系,他对很多典故都烂熟于胸。从另一方面来看,以典故做障眼、蒙蔽清廷的监视,确实是不得直抒胸臆时选择的权宜之法。吴伟业用典大多贴切,融化篇章不留痕迹,没有诘屈生涩的毛病。例如,《圆圆曲》"遍索绿珠围内第,强呼绛树出雕栏"句,"绿珠""绛树"本是魏晋时候两个色艺俱佳的女子,此处借指圆圆,但又化入句中天衣无缝,读诗者即使不知此典也毫不损害对诗意的理解。

吴伟业的七言歌行叙事诗有很多,大多追怀往事,自伤生平,如《圆圆曲》《临江参军》《松山哀》《萧史青门曲》《楚两生行》《永和宫词》《悲歌赠吴季子》等。其中,《圆圆曲》最为有名。该诗规模宏大,记叙了重大历史事件和人物,非常富有历史兴亡感。全诗通过陈圆圆的传奇式经历,讽刺了吴三桂不顾民族大义而投降仕清的行为,将明清之际的历史巨变清楚地展现了出来。

在艺术构思和艺术表现上，诗人颇费心思。他将陈圆圆、吴三桂爱情的悲欢离合与明王朝国运的兴衰成败相互交织，使一代史实和英雄美人的形象交相辉映，同时变化运用倒叙、插叙、夹叙和其他结构手法，打破了时空限制，使情节更显得波澜曲折，富于传奇色彩。在心理刻画上，诗人更是细腻传神，感情抒发委婉含蓄，不仅有比喻、顶针、联珠等修辞手法的反复运用，还有历史典故及前人诗句的化用，诗歌的表现力非常强。在用韵上，四句或六句一韵，频繁转韵使声调更为铿锵婉转，且每一转韵都能把叙事推进一步，增强了诗歌的层次感。在叙事之中，诗人还不忘适时插入议论，这可谓是画龙点睛。其中，“恸哭六军俱缟素，冲冠一怒为红颜”，精警隽永，成了广为传颂的名句。

《圆圆曲》问世后，在清初的诗坛上引起了极大的反响，人们在长期欣赏、传诵的同时，也对其进行了不少的评价。抛开种种成见和个人判断，我们发现，这首长篇叙事诗对历史的发展提出了一种新的解释，吴伟业笔下的吴三桂是个英雄，并不是传统道德观念下的失节之人。在观察和描写人物时，吴伟业已经能在某些方面摆脱古代伦理道德观念的羁绊。

吴伟业的诗歌中还有两首均以“鸳湖”为题而同吟一人的佳作——《鸳湖曲》和《鸳湖感旧》。“鸳湖”又名鸳鸯湖，一称南湖，在浙江嘉兴。据《鸳湖曲》题下小注，此诗“为竹亭作”。又据《鸳湖感旧》吴伟业自己写的小序中说：“予曾过吴来之竹亭湖墅，出家乐张饮。后来之以事见法。重游，感赋此诗。”吴来之，即吴昌时，来之是他的字。明天启四年(1624)，与郡中名士张采、杨廷枢、杨彝、顾梦麟、朱隗等人组织复社。崇祯七年(1634)进士，官至礼部主事、吏部郎中。后因依附首辅周延儒，并与董廷献狼狈为奸，把持朝政，最后毒害张溥。崇祯十六年(1643)冬十二月，被斩首示众。吴昌时的竹亭湖墅建在鸳湖湖畔，故两诗虽然以“鸳湖”为题，实为缅怀故友吴昌时所作。《鸳湖曲》是歌行，重在叙事；《鸳湖感旧》是七律，意在抒情。作为缅怀吴昌时的互补姐妹篇，一直同受人们的重视，尤其是《鸳湖曲》作为可与《圆圆曲》相媲美的又一歌行体的代表作，也一直同受诗界研究者的注目。

《鸳湖曲》与所有的缅怀诗一样，首先从“重游”入手：

> 鸳鸯湖畔草粘天，二月春深好放船。
> 柳叶乱飘千尺雨，桃花斜带一溪烟。
> 烟雨迷离不知处，旧堤却认门前树。
> 树上流莺三两声，十年此地扁舟住。

诗的一开头就把我们带进杂草丛生，柳叶飘落，一片荒芜的景象。昔时的名园已然破败不堪,只剩下斑斑残迹。抚今追昔,诗人感慨万端,思绪飞回到十年前初访吴昌时的情景。诗人用浓墨重彩的笔调描绘了当年吴昌时春风得意、穷奢极欲的生活。之后便笔锋一转,叙述了吴昌时由盛转衰并被杀的简要过程。这一过程,吴伟业写得委婉凄切。最后,吴伟业发出了难以平静的感叹:

> 人生苦乐皆陈迹,年去年来堪痛惜。
> 闻笛休嗟石季伦,衔杯且效陶彭泽。
> 君不见白浪掀天一叶危,收竿还怕转船迟。
> 世人无限风波苦,输与江湖钓叟知。

在叙事诗之外,吴伟业也写了不少优秀的抒情诗。它们主要是抒发眷念故国、感叹身世、忧世悯民的诗作,尤其是那些对屈节仕清的悔恨哀怨之作,自怨自艾,令人唏嘘。例如,《过淮阴有感》(其二):

> 登高怅望八公山,琪树丹崖未可攀。
> 莫想《阴符》遇黄石,好将《鸿宝》驻朱颜。
> 浮生所欠止一死,尘世无由识九还。
> 我本淮王旧鸡犬,不随仙去落人间。

这首诗是作者北上途中路过淮阴时所写的"吊古"之作,诗中借凭吊淮南王刘安之由,表达了无力恢复大明王朝以及自己不得不屈节仕清的愧疚悔恨之情。其中,"浮生所欠止一死,尘世无由识九还"是这首诗中的名句,但凡评价吴伟业生平或思想的文章,都会用到他的这两句诗。

吴伟业的诗歌虽然在不同时期、不同心境下,内涵深浅不一,但就他遣词造句的技巧来看,那绮丽高古、流转自然的种种妙处,就足以成为清代诗坛上的一员超级大将。

三、龚鼎孳的诗歌

龚鼎孳(1615—1673),字孝升,号芝麓,合肥(今安徽合肥)人。崇祯七年(1634)登进士第,历官湖北蕲水令、兵科给事中。李自成攻入北京后,他归顺李自成,授直指使,巡视北城。清兵入关后,他又降清,刚开始做吏科给事中,后经几度升降,至康熙朝后开始官运通达,历转刑、兵、礼三部任尚书,卒后谥端毅,乾隆三十四年(1769)被削去谥号,入《贰臣传》。他在任职期间常能"保护善类""扶掖人才",因此还颇得人心。

与钱谦益和吴伟业相比，龚鼎孳的诗歌成就并不高。他的诗多应酬之作，内容较贫乏，把他列入江左三大家之中，其实有点高看他了。他创作诗歌主要效仿杜甫，但仅得其形而失其神，没有自己的风格。不过，他有少量反映社会现实的诗还不错。《岁暮行》就是一首比较好的诗。这首诗仿杜甫《岁晏行》，题下自注“用少陵韵”，全诗如下：

天寒鼓柁生悲风，残年白头高浪中。
地经江徼饱焚掠，夜夜防贼弯长弓。
荒村哀哀寡妇哭，山田瘦尽无耕农。
男逃女窜迫兵火，千墟万落仓箱空。
昨夜少府下急牒，军兴无策宽蜚鸿。
新粮旧税同立限，入不及格书驽庸。
有司累累罪贬削，缗钱难铸山非铜。
朝廷宽大重生息，群公固合哀愚蒙。
揭竿扶杖尽赤子，休兵薄敛恩须终。

这首诗虽然没有杜甫《岁晏行》写得深刻厚重，但也在一定程度上反映了农村的衰败景象和兵荒马乱给农民带来的巨大灾难，以及官吏的催租索税给农民身上增加的重负。不过，诗中所谴责的只是“少府”一类下级官吏，对朝廷却多溢美之词，这就大大降低了诗歌的底蕴。

第四节　悠然淡远，含蓄空灵：神韵诗

在清代的诗人中，王士禛是成就非常大的一位诗人。他可以说是真正开启了清朝一代的诗歌新风。他提出了“神韵说”，对于诗论和诗歌创作的发展做出了重要的贡献。

王士禛(1634—1711)，字贻上，号阮亭，又号渔洋山人。出身于山东新城(今山东桓台)世家，顺治十四年(1657)进士，刚开始在扬州做官，升了部曹，转了翰林，最后官至刑部尚书。康熙四十三年(1704)罢官归故乡。王士禛未仕时赋《秋柳》诗，崭露头角；官扬州五年，得江山之助，诗名大起。后名位日高，不改名士风流，朝野名流多出其门，被尊为诗坛领袖。

明代的前后七子倡言盛唐，措意神情和声调，推重七言律诗，创作流于肤廓；而公安、竟陵派以宋人矫正七子，创作流于浅率。王士禛倡导“神韵”，就是想纠正两派之偏。所以，他一方面标举唐音，一方面也兼顾宋调。“神韵”原本指人所具备的神采气度。古代文人品画的时候比较多见。例如，唐

代张彦远《历代名画记》(卷一)、《论画六法》中就专门谈论过神韵。此时的“神韵”是以“气韵生动”为基础而针对有生命的描绘对象而言的。用“神韵”来论诗,首见于明代胡应麟的《诗薮》。他指出:“嘉州词胜意,句格壮丽而神韵未扬。矜持于句格,则面目可憎,加迭于篇章,则神韵都绝。”陆时雍在《诗镜总论》中,班固在《明堂》诸篇中,以及王夫之都谈论过神韵与诗。王夫之在点评杨巨源的《和大夫边春呈长安亲故》一诗时说:“虚实在神韵,不以兴比有无为别。如此空中构景,佳句独得的,讵不贤于硬架而无情者乎?”①他所说的“神韵”是一种内在生命,也是一种意境。作为意境,其主要指“清远”,因为经常有“神清韵远”“清神远韵”“神腴而韵远”之说。在诗界中,正式标举神韵并且诉诸实践的是清代的诗人兼评论家王士禛。他强调“神韵”必须具备诗人自己的体悟,达情之诗须以清远为尚,追寻唐代王、韦一派诗脉。

王士禛在诗论上非常推崇钟嵘、严羽和徐祯卿。钟嵘论诗,有感于永嘉诗坛说理多而文采不足的玄学诗淡乎寡味,而推崇曹植、陆机、谢灵运等穷情写物的五言诗,也就是重视诗歌的感情。严羽在《沧浪诗话·诗辨》中提出:“盛唐诗人惟在兴趣,羚羊挂角,无迹可求。故其妙处莹彻玲珑,不可凑泊,如空中之音,相中之色,水中之月,镜中之象,言有尽而意无穷。”要论王士禛最推崇的还是徐祯卿。王士禛认为,自己学诗的导师就是徐祯卿的《谭艺》。徐祯卿论诗仿汉魏盛唐,重情贵实,同情立格。徐祯卿《叹叹集》所收录的诗歌,大多是感慨身世际遇,感情非常真挚。如果说感情是诗情的最主要的动力之一,没有感情就没有诗人和诗歌的话,那么徐祯卿就是七子中最主情的诗人之一。以“情”作为不同诗家共同遵循的创作精神,这是徐祯卿主“情”说的基础。因为徐祯卿对情的界定是“情无定位,触感而兴,既动于中,必形于声”。他既强调感情的兴发与自然外物的关联,又强调人处于各自的社会环境会产生不同的感情。

在诗歌创作中,王士禛强调真性情和时代个性,强调诗歌不法前朝,标新立异的思想。他虽然没有关于“情”的专论,但是不乏对“情”的个人意见。在效法唐诗上面,他认为要从平淡真性处入手。此外,在提倡“真情”时,他往往要求文学摆脱程朱理学及传统道德的束缚。王士禛对情的重视和对诗的时代个性的强调,与晚明的文学思想是有着相通之处的。在王士禛看来,作诗的真诀就在于“笔忘手,手忘心”,要自得于内,重视本心,凡心之所想必是至理名言。其实,这个观点有一定的哲学基础。在王士禛之前,明代中期王阳明倡言“心学”,认为心与万物相统一,心具有无限的认识能力和能动作

① 王夫之.唐诗选评[M].北京:文化艺术出版社,1997:202.

用，心既不受主观条件的限制，又不受任何客观条件的制约。就诗歌创作而言，那就是诗人作诗，要全凭“吾心”自由主宰。显然，王士禛的诗歌创作观点，在某种程度上可以说是王阳明“心学”在神韵说中的反映。

王士禛最早的神韵诗应该是顺治十四年(1657)，在济南大明湖畔写的四首《秋柳》诗。《秋柳》(四首)，是完全按照他在酝酿中的“神韵”理论创作的诗，可以说是牛刀小试，不曾想不仅初战告捷，而且大获全胜，使他声名大振。王士禛在这首诗的前面作了小序：

昔江南王子，感落叶以兴悲；金城司马，攀长条而陨涕。仆本恨人，性多感慨。情寄杨柳，同《小雅》之仆夫；致托悲秋，望湘皋之远者。偶成四什，以示同人，为我和之。丁酉秋日，北渚亭书。

这篇序中所说的“江南王子”和“金城司马”，分别指六朝时的梁简文帝萧纲和东晋担任大司马的桓温。前者曾以秋日的凄凉来喻自己的悲哀感情，后者则是借柳的生长变化而感叹人生的短促。因此，不管是哪一位，都表达了一种失落的感情。《秋柳》(四首)所表达的感情正是这种失落的感情。序文开始的两句象征着一年中的美好时光已经消失，接下来两句象征着一生中的最好时光不复存在。总之，诗人通过“秋柳”所联想、所体味到的，是美的东西的丧失，因为这一点，诗人整个人都沉浸在了深沉的幻灭感之中。

以下是《秋柳》的片段：

秋来何处最销魂，残照西风白下门。
他日差池春燕影，只今憔悴晚烟痕。
愁生陌上黄骢曲，梦远江南乌夜村。
莫听临风三弄笛，玉关哀怨总难论。

其实，诗人不止在《秋柳》中表达过这种失落感，在很多诗句中都有体现，如“春草茫茫人代速，落花寂寞墓门空”“香魂零落使人愁，澹烟芳草旧迷楼”“波绕雷塘一带流，至今水调怨扬州”等。

王士禛崇尚的是一种自然适意、自由自在的生活，极力追求一种无拘无束的轻松之感，而且不断地探寻一种悠然淡泊的心理状态。这种人生态度也给他的生活带来新的内容。《白纻词三首》就一反上述那种浓郁的伤感和失望的悲哀情绪，转向对饮食之奉、声色之乐、市廛之盛等世俗生活的热烈向往，并予以具体细腻的描绘。例如，《白纻词三首》(其三)：

若耶溪水胜潇湘，越川佚女春浣香。

织成白芝冰雪光,上为舞衣下舞裳。
大秦珍珠明月珰,昆山玉拨映金梁。
齐琴赵瑟声锵锵,七槃妙舞纷相当。
须臾璧月沉西方,汝南鸣鸡啼晓霜。
今我不乐去日长,裴回念此摧中肠。
翡帱翠幄陈高堂,请君安坐乐未央。

这种创作的转向在一定程度上体现了市民化知识人的自娱心态,也是一种耽于食色之内在纵欲思想的外化。由于诗人把它们描绘得亲切而富有生气,赋予一种诱人的力量,所以它也就不显得多庸俗。

王士禛中年以后写的一些描写山水景物、抒发个人情怀的诗歌,最能表现他的神韵说。例如,《真州绝句》:

江干多是钓人居,柳陌菱塘一带疏。
好是日斜风定后,半江红树卖鲈鱼。

这是一首描绘真州(今江苏仪征)风物的小诗,出语清新自然,诗人用寥寥数笔就勾画出一幅幅清净幽冷的画面,颇有意外之意,味外之味。

王士禛也写过一些登览怀古诗、即景抒怀的长篇古体诗和律诗。这类诗突破了那种含蓄清淡的风格,表现出一种苍劲雄浑、昂扬顿挫的风格。

第五节　温柔敦厚,和颜悦色:格调诗

17 世纪末至 18 世纪下半叶,社会生活安定,经济得以恢复和发展,人口猛增,城市繁荣,人民生活水平大为提高,这种状况一直延续到嘉庆朝,因而人们将这段时间称为“乾嘉盛世”。在乾嘉盛世的诗坛上,诗人林立,诗集汗牛充栋,即便是乾隆皇帝本人也有大量优秀的诗作。同清初相比,乾嘉诗坛的一个显著特点便是儒家诗教得到了进一步的强化。以沈德潜为代表的格调派,公开亮出儒家正统诗论,以服务教化、温柔敦厚规范诗坛。

沈德潜(1673—1769),字确士,号归愚,著名诗人、诗歌批评家,长洲县(今江苏苏州)人。初学诗于吴江叶燮,以授徒为生。尽管处境并不如意,但是他并没有放弃读书与学诗。乾隆四年(1739)时中进士,封光禄大夫,兼太子太傅,任内阁学士兼礼部侍郎。他曾筑屋居木渎山塘街,著书作述,后归居苏州城区。他也曾为乾隆皇帝校刊《御制诗集》,深受赏识,称为“江南老名士”。

沈德潜在诗歌创作上比较鄙夷晚明的公安派和竟陵派，强调复古，且他更注意诗歌的源流正变。在《明诗别裁序》中，沈德潜首先批评宋诗的“腐”和元诗的“纤”，并肯定明诗的复古。不过，所谓的复古，实际上是指明代以李梦阳、何景明、李攀龙、王世贞为代表的前后七子 14 人，他们标榜所谓的“复古”，并且提出“文必秦汉，诗必盛唐”的文学创作口号，反对钳制士人思想，迂腐不通的八股文以及雅正有余、生气缺乏的台阁体。然而，前后七子企图振兴散文诗歌的目的并未完全达成，他们之间每每互相排挤，把持文坛，目空一切，致使一些洁身自好的士人感到厌倦。沈德潜对前后七子的“规格有余，未能变化”的美中不足表达了较为遗憾的心情，而对反古的公安、竟陵诗派则贬为远离正声，不屑一顾。沈德潜之所以对公安等诗派反古倾向感到愤怒，主要是因为他们抛弃了儒家的正统诗教，这在他“盖诗教衰而国祚亦为之移”一句中便可窥见其端倪。其实，沈德潜的上述观点并不是特别新鲜，早在清初，他的老师叶燮也批评公安、竟陵的邪佞，但是同样否定前后七子的陈腐。

沈德潜论诗力尊盛唐，倡导格调。他专门标举唐诗的“格调”，认为后世“不能竟越三唐之格”(《说诗晬语》卷上)。他对唐诗的理解可在《归愚文钞》卷七《明诗别裁集序》中窥见一二，如：

> 有唐一代诗，凡流传至今者，自大家名家而外，即旁蹊曲径亦各有精神面目流行其间，不得谓正变盛衰不同而变者衰者可尽废也。然备一代之诗，取其宏博；而学诗者沿流讨源，则必寻究其指归。何者？人之作诗，将求诗教之本原也。

这里所谓唐诗的“各有精神面目”，显然是前后七子无法企及的，但是沈德潜并非仅仅停留在“各有精神面目”的表层，而是通过诗歌发展的流变过程，寻究其指归，最后揭示出儒家诗教的意义所在。所以他在上溯唐以前之诗，直至《风》《雅》而后止。他认为论诗应该从儒家的观点出发，主张诗歌要归雅正，要具有“和性情、厚人伦、匡政治”的教化作用，诗歌创作要“一归于中正和平”(《重订唐诗别裁集序》)。从这一点来看，沈德潜的诗论具有维护封建统治的色彩，有一定保守性。当然，虽然他追求格高调响，创作多为歌咏升平、应制唱和之类，但是他也提倡含蓄蕴藉，主张比兴互陈、反复唱叹。

沈德潜的诗歌创作实践了他的格调说。他的诗歌追随盛唐及明七子的诗风，中正和平，温柔敦厚。例如，《过真州》：

> 扬州西去真州路，万树垂杨绕岸栽。
> 野店酒香帆尽落，寒塘渔散鹭初回。

晓风残月屯田墓,零露浮云魏帝台。
此夕临江动离思,白沙亭畔笛声哀。

“屯田墓”指柳永的墓;“晓风残月”出自柳永的名句《雨霖铃》,指其墓所处的凄凉环境;“零露”“浮云”指零落的露水和漂浮的白云,给人漂泊之感。诗人通过此诗表达了自己在外漂泊的羁旅之思及才华难伸的抑郁之情。整首诗意趣淡雅,声韵谐朗,法式严密,情思含蕴,不失为一首有格调的诗。

再如,《夜月渡江》:

万里金波照眼明,布帆十幅破空行。
微茫欲没三山影,浩荡还流六代声。
水底鱼龙惊静夜,天边牛斗转深更。
长风瞬息过京口,楚尾吴头无限情。

这首七律清爽健朗。六朝不尽的江流水声无不凸显时空恢宏,意境寥廓,以至“金波照眼”“鱼龙惊夜”“布帆十幅”“逆流上江”“长风破浪”“顷刻千里”等奇景迭出,别有一番风情。

沈德潜晚年的诗作有很多都是为统治者歌功颂德的,因而诗歌中常常带有封建统治阶级的说教内容,体现出了台阁气。例如,《观刈稻了有述》一方面反映天灾为患、民生涂炭的情景:

今夏江北旱,千里成焦土。
蓑稗不结实,村落虚烟火。
天都遭大水,裂土腾长蛟。
井邑半湮没,云何应征徭。

另一方面又劝百姓要安贫乐道:

吾生营衣食,而要贵知足。
苟免馁与寒,过此奚所欲。

这样的诗歌显然比较缺乏鲜明生动的气息。

第六节　抒写性灵,不拘一格:性灵诗

在乾隆年间,与宗唐、宗宋相对立的性灵诗派诞生了。它的倡导者是袁

枚。“性灵”二字，最早见于《文心雕龙·原道》中的“惟人参之，性灵所钟，是为三才”，原意指的是人的才智或秉性灵秀。晚明公安诗派的领袖袁宏道提出了“独抒性灵，不拘格套”的艺术主张，认为诗歌要抒发人的性灵，表现人的真实情感。于是，袁枚便继承和发展了这一主张。

作为性灵诗派的倡导者，袁枚认为，诗歌的本质就是表达感情的，是人的感情的自然流露。因此，诗歌创作要求真，要直接表现诗人的性情。袁枚还认为，诗歌创作与审美应该遵循以下几条原则：一是诗歌要能自由地表现诗人的个性，真实地体现诗人的欲望感情；二是诗歌要自然清新、平易流畅，不能刻意雕章琢句、堆砌典故，不能以学问为诗；三是诗歌应将是否抒发真情实感作为好诗与坏诗的标准。虽然这种诗歌主张并不完全正确，可能会让人们陷入唯心主义，摒弃儒家诗学传统，走向另一个极端，但它确实打破了传统的轻视民间文学的封建阶级偏见，大大提高了通俗文学的地位，提高了诗人对内心世界的表达。

总体上而言，性灵诗派的诗歌不拟古，不拘一格，率真自然、清新灵巧、平易流畅。除了袁枚之外，郑燮也是性灵诗派比较有成就的诗人。以下就对袁枚和郑燮的诗歌创作进行一定的分析。

一、袁枚的诗歌

袁枚(1716—1797)，字子才，号简斋，晚年自号仓山居士、随园主人、随园老人，钱塘(今浙江杭州)人。他自幼聪颖，青年时即与年老的沈德潜同举进士，同入翰林院为庶吉事。后因满文考核为下等，外放江南为知县。在任江宁县知事时，购得小仓山旧江宁织造园，将其进行整治，改名为随园，之后托病辞去县令，退居园内，自号随园山人、仓山居士，不再出仕。著有《小仓山房诗文集》《随园诗话》《随园随笔》《随园食单》等。

袁枚诗歌思想内容的主要特点是抒写性灵，表现个人生活中的真实感受、情趣等，往往不受束缚。在艺术上不拟古，不拘一格，以熟练的技巧和流畅的语言，表现自己的思想感受和捕捉到的艺术形象。追求真率自然、清新灵巧的艺术风格。例如，《水西亭夜坐》：

明月爱流水，一轮池上明。水亦爱明月，金波彻底清。
感此玄化理，形骸付空冥。坐久并忘我，何处尘虑撄？
钟声偶然来，起念知三更。当我起念时，天亦微云生。

这首诗就含有较深的韵味，意境空冥。

又如，《所见》：

牧童骑黄牛,歌声振林樾。
意欲捕鸣蝉,忽然闭口立。

在这首诗中,诗人生动地描绘了一幅牧童意欲捕蝉的情景。先写小牧童的动态,那高坐牛背、大声唱歌的派头,何等散漫、放肆;后写小牧童的静态,那屏住呼吸,眼望鸣蝉的神情,又是多么专注。诗人由动到静的转变,写得既突然又自然,把小牧童天真烂漫的形象鲜明地刻画了出来。

袁枚的诗还有表现民主精神和市民意识的,如他写给叔父家僮仆的《别常宁》:

六千里外一奴星,送我依依远出城。
知己那须分贵贱,穷途容易感心情。
漓江此后何年到,别泪临歧为汝倾。
但听郎君消息好,早持僮约赴神京。

这首诗情感真挚,十分动人,由此可见作者主张主仆平等的思想观念。

袁枚性好游览,写景之作模山范水,落想不凡,笔墨放纵,如《同金十一沛恩游栖霞寺望桂林诸山》。在这首诗中,诗人从描绘桂林群山和七星岩溶洞的奇幻景象出发,并融入了神话传说,充分展现了桂林群山和七星岩溶洞诡谲奇形,整首诗纵横跌宕,兴会淋漓。袁枚有的写景诗,能写出他刹那间的感受,有境界,有性情,很有飘逸玲珑之妙,如《春日杂诗》:

千枝红雨万重烟,画出诗人得意天。
山中春云如我懒,日高犹宿翠微巅。

袁枚的诗歌语言通俗自然,大量运用口语,以白描为主,很少用典,灵心妙舌,生动有趣。例如《还葵巷旧宅》:

学舍窗犹开北面,桂花枝已过西厅。
惊窥日影先生至,高诵书声阿母听。

袁枚的诗还有大胆表现男女之情与好财行乐的,如《寄聪娘》(其二):

一枝花对足风流,何事人间万户侯?
生把黄金买别离,是侬薄倖是侬愁。

袁枚的诗也有对民生疾苦表示关切和同情的,如《马嵬》(其二):

莫唱当年《长恨歌》，人间亦自有银河。
石壕村里夫妻别，泪比长生殿上多！

这是一首咏史诗，诗人能旧题翻新意，他借封建帝王和妃子离别的历史事实作烘托，表现对人民苦难的同情。全诗虽然几处用典，但是通俗易懂，包含的内容十分丰富，给人以韵味无穷之感。

袁枚的诗也常常采用白描的手法，在极简淡的勾画中，抒发了自己的真情实感。例如，《苔》(其二)：

各有心情在，随渠爱暖凉。
青苔问红叶，何物是斜阳？

在这首诗中，诗人通过青苔与红叶之间的对话，表达了自己对自然生命多样品性的欣赏、赞美。

二、郑燮的诗歌

郑燮(1693—1765)，字克柔，号理庵，又号板桥，人称板桥先生。他是江苏兴化人。康熙时期的秀才，雍正十年举人，乾隆元年(1736)进士。官山东范县、潍县县令，颇有政声，因忤大吏，遂乞病归。工诗、词，善书、画，并以此营生。《清史稿》本传称郑燮“性落拓不羁，喜与禅宗尊宿及其门子弟游，日放言商谈，臧否人物，以是得狂名”。《板桥自序》称：“好大言，自负太过，漫骂无择。诸先辈皆侧目，戒勿与往来。”就这些评价来看，郑燮非常有个性，在当时是属“异端”一类的人物。

郑燮与袁枚同时代而年岁稍早。他的诗歌主张与袁枚相近，主张诗人要“自树旗帜”，“直摅血性”，要写出个性来。更可贵的是，他比袁枚更注意诗歌的现实意义，主张诗歌应“歌咏百姓之勤苦，剖析圣贤之精义，描写英杰之风猷”(《潍县署中与舍弟第五书》)。他特别推崇杜甫，对陶渊明、白居易、陆游等写实诗人也很赞赏，所以他写过不少具有深刻社会意义的诗篇。例如，《逃荒行》描写了山东农民逃荒下关东的悲惨经历；《还家行》《悍吏》等诗反映了农民的痛苦生活和悲惨命运；《姑恶》《后孤儿行》则揭露了家庭生活中的封建压迫；《私刑恶》暴露了贪官恶吏对无辜百姓的欺压拷打。这些诗都能深刻地反映出当时社会的各种矛盾，触及封建统治的本质。

郑燮认为，不应屈物之性以适吾性，不应把自己的娱悦建立在他方的痛苦之上，而应该使万物“各全其天，各安其命”。在他看来，物我同乐才是最大的欢娱,才是仁者之心。因此,他反对屈物之性、残物之命,反对思想禁锢,要求个性解放。食色归于人的本性,本是告子在人性论方面的理论,郑燮把食色视为人的天性,也就意味着接受了告子的人性论。在郑燮的一些咏怀言志诗歌中就体现了他的人性论,体现了他不受绳尺的狂放性格。例如《秋日》:

啬彼丰兹信不移,我于困顿已无辞。
束狂入世犹嫌放,学拙论文尚厌奇。
看月不妨人去尽,对花只恨酒来迟。
笑他缣素求书辈,又要先生烂醉时。

郑燮安于困顿,乐于狂放,在孤寂中寻找自我。他的生命空虚而又充实,心情落寞而又自豪。他所侧重的是现实还是理想?他是把现实写成引起反感的对象,还是把理想写成令人向往的对象?郑燮没有说,但是他不愿或不能再按老谱生活下去,试着去追求另一种生活,于是,他感到一些喜欢,也感到一些凄凉。

郑燮的诗自由洒脱,很少用典,但含意深厚,真挚感人。包括他的一些题画小诗,都具有鲜明的思想倾向和独创的艺术风格。例如《竹石》:

咬定青山不放松,立根原在破岩中。
千磨万击还坚劲,任尔东西南北风。

这首诗充分表现了他独立的人格和坚忍不拔的意志。画意与诗情交融,从中可窥见诗人的人品。

第七节　正本探源,缜密细致:肌理诗

乾隆中期以后,宗法宋诗的文学思潮与崇尚考据的学术思想相撞击,使得以学问论诗的现象出现在了诗坛上。于是,肌理诗就诞生了。翁方纲提出了"肌理说",是肌理诗的重要代表人物。

翁方纲(1733—1818),字正三,一字忠叙,号覃溪,晚号苏斋,大兴(今属北京)人。乾隆进士,官至内阁学士。他精通金石、谱录、书画、词章之学,冠绝一时,精于考订训诂,热衷于义理之学。著有《复初斋全集》《石洲诗话》《两汉金石记》等。

"肌理"二字源于杜甫《丽人行》中的"肌理细腻骨肉匀"之句。肌理本来

是指肌肉的纹理，翁方纲借用“肌理”论诗。“肌理”包括以儒学经籍为基础的义理和结构辞章方面的文理。具体来说，义理属于诗歌内容的范畴，指以六经为代表、合乎儒家规范的思想和学问；文理侧重形式，主要指诗歌的形式，着重指写作方法。翁方纲提出这一理论，主要是让诗人博学通经，以此作为根基，然后借助于多样的艺术手法和缜密细致的思路，在作品中充分表现符合儒家传统的思想和性情，以昌明世教，推崇学问。实际上，就诗坛发展的趋向来看，“肌理说”是翁方纲对王士禛“神韵说”和沈德潜“格调说”的调和及修正。“神韵说”的弊端在于虚而不实，“格调说”又过于恪守盛唐，食古不化。翁方纲就是想用“肌理说”来给这两种说法以新的解释，从而打破拘泥一种风格的局限。“肌理说”诗派对后世诗论影响较大，从与他同时的钱载，到道、咸年间的程恩泽、郑珍、何绍基和清末沈曾植等，所产生的学人之诗和宋诗运动，都由“肌理说”推动而来。

翁方纲的诗大致可以分为两大类，其中一类就是以学问、考据入诗的诗歌。这类诗多七言古诗，诗前有序或题注，这种序、注本身也是经史或金石的考据勘研文字。这种诗一般写得佶屈聱牙，没有什么诗味，倒是可以把它作为学术文章来读。例如，《汉石经残字歌》，感受一下前半部分：

石经未及洪家半，尚抵吴莱籀书换。
龙图晋玉虽旧闻，魏公资州余几段。
鸿都学开后三年，皇义篇章未点窜。
正始那误邯郸淳，隶分先估张怀瓘。
黄晁援据正宜审，蔡马姓名还可按。
六经七经孰淆讹，一字三字精剖判。
迩来邹平与北平，《商书》《鲁论》珍漫漶。
如到讲堂筵几度，我昔丰碑丈尽算。
表里隶书果征实，章句异同兼综贯。
洪释篇行记聘礼，今我诸经俨陈灿。
《春秋》严颜《诗》盍毛，只少义爻象与彖。
书云孝于复友于，鼠食黍苗三岁宦。
近人板本据娄机，追想饶州简初汗。

在这首诗中，诗人对汉代的石经进行了考证，发表了自己的看法。该诗具有以学问为诗，用韵语做考据的特点。这种没有诗歌韵味的诗遭到了广大诗人，尤其是“性灵说”诗派诗人的反对和嘲笑。袁枚曾在《仿元遗山论诗》绝句中写道：“天涯有客太泠痴，误把抄书当作诗。抄到钟嵘《诗品》日，该他知道性灵时。”①

客观来说,翁方纲的诗学研究决非一无是处。他有细致研究诗律而得的《七言诗平仄举隅》《七言诗三昧举隅》,是其“肌理说”中关于诗法的部分。内容虽然有些刻板,却是总结诗歌形式演进所必需的环节。

翁方纲还有另外一类诗,主要是写景诗,写得还是有些韵味的。例如,《栖霞道中示谢蕴山》:

尚记城东并辔归,诗情先逐晓云飞。
重阳细雨迟黄菊,六代精蓝冷翠微。
远眺合教青眼共,深谈喜未素心违。
洞天且莫题名姓,苔藓濛淳恐湿衣。

这首诗既讲章法又重诗情,有虚实兼美的特点。

第八节　九州生气恃风雷:晚清诗人的诗歌

进入道光以后,宗唐诗派逐渐衰落,清代诗风又一次发生了变化。这主要表现为宗宋诗派开始成为诗坛主流,从道光、咸丰年间的宋诗运动发展到同治以后的同光体。而与这一保守诗派相对立的有鸦片战争前以龚自珍、魏源为代表的启蒙诗人和其他爱国诗人,有戊戌变法前后以梁启超、黄遵宪为代表的新派诗人,还有辛亥革命前夕以南社诗人为代表的革命派诗人。同时,复古诗派也不断分化。同光年间分化出以王闿运为代表的汉魏六朝诗派和以樊增祥、易顺鼎为代表的晚唐诗派。而同光体本身也分裂为陈三立的江西派、陈衍的闽派和沈曾植的浙派。可以说,晚清诗坛出现了空前复杂的状态。以下主要对晚清诗人龚自珍、黄遵宪、郑珍、秋瑾等人的诗歌进行一定的分析。

一、龚自珍的诗歌

龚自珍(1792—1841),字璱人,号定庵,又号羽琌山民,又名易简,字伯定,浙江仁和(今浙江杭州)人。出身于世宦文士之家,外祖父段玉裁是著名的文字学家。幼年就受到良好的教育,并接触到经学。早年从外祖父治《说

① 张涤云.中国诗歌通论[M].杭州:浙江大学出版社,2006:242.

文解字》，28 岁从刘逢禄治公羊学。但科场不利，从 19 岁开始，经过四次乡试，耗时八年，方得中举，又经过六次会试，直到道光九年（1829）登进士第，已是近 40 岁的人了。授内阁中书，迁礼部主事，祠祭司行走，主客司主事，一生比较贫困，48 岁时辞官南归，两年后暴卒于江苏丹阳云阳书院。

龚自珍首先是一个思想家，是近代启蒙思想的先导，具有反对封建专制、追求民主的精神。他透过乾嘉盛世的虚假外表，相当深刻地看到了整个社会潜伏着的严重危机。他也是第一个冲破清中叶以来沉闷气氛、给晚清诗坛注入新的血液、首开风气的著名诗人。在诗学上，他继承并发展了性灵派的优良传统。他在诗歌艺术上主张自由创新，不依傍前人，甚至连格律也不太顾及，天马行空，自由挥洒，意境超凡，色彩瑰丽，遣词造句也富有个性特色，对后来以黄遵宪为代表的“诗界革命”和以柳亚子为代表的南社都产生了巨大影响。在思想领域里，他是个启蒙者；在艺术上，他也力主创新，企图挽救日趋衰颓的旧体诗歌。有《龚自珍全集》。大型组诗《已亥杂诗》315 首，可视为其代表作。

龚自珍的诗歌绝少作单纯的自然风景描写，大多着眼于社会现实，抒发感慨，议论纵横。理想主义是他诗词中最突出的特点。他晚年所写的长篇组诗《已亥杂诗》就比较集中地反映了他对进步理想的追求。以下是其中两首：

其五

浩荡离愁白日斜，吟鞭东指即天涯。
落红不是无情物，化作春泥更护花。

其一百二十五

九州生气恃风雷，万马齐喑究可哀。
我劝天公重抖擞，不拘一格降人才。

前面一首反映龚自珍思想上的矛盾，一方面看到清王朝已如“白日斜”，日落西山；另一方面表明自己虽已辞官归乡，如落红归根，但仍怀报效朝廷之心。龚自珍毕竟是深受儒家经典的熏陶，难免有根深蒂固的忠君思想。“落红不是无情物，化作春泥更护花。”作为名句，这里其实还提出了“我”为天地万物主宰的观点，对自我的肯定可以说是达到了一个前所未有的高度。

后面一首非常有名，这原是诗人过镇江时应道士请求写的青词（祷祝文），诗在这里诉求的不是常人所说的福禄寿之类，而是“不拘一格降人才”。当时其实不是没有人才，而是被压抑受排挤，当时高才而不能高第的人很多，前有蒲松龄、吴敬梓等，当时有黄景仁、舒位、王昙等，郑燮、袁枚以至龚自珍虽都考中进士，但长期沉于下僚，早早退出官场。因此在当时不是没有人才，而是朝廷未能正确使用人才。只有重视人才，不拘一格选拔人才，才能打破这“万马齐喑”的局面。这是一篇要求变革不合理现实的宣言，向不合理现实宣战的檄文。诗人呼唤风雷，祈求新的社会力量出现，希望诞生各方面的人才进行变革，以打破封建社会“衰世”令人窒息的政治局面。不过，最后并没有成功。

由于时代和阶级的局限，龚自珍找不到实现理想的正确途径，只能依靠腐朽的封建统治阶级，这是他一生中无法解决的矛盾。因此在他的诗中，雄奇奔放、高昂激越的情调里，不时夹杂着一些悲凉忧郁、低回哀怨，甚至消沉遁世的感情。剑和箫常常成为他用来代表这种矛盾心情的艺术象征：“来何汹涌须挥剑，去尚缠绵可付箫”（《又忏心一首》）；“气寒西北何人剑，声满东南几处箫”（《秋心》）。剑象征着诗人积极进取的斗争意志，而箫则寄托着他悲凉落寞的情怀。所以他说：“怨去吹箫，狂来说剑，两样消魂味。”（《湘月》）但是，他对理想终究是执着的、坚持不变的。在《夜坐》二首中，他写道：

其一

春夜伤心坐画屏，不如放眼入青冥。
一山突起丘陵妒，万籁无言帝座灵。
塞上似腾奇女气，江东久陨少微星。
平生不蓄湘累问，唤出姮娥诗与听。

其二

沉沉心事北南东，一睨人才海内空。
壮岁始参周史席，髫年惜堕晋贤风。
功高拜将成仙外，才尽回肠荡气中。
万一禅关砉然破，美人如玉剑如虹。

在这里，诗人既有对自我的肯定，对现实的否定，也有满怀信心的追求和不知追求什么的无所适从之感。他感到海内已没有什么人才，他自己虽比较优秀，但在沉闷与黑暗的社会背景下，他总遭到众人的妒忌与歧视。当然，他并没有悲愤郁结，也没有自我沉沦，因为他对自己充满了信心。至于他的追求，建功立业、拜将成仙等传统理想已不能满足于他，他希望超越这一切，于是，他追求的不止是禅关破后不生不灭的清凉世界，更是“美人如玉剑如虹”的热烈境界。但是，这样的境界到底是什么？诗人自己也是难以说清的。

龚自珍对现实社会的批判，比以往各个时代的诗人更为深刻，因为他开始把封建社会作为一个整体来加以批判。例如，《咏史》：

金粉东南十五州，万重恩怨属名流。
牢盆狎客操全算，团扇才人踞上游。
避席畏闻文字狱，著书都为稻粱谋。
田横五百人安在，难道归来尽列侯？

这首诗以“咏史”为掩盖，对现实社会进行了深入的揭露，指出那些掌握大权、高官厚禄的名流不过是些帮闲、狎客之类无耻之徒，而一般士大夫却无不畏缩、消沉于专制高压之下，成为只考虑个人身家性命的庸人懦夫。在这样的黑暗社会里，哪会有“田横五百人”那种不屈志士的地位呢？真正能够起衰振弊、经世济民的人才，在“戮才”的封建制度下，是根本无法存身的。

龚自珍的诗歌以构思奇特，想象丰富，形式多样，不受格律束缚为最大特色。他继承了屈原、李白等浪漫诗人的传统，同时又受到中晚唐诗风的影响，常采用生动奇特的艺术形象、一泻千里的气势、瑰丽多姿的语言，以表达自由奔放的感情。他的诗大多是政治抒情诗，饱含着丰富的社会历史内容。但他一般并不是抽象地说教或刻板地叙述现实政治事件，总是把政治生活中的普遍现象提到历史的高度，以抒发自己的感慨，表达自己的愿望。当然，在艺术表现上的不足之处是用典过繁、含蓄过甚、爱用僻字，有时会给人艰深晦涩的感觉。

二、黄遵宪的诗歌

黄遵宪(1848—1905)，字公度，别号人境庐主人，广东嘉应(今广东梅州)人。光绪举人，曾任驻日参赞，在看到日本明治维新取得可喜的成就时，他的思想被深深触动了，他认识到变法的必要。后来，他又调任驻美总领事，目睹了美国的大选。长期的外交生涯，使他接触了西方文明，政治视野扩大了很多，认为国人要想改变自己国家的命运首先应当改良思想。回国后，他便积极参加戊戌变法，后罢官归家，常与丘逢甲唱酬，与亡命日本的梁启超利用书信交往，并大量从事“新派诗”的创作，因此被梁启超誉为“诗界革命”的旗帜。他著有《人境庐诗草》《日本杂事诗》等。

黄遵宪的“新派诗”常常广泛借鉴古人和民歌，并将一些新事物、新名词和流俗语大胆纳入诗中。例如：

海行杂感

星星世界遍诸天，不计三千与大千。
倘亦乘槎中有客，回头望我地球圆。

日本杂事诗

拔地摩天独立高,莲峰涌出海东涛。

二千五百年前雪,一白茫茫积未消。

《海行杂感》中表现的宇宙观及通过妙用古典表现的对于太空飞船的浮想联翩,以及《日本杂事诗》中对富士山逼真生动的描绘,都得益于黄遵宪看到的新科技、新文明。

黄遵宪也喜欢通过诗歌对当代重要的历史事件进行精彩的叙写。光绪二十年(1894)中日甲午战争爆发后,他便写下了《悲平壤》《哀旅顺》《哭威海》《台湾行》《渡辽将军歌》等系列诗篇。这些诗抒写历史,内涵丰富,形象生动。黄遵宪很善于构置鸿篇巨制,着意于铺写一个较长时段的历史,如《番客篇》就像一部华侨南洋开发史,《逐客篇》就像一部赴美华工血泪史,《拜曾祖母李太夫人墓》则似乎是诗人的家族史与童年生活史。此外,他还善于以细致的笔墨叙事、状物、写景。

黄遵宪还善于在诗歌中运用散文句式。在诗歌的篇章结构上,他追求波澜曲折,长而不板;在句式上,他追求句式参差变化,伸缩自如,从五言、七言、九言到十数言,最长一句竟达27字,全诗错落有致而神气贯注;在叙写上,他多用比兴与描写,很少采用抽象直陈的方式;议论尽量精要,并安置于描写之后,使之有水到渠成、画龙点睛之妙。同时,他还广泛采择语言资料,"自群经三史,逮于周秦诸子之书,许郑诸家之注,凡事名物名切于今者,皆采取而假借之"(《人境庐诗草自序》),同时又不排斥"流俗语"。正因为如此,他的诗歌有着非常丰富的词汇,表现力极佳,总是在典雅之中透着生气与变化。

黄遵宪在光绪十年(1884)驻美任旧金山总领事时,写过一首《纪事》诗,主要记叙该年美国总统大选的"西洋镜",在诗坛别开生面。诗歌总共分八段,第一段描述两党各自开动各种宣传机器大造舆论,诗句描写的是街头的鼓乐队和彩车队的宣传队伍,以及街头拉票演讲场景。第二段描述两党各自宣布的施政纲领及给选民的种种承诺。第三段描写两党互相攻击对方候选人,最为精彩,主要描写了令清朝官员大开眼界的场面,两党互相攻击,互相揭底,竭力丑化对方,有说对方候选人年轻时有偷牛和聚赌前科,也有嫖娼的传闻等。第四段描写两党的全国代表大会选出本党总统候选人。第五段描写候选人发表演说,接见选民,进行竞选活动。第六段描写候选人私下进行的各种拉票活动,双方揭露了许多贿选伎俩。第七段描写选民投票选举总统及急盼选举结果的情景。第八段则用诗人的眼光概括叙述美国总统选举中的种种丑态,抒发了诗人的无限感慨。其中,不但叙述贿选的现象,而且模拟贿选者甜言蜜语的声音，惟妙惟肖：

众人耳目外，重以甘言诱。农绿茁芽茶，浅碧酿花酒。……琐屑到钗钏，取足供媚妇。上谒士雕龙，下访市屠狗。……指此区区物，是某托转授。怀中花名册，出请纪谁某。知君有姻族，知君有甥舅。赖君提挈力，吾党定举首。

诗人的目光和笔触都犀利敏锐，直白地揭示了资产阶级民主的阴暗面。总的来说，《纪事》一诗不管是内容还是形式，都突破了传统古诗的格局，语言运用也熔古今中外于一炉，充分表现了革新诗风的精神。

三、魏源的诗歌

魏源(1794—1857)，名远达，字默深、墨生、汉士，号良图，湖南邵阳人。道光二年(1822)中举人，道光二十五年(1845)成为进士，历官内阁中书、知州，晚年辞官归隐，潜心佛学，法名承贯。著有《海国图志》《古微堂诗集》等。咸丰七年三月初一(1857年3月26日)，卒于杭州东园僧舍，终年63岁。

魏源是清代启蒙思想家、政治家、文学家。他的思想开放，对内主张发挥商人作用，对外既坚决反对西方的侵略，又主张学习其长处，提出“师夷长技以制夷”(《海国图志》卷二)的方针，开启了了解世界、向西方学习的新潮流。

由于魏源参加过实际政事改革，因此，与清代其他诗人相比，他的诗比较集中于揭露、批判具体政事弊端和阻挠弊政改革的保守思想，这在当时是比较少见的。《都中吟》《江南吟》《古乐府·行路难》等都是这一主题诗的代表。

鸦片战争爆发后，魏源更加关心当时的政治局势，写下了一批反映鸦片战事的具体内容和国家倾危形势的诗歌。例如，《寰海》(其九)：

城上旌旗城下盟，怒潮已作落潮声。
阴疑阳战玄黄血，电挟雷攻水火并。
鼓角岂真天上降，琛珠合向海王倾。
全凭宝气销兵气，此夕蛟宫万丈明。

1840年5月，英军包围广州，奕山战败，以巨额赎城费向英军求和，与英国侵略者订立了丧权辱国的《广州和约》，答应向英军交纳赎城费60万元，赔偿英商馆损失30万元。这首诗主要反映了此事。首联揭示投降派与敌议和的实质就是城下之盟，对抗击侵略者的斗争由盛转衰深感惋惜。颔联回顾如火如荼的抗英斗争，以此反衬投降派的软弱无能。颈联与尾联揭露投降派惧敌的本质，讽刺他们以赔款的方式媾和。诗人借用汉代周亚夫出奇兵平吴楚七国之乱，人"以为将军从天而下"的典故对奕山的投降进行了讽刺，鲜明的对比进一步增强了讽刺效果。整首诗语带锋芒，讽刺辛辣，包含着强烈的感情因素。

魏源在进行诗歌创作时，还常常将政治内容与山水名胜结合起来，形成情景相生的艺术效果，如《秦淮灯船引》等长篇歌行即是如此。由于这类诗赋笔多、议论多，因此诗的韵味与意象有所缺乏，成就不高。例如，《天台石梁雨后观瀑歌》就从雨中、月下、冰时几种情境中刻画了石梁瀑布的独特风神，引人入胜。《蒸湘》将雨后行舟蒸湘所见的景色及其独特感受，传神地表现出来，境界清奇，形象鲜明。全诗如下：

溪山雨后湘烟起，杨柳愁杀鹭鸥喜。
棹歌一声天地绿，回首浯溪已十里。
雨前方恨湘水平，雨后又嫌湘水奔。
浓于酒更碧于云，熨不能平剪不分。
水复山重行未尽，压来七十二峰影。
篙篙打碎碧玉屏，家家汲得桃花井。

在这首诗中，诗人从雨后湘水浓烈如酒，到衡岳七十二峰倒影似画屏，都进行了出色的描绘。

四、丘逢甲的诗歌

丘逢甲(1864—1912)，字仙根，号仲阏、蛰仙，进入民国后以仓海为名，台湾彰化人。幼负大志，博览群书，弱冠即以诗名。光绪进士，官至工部主事。甲午中日战争时，他是台湾抗日斗争的领导人之一，极力反对清廷割让台湾给日本。甲午中日战争后，在乡督办团练。因抗日兵败回广东，创办学校，推行新学。民国成立后曾被举为参议院参议员。有《岭云海日楼诗钞》。

丘逢甲被梁启超称为"诗界革命一巨子"(《饮冰室诗话》)。他论诗主张"诗无今古真为贵"，并提出"米(美)雨欧风作吟料"(《论诗次铁庐韵》十首)。他也主张把诗歌的创新作为改造社会的武器："完全主权不曾失，诗世界里先维新。"(《海上观日出歌，由汕头抵香港作》)

丘逢甲的歌行体诗非常富有新意。例如，《七洲洋看月放歌》把失去故土的切肤之痛，与李白、杜甫未曾经历的境界，加上奇妙的幻想，熔铸于写景、抒情和议论之中，显示了他的创新才能；《汕头海关歌寄伯瑶》，抒写在不平等条约下对帝国主义经济侵略后果的深切忧虑，叙事、议论、抒情完美结合，具有发人深思、警醒世人的力量。

丘逢甲的近体诗多表现因台湾沦陷而引发的悲愤感情和志在光复失地的豪迈情怀，风格雄直劲健，充满阳刚之美。例如，《离台诗》：

宰相有权能割地，孤臣无力可回天。
扁舟去作鸱夷子，回首河山意黯然。

这首诗的前二句可谓深深展现了诗人的悲痛与愤怒，宰相有权不是用来保卫国家，而是一味只知赔款割地，向外屈膝投降。“孤臣”虽有爱国之心，但无权无势，无力可回天，对割台湾于日本之举，虽再三致电反对，但毫无用处。后二句写离台时的心情，悲痛与无奈交织在一起，舍不得离开，又不得不离开。回首看台湾，黯然伤神。

《春愁》也是这样的基调：

春愁难遣强看山，往事惊心泪欲潸。
四百万人同一哭，去年今日割台湾。

这首诗作于光绪二十二年(1896)，它可以说是爱国志士的悲壮之鸣，一方面怀有极深的忧患意识，一方面则热血沸腾，有壮志未酬誓不罢休之概，十分鼓舞人心。

五、郑珍的诗歌

郑珍(1806—1864)，字子尹，号柴翁，别号五尺道人，贵州遵义人。道光十七年(1837)举人，曾任荔波县训导，咸丰间告归。同治初补江苏知县，未行而卒。他是著名的经学大师，为文守韩、柳家法，行文谨严。

在诗歌上，他学苏轼，兼尊韩、孟，与何绍基同属宗宋一路。他反对形式上模拟古人，主张诗中有我。他的影响很大，自同、光以至民初，宗宋诗人其实都是学郑。现当代的学者胡先骕与钱仲联都十分推崇他，认为郑诗属清代第一。胡氏说：“纵观历代诗人，除李、杜、苏、黄外，鲜有能远驾乎其上者。”(《读郑子尹〈巢经巢诗集〉》)钱氏在《梦苕庵诗话》中更是直截了当地说：“郑子尹诗，清代第一。不独清代，即遗山、道园亦当让出一头地。世有知音，非余一人私言。”当然，胡氏和钱氏仅代表他二人的观点，过多溢美之词，有点不符事实。相对来说，缪钺的评价比较切实。他在《读郑珍的〈巢经巢诗〉》中说：“郑珍的诗不大用典故与辞采，多是白描，有时候大量用口语白话，但是都经过提炼熔铸，使人读起来感到清峭遒劲，生动有力。”还说郑珍

“学习了韩愈、孟郊的盘曲瘦劲，白居易的平淡自然，苏轼的机趣横溢，加以浑融创造，成为自己的风格”。

就诗歌内容而言，由于郑珍一生穷愁潦倒，较多接触下层人民，因此有不少关心人民疾苦、揭露清朝官兵罪行的诗，如《江边老叟诗》《僧尼哀》《抽厘哀》《南乡哀》《经死哀》等，能继承杜甫、白居易新乐府的传统，有一种凄苦沉郁的风格。如《经死哀》：

虎卒未去虎隶来，催纳捐欠声如雷。
雷声不住哭声起，走报其翁已经死。
长官切齿目怒嗔，吾不要命只要银。
若图作鬼即宽减，恐此一县无生人！
促呼捉子来，且与杖一百；
陷父不义罪何极，欲解父悬速足陌。
呜呼，北城卖屋虫出户，西城又报缢三五！

这首诗笔锋犀利，揭露贪官酷吏的罪恶，横征暴敛逼死了人，还不能减免赋税，反而杖其子一百，加以“陷父不义”的罪名，其真正目的就是催促百姓迅速交税。人民被逼得走投无路，不断有人自缢身亡。人民生活的悲惨、封建统治阶级的残酷鲜活地展现了出来。

郑珍的一些写景名篇如《白水瀑布》《怀阳洞》《飞云岩》《游南泉山》《白崖洞》等，也有不少精彩的描写。在某些山水诗中，他还会将秀丽的风景与民生困苦的社会画面结合在一起。例如，《晚望》：

向晚古原上，悠然太古春。
碧云收去鸟，翠稻出行人。
水色秋前静，山容雨后新。
独怜溪左右，十室九家贫。

这首诗前三联描绘春色之美和闲适之感，如果不读最后一句，一定会觉得这是一首单纯写景的诗歌。然而，作者正是在最后一句中表达了诗的主旨。诗人是想运用“以乐景衬悲情”的对比手法，抒发自己的满腔悲愤之情，感叹民生疾苦。

六、秋瑾的诗歌

秋瑾(1875—1907)，字璿卿，号竞雄，自称鉴湖女侠，浙江绍兴人。她是近代史上著名的革命家、女诗人。由于从小就目睹了日益严重的民族危机，所以她忧愤极深。光绪三十年(1904)离家东渡日本，加入光复会和同盟会，从事革命活动。光绪三十一年(1905)底回国，创办报刊，鼓吹资产阶级革命，并策划组织反清武装起义，事情泄露后被捕，最终从容就义。

她的诗词多激昂慷慨之作，感情炽烈，格调雄健，主要内容多为悲叹灾难深重的祖国，抒发救国救民、为革命不惜赴汤蹈火的豪情壮志。例如，《对酒》：

> 不惜千金买宝刀，貂裘换酒也堪豪。
> 一腔热血勤珍重，洒去犹能化碧涛。

这类诗词激昂慷慨，真切感人，确从革命者肺腑中倾泻而出，表现了一个巾帼英雄献身祖国、万死不辞的英雄气概，具有强烈的感染力。

秋瑾非常喜欢歌咏刀剑，她的很多诗都有刀，都有剑。以刀剑为题的就有《剑歌》《宝剑歌》《宝剑诗》《宝刀歌》《红毛刀歌》等多篇。在她的诗词中，刀剑是战斗的象征，是流血奋斗、不怕牺牲的决心的寄托。她歌咏刀剑，目的在于强调只有经过殊死的战斗，即武装斗争，才能求得祖国的解放。“莫嫌尺铁非英物，救国奇功赖尔收。”(《宝刀歌》)这种认识和态度正是革命派和改良派的根本区别之所在。

秋瑾的诗是革命的誓言，也是宣传革命的工具。为了更好地宣传革命，她还写了一些通俗化的诗歌和散文宣传品，如《同胞苦》《支那逐魔歌》《勉女权歌》等。然而，她毕竟还是一个资产阶级革命者，脱离群众，看不到群众的力量，因此常陷入“我欲只手援祖国”(《宝刀歌》)这种个人奋斗、孤高无援的境地。在层层重压之下，孤军奋战的她不免带着一种前途茫茫、愁苦忧伤的感情。

参考文献

[1]高胜利.潘岳研究[M].北京:中国文史出版社,2015.

[2]丁富生,王育红.中国古代文学新编[M].南京:南京大学出版社,2016.

[3]韦凤娟.灵光澈照:魏晋南北朝文学中关于生死、自然、社会的思考与叙述[M].石家庄:河北教育出版社,2014.

[4]本书编委会.宋元诗观止(上册)[M].上海:学林出版社,2015.

[5]毕士奎.王昌龄诗歌与诗学研究[M].南昌:江西人民出版社,2008.

[6]蔡东洲,金生杨.中国传统文化要略[M].成都:巴蜀书社,2012.

[7]蔡镇楚.中国古代文学批评史[M].长沙:岳麓书社,1999.

[8]蔡智敏,姜联众.文学与思想的70座高峰[M].南昌:二十一世纪出版社,2015.

[9]曹础基.中国古代文学(第三册)[M].广州:广东高等教育出版社,2008.

[10]陈居渊.清代诗歌与王学[M].上海:上海人民出版社,2015.

[11]陈书良.湖湘文库:湖南文学史[M].长沙:湖南教育出版社,2008.

[12]陈炎.中国审美文化史:唐宋卷[M].3版.上海:上海古籍出版社,2013.

[13]程千帆.两宋文学史[M].石家庄:河北教育出版社,2000.

[14]楚兰,荆荃.长江流域的古典诗词[M].武汉:长江出版社,2015.

[15]丁放.金元明清诗词理论史[M].2版.合肥:安徽大学出版社,2000.

[16]斗南.历史文化常识全知道[M].北京:中国华侨出版社,2015.

[17]杜红亮,郑新安.大学语文[M].北京:北京航空航天大学出版社,2011.

[18]方铭,杜晓勤,沈文凡.中国文学史[M].长春:长春出版社,2013.

[19]芳园.国学知识一本全:分门别类介绍传统国学文化[M].天津:天津人民出版社,2015.

[20]房开江.宋诗[M].上海:上海古籍出版社,2011.

[21]葛晓音.唐诗宋词十五讲[M].2版.北京:北京大学出版社,2013.

[22]郭丹,陈节.精编中国古代文学史[M].杭州:浙江大学出版社,2012.

[23]郭绍虞.宋诗话辑佚[M].北京:中华书局,1980.

[24]郭因.安徽文化通览简编[M].合肥:安徽人民出版社,2014.

[25]韩兆琦.唐诗精讲[M].北京:中国青年出版社,2017.

[26]赫广霖.宋初诗派研究[M].济南:齐鲁书社,2008.

[27]胡栢彰,宁婷婷.青少年必知的100个诗歌典故[M].合肥:安徽科学技术出版社,2014.

[28]胡大浚,王为群.杜甫诗歌研读[M].兰州:甘肃人民出版社,2011.

[29]胡国瑞.魏晋南北朝文学史[M].武汉:武汉大学出版社,2013.

[30]黄昭寅.唐宋诗词述要[M].北京:中央编译出版社,2013.

[31]霍松林.历代好诗诠评[M].西安:陕西师范大学出版总社有限公司,2010.

[32]江建高.神龙诗文集[M].北京:北京燕山出版社,2007.

[33]蒋寅.大历诗人研究[M].北京:北京大学出版社,2007.

[34]冷成金.唐诗宋词研究[M].北京:中国人民大学出版社,2005.

[35]冷成金.中国古代文学史:隋唐五代宋辽金卷[M].北京:中国人民大学出版社,2003.

[36]李敬一.先秦两汉文学史[M].武汉:武汉大学出版社,2009.

[37]李敬一.休闲唐诗鉴赏辞典[M].北京:商务印书馆,2015.

[38]李世英.唐宋诗歌导读[M].北京:中国社会出版社,2005.

[39]刘大杰.中国文学发展史(上卷)[M].北京:商务印书馆,2015.

[40]刘亮,张影洁,朱蓓.唐宋诗复变论[M].海口:海南出版社,2008.

[41]刘乃昌.两宋文化与诗词发展论略[M].2版.济南:山东大学出版社,2009.

[42]刘乃昌.唐宋诗词一百问[M].济南:山东科学技术出版社,1993.

[43]刘斯奋,刘斯翰.宋诗[M].广州:暨南大学出版社,2016.

[44]刘廷乾.江苏明代作家研究[M].南京:东南大学出版社,2010.

[45]陆步亭.中国通史:全民阅读提升版[M].北京:中国华侨出版社,2015.

[46]马贺兰,李桂奎.大学语文讲读[M].上海:上海财经大学出版社,2009.

[47]马积高,黄钧.中国古代文学史[M].北京:清华大学出版社,2009.

[48]马清福.东北文学史[M].沈阳:春风文艺出版社,1992.

[49]马庆洲,李飞跃,郭金雪.初唐四杰[M].北京:中华书局,2010.

[50]聂立申.金代名士党怀英研究[M].长春:吉林大学出版社,2012.

[51]彭丙成.中国文学史:唐宋时期[M].武汉:华中师范大学出版社,1988.

[52]漆绪邦.中国散文通史(下册)[M].北京:首都师范大学出版社,2014.

[53]阮忠.两汉诗歌与传统文化[M].北京:三联书店,2012.

[54]阮忠.唐宋诗风流别史[M].武汉:武汉出版社,1997.

[55]沈军山.滦平历史与考古[M].北京:文物出版社,2014.

[56]沈松勤.宋代政治与文学研究[M].北京:商务印书馆,2010.

[57]史言喜,梁文娟.中国历代文学简史(下册)[M].郑州:河南科学技术出版社,2014.

[58]史仲文.唐宋诗词史[M].北京:中国社会出版社,2011.

[59]司马周.茶陵派与明中期文坛研究[M].长沙:湖南人民出版社,2010.

[60]谭玉良.苏轼研究[M].成都:电子科技大学出版社,2002.

[61]陶文鹏.历代爱国诗歌选译[M].北京:北京工业大学出版社,1995.

[62]汪国林.宋初白体诗研究[M].上海:上海古籍出版社,2017.

[63]汪旭.唐诗全解[M].沈阳:万卷出版公司,2015.

[64]汪涌豪,骆玉明.中国诗学(第2卷)[M].上海:东方出版中心,2008.

[65]王夫之.唐诗选评[M].北京:文化艺术出版社,1997.

[66]王筱芸.文学与认同:蒙元西游、北游文学与蒙元王朝认同建构研究[M].石家庄:河北教育出版社,2014.

[67]王运熙,等.李白精讲[M].上海:复旦大学出版社,2008.

[68]王振军,宋向阳.中外文学精品导读[M].北京:中国广播影视出版社,2016.

[69]魏建,王勇.中国文学(第3册)[M].济南:齐鲁书社,2002.

[70]吴畏.中国古代诗歌文化探究[M].贵阳:贵州大学出版社,2009.

[71]吴兆路,罗书华.中国文学史:明清卷[M].长春:长春出版社,2013.

[72]吴之振,等.宋诗钞·小畜集钞序[M].北京:中华书局,1986.

[73]伍宝娟.李白女性题材诗研究[M].北京:中央编译出版社,2016.

[74]许总.唐宋诗体派论[M].南昌:江西人民出版社,2008.

[75]严修.陆游诗词[M].北京:中国国际广播出版社,2011.

[76]偃月公子.不是不念　只是不见:宋诗里的最美时光[M].北京:北京联合出版公司,2014.

[77]杨国栋.先贤神韵[M].福州:海峡文艺出版社,2012.

[78]杨敬敬.最美古诗词全鉴[M].北京:中国纺织出版社,2017.

[79]杨立群.中国古代文学专题[M].3版.北京:对外经济贸易大学出版社,2015.

[80]余恕诚.唐诗风貌[M].修订本.北京:中华书局,2010.

[81]袁行霈.中国文学史(第二卷)[M].北京:高等教育出版社,2005.

[82]曾枣庄.中国古代文体学(下卷)[M].上海:上海人民出版社;上海书店出版社,2012.

[83]詹锳.唐诗[M].上海:上海古籍出版社,1979.

[84]张涤云.中国诗歌通论[M].杭州:浙江大学出版社,2006.

[85]张国伟.中国诗歌发展史(上册)[M].石家庄:河北教育出版社,2015.

[86]张颢瀚.古诗词赋观止(上)[M].南京:南京大学出版社,2015.

[87]张建业,中国诗歌简史[M].北京:中国青年出版社,1986.

[88]张进德,王利锁.中国古代文学史(下册)[M].郑州:河南大学出版社,2012.

[89]张晶.辽金元诗歌史论[M].长春:吉林教育出版社,1995.

[90]张晶.辽金元文学论稿[M].北京:北京广播学院出版社,2004.

[91]张晶.中国古代文学通论:辽金元卷[M].沈阳:辽宁人民出版社,2005.

[92]张瑞君.李白精神与诗歌艺术新探[M].上海:上海古籍出版社,2012.

[93]张三夕.诗歌与经验:中国古典诗歌论稿[M].长沙:岳麓书社,2008.

[94]张馨心.高适研究论稿[M].北京:民族出版社,2014.

[95]张珍.世界最美的诗歌[M].上海:立信会计出版社,2012.

[96]章尚正.中国山水文学研究[M].上海:学林出版社,1997.

[97]赵敏.宋代晚唐体诗歌研究[M].成都:巴蜀书社,2008.

[98]赵敏俐.两汉诗歌研究[M].北京:商务印书馆,2011.

[99]赵仁珪.文史知识文库:宋诗纵横[M].北京:中华书局,1994.

[100]赵艳驰,杨超,彭彦录.中国古代诗歌艺术[M].长春:吉林人民出版社,2014.

[101]郑红峰.唐诗·宋词·元曲[M].北京:中国言实出版社,2014.

[102]郑孟彤.建安风流人物[M].太原:山西人民出版社,1989.

[103]章新建.曹丕[M].合肥:安徽人民出版社,1982.

[104]韩洪举.中国古代文学史略(上册)[M].太原:北岳文艺出版社,2016.

[105]台静农.中国文学史(上册)[M].上海:上海古籍出版社,2012.

[106]罗洁.诗的国度[M].北京:现代出版社,2015.

[107]郑振铎.中国文学史(上册)[M].北京:中国文史出版社,2015.

[108]周建忠.中国古代文学史(下册)[M].南京:南京大学出版社,2005.

[109]周啸天.唐诗鉴赏辞典[M].北京:商务印书馆,2012.

[110]周啸天.中国分体文学史:诗歌卷[M].3版.上海:上海古籍出版社,2014.

[111]周扬,等.中国文学史通览[M].上海:东方出版中心,1994.

[112][加]叶嘉莹.古诗词课[M].北京:生活·读书·新知三联书店,2018.

[113][美]宇文所安.初唐诗[M].贾晋华,译.北京:生活·读书·新知三联书店,2014.